Über das Buch:
»Remix 2« ist ein Fortsetzungsroman. Daher die 2 im Untertitel. Vor vier Jahren erschien »Remix 1«, eine Sammlung von Stuckrad-Barres besten journalistischen Texten und damit eine perfekte Ergänzung seiner erzählerischen Werke wie »Soloalbum« und »Livealbum«. Die Grenzen zwischen literarischer und journalistischer Produktion haben sich bei Stuckrad-Barre seither immer mehr verwischt. Der Autor als Jäger, Sammler und Kronzeuge. In einem Schweizer Chemielabor sucht er nach Bomben, bei Paola und Kurt Felix nach dem Geheimnis der Liebe und auf Sylt nach Gartennazis. Er fährt los, ein Kempowski-Porträt zu verfassen, und archiviert dessen gerade entstandenen Tagebucheintrag zum 11.9.

»Remix 2« ist eine raffinierte Textkomposition, die durch ihre Vielstimmigkeit besticht und somit Satz für Satz nach Stuckrad-Barre klingt: Den Ton unterwirft er dem Untersuchungsgegenstand, die Form folgt der Funktion: Reportagen, Duette, Erzählungen, Montagen, Protokolle, Tagebuchtexte, Experimente, Rätsel. Sie bilden ein Prisma, das scheinbar vertraute Wirklichkeit bricht und die Welt neu ausleuchtet.

Der Autor:
Benjamin v. Stuckrad-Barre, 1975 in Bremen geboren, ist Autor von: »Soloalbum« (1998), »Livealbum« (1999), »Remix 1« (1999), »Blackbox« (2000), »Transkript« (2001) und »Deutsches Theater« (2001). CDs: »Liverecordings« (1999), »Bootleg« (2000), »Voicerecorder« (2001), »Benjamin v. Stuckrad-Barre trifft Brahms« (2002), »Deutsches Theater« (2002), »Autodiscographie« (2003), »Poesiealbum Udo Lindenberg« (2004), »Festwertspeicher der Kontrollgesellschaft – Remix 2« (2004). Filme: »Soloalbum« (Romanverfilmung 2003), »Ich war hier« (Dokumentarfilm 2003).

Benjamin v. Stuckrad-Barre

FESTWERT-
SPEICHER
DER KONTROLL-
GESELLSCHAFT

Remix 2

Kiepenheuer & Witsch

Originalausgabe

1. Auflage 2004

© 2004 by Verlag Kiepenheuer & Witsch, Köln
Ein Teil der Texte ist in ähnlicher Form erschienen in *FAZ, Süddeutsche Zeitung, Stern, taz, Frankfurter Allgemeine Sonntagszeitung, jetzt, Welt am Sonntag, Die Woche, Spex, Die Weltwoche, Rolling Stone, Allegra*.
Alle Rechte vorbehalten. Kein Teil des Werkes darf in irgendeiner Form (durch Fotografie, Mikrofilm oder ein anderes Verfahren) ohne schriftliche Genehmigung des Verlages reproduziert oder unter Verwendung elektronischer Systeme verarbeitet, vervielfältigt oder verbreitet werden.
Umschlaggestaltung: Walter Schönauer, Berlin
Gesetzt aus der Bembo
Satz: Greiner & Reichel, Köln
Druck und Bindearbeiten: Clausen & Bosse, Leck
ISBN 3-462-03382-4

//::<u>Woran ich interessiert bin?</u> Das einer Situation oder einem Gespräch zu Grunde liegende Muster zu erkennen, die Fiktionen, die verstümmelten Träume usw.//
(((UND: der nächste Schritt ist, darüber hinauszugehen, indem man genau die Umwelt verfolgt, die Szenen, in denen man war und in denen ich mich jeweils bis zum Abbruch aufgehalten habe, bis alles leer war, und habe mich dann nochmal umgesehen, <u>hinter den Kulissen</u>: das heißt einfach: das Grundmuster sehen/was als Bewegung firmiert, ist bisher bloß 'ne Variation gewesen!)))/: schließlich: <u>ALLE</u> sind längst weg, die sprechen könnten (bis auf die wuselige, rührselige Großmutter um 80!)/: und sie sprechen alle nicht! die könnten!
Rolf-Dieter Brinkmann, »Erkundungen«

Man kann doch zu sich stehen, wie man will
Die meisten stehen lebenslänglich still
Der Wind bläst ihnen ständig ins Gesicht
Doch aufzufliegen trauen sie sich nicht
Man sehe nur mal mich an
Wie ich lebe, was ich tu'
Im besten Falle längerfristig nichts
Ich sitz in meiner Wohnung und ich fei're Pubertät
Und freu mich an der Wanderung des Lichts
Es gibt da zwar Momente, wo der Wahnsinn leise lacht
Und man sich völlig überflüssig fühlt
Doch nur an solchem Fluchtpunkt schafft man die Chronistenhaft
Den zu skizzier'n, der eine Rolle spielt
Heinz-Rudolf Kunze, »Man kann doch zu sich stehen, wie man will«

Für
Fritz Lehmann (*16.10.1913 †02.12.2003)
und Rocco Clein (*20.07.1968 †01.02.04)

INHALT

| **1** Waffeninspektion 11 | **2** Gartennazis 22 | **3** Nobelpreisträger-Homestory 33 | **4** 11.09.2001: Daheim bei Walter Kempowski 35 | **5** Fernsehen mit Kempowski 41 | **6** Presseclub 48 | **7** Schlingensief vs. Jauch 50 | **8** Wickerts Wetter 55 | 9 Reich-Ranicki-Gucken 62 | **10** Je t'aime 68

| **11** Paola & Kurt Felix 81 | **12** Leserbriefe 92 | **13** Sporthilfe 96 | **14** Studienabbrecher 99 | **15** Nicolette Krebitz 104 | **16** Gesendet 2001 110 | **17** Musikschule 124 | **18** Eselverstärker 132 | **19** Hängende Spitze 133 | **20** Tagebuch-Auszug: Eine Woche im September 1998 135

| **21** Das erste Buch 149 | **22** Das erste Exemplar 156 | **23** Dürer in Osnabrück 158 | **24** Rockliteratur 161 | **25** Madonna in Tübingen 172 | **26** Robbie Williams in Berlin 176 | **27** Götz Alsmann bei Karstadt 178 | **28** Bodylanguage 180 | **29** Westbam: Basso Continuo 183 | **30** Oasis auf Gigantenschultern 197

| **31** Rio Reisers 50. Geburtstag 205 | **32** Herbert Grönemeyer: Mensch 207 | **33** Herbert Grönemeyer: Lächeln (mit Wiglaf Droste) 213 | **34** Lesereisen (mit Wiglaf Droste) 216 | **35** Tourtagebuch: Frühjahr & Herbst 2000 225 | **36** Staatslenker 240 | **37** Über alles. (Stolz, ein Deutscher zu sein) 244 | **38** Ministerin a.D. 249 | **39** Bonn 253 | **40** Cherno Jobatey: Wir sind da (dada) 257

| **41** Minister a.D. 259 | **42** Erinnerungen 261 | **43** Oskar Lafontaine bei Kiepert 263 | **44** Britische Botschaft 265 | **45** Herbst in Berlin 267 | **46** Karneval im Exil 272 | **47** Boulevard: Setlur & B. Becker! 273 | **48** Hohe Schuhe 276 | **49** 06.12.: Hertha BSC stellt die Schuhe raus 281 | **50** 31.12.: Abfall von allen 284

| **51** 31.12.: Abfall von allen 284 | **52** Tagebuch-Auszug: Eine Woche im September 1999 285 | **53** Wohnen, Möbel, Leben 295 | **54** Im Solarium 298 | **55** Im Copy-Shop 302 | **56** Die Beziehung von Körper und Geist im Jahr 2004 (Dancing With The Rebels) 304 | **57** Ich war hier* 311

Waffeninspektion

Das Ding tickt, und trotzdem scheint die Zeit zu stehen. Tick, tick, draußen Regen, Industriegebiet, dahinter Berge, auffälligste Unauffälligkeit, ein grauer Tag, ein braunes Tischhufeisen, ein düsteres Hier – im Neonlicht. Tick, tick, sonst hört man nichts, nur den marschierenden Sekundenzeiger, minutenlang. Dann:
Huch! Kawums. Die Tür ist zu, der Herr ist da, der Herr Laborleiter, unterm Arm hat er den genauen Wortlaut der Resolution. Ein Haufen Zettel legt sich zu seinen Geschwistern: Broschüren, Geschäftsberichte, Bücher, Archivmaterial. Bestens vorbereitet, alte Journalistenschule. Heute: Reportage. Knallharte Fragen dabei, Argumente aller Seiten in petto, keine Abkürzung nie gehört, OPCW, SIVEP, VBS, DMod, FKK, Unscom. Themenabzweigungen: Anthrax, Tokio, Moskau, Uranmunition und noch vierhundert mehr.
Alles am Mann, auf dem Tisch und jetzt, danke, unter der Resolution. Und, Entschuldigung, könnten wir dann jetzt mal eine Bombe sehen? Wo haben Sie denn Ihre Waffen? Welches Reagenzglas darf nicht umkippen, wenn ich hier lebend raus will? Der Laborleiter lacht, der Pressesprecher hustet und rettet die Situation, indem er in bester Sachwaltermanier »erst mal zur Orientierung« einen Stapel Folien über den Overheadprojektor scheucht. Hier sind wir, das sind wir, aus dieser Konstellation heraus, im Gegensatz zu den bisher angenommenen und hier erstmals erweitert abgebildeten Standorten, so ist das Verhältnis, dies ist die Entwicklung, die schraffierte und die gepunktete Fläche haben die im Dreieck vergrößert dargestellte gemeinsame Schnittmenge; da sind wir tätig, dort marktführend; bei Fragen, Unklarheiten und allem sonst –

bitte ein kurzes Zeichen. Ja, Entschuldigung, ein Schwung Fragen direkt: Wo sind denn jetzt die Granaten, dürfte ich mir mal den Keller ansehen, darf ich mal gegen diese Wand klopfen, was haben Sie zum Frühstück gegessen – und wie nennt Ihre Frau Sie nachts?
Natürlich ist man versaut durchs Fernsehen. Heiß gemacht durch Übertreibung und abgestumpft durch Gewöhnung, ja, zugegeben. Aber eine Waffeninspektion wird man sich doch wohl bitte noch aufregend vorstellen dürfen? Darf man natürlich. Aber es ist auch viel Papierkram. Ist es das? Sagen Sie das nicht, das ist doch klar, die Antwort gilt ja für alles heutzutage, von Ehe über Frieden bis hin zum Wäschetrocknerleasing – Papierkram, Papierkram, natürlich. Ich unterschreib auch alles, aber ich will jetzt mal die Bomben sehen.
Der Professor kratzt seine korrekt getrimmte Mundherumbehaarung und erzählt aus dem Irak. Dort – oder, wie man gemeinhin sagt: da unten, womit man den eigenen Standpunkt im Verhältnis als oben, nicht nur in Hinblick auf die eigene Weiternördlichkeit, definiert – dort unten im Irak also war der Leiter des AC-Labors Spiez in den neunziger Jahren zweimal, um als Teil einer internationalen Abordnung die Einhaltung des Rüstungsabkommens zu überprüfen. Waffeninspektor ist er somit, so heißt das offiziell. Der Pressesprecher klopft mit einem Kugelschreiber gegen die Projektionsfläche, die Konferenzraumwand, auf der Pressesprecher-Wange steht Nato, denn gerade beugt er sich vor, hinein ins Strahlfeld des Projektors. Das Labor Spiez hieß früher Gaslabi, sagt er jetzt, und da haben wir irgendwie den Übergang verpasst. So viele Informationen!
Der Pressesprecher geht mit dem Fotografen durchs Haus, schöne Motive suchen, wie man so sagt. Ein schönes Motiv ist nicht zwangsläufig etwas, das landläufig als schön gilt, berichterstattungsgegenstandsabhängig sogar das genaue Gegenteil, aber das ist ein anderes Thema. Der Fotograf ist etwas unzu-

frieden bislang, es sehe, flüstert er kurz, ja hier aus wie in jedem Labor, im Grunde sehe es aus wie in einer Schule, könne man fast sagen. Dabei geht es doch um Krieg! Was machen wir denn da? Dann folgt er dem Pressesprecher ins Gasmaskenmuseum, der Autor verbleibt mit dem Laborleiter im vom Tageslichtprojektor besummten Konferenzraum.
Haben Sie noch Fragen? Eine Menge.
Mögen Sie noch Kaffee? Eine Tasse.
Schwarz, danke. A für atomare, B für biologische, C für chemische Waffen – warum heißt es dann nur AC-Labor, grundsätzlich? Darf man so was fragen?
Eben deshalb heiße es jetzt Labor Spiez. Der 11. Oktober 2001 habe gezeigt – nicht 11. September Fragezeichen, nein, eben nicht, mit Bedrohung durch biologische Waffen habe ja der nichts zu tun, das sei ja eine amerikanische Stützbehauptung; aha. Nun gut, und – peinliche Stille – letzten Satz nicht verstanden – überhaupt gerade: den Zusammenhang. Alles, alles ganz anders vorgestellt. Gedacht, es gäbe einen Katalog mit Waffen, eine Art Bestimmungsbuch wie beim Pilzesammeln, und damit, plus Lupe, Bunsenbrenner und Lackmuspapier bewehrt, latschten die Inspektoren durch den Schurkenstaat. Ist also nicht so. Mal bisschen blättern.
Schweißperlenvollversammlung auf der Stirn, Äh-Getümmel im Nebensatzsalat. Der Laborleiter versteht, sein Gegenüber nämlich kaum noch was, also zwei Gänge zurück, noch mal von vorn, mal aufs Verständnislevel der Legospielfähigkeit heruntergedimmt formuliert; der Autor muss seinen Fragen gar kein unlustig feuerzangenbowleskes und hier aber vollkommen ernst gemeintes »Wenn man sich mal ganz, ganz dumm stellt« vorausschicken, das denkt der Laborleiter spätestens jetzt selbständig jeweils mit. Jaja, wir gehen ja gleich ins Hochtoxiklabor. Da haben wir schnapsglasweise Kampfstoffe. Echt. Deshalb auch der Zaun rundherum.
Also: Wie geht das, Bombensuchen? Wie unterscheidet man

einzeln gelagerte Bombenbauteile von Melkmaschinenersatzteilen? Zunächst mal: Wir suchen nicht, erklärt der Laborleiter. Es wird entlang der offiziellen Deklaration überprüft.
Ach?
Ja.
Oh.
Nun.
Hm, und man gräbt nicht verdachtsweise so ein bisschen in der Wüste rum und bricht scheinbar verlassene Garagen auf, und man klopft auch keine Kellerwände nach Hohlräumen ab? Nein, macht man nicht. Man hat allerhand Unterlagen, Satellitenbilder, Geheimdienste, Messgeräte, Hubschrauber, Menschenkenntnis, Erfahrung, man hat geständige Überläufer, redselige Nachbarstaatsbürger, sich verplappernde Handlanger und so weiter. Und irgendwann komme man immer an den Punkt, sagt der Laborleiter, da ende die Deutungshoheit der Wissenschaft, da gelange die Beweisbarkeit an ihre Grenzen. Irgendwann, sagt er, sei es dann Ermessenssache, da müsse man sich dann entscheiden, zu glauben oder nicht; diese Fundamentalfrage formulierend, blickt er, ganz Wissenschaftler, empirisch auf den Linoleumboden, wo seine Gummisohlen gerade einen Kaffeefleck radieren. Also, wie geht das, Waffeninspektor sein, nehmen wir einen normalen Tag.
Aber gern. Noch Kaffee?
Nein danke, jetzt bitte einen normalen Tag.
Also. Da setzt man sich morgens in einen Bus mit Kollegen aus mancher Herren Länder. Man steuert eine Fabrik an. Dann noch eine, dann – halt! Man kommt da an in der Fabrik – und dann? Guten Tag, wir sind von der Unscom, aufmachen, Sie sind umstellt, keiner rührt sich, Finger weg vom Computer, Hände in den Nacken?
Nee, nee, langsam. Nehmen wir mal eine hochverdächtige Fabrik. Eine, in der früher mal oder heute vielleicht oder sogar ausgewiesenermaßen heute noch, aber nur im erlaubten

Rahmen (angeblich!), Waffen produziert werden. Naturgemäß aber wird es anderswo interessant.
Im Hinterzimmer?
I wo.
Unter Tage?
Romantiker.
Wo dann?
Zum Beispiel in einer Tomatenpüreefabrik.
Ach was!
Aber ja! Mit so einer Sterilisationseinrichtung kann man natürlich allerhand herstellen. Und eben auch: Bomben, vereinfacht gesagt.
Vereinfacht weitergefragt: Wie ist denn so die Stimmung in einem international zusammengesetzten Expertenbus?
Sachlich bis freundlich, sagt der Laborleiter, und sein Blick wird kurz etwas durchlässiger.
Typische Überzeugungswissenschaftler, die viele äußerliche Übereinstimmungen mit der Klischeekarikatur ihres Berufes aufweisen, wirken, wenn sie von gewöhnlichem Tagestun abseits der Forschung reden, immer etwas verlegen, so als müssten sie zugeben, über Michelle Hunziker promoviert zu haben. Wenn Zerstreuung, dann bitte hochgradig wissensdurstig und weltenrätselverpflichtet gewählt! Ja, sagt der Laborleiter, natürlich habe man auch mal gemeinsam eine quasi privattouristische Exkursion unternommen, als man, dieser Zusatz darf nicht fehlen, ohnehin gerade inspektionsbedingt in der Nähe war, habe man dieses uralte Wendeltreppen-Minarett besichtigt. Man habe auch mal das so genannte eine oder andere Wort privat gewechselt, von Inspektor zu Inspektor, im Bus, das blieb nicht aus, das gehörte dazu, das ergab sich so. Als müsse er sich entschuldigen. Und worüber spricht man dann? Über die Familien daheim, sagt er, über Restaurants vielleicht oder über das Neueste aus der Zeitung. Nicht so unbedingt »über das Politische«. Gibt ja den Sportteil. Zum Beispiel. Na eben.

Dann also kommt man bei einer Fabrik an – und dann? Dann sagt man, wer man ist, was man will, Armbinde und Helm der UNO verkürzen die Ouvertüre, dann trinke man einen Tee, bekäme einen Lageplan des Geländes und jemanden mit Schlüsselbund zur Seite. Dann guckt man herum, entnimmt Proben, blättert in Unterlagen, befragt Mitarbeiter, schlägt Planen zurück, schraubt Deckel auf, misst allerlei, behandelt den Ort wie einen Verdächtigen: Und was ist bitte das? Und dies ist wirklich nur? Seit wann haben Sie dies, seit wann jenes nicht mehr? Und erklären Sie bitte diese Stromrechnung und jene Überweisung. Eine Brauerei muss nicht zwangsläufig nur Bier herstellen. Fermentierung ist das Stichwort. Dann kommen wieder Abkürzungen. Das Missverhältnis von Ehrlichkeit und Höflichkeit entlässt ein »Verstehe!«-Nicken zu viel in den Raum, dann ist der Zug abgefahren. Und man kommt auch nicht mehr drauf. Schul-Erinnerungen. Der Blick wandert. Man sagt jetzt immer öfter »Hmhmhm, ah, genau«. Oh, verdammt, jetzt müsste man darüber hinaus etwas sagen, so richtig mit Wörtern und Syntax, argusäugig blinzeln und pfeilschnell nachhaken, irgendwie sachbezogen mit dieser neuen Informationslage umgehen, sagen die Augen des Laborleiters.

»Um nochmal zurückzukommen auf ...«, versucht man eine Rettung. Äh: Wenn die Iraker nun entgegen ihrer Behauptung Massenvernichtungswaffen besitzen oder Mittel und Anlagen zur Herstellung derselben – dann gäbe es Krieg, nicht wahr? Den wird es sowieso geben, und finden wird man schon was, der Friedenswille sei doch etwas geheuchelt, ruft da jemand. Soso. Um etwas grundsätzlicher zu werden, denn bei solchen Debatten herrscht doch stets Mangel an Informationen, Meinungen hingegen gibt es überall gratis, sie verhalten sich umgekehrt proportional zueinander, wo viel Information ist, hat es weniger Meinung und umgekehrt. Am Stammtisch der Weltpolitik ist somit jede Argumentationsausrichtung möglich. Und da steht man wie eine Kindergärtnerin vor einer in der Sandkiste heulend verblutenden Kinderansammlung und soll entscheiden, wer wen zuerst gehauen hat. Wer zu weit gegangen ist. Was man sagt, hört dann aber auch keiner, weil alle schreien.

Also: Was genau ist eine Massenvernichtungswaffe? Ein verlässlich arbeitendes Maschinengewehr kann ja in der Summe sehr wohl auch eine Masse vernichten. Wie viele Menschen sind eine Masse? Sind Soldaten nicht immer auch Tötende oder eben Getötete, da das allein ihre Bestimmung ist; und ist ihr Tod deshalb nicht trotzdem ebenso tragisch wie der von so genannten Frauen und Kindern? Man kann sich die geistesgestörte Nato-Kampagne ohne große Phantasie zusammenbasteln: Fair töten ohne Chemie. Gibt es das, okayes Töten? Schwierig. Waffen, die nicht unterscheiden zwischen zivilen und militärischen Zielen, solche sind Massenvernichtungswaffen. Wobei ein Bombenteppich auch nicht gerade wählerisch ist, aber der fällt aus der Definition. Irgendwann kommt man an den Punkt, da muss man glauben.

Das gilt auch in der Milchpulverfabrik: Man kann nicht zu hundert Prozent nachweisen, dass hier bestimmt kein Anthrax hergestellt wurde, wird oder werden wird. Und in der Farbfabrik wird ein Lösungsmittel verwendet, das auch Bestandteil eines Nervengases – und so weiter. Und was lagern Sie in dem Schuppen da hinten? Oh, da hat jetzt gerade keiner den Schlüssel, der Zuständige ist just zu Tisch. Aha! Gar nichts aha. Tausende kleine Indizien müssen die Inspektoren abwägen – ist das noch Schlamperei oder schon Verschleierung, wenn man über eine Stunde lang auf einen Schlüssel wartet? Alles kann man nicht kontrollieren. In einer Fünfmillionenstadt wie Bagdad, sagt der Laborleiter und massiert seine Augenbrauen, in einer Fünfmillionenstadt wie Bagdad ist die zweithäufigste Gebäudeform das Lagerhaus. Unmöglich, da ohne Wahrscheinlichkeitsrechnung vorzugehen, also Stichproben.

Es treffen in jeder Hinsicht Welten aufeinander, der Dolmetscher ändert nichts an den verschiedenen Sprachen: Die Fabriken rechnen in Tonnen, die Wissenschaftler fahnden nach Nanogramm. Und außerdem: In Afrika zum Beispiel, lehrt der Laborleiter, da kenne man nicht so Arbeitszeiten wie bei uns. *Da unten* sei es normal, dass mal jemand etwa zum Einkaufen gehe während der Arbeitszeit. Das müsse noch keine Flucht sein, keine Beweismittelverschiebung, kein Zeitgewinnenwollen. Allerdings kann eben auch – na ja. Da müsse man schon Fingerspitzengefühl haben. Und Vertrauen, kurioserweise. Menschenverstand schade auch nicht: Wenn die Mitarbeiter einer Fabrik in normaler Kleidung über ein Gelände spazieren, lassen auch die Inspektoren ihre Schutzanzüge im Auto – es wirke einfach merkwürdig bis lächerlich, in jeder x-beliebigen Kugellagerfabrik mit Gasmaske rumzurennen. Und eine Waffenfabrik muss ja auch nicht in einem ordentlichen Gebäude untergebracht sein, Schiffe auf dem Tigris, sagt man, beherbergten eventuell Reaktoren, vielleicht, ebenfalls im Verdacht sind LKWs, aber dann ist die Zielrichtung des Herstellungsprozesses noch lange nicht eindeutig: Pockenimpfung, Hefepilz oder Massenmord?

Die Recherche besteht also aus dem Negativabhaken. Vergleichbar mit der unfassbaren Sendung »Deutschland sucht den Superstar« (Kofi Annan, übernehmen Sie!), in der man ja auch dauernd keine Superstars vorgeführt bekommt, auf der Suche nach dem einen, bis dann der so genannte Pop-Titan Dieter Bohlen endlich schreien darf: »Geil!« Bzw.: »Eine Granate, deine Stimme.«

Außerdem, grinst der Laborleiter, hätte er sich dann ja den Bart abrasieren müssen, um die Gasmaske zu tragen. Zur Sicherheit habe er natürlich einen Bartschneider dabeigehabt. Kam aber vollbärtig durch den Einsatz.

Dann gehen wir jetzt mal ins Hochtoxiklabor. Endlich! Über den Steinweg, dort das Gebüsch, die Straßenlaternen, was könnte man hier herrliche Krimis drehen, Eurocops könnten hier allerhand Weltpolizeiliches erledigen, das sähen alle gern, schöne Schweizer Alpen und dazwischen in Schnapsgläsern die Gefahr, huhuhu. Am Trottoirrand das Gras, vielleicht mal unauffällig bücken, Schuh zubinden, dabei ein Grasbüschel herausreißen, die Hand als Plastiktütengreifmaul, wie beim Hundescheißeaufsammeln. Routinekontrolle. Der Rasen ist schön grün, die Berge, die hinterm Labor aufsteigen, sind schön weiß.

Der Berufsberater sagte zum heutigen Laborleiter damals, nach der Schule, er sei vom Typ her geeignet für den Einsatz von Händen und Kopf, er solle doch bitte Gärtner werden oder Chemiker. Seit 1985 leitet er das Labor in Spiez, noch einmal in den Irak würde er nun nicht gehen. Erstens, sagt er, wären jetzt mal Jüngere dran, und zweitens, das sei seine persönliche Meinung als zeitungslesender Bürger und habe mit seinem Beruf nichts zu tun, zweitens seien die Amerikaner doch ziemlich arrogant, und er habe wenig Lust, als akademischer Vorwand für einen offenbar ohnehin geplanten Krieg zu dienen. Bei den ersten Einsätzen sei die Gemengelage klarer gewesen, Irak böse, Kuwait befreien; heute alles schwieriger. Der Fotograf ist verzweifelt. Im Hochtoxiklabor sieht es auch aus wie im Chemieunterrichtsraum eines Gymnasiums. Kolben, Fläschchen, Brenner, Schläuche, Röhrchen, Dreifüße, Zylinder, Pipetten. Wo ist denn jetzt der Kampfstoff? Sagt er nicht, der Laborleiter. Ach so, natürlich. Unangenehm: Man war doch wieder so naiv, etwas Aufregendes erwartet zu haben. Dass es zumindest ein bisschen knallt oder jemand Vorsicht! schreit. Alles ganz ruhig. Immerhin ein leichter Unterdruck in der Ecke, im Vergleich zum Flur, damit im Falle eines Falles – aber zu behaupten, dass man den spürt, wäre gelogen. Gehen wir mal zur Radioaktivität, aha, soso, hier, ein Glas mit der legendären Probe von 1984 aus dem Iran. Hmhm. Es könnte auch ein Posten aus dem Gewürzregal sein, das Heim-

tückische an Massenvernichtungswaffen ist ja gerade ihre Unauffälligkeit. Einer Kanone sieht man ihre Bestimmung an – die Pulverform hat vielerlei Nutzungsabgründe. Man kann mit einem entsprechend munitionierten Flugzeug ein Feld düngen oder einen Landstrich ausrotten. Die Industrialisierung des Mordes einerseits, die so genannten friedensbringenden Kriege andererseits machen uns ethisch weitestgehend ratlos – und dann muss man auch noch glauben, sagt ja der Laborleiter, an irgendeinem Punkt, aber an welchem? Na eben, amen.
Gehen wir mal in den Gasmaskenraum, den Ausstellungsraum. Der Fotograf wirkt nun etwas versöhnt. Ohne Deckenlicht könnte man hier immerhin Kinder erschrecken. Im Halbkreis stehen ein Dutzend Plastikfiguren in von links nach rechts jüngeren Datums verwendeter Schutzkleidung. In der Ecke hängt als Kuriosum eine Pferdegasmaske. Der Laborleiter ist Hobbyreiter, und ein alter Kollegenpingpongspaß zwischen ihm und dem Pressesprecher geht so:
Irgendwann probier ich das nochmal aus.
Die Pferdemaske, ne?
Ja, muss ja getestet werden.
Und jetzt kommen die Geheimnisse. Die schmutzigen Geschichten. Der Pressesprecher und der Laborleiter wandern zwischen den schutzangezogenen Plastikfiguren herum und erzählen Anekdoten zu Schutzkleidungsentwicklungsphasen. »Meine Grundausbildung habe ich noch in diesem Anzug gemacht, hier haben wir anstelle von Filtern damals Bierdosen reingetan, diese Schuhe trage ich privat heute noch, die wollten meine Töchter vor kurzem wegschmeißen, aber die sind noch tadellos, und für Karneval oder als Requisit fürs Dorftheater sind sie immer noch im Einsatz. Diese Schuhe wurden auch bei der Erstbesteigung der Eigernordwand getragen.« Die Militärmode folge der allgemeinen Mode in einem Sicherheitsabstand von zirka zwanzig Jahren, erklärt der Pressesprecher und erinnert sich, wie er damals in der Rekruten-

schule eine Exerzierhose zweckentfremdet habe zum nächtlichen Ausgang, da Röhrlihosen zu der Zeit gerade in Mode kamen; der Laborleiter zupft an einer »für Aufklärungs- und Entgiftungsaufgaben dichten« Gummitracht: Da hält man es maximal zwanzig Minuten drin aus, erzählt er, dann steht einem der Schweiß bis zu den Knien. Dort liegen Spritzen voll Gegengift. Nochmal der Pferdemaskenwitz. Ende der Kontrolle.
Alles in Ordnung. »Meine Herren – vielen Dank. Wir bringen Sie gerade noch zum Wagen.« Dunkelgrau hängt eine dichte Wolkendecke sich schwer in den Nachmittag hinein und möchte losregnen. Die Aussichten sind düster. Morgen soll es aber wieder schön werden, sagt der Pressesprecher.
Irgendwann kommt man an diesen Punkt, da muss man glauben. Tick, tick. Der Regen ploingt aufs Autodach.

Gartennazis

D. Jurko und G. Brandenburg in *BILD*: Es ist 8.30 Uhr, und auf Sylt ist die Welt nicht mehr in Ordnung. Die »Gartennazi«-Affäre um Liedermacher Reinhard Mey – nun wollen es ihm die Nachbarn auf der feinen Urlauberinsel zeigen. Mey hatte sie in einem offenen Brief als »Gartennazis« bezeichnet, weil sie ihn beim Komponieren ständig mit Rasenmäherlärm stören würden. In schwarzen Shorts und Pulli kommt Reinhard Mey des Weges, hat sich beim Bäcker Brötchen und *BILD* gekauft.

Reinhard Mey (nimmt die Gitarre vom Gepäckträger und singt):
Er schloss die Türe hinter sich
Hängte Hut und Mantel in den Schrank, fein säuberlich
Setzte sich, »Na, woll'n wir erst mal seh'n, was in der Zeitung steht!«
Und da stand es fett auf Seite zwei:
»Gartennazis! Reinhard Mey!«
Er las den Text, und ihm war sofort klar
Eine Verwechslung, nein, da war kein Wort von wahr
Aber, wie kann etwas erlogen sein, was in der Zeitung steht?

(Er legt die Gitarre in den Sandkasten.)
Seit einer Woche suchen wir Erholung in unserem Ferienparadies – vergeblich! In dieser Zeit waren jeden Tag um uns herum die Gartennazis mit schwerem Gerät und unter Höllenlärm-Entwicklung damit beschäftigt, auf handtuchgroßen Grundstücken kleinen, unschuldigen Grashalmen den Garaus zu machen.

Vor Meys Haus: eine Ansammlung aus hauptsächlich Bürgervertretern, echten Bürgern, *BILD*-Lesern, *BILD*-Schreibern, Fotografen, Gärtnern, Geldgesocks.

BILD-Leser Günter Schullenberg: Laute Nachbarn als »Gartennazis« zu bezeichnen ist eine nicht hinnehmbare Verharmlosung der Nazis des Dritten Reiches.

Reinhard Mey: Das ist eine Wortschöpfung des Kabarettisten Georg Ringsgwandl für fanatische Rasenstutzer, Heckenspießer und Halmausrotter.

Dr. Georg Ringsgwandl:
Scharf rechts, hinterm Mond,
wo der Gartennazi wohnt,
nicht mehr Stadt und noch nicht Land,
wo der Gartennazi wohnt.
der ständig rumschleicht, spioniert,
die andren alle drangsaliert,
er gehört zu dieser Art von Leut',
die mit der Nagelscher' den Rasen schneid't.

Reinhard Mey: Dieses Lied hat Ringsgwandl im letzten Jahr hier auf Sylt präsentiert – das hat damals Jubel ausgelöst! Wer sich durch meine Worte vor den Kopf gestoßen fühlen will – bitte schön. Jeder zieht sich die Jacke an, die ihm passt. Ich wende mich gegen diese fanatischen Menschen, die in ihrer Abwesenheit dafür sorgen, dass aus ihrem Grundstück mit Flammenwerfer, elektrischem Zweitakter und Nagelschere ein englischer Rasen oder Golfplatz wird.

Nachbar Lothar Denkewitz, Autor der Buches »Gartenpflege einfach und erfolgreich«: Walzenmäher schneiden, Sichelmäher schlagen das Gras ab. Ein Rasen, der mit einem Walzenmäher geschnitten wird, sieht sauberer und grüner aus. Für kleinere Rasenflächen bis 200 qm reicht ein Handrasenmäher. Das Mähen mit ihm ist eine gute Gymnastik, bringt den Kreislauf auf Trab und fördert die Gesundheit.

Reinhard Mey (aufgebracht): Es stinkt und knattert!

Hans W. Hansen, Leiter der Ordnungsbehörde des Amtes Landschaft Sylt: Heutige Rasenmäher sind viel leiser als die vorgeschriebene Norm. Ein weiterer Ortstermin bei Herrn Mey ist nicht notwendig. Allerdings sollte er sich überlegen, ob die Wortwahl so richtig war – und dann die Dinge wieder gerade rücken.

Frank Jung, *Sylter Nachrichten*: Nun rückt den Musiker umgekehrt niemand in die Nähe von Skinheads, bloß weil der seine Haartracht mindestens so kurz zu scheren pflegt wie seine Nachbarn ihr Gras. Zwar kritisiert der Star zu Recht ein Verhalten, das auch viele Otto Normalbürger plagt. Aber um da gleich zur Nazi-Keule zu greifen, muss man schon ziemlich abgehoben sein.

Reinhard Mey: Wenn man etwas satirisch meint, muss man hier zu Lande wohl eine Riesen-Leuchtschrift anknipsen. Ich nehme kein einziges Wort zurück. Kurioserweise hat die Realität ja nun Dr. Ringsgwandls satirische Überspitzung eingeholt.

Kurausschuss-Vorsitzender Dirk Erdmann: Das wird doch alles nur hochgespielt.

Dr. Georg Ringsgwandl: Zu dem Lied hat mich ein Nachbar inspiriert. Zehn Tage nachdem wir eingezogen waren, hat er sich erschossen. Diese zehn Tage lang habe ich ihn nur schimpfend und Unkraut jätend erlebt. Und wie er meiner

Frau gartengestalterische Direktiven erteilte. Der klingelte zwei Häuser weiter und sagte, Entschuldigung, Sie haben ja Ihr Kaminholz im Garten gar nicht korrekt abgedeckt, das schimmelt doch, das geht ja nicht, ich habe zufällig ein Blech dabei, das kommt da jetzt drauf. Na, der hat sich dann halt umgebracht, der war gut bewaffnet, wie sich hinterher herausstellte. Wir haben ja hier 80% CSU-Wähler. Alles solide, Ärzte, Bänker, Chefs aller Art, dazu massig Frührentner, geldige Leute. Da kann man Geld auf der Straße liegen lassen – da kommt nichts weg. So, alles bestens, und dann hat da einer ein Waffenarsenal in der Speisekammer. Eben ein Pedantenarsch, ein gemeingefährliches.

Reinhard Mey: Montag links von uns, Dienstag hinter uns, Mittwoch schräg links über die Straße, Donnerstag gegenüber, Freitag rechts über die Straße, Sonnabend (doch nicht etwa Schwarzarbeit?) rechts neben uns, und heute fangen sie links von uns wieder von vorne an. Gleichzeitig stoßen sie zu, mit einem 4-Takt-Rasenmäher, einem 2-Takt-Kantentrimmer und einem 2-Takt-Laubpuster, alle an der oberen Drehzahlgrenze und mit Sicherheit jenseits aller zulässigen Lärmnormen.

Sylts Bürgermeisterin Ruth Sönksen: In der Amtsverordnung zum Schutz des Kurbetriebs steht unter § 2, Absatz 2: Während der Ruhezeiten (13 bis 15 Uhr, 21 bis 8 Uhr) ist jeglicher Lärm verboten. Ich kann mir nicht vorstellen, dass jemand nachts Rasen mäht.

Kurausschuss-Vorsitzender Dirk Erdmann: Das wird doch alles nur hochgespielt.

Reinhard Mey: Die Urlaubsqualität sinkt durch diese ständigen Lärmattacken auf das Niveau einer mittleren Baustelle. Es gibt nur einen Ausweg aus dieser unerträglichen Situation und ein Mittel gegen diese völlig unnötige Umweltbelastung: ein strenges Gartenmaschinenreglement bzw. -verbot in den Sommermonaten. Es steht keine Katastrophe ins Haus, wenn im Juli und August nicht gemäht wird.

B. u. M. Dethloff aus Westerland: Sie irren: Einige Kurgäste inszenieren regelrechte Dramen, wenn ihr mitgemieteter Garten nicht regelmäßig gepflegt wird. Vor kurzem beschwerte sich z. B. ein Feriengast bei seinem auswärts wohnenden Vermieter, der Garten sei total verkommen. Richtig war: Es wurde einen Tag später als sonst gemäht, weil es den Tag zuvor stark geregnet hatte.

Reinhard Mey: Ich selbst habe unserem Garten eine Schonzeit im Sommer verordnet, und er ist wunderschön, mit blühenden Blumen und Gräsern und Insekten und Vögelchen, die in dieser Oase Zuflucht finden. Es gibt ästhetisch und biologisch keine zwingende Notwendigkeit, das Gras im Sommer am Wachsen zu hindern.

BILD-**Leserin Josephine Tibackx:** An alle Rasenmäherbesitzer: Verschrottet die teuflischen Dinger und gebt der Natur wieder eine Chance.

Mathias Rey aus Westerland: Es wäre sehr nett, wenn Sie Ihre Heimreise mit einer Anzeige in der *Sylter Rundschau* bekannt geben würden, damit wir dann einen Mähdrescher bestellen können.

Reinhard Mey: Kompromissvorschlag: Damit die Gartenpflege-Betriebe keine Einbußen haben, finden Sie bitte einen 4-wöchigen Turnus – so wie es mit der Leerung der Mülltonnen ja auch funktioniert –, mit dem Sie das Mähen in einem Inselort auf einen Tag im Monat begrenzen.

B. u. M. Dethloff aus Westerland: Die von uns betreuten Grundstücke sind auf drei Ortschaften verteilt. Wenn wir pro Inselort nur einen Tag im Monat mähen dürften, müssten wir ein paar Aufträge abgeben. Nun müssen wir Normalverdiener aber durchaus die ganze Woche über arbeiten.

Amtsvorsteher Heinz Maurus: Gehen Sie am Strand spazieren und entspannen Sie sich! Lassen Sie die Toleranz walten, die Sie in Ihren Liedern von anderen fordern.

Reinhard Mey: Kann es sein, dass Kampen, das sich so gern als Künstlerdorf darstellt, keins mehr ist, weil hier die Musen von Rasenmähern und Gartenmaschinen vertrieben werden?

Herr Baedeker: Als »St. Tropez des Nordens«, als »Worpswede an der Küste« oder als »Hiddensee der Nordsee« wird Kampen bezeichnet. Während zunächst tatsächlich Maler, Schriftsteller und ein paar Intellektuelle Kampen liebten, haben sich in den letzten Jahrzehnten zunehmend Jet-Set und Schickeria breit gemacht.

Moritz Rinke: Ich komme aus Worpswede, aus dem richtigen Worpswede! Verzeihung, Rinke mein Name: Sie kennen mich wahrscheinlich als Schriftsteller, Dramatiker und Kanzlerspargelesser. Aber jetzt bin ich auch noch diesjähriger Sylter Inselschreiber. 111 Autorinnen und Autoren des deutschsprachigen Raums hatten sich mit einem Essay zum Thema »Das Wichtigste an einer Insel ist das Wasser drum herum« um den Förderpreis beworben. Das zum dritten Mal vergebene Stipendium des Mineralwasserkonzerns Sylt-Quelle umfasst einen achtwöchigen Aufenthalt auf Sylt, kostenfreies Wohnen in Rantum sowie ein Preisgeld von 5000 Euro. Mein Beitrag überzeugte die Jury durch gekonnte Metaphorik jenseits der gängigen Insel-Klischees.

Dr. Georg Ringsgwandl: Man muss schon wenig Scham haben, in Kampen zu wohnen. Neureiche unter sich, na servus. Da muss man schon robust sein. Kampen! Bäh, da gibt es so einen spießigen Scheißladen, erinnere ich mich, da gibt es im Grunde NUR spießige Scheißläden, erinnere ich mich, aber der spießigste Scheißladen, an den ich mich erinnere, ist das »Gogärtchen«.

Herr Baedeker: Im legendären Gogärtchen trifft sich die Kampener Szene nachmittags zu Kaffee und Kuchen, abends gibt es Sylter Kost zu gehobenen Preisen.

BILD-**Leser Klaus Schützler aus Hamburg:** Sylt kann ich mir als Rentner nicht leisten, verbringe jeden Urlaub daher in einer einsamen Hütte im Wald. Mein Angebot: Reinhard, lass uns doch mal tauschen!

Reinhard Mey: Ich appelliere an die Fürsorgepflicht der Gemeinde für diesen wunderbaren Flecken Erde. »Irgendein Depp mäht irgendwo immer«, singe ich trotzig-traurig auf meiner Terrasse in das Dröhnen der nachbarlichen Motorsense.

Rosemarie Katzera aus Westerland: Durch tausendfaches Hören deiner Lieder scheinst du mir so vertraut, dass mir ein »Sie« fast wie eine Beleidigung vorkäme. Wirst du das tun: Für deine nicht Rasen mähenden Nachbarn singen und spielen? Es gibt unendlich viele Sylter, die ihren Rasenmäher für ein Konzert von dir auf Sylt hergeben würden.

Reinhard Mey: Eigentlich hatte ich hier auf der Bank hinterm Haus eine Verabredung mit meiner Inspiration, aber bei dem Radau möchte sie mir doch lieber an anderer Stelle begegnen.

Hans W. Hansen, Leiter der Ordnungsbehörde des Amtes Landschaft Sylt: Es gibt mehr Unternehmer, die vom Gartenbau als von der Inspiration auf der Terrasse leben.

Moritz Rinke: Es ist schwer zu erklären, aber die Arbeit, das Schreiben auf einer Insel hat irgendwie etwas Befreiendes und zugleich Behütendes. Ich sitze wie auf einem kleinen Planeten und habe viel mehr Mut, zu wissen und zu behaupten, wie das Leben auf dem großen Planeten ist.

Über den Zaun winkt Friede Springer: Trinken Sie einen mit? Ich werde gerade 60 Jahre alt. Aber joggen hält mich fit. (Sie sprintet herbei.) Tag, die Herren. Äh, was ich sagen wollte, wegen der Nazi-Schose: Christian Kracht, der Schriftsteller und gleichnamige Sohn des einstigen Generalbevollmächtigten meines Mannes Axel sen. selig, dieser Christian Kracht, junior, besitzt das Copyright für den Begriff »SPD-Nazi«. Wussten Sie das? Und wer trinkt jetzt was mit?

Moritz Rinke: In Kampen ist man als dranner Dichter ja noch 'n Tick dichter dran. Gibt's ja nicht! Der Sylt-Quellen-Dichter trifft die Gärtnerstochter von der Insel Föhr – Friede Springer! Zum Glück habe ich ein blau-weiß gestreiftes Hemd an. Meine Verehrung, Madame!

Reinhard Mey: Bei der stieg ich regelmäßig jedes Frühjahr über'n Zaun,
Und genauso regelmäßig wurde ich dafür verhau'n.
Es gibt keine Maikäfer mehr, es gibt keine Maikäfer mehr!
Es gibt wichtigere Dinge, aber ich schreibe trotzdem
Auf ein Birkenblatt die Noten für ein Käferrequiem.

Dr. Georg Ringsgwandl: Reinhard Mey verkörpert im Grunde die Speerspitze des Linksspießertums. Vor Jahren rief er mal im *SZ-Magazin* den Trend »Vegetarisches Grillen« aus. Ja, geht's denn noch? Ich weiß noch, da hab ich damals direkt in die Zeitschrift kotzen müssen.

Moritz Rinke: »Es ist besser, Gemüse zu essen und keine Gläubiger zu fürchten, als Ente zu essen und sich vor ihnen zu verstecken.« Gut, oder? Hab' ich aus dem Talmud.

Reinhard Mey: Gemüse ist billig und gesund, und wie die meisten Armeleuteessen schmeckt es gut. Mir zumindest.

Nachbarin Katrin Lehmann: Der ist frustriert, weil er keinen Erfolg mehr hat. Er macht einen auf grün und fährt hier im dicken Mercedes und teuren Porsche rum.

Reinhard Mey: Ich sehe immer öfter lebendig, was tot vor mir auf dem Teller liegt. Gibt es Grillwurst, dann rennen ganze Herden von Schweinen vor meinem geistigen Auge herum. Wenn es Lammkoteletts gibt, sehe ich ein Lämmchen.

Eine Nachbarin namens »Eine Nachbarin«, (die, in einem Hula-Hoop-Reifen stehend, einen Gutinformierten Kreis darstellt): Sollen wir uns Schafe halten? Dann beschwert er sich, dass die Tiere zu laut blöken.

Reinhard Mey: Es soll zwar Menschen gegeben haben – wie etwa den Schriftsteller George Bernard Shaw –, die behaupteten, sie hätten beim Anblick von Steaks die Kühe muhen hören. So weit ist das bei mir aber nie gekommen. Ich habe sie immer nur gesehen.

BILD-**Leser Jens Hansen** (mäht gerade mit einem Kantentrimmer, kopfschüttelnd zu seinem Auffangkorb): Der ist bekloppt.

Moritz Rinke (schaukelt und liest dabei aus dem ihm über den Zaun gereichten Friede-Springer-Poesiealbum vor): Shaw schrieb auch ganz richtig: Am ehesten findet man Gott in einem Garten. Dort kann man nach ihm graben. (Er wirft das Buch zurück zu Friede Springer.) Mögen Sie in die Kurmuschel kommen morgen Abend? Ich inszeniere dort das Kanzler-Kandidaten-Duell. »Oh, oh, oh. Nein – Ha, ha, ha« heißt das Stück. Mit sensationellem Gastauftritt von Mario Adorf in der Rolle des Rezzo Schlauch. Wer spielt denn da so schön Klavier in Ihrem Teehaus?

Friede Springer: Das ist Matthias Döpfner. Wunderbar, nicht? Gleich wird er meinen Rasen mähen. Mit einem Aufsitzmäher. Bei der Fläche kommt man anders gar nicht gegen an, gegen den Graswuchs.

Reinhard Mey: Ist das das Flair des gepriesenen Kurortes? Ist das die heilsame Ruhe des berühmten Seebades?

BILD-**Leserin Marga Niebuhr:** Statt den Rasen zu trimmen, sollten die Nachbarn mal Reinhard Meys Lieder hören. Daraus spricht das wahre Leben!

Reinhard Mey liefert geschmeichelt eine Kostprobe: Alles, was ich habe, ist meine Küchenschabe/Sie liegt auf meinem Ofen, da kann sie ruhig poofen.

BILD-**Leser Wolfgang Ludewig:** Denkt dieser unsympathische Liedermacher auch mal an die ruinierten Nerven anderer Leute, wenn sie sich im Rundfunk seine zum Teil widerlichen Liedertexte anhören müssen?

Dr. Georg Ringsgwandl: Ich kenne tatsächlich Leute, die Platten von Reinhard Mey besitzen. Ich suche ja meine Freunde nicht nach ihrer Plattensammlung aus. Und irgendwas müssen die SPD-Wähler ja auch hören. Kitsch ist's, Kitsch für Krankenschwestern. Oder Sekretärinnen. Es gibt ja auch Germanistikstudenten, die behaupten, Konstantin Wecker mache Lyrik.

(Friede Springers sprechender Dobermann hechelt herbei.)
Friede Springer: Sitz, BILD, mach Platz, BILD!

BILD macht Platz und fragt Frauchen: Ekeln Nachbarn Reinhard Mey weg von Sylt?

»Eine Nachbarin« bricht das Beckenkreisen ab – 25 Jahre Elvis tot! –, der Hula-Hoop-Reifen trudelt auf den Wimbledonrasen: Dann soll der Lieder-Trottel doch ins Watt ziehen. Da gibt's kein Gras.

Hendrik Tongers, *BILD*-Leser aus Langeoog: Liebe Sylter Gartenzwerge! Mäht Mey nieder!

Friede Springer: BILD, fass!

Moritz Rinke: »Man kann die Natur mit einer Forke vertreiben, aber sie kehrt immer wieder zurück.« Horaz. Find ich auch nicht so ohne.

Dr. Georg Ringsgwandl: Den Gefallen, jetzt auf mein Gartennazi-Copyright zu pochen, den tu' ich dem Hansel nicht. Ich mach mich doch nicht zum Leistungsschutzrechtsnazi.

Nobelpreisträger-Homestory

Man klingelt vergeblich bei der »Integrationsgruppe Harmonie« an diesem regnerischen Herbstnachmittag. Auch nützt es nichts, wahllos eine Mehrfamilienhausklingel zu betätigen und »Ich bin es« zu rufen. »Wer ist ich?«, blecht es nämlich zurück. Ein anderer, denkt der Reporter und schweigt besser still. Die Tür bleibt verschlossen. Nebenan, im Haus Nummer 13, bei den Grassens sowieso. Die lassen keinen rein heute. Seit ein paar Minuten wird es im Radio gemeldet, jetzt hat er den Preis, auf den er jahrzehntelang gewartet, ja den er erwartet hat. In diesem Haus hätte 1972 das Telefon klingeln und die frohe Botschaft übermittelt werden sollen – aber da war Böll erst dran. Am Preis, nicht am Telefon. Jetzt ist der Preis da, endlich, doch Grass ist weg. Auf dem Messingklingelschild steht zwar sein Name, die Familie wohnt noch dort, zum Teil, zu welchem genau muss man raten. Oder klingeln und einfach fragen?
Auf dem Bürgersteig ist das Laub ordnungsgemäß zusammengefegt. Ein paar hundert Meter weiter auf dem Markt kaufen die Friedenauer Bürger Frischwaren, tragen sie nach Hause und treten auf dem Heimweg gut gelaunt ein paar Kastanien den Gehweg entlang. Der Zeitungsladen hat auch Haustierfutter im Angebot und Backwaren, an den Bäumen informieren die Anwohner einander über Verlorengegangenes oder Möglichkeiten nachbarschaftlichen Entgegenkommens. Grassens trennen den Müll. Die Passanten auf ihre Art auch, im Rinnstein modert einiger Abfall, Werbung für Wolfgang Schäuble und einen Pizzabringdienst, eine leere Zigarettenschachtel, Kaugummipapier und ein Medikamentenbeipackzettel, nicht verschreibungspflichtig. Monoton donnern

drei Jungs ihren Lederball gegen einen Metallzaun, sie schreien gedämpft und um 18 Uhr werden sie Bratkartoffeln serviert bekommen; der Nachmittag gähnt bleiern, da!, ein zu schnell fahrender Kleintransporter, der von einer schimpfenden Mutter auf spielende Kinder hingewiesen wird und kleinlaut abbremst, dann ist es wieder ruhig, nur der Regen und der Ball tönen, von fern die Hauptstraße. Da kommen zwei Mädchen vom Spielplatz, der Nieselregen scheint Ernst zu machen, die Mädchen haben das Spielen aufgegeben und betreten Grundstück Nummer 13, fragen den Reporter zu Recht, was er denn da macht, und er verwickelt sie geschickt in ein Gespräch, statt zuzugeben, dass er spioniert, die Kreideschrift auf der Treppe (»Anne«, gleich mehrmals, hat wohl gerade schreiben gelernt, die Anne) memoriert und alles, was er entdecken kann, was etwas bedeuten könnte; dass er neugierig ins Arbeitszimmer schielt, dann ins Kinderzimmer und sich wundert, dass gar keine Vorhänge vorgezogen sind, kein Wachhund bellt, dass man einfach klingeln kann (ob es wohl bimmelt, schellt oder läutet?), wenn man sich traut, dass im ersten Stock tatsächlich noch eine große rote lachende Sonne der Kernenergie eine höfliche Absage erteilt, nein danke. Die Grassens wohnen doch hier, tastet der Reporter sich vor. Ja, das sind wir, nicken die Mädchen. Der Reporter staunt. Echte Grassens. Er möchte mehr wissen, wie denn der Opa Günter und wann zuletzt und ob nicht – da erscheint die Mutter der beiden. Sie muss gar nichts sagen, der Reporter hebt entschuldigend die Hände, zieht von dannen, drinnen kreischen die Kinder und die Mutter dreht den Schlüssel zweimal um. Es ist sein Haus, es ist seine Familie, es ist sein Tag heute, aber es ist nicht mehr sein Zuhause, diese Nummer 13. Es wird früh dunkel, und die 13 beginnt zu leuchten, wie in all den Jahren zuvor.

11.09.2001: Daheim bei Walter Kempowski

Die Bilder waren übermächtig, Schweigen wäre die adäquateste Kommentarform gewesen, doch in Ausnahmesituationen misstrauen Fernsehjournalisten dem Vorteil ihres Mediums, hin und wieder ohne Worte auszukommen, und meinen, ihre Sprachlosigkeit durch superlativischen Blindtext überlisten zu können. Das Undenkbare ist eingetreten. Die Welt wird von nun an eine andere sein. Eine neue Zeitrechnung! Wieder mal. Walter Kempowski lag auf seinem Bett, notierte, was er sah, und ärgerte sich über das Verhältnis von Information und Emotion in der Berichterstattung. Die dagegengesetzte detaillierte Beschreibung sowohl der Bilder als auch ihrer Aufbereitung macht seine Aufzeichnungen nun, zwölf Jahre nach dem Mauerfall, so wertvoll. »Alkor«, Kempowskis gerade erschienenes Tagebuch des Jahres 1989, ist eines der gehaltvollsten Geschichts- und Geschichtenbücher über dieses bewegte deutsche Jahr.

Für sein »Echolot« hat Kempowski hunderte Tagebücher gelesen und ausgewertet (und tut es weiterhin), deshalb wohl gelingt es ihm in »Alkor« so mustergültig, eine Existenz zu skizzieren, an der entlang erzählt die Historie greifbar wird. Jeder Tagebuchtag beginnt mit der unkommentierten Gegenüberstellung der Überschriften von *BILD* und *Neues Deutschland*, und dann nimmt Kempowski irgendeinen Faden auf und beginnt zu erzählen, über das Landleben im niedersächsischen Nartum, das Füttern der Hühner, den Fortgang der Arbeit, seine Ehefrau, die Weltgeschichte, das Wetter, Lektüre und das Mittagessen. Da ihn das TV-Gelalle eines Politikers oder das Werk eines selbstherrlichen Kollegen in exakt demselben Maße erzürnt wie das Telefonklingeln während des

Mittagsschlafs, da er also nicht in die Eitelkeitsfalle des Auswiegens und Nachsortierens tappt, ist der Leser 600 Seiten lang auf Seiten des Auskunftgebenden.
Durch die tägliche Schlagzeilen-Ouvertüre ist man schnell wieder in der Hysteriegrammatik jener Zeit, und anders als bei den TV-Wiederholungen der *Tagesschau*, bei denen Frisur und Krawattenwahl des Moderators die Geschehnisse, auch wenn sie nur zehn Jahre zurückliegen, unbestimmt weit zurückdatieren, der Bezugsfaden gekappt wird, so erzielt Kempowskis meisterliche Verzahnung von kollektiver und persönlicher Erinnerung beim Leser ein Gefühl der absoluten Unmittelbarkeit. In der Erinnerung und Nachbetrachtung kürzt man ja gern das Drumherum, beschränkt sich auf das vermeintlich Wesentliche, lässt dem Leben damit nachträglich die Luft raus, und viele Tagebuchveröffentlichungen kranken an diesem parfümierenden Gestus: Schon damals war mir klar. Jaja. All die neuen Zeitrechnungen dauernd.
Interessant und also überliefernswert findet Kempowski tatsächlich alles (»2. Quartett von Mendelsohn. ›Dem Kronprinzen von Schweden gewidmet‹. Möchte man gerne wissen: Warum?«), und je banaler, für sich genommen, die zusammengetragenen Zeugenpartikel sind, desto besser. Auch dies scheint eine aus der Arbeit am und der Wirkung vom »Echolot« gewonnene Erkenntnis, die ihm nun bei der persönlichen Geschichtsschreibung nützt. Die unterschiedlichen, gleichberechtigten Quellen und Schnipsel, die er zusammenführt, sind in ihrer Wahl sehr persönlich und daher nachvollziehbar, werden durch ihre Breite aber allgemein gültig, und dadurch gelingt es ihm, 1989 in einer ungeheuren Vielstimmigkeit erstehen zu lassen. Ihm selbst ist wahrscheinlich sogar das noch zu subjektiv, Walter Kempowskis Gesamtwerk ist ja geprägt von dieser Sammelwut, dieser asymptotischen Annäherung an die VOLLSTÄNDIGE Dokumentation – zum Beispiel, unter so viel anderem, Steffi Graf betreffend, überlegt er in »Alkor«

schelmisch, dabei stets im Dienst: »Was die wohl für perverse Briefe kriegt. Ob sie die mal einer Forschungsstelle zur Verfügung stellt?«

Durch seine deskriptive, bewusst naive (»Was das nun wieder soll?«), alles hinterfragende Schilderung der Ereignisse kommt Kempowskis Text tatsächlichem Erleben sehr nahe, er nennt die Bilder und Situationen, die sich einprägen, und nicht die, von denen man es gern hätte. In seinen Urteilsfindungen nähert er sich von ganz, ganz außen: Aufgehört, Tennis im Fernsehen zu verfolgen, hat Kempowski exakt an dem Tag, an dem Michael Stich zum ersten Mal eine Mütze verkehrt herum aufsetzte. Das Getöse wird vereinfacht, Weltgeschichte entlärmt (»Hitler im weißen Jackett« oder auch »Honecker mit Strohhut«), denn Hildegard hat Husten oder der Hühnerstall ist endlich fertig. Schilderungen und Erkenntnissen des Landlebens setzt Kempowski in »Alkor« den Begriff »Dorfroman« voran, offenbar der Arbeitstitel seines 1999 erschienenen Buchs »Heile Welt«, doch lässt sich diese Stoffsammlung im Tagebuch auch anders lesen: das Bekenntnis zum Leben als Literatur. Alles ist, alle sind Literatur! Jeder schreibt seine Geschichte, indem er lebt. Jeden Tag. Walter Kempowski würde sich wohl nie eine Geschichte ausdenken. Er lebt den Dorfroman, stilisiert das ihm anhängige Image des reaktionären *Welt am Sonntag*-Lesers gründlich über die Satiregrenze hinaus (»Was bleibt, sind die deutschen Militärmärsche«), bastelt sich eine Murmelbahn, ihm wachsen Haare aus den Ohren, er hört Brahms und findet allerlei zum Kotzen. Vollkommen sympathisch.

Er scheint in seiner (Selbst-)Beobachtung keinen Lebensbereich auszulassen, doch die sachliche, mildironische Diktion gibt dem Leser nie das Gefühl, an etwas Intimem teilzuhaben, alles scheint exemplarisch, selbst das »Leibschneiden«. Oft verniedlicht Kempowski, fast scheint es, als rede er beruhigend auf ein schreiendes Baby ein, dabei ist es eine brutalgenaue Nationsanamnese.

Das meiste erscheint ihm erstaunlich, komisch, seltsam, er würde vielleicht sagen: »merkwürdig, und zwar im Wortsinn«; und im Grunde ist er pausenlos dezent beleidigt: vom Körper genervt, vom Kontostand in Sorge versetzt, vom Verlag vernachlässigt, von der Kritik ignoriert, von Lektüre, Fernsehen, Besuch oder Wetter in den Wahn getrieben. Aber nur kurz, immer auch spielerisch: Hochamüsante Schimpfkanonaden enden nicht selten in Gewaltphantasien. Diese dicke Frau im Süßwarengeschäft – »kleine Arschtritte und im belgischen Kongo aussetzen!« Als Bewältigungsreflex erzeugen die Zumutungen immer wieder knappe Brutalurteile: »Revuescheiße«, »Skischeiße«, »Ladenschlussscheiße«, »Walzerscheiße«.

Kempowski ist meinungsfreudig, jedoch in der immer auch schon stilisierten Verbohrtheit von einer beispiellosen Offenheit nach allen Seiten, die wohl auch seine Alleinstellung im deutschen Literaturbetrieb erklärt. Preise, Frauen, Auflagen, Übersetzungen haben die anderen.

Dass man ihn, den ehemaligen Bautzenhäftling, nun nicht täglich in der »Tagesschau« interviewt, wundert ihn wie eigentlich alles, und doch kann er diese Verletzung erfrischend offensiv und immer noch lakonisch darlegen: »Ja, unsereiner steht hier jetzt ein bisschen blöd in der Gegend rum. Hat da einer gerufen? Nein, es hat niemand gerufen. Lesung in Neuwulmstorf.« Und in Berlin halten die anderen wichtige Reden oder signieren in Hamburg noch viel wichtigere Appelle. Erhellend ist es, parallel zu »Alkor« in Peter Rühmkorfs 1995 erschienenem Tagebuch der Jahre 1989–91 (»Tabu 1«) zu lesen. Und was einem damals vergnüglich erschien, bleibt nun, im direkten Vergleich, bloß eitel nachpoliert, als singuläre Onaniebestleistung wahrscheinlich bemerkenswert, als Zeitdokument aber recht unerheblich. Im November 1989 schreibt Kempowski tagelang nurmehr mit, protokolliert phasenweise lediglich stichwortartig, baut daraus eine wunderbare Chronikcollage, während Rühmkorf zeitgleich alles sowieso schon durchschaut und es leider verpasst, kurz mal von sich abzusehen. Im Vergleich zu »Tabu« deutlich angenehmer ist »Alkor« auch dadurch, dass Kempowski auf jegliche Dirty-old-man-Posen verzichtet. Einmal bekommt er Besuch von Mädchen aus dem Dorf, die Briefmarken geschenkt haben wollen. »Ich fragte, ob sie schielen könnten. Sie konnten. Und wie! – Folglich bekamen sie Briefmarken.« Ein anderes Mal wünscht er sich ältere Schaffnerinnen, da die jungen solche »Schafsgesichter« hätten. Rühmkorf hingegen wäre, dem »Tabu«-Selbstentwurf nach, wahrscheinlich lieber mit der jungen Kontrolleurin kiffen gegangen und dann mal sehen und so weiter, und bei der Briefmarkenmädchenepisode hätte er kaum auf die Einbringung des Wortes »lecken« verzichten mögen, dessen kann man gewiss sein.

Vor zwei Jahren, bei einem von Kempowski in seinem Haus ausgerichteten »Tagebuchseminar«, las Rühmkorf abends vor den anwesenden »Ich schreibe auch«-s (überwiegend regulationsdefekte ältere Damen mit Brillenbändern und Strickzeug). Das Verhalten der beiden Schriftsteller unterschied sich an diesem Abend exakt so voneinander wie Ton und Absicht ihrer Tagebücher: Rühmkorf singsangte einige Gedichte und trank Wein dazu (Literatur!), streichelte dabei seinen mehrfarbigen Seidenschal. Kempowski schlich mit einer Fliegenklatsche durch den Raum und grinste. Nach der Lesung setzte sich Rühmkorf neben die jüngsten Damen im Raum, bis er sie müde geredet hatte, dann zur Nächsten, es wurde später, die Jüngsten älter. Die Sitzgruppen um Rühmkorf herum tönten weinselig, Kempowski gesellte sich derweil (kurz stehen bleibend, nie Platz nehmend, immer freundlich, nie verbindlich) zu allein herumsitzenden Gesellschaftsversagern, sagte tröstend »Na, mein Herr?« oder so etwas – und ging sehr früh ins Bett. Am darauf folgenden Morgen, am späten Vormittag, hieß es, Rühmkorf habe sein Auto ins Maisfeld gesetzt und im Übrigen seine Medikamente im Vorleseraum verges-

sen. Er selbst liege ebenfalls noch, und gut gehe es ihm nicht gerade. Für Kempowski war es da fast schon wieder Mittagsschlafenszeit.
Als am 11. September 2001 das World Trade Center brannte und schließlich in sich zusammenfiel und angesichts der irreal erscheinenden Bilder die einzig normale Reaktion entsetztes Schweigen gewesen wäre, die Fernsehjournalisten aber das Unerklärliche einzuordnen versuchten – da lag Walter Kempowski wieder auf seinem Bett und notierte, was er sah. »Der Strom von Kitsch ekelt an«, benotete er die Berichterstattung. In zwölf Jahren wird sein Tagebuch von 2001 veröffentlicht werden. Die Bilder wird man bis dahin nicht vergessen, das Drumherum größtenteils schon. Gut also, dass Kempowski mitschreibt: »Es werden Choräle angestimmt. Na.«

Fernsehen mit Kempowski

Walter Kempowskis Buch »Bloomsday« ist das Protokoll eines ganzen Fernsehtages. Ein Gespräch mit ihm darüber – am Telefon und zappend.

BvS-B: Guten Abend, Herr Kempowski!

WALTER KEMPOWSKI: Na, mein Herr, Sie wollen heute Abend einen großen technischen Versuch starten, ja?

Nun, wir unterhalten uns, sehen dabei fern, gucken, wie sich das Programm einmischt oder ob wir es notschlachten müssen, und das alles wird dann mitgeschnitten; also Versuch: ja, großtechnisch: eher nicht.

Gut. Ich sitze genau vor dem Fernseher.

Wie gucken Sie denn im normalen Leben fern – geplant oder aufs Geratewohl zappend?

Ich sehe beim Frühstück die Rundfunkzeitung durch, und da finde ich dann Sendungen, die ich gerne sehen möchte oder nicht – heute zum Beispiel nichts. Im Tagesverlauf flippe ich da dann schon mal durch, einfach so, um auf andere Gedanken zu kommen.

Welche Fernsehzeitung frühstücken Sie denn?

Welche haben wir, Hildegard? Die *Hörzu*, ja. Weil die einen guten Rundfunkteil hat, sagt meine Frau. Und das stimmt auch.

Und darin markieren Sie dann täglich Ihre Favoriten?

Ja, am Sonntag kam eine ganze Stunde über Glenn Gould, »Die Kunst der Fuge«; wann kriegt man so was schon geboten, das ist doch ausgezeichnet! So etwas gucke ich mir gern an.

Für Ihr Fernsehprotokoll »Bloomsday« haben Sie sich äußerst diszipliniert – bis nahe zur Selbstaufgabe, muss man vermuten – und sich 37 Kanäle im ständigen Durchschalten zugemutet.

Normalerweise habe ich nur 20 oder 22 zur Verfügung. Das ist, glaube ich, normal.

Ich habe nur vier. Anormal?

Dann haben Sie also kein Kabel. Seien Sie glücklich, wenn Sie damit auskommen. Aber arte zum Beispiel entgeht Ihnen dann. Oder denken Sie an die tägliche Kultursendung auf 3sat, da wird man sehr gut informiert – fast besser als durch Zeitungen.

In der ARD läuft gerade die »Tagesschau«.

Erstes Programm, Moment, ja, da ist die Hübsche, wie heißt sie noch?

Dagmar Berghoff.

Ja, mit kurzem Haar und gepuderter Nase.

Wie wäre es mal mit RTL?

Von mir aus. Da streckt gerade einer die Zunge heraus. Huch!, wenn im Fernsehen das Telefon klingelt, denke ich immer, es klingelt bei mir. Jetzt gucke ich wieder ins erste Programm, da ist diese neue Wetterkarte, die ärgert mich, auf der findet man überhaupt nichts mehr. Im ZDF wird gerade so ein Schlipsmensch verhört von einem Unrasierten mit modischem Hemd, der ist wahrscheinlich der Gute.

Läuft der Fernseher bei Ihnen auch nebenbei?

Nein, wenn nichts Gescheites läuft, stelle ich ihn aus.

Am »Bloomsday« mussten Sie dranbleiben und haben etwa im 15-Sekunden-Takt weitergeschaltet. Hat Sie da nichts länger fesseln können, oder haben Sie sich das verboten?

Ungefähr dreimal bin ich länger drangeblieben: bei Heiner Müller, bei Biolek und Kohl und einmal, als es um Busen ging. Das war lustig, wie die Frauen sich darüber unterhielten, wie man den Busen größer macht. Aber das war die Ausnahme, mir lag explizit an einer Zufallsstatistik. Ich wollte einfach mal dokumentieren, was das Fernsehen so innerhalb von 19 Stunden verzapft.

Dabei ließen Sie die Menschen ausreden. Da haben Sie höflich gezappt.

Man lässt sie schon ausreden, aber dann in der nächsten Sendung kommt man natürlich mitten in irgendeinen Halbsatz hinein, und da habe ich dann ein bisschen korrigiert, indem ich begonnene Halbsätze herausgenommen habe, damit es verständlich wird.

Trotzdem lesen sich Ihre unkommentierten Aufzeichnungen wie das Protokoll eines Hofgangs im Irrenhaus.

Wenn man dem Strand von Warnemünde einen Löffel voll Sandkörner entnimmt, dann ist das eine »stetige Menge« – ziemlich langweilig. Wenn Sie aber die Sandkörner einzeln mit dem Vergrößerungsglas betrachten, bemerken Sie große Unterschiede.

Das grobe Sandkorn »Geh aufs Ganze« haben Sie mal sehr gelobt – war das zynisch?

Nein, das mochte ich wirklich ganz gerne, das war so direkt. Normalerweise kriegen die Menschen bei solchen Sendungen Punkte oder so, aber wenn der da die zerknüllten Geldscheine aus der Tasche holte und den Kandidaten unter die Nase rieb, das fand ich irgendwie gut.

Absurderweise wird ja im Fernsehen – trotz visueller Darstellung – viel mehr gequatscht als im Radio.

Jaja, ununterbrochen wird da gesprochen. 365 Tage im Jahr auf 78 Kanälen, ist das nicht ungeheuerlich?

Ist es. Wie haben Ihnen denn eigentlich dabei die Bilder gefallen?

Die kann man ja nun leider nicht abtippen. Wir hatten vorher überlegt, ein Video-Printgerät zu besorgen, aber dann schien uns die konsequente Übersetzung in das andere Medium sinnvoller.

Ist dieser Wechsel fair, oder ist das Fernsehen nicht eigentlich ganz bewusst nur Fernsehen, Unterhaltung zumeist, und so auch angelegt – müssen sich Kohärenz und Sinngehalt also messen lassen am Medium Buch?

Das wirklich repräsentative Protokoll von 19 Stunden – und

das war ja die Intention – zeigt, dass dort in der Tat überwiegend Dünnsinn geredet wird, aber dafür kann ja ich nichts, die haben das ja wirklich alles gesendet!

Aber hat nicht Ihre Vorgehensweise das Ergebnis a priori festgelegt – oder anders gefragt: Hat Sie die nun vorliegende Gaga-Collage überrascht?

Ich war ehrlich gesagt schon geplättet hinterher. So schlimm hatte ich es mir einfach nicht vorgestellt.

Macht das Fernsehen krank oder machen Kranke das Fernsehen?

Das Fernsehen an sich ist ja wertfrei. Wie ein Auto enthält es verschiedene Potentiale: Idiotie, aber auch Vernunft. Sinnvoll genutzt, ist doch das Auto ein höchst nützlicher Gegenstand. Andererseits ruinieren manche Leute mit ihren Autos sich selbst und die Umwelt, denkt man etwa an Formel-1-Rennen – da kichert dann Idiotie heraus. Genau wie beim Fernsehen.

Der »Bloomsday« war Ihnen wohl tatsächlich ein Experiment – Sie schalten gar nicht so rasant beziehungsweise eigentlich gar nicht um.

Überhaupt nicht. Gerade ist da wieder diese Frau mit den roten Lippen.

Immer noch das ZDF, nun schalten Sie doch mal um!

Na gut, auf RTL ist diese großäugige Kommissarin, die mag ich auch nicht, sie spielt einfach nicht gut, da würde ich also weiterschalten. Nun kommt der Bayerische Rundfunk, da wird ein Vortrag über Blutproben oder so gehalten, das ist Ekel erregend! Weiter: Ein Kapitän im NDR, jetzt spricht er, hören Sie mal, der hat wohl sein Schiff restauriert, auch uninteressant, irgendwelche Kurbelwellen sieht man da.

Viele Menschen schalten einfach so lange weiter, bis etwas erträglich genug ist. Sie dagegen können ja lange suchen mit Ihren Ansprüchen.

In der Not frisst der Teufel Fliegen. Also, auf MDR heult eine Frau, ganz uninteressant, durch den SDR läuft eine Tankstellenkassiererin mit einem Pferd, im WDR lecken sich gerade Vampire gegenseitig das Maul – vielleicht würde ich mir das eine Weile ansehen, das ist doch ganz possierlich.

Ihre Arbeitsweise haben Sie mal als Ordnung schaffendes Sichten bezeichnet. Ist »Bloomsday« auch so ein Versuch zu reduzieren, freizulegen?

Versuch ist schon richtig, aber – ach, jetzt bin ich zu abgelenkt durch dieses unsägliche Fernsehen.

Dann schalten Sie den Apparat doch aus!

Ich sollte ihn doch anhaben, haben Sie gesagt. Herrgottnochmal, da kommt man ja ganz durcheinander! Also, worüber wollten Sie nun noch sprechen?

Romanschreiben als Ordnungschaffen, Mülltrennung vielleicht, Sie und die Zettelkästen. Die Verblödung, die einen da umzingelt, dass Sie die reduziert haben auf das gesprochene Wort und so den Ausblick freigelegt haben auf die Struktur ...

Ja, Struktur stimmt. Eine gewisse Ordnung – nicht pedantisch, wohlgemerkt! Die Struktur des Angebots mal festhalten.

Nochmal die Frau mit den Lippen im ZDF, in der ARD Manfred Krug. Was sehen Sie gerade?

Ich hatte den Apparat jetzt abgeschaltet. Soll ich den denn nun wieder anschalten, Hildegard? Sie sind gründlich, sagt meine Frau. Also, in der ARD ein Mensch mit Brille, der in »Tadellöser & Wolff« mitgespielt hat, dessen Namen ich aber vergessen habe, der junge Mann da, der jetzt von hinten zu sehen ist. ZDF: die unerträgliche Frau Schreinemakers, die küssen sich jetzt, nein, das ist sie ja gar nicht ... (so weiter)

Presseclub

Studio.

Da sitzen sie mit ihren Dialekten. Sie wissen, worum es geht. Jedem ins Gesicht geschrieben: die Angst, der Weg bis hierhin; leider auch: wie es weitergeht. Entschuldigen Sie mal. Wenn Sie mich ausreden lassen. Warum ausreden lassen? Man weiß, was kommt, jeder weiß es. Wir lügen. Entschuldigen Sie bitte. Das ist eine ganz andere Frage. Die Diskussion kommt mir bekannt vor. Das wissen Sie genauso gut wie ich. Ich sag mal. Das kann man so sehen.
Dann gehen sie hinaus, zurück an die Arbeit, nein: Sonntag. Überstunden oder Familie. In Familie machen, sagen sie. Wenn sie eine haben. Sonst: einen Film ausleihen. Mal ein
#
GUTES BUCH
#
lesen.
Um mal diese drei Beispiele zu nennen. Und jetzt frage ich Sie. Gerade Sie, ich will da jetzt keine Namen nennen. Warum nicht, warum nicht? Die gedeckten Farben. Schulfernsehen. Mit Resthaar überkämmte Tonsuren, Wassergläser, Stabilopoint88-Stifte stochern Argumente in die Luft. Sowohl als auch. Doppelkinne.
Ich bedanke mich bei Ihnen, liebe Zuschauer, auf Wiedersehen. Die blaue Eins.

12:44:49
12:44:50
12:44:51

12:44:52
12:44:53
12:44:54
12:44:55
12:44:56
12:44:57
12:44:58
12:44:59

Hier ist das Erste Deutsche Fernsehen mit dem »Wochenspiegel«.

Abspann.

Schlingensief vs. Jauch

Der Kassierer an der Tankstelle in Potsdam guckte Günther Jauch gestern Morgen fröhlich ins Gesicht. Er hielt es für unumgänglich, sich originell zu verhalten, und sagte deshalb nicht Guten Tag, sondern: »Ah, Herr Jauch! Wollen Sie:

a) Brötchen
b) Eine Sonntagszeitung
c) Eine Grillwurst
d) Tanken?«

Gequält murmelte der Moderator etwas und beeilte sich mit dem Bezahlen, um unbedingt den frohlockenden, sich im Feixen des Kassierers schon ankündigenden Zusatz noch abwenden zu können, er, Jauch, könne natürlich auch jemanden anrufen, wenn er unsicher sei.
Es ist ein Elend. Kein Dorffest komme mehr ohne eine Parodie seiner Sendung »Wer wird Millionär?« aus, erzählt Jauch. Tags zuvor hatte er morgens im Info-Radio eine Kritik der Premiere von Christoph Schlingensiefs »Quiz 3000 – Du bist die Katastrophe« gehört. In der Berliner Volksbühne war »Schlingensief als Günther Jauch« angekündigt worden, und dem Info-Radio-Rezensenten hatte es nicht gefallen, erzählt Jauch. Ihm sei es doch wurscht. Schlingensief habe, hätte es im Radio geheißen, unterstützt von einem das Quiz-Jingle verwurstenden Heim-Organisten, seine Kandidaten zum Beispiel gefragt, wie viele Bildbände über den 11. September 2001 auf einen Band über Bürgerkriegsopfer in Somalia kommen. Oder nach den Maßen der Stehzellen im KZ Auschwitz, in denen Internierte zu viert die Nacht verbringen

mussten. Oder wie viel Prozent aller Frauen mindestens einmal im Leben von einem Vaginalpilz befallen werden.
So ein Schlingensiefabend eben, RAF, Behinderte, Hitler, Kohl, NPD, Ficken, naja, von ihm aus, gähnt Jauch, bitte schön, warum nicht.
Dass sein Quiz nun auf der Bühne angelangt ist, in der Kunst, das ehrt ihn nicht; stört ihn auch nicht. Ist ihm halt wurscht, wie gesagt. Und dass das Land Baden-Württemberg mit dem Siegerbild der von der Boulevardpresse »Millionen-Marlene« genannten arbeitslosen Hausfrau, die bei Jauch eine Million gewann, für seine Bildungspolitik wirbt, wie findet Jauch das? Das hört er jetzt zum ersten Mal, findet's auch wurscht, natürlich, aber zumindest ein wenig lustig: »Die hat sich ja eher so durchgeschummelt, die hat richtig gezockt. Viel wusste die nicht.«
Irrtümlich werde seine Sendung ja hin und wieder als Bildungssendung tituliert, sagt Jauch. Seit Ausbruch des Quizfiebers in Deutschland werde er als Inhaber all der Antworten und allwissender, oberster Kopfschiefleger des Landes immer mal wieder von irgendwelchen dämlichen Blättern zum »klügsten Deutschen« ernannt. An deutschen Schulen, erfährt Jauch aus vielen Zuschriften, gestalten viele am Ende ihrer didaktischen Möglichkeiten angelangten Lehrer ihren Unterricht methodisch angelehnt an seine Sendung, und Multiple Choice biete natürlich eine Reihe Vor- und Nachteile, zählt Jauch auf. Im Gespräch mit Handwerkern beispielsweise könne man so »einen Korridor schaffen, der verschiedene Antwortmöglichkeiten simuliert, aber eigentlich eine klare Ansage formuliert«. Dieses Fenster, fragt Jauch, ist das

a) schief eingebaut
b) schon verkratzt
c) nicht das bestellte
d) sowieso zu teuer?

Das Beispiel ist nicht sehr weit hergeholt, denn Günther Jauch baut zurzeit neben seinem Haus in Potsdam ein etwas größeres, und er wirkt wie ein Schreckgespenst jeder Frühstückspause, einer, der ausführliche Diskussionen mit Handwerkern nicht scheut. Zur Not hilft ein Fragespielchen. Das beherrscht er ja wie niemand sonst: dieses schmerzfreie Ausgestalten der Stille, seine imposant variantenreiche Anteilnahme, die immer zugleich Fallgrube oder Steigbügel sein kann. Sind Sie sicher? In 80 Ländern gebe es das Quiz mittlerweile, berichtet Jauch, und einer Auswertung des Lizenzgebers nach sei er, Jauch, weltweit der langsamste aller Moderatoren. Also: am wenigsten Fragen pro Stunde. Bei RTL sei man daraufhin in leichte Panik verfallen, »die schnellen Unterhaltungsjungs da« (Jauch), und habe den Markt genauer erforscht, dabei jedoch herausgefunden, dass die Zuschauer genau diese Langsamkeit besonders schätzen. Tja, sagt Jauch.

Die schnellen Unterhaltungsjungs sagen nichts mehr seitdem. Und was macht die Konkurrenz? Die gibt es nicht. Vom Cover der *Hörzu* schaut Jörg Pilawa herab, er hat ein Schaf im Arm, weil er nämlich gar nicht mehr brav sein will. Er macht ja auch ein Quiz. Man sollte sich als verwechselbarer Moderator niemals mit Schafen fotografieren lassen.

Auf Schlingensiefs Bühne stand Corinna Harfouch und bat um Spenden für Afghanistan. Schlingensief trug eine Brille, und dann sang jemand vom Tode Conny Kramers, warum auch nicht. Viel zu lang sei es gewesen da bei Schlingensief, hat Jauch im Radio gehört. Die Quiz-Kandidaten, die in Jauchs zwischen die Fragen gestreuten Zurperson-Interviews charakterliche Abgründe andeuten und die an diesem Punkt, an dem bei Jauch dann die Werbung oder die nächste Frage kommt, an der Entfaltung des Irrsinns gehindert werden, diese Quiz-Kandidaten also sind in Schlingensiefs Version natürlich gehalten, an diesem Punkt erst loszulegen. Alle Krankheiten der gesamten

Familie dezidiert aufzuzählen, Ängste, Neurosen, na los, es ist schließlich Theater. Oder?
Sind denn die Kandidaten gecastet oder echt, fragten sich die Zuschauer in der Volksbühne, und das Aufkommen dieser Fragestellung allein ist im Sinne der Initiatoren sicherlich ein gewünschter Effekt. Ja gut, sagt Jauch, seinetwegen, aber was soll das bringen? Konzentrationslager ihrem Standort nach von Norden nach Süden zu sortieren, soll das schockieren? Ein Tabu brechen? Unwissen, Desinteresse gar beweisen und anprangern? Ein schlechtes Gewissen soll er, Jauch, jetzt kriegen? Als Moderator? Als Deutscher? Hmhm. »Verstehen Sie mich nicht falsch«, sagt Jauch. Das sei ja alles schön und gut. Und vielleicht erwarte man von ihm, da er das Quiz nun mal verkörpert, »ein Interesse dafür, wie das mit was weiß ich für einem V-Effekt auf die Bühne transponiert wird und so weiter, aber ehrlich gesagt – es löst bei mir nichts aus. Wenn ich da veralbert werde, mir egal, das ist mir wirklich egal.«
Der klügste Deutsche schweigt. Das kann heißen:

a) ihm ist langweilig
b) er denkt nach
c) –

Dass sich die Kunst auf das Fernsehen bezieht, dass ein Sendungsformat offenbar der letzte gemeinsame Nenner dieser Tage ist, das ist in der Tat bemerkenswert, findet auch Jauch. Dass ja insbesondere das Fernsehen selbst sich immerfort auf das Fernsehen beziehe, sei, sagt Jauch, »im Grunde eine Pest«. Gerade habe er einen Kandidaten in der Show gehabt, den er zu fragen hatte nach »Naddel, Siegel, irgendsowas, ach ja, Janina, kennen Sie Janina?« Diese Janina sei in Deutschland bekannt als »Teppichluder«, führt Jauch aus, und der Kandidat habe zwischen vier Bodenbelägen auswählen müssen: Teppichluder, Fliesenschlampe usw. Der Kandidat habe nichts, gar nichts damit anfangen können. Große Heiterkeit habe sich im Publikum breit gemacht, die Antwort war »im 300-Euro-Bereich angesiedelt« gewesen, solches Wissen also werde vorausgesetzt. Der Kandidat habe das Publikum fragen müssen, 99 Prozent wussten die richtige Antwort, ein neuer Rekord und faszinierte Bestürzung beim Moderator, damit einhergehend rückhaltlose Sympathie für den mit dieser Kopfverpestung zumindest nicht geschlagenen Kandidaten.

Dass 99 Prozent so etwas wissen, dieser Grad partieller Informiertheit, wiegelt Jauch, der Ausweichmeister, ab, sei »zumindest auch interessant, und außerdem ein Signal für die Abwesenheit größerer Sorgen«. Und bitte, man muss ihm nicht kommen mit der Gegenthese, ob nicht das Volk mit diesem Betäubungsprogramm ruhig gestellt werde. Das habe er noch nie geglaubt, aber gekannt habe er diese These natürlich auch immer schon. Und jetzt? Wie retten wir uns aus dem Quatsch, klügster Deutscher, hilf! Sollen wir jemanden anrufen? Bruhaa. Wir sollen lesen, sagt Jauch.

Morgen bekommt er Besuch vom *Spiegel*, großes Interview im Rahmen einer Serie über Bildung. Befragt werde er in seiner Doppelfunktion als erstens Oberquizmaster und zweitens Vater schulpflichtiger Kinder. Jauchs Kinder werden Janina nicht kennen, dafür ist gesorgt. In seinem Bekanntenkreis, sagt Jauch, werfe man ihm hinsichtlich der Erziehung seiner Kinder und der Reinhaltung des Kinderzimmers nur halb im Scherz manchmal »sektenartige Strenge« vor. Ist ihm natürlich auch wurscht. »Ich habe noch nie ein Video gekauft. Auch eine Hörkassette kommt mir nicht ins Haus, bevor nicht das Buch gelesen wurde. Wenn ich aus dem Fernsehen weiß, wie das Pferd von Pippi Langstrumpf aussieht, ist das Buch ja witzlos. Erst lesen und dann die eigene Vorstellung durch die Filmwirklichkeit ergänzen – das ist in Ordnung.« Das loggen wir ein.

Wickerts Wetter

»Wer wissen will, wie das Wetter ist, soll aus dem Fenster gucken. Wer wissen will, wie das Wetter morgen sein wird, der möge morgen aus dem Fenster gucken.«
    Max Goldt, *»Okay, Mutter, ich nehme die Mittagsmaschine«*

Anna ist schuld. Das so benannte Orkantief wurde im Jahr 2001 vom staatlichen Deutschen Wetterdienst lediglich als »starker Wind mit Sturmböen« vorhergesagt, und das war nun wirklich untertrieben, Bäume und Masten knickten um, Dämme brachen, Menschen starben, die Elemente tobten, und kurz darauf die so genannten Fernsehoberen – da diese Fehlprognosen sich häuften, verlor der Deutsche Wetterdienst Auftrag und Sendeplatz der Wettervorhersage zum Finale der »Tagesthemen« in der ARD, die berühmt und beliebt war vor allem auch wegen der Hinleitung durch Moderator Ulrich Wickert: Mit einem so genannten Augenzwinkern erzählte er dem Zuschauer allabendlich eine Art Gutenachtgeschichte, eine nacherzählte Agenturmeldung aus dem Tiefdruckgebiet »Vermischtes«, auf deren Pointe die Formel »Das Wetter!« folgte und somit der Blick freigegeben wurde auf die Karte und die Aussichten, die den Bürger nach einer halben Stunde Neuigkeitengedonner zum Unmittelbarsten zurückgeleiteten, zum eigenen Leben in allernächster Zukunft. Wie wird mein Tag, Schatz? Dieses die Dasjetzttauchnoch-Auspeitsche eines jeden Tagesendes sanft abrundende Element vermochte es, den Zuschauer zu trösten, mit allem Unbill ansatzweise zu versöhnen. Es würde also trotz allem weitergehen, lehrte dieser Ausblick, gleich morgen, direkt vor der Haustür, und zwar morgen früh, wenn Gott will – man würde wieder geweckt.

Von Regen, Sturm oder auch mal Sonne. Gott würde uns eine erneute Chance geben, prima, nett von dem. Man konnte dann schlafen gehen. Doch nach dem »Anna«-Desaster änderte sich einiges, so auch der Sendeablauf der »Tagesthemen«, Wickerts Bettkantenschnurre ist seither passé, zwischen »Tagesthemen« und dem nun von Jörg Kachelmanns als verlässlicher geltender Firma Meteomedia verkündeten Wetter läuft jetzt Werbung. Nichts ist indessen darüber bekannt, ob man sich beim Deutschen Wetterdienst seither beleidigt mit dem Lied »Anna« von Freundeskreis in den Schlaf summt:
Immer wenn es regnet
Muss ich an dich denken
A-N-N-A
Sicher aber ist, dass Kachelmann »Anna« richtig, nämlich als verheerend eingestuft hatte, und so bekam er den Auftrag.
Meteomedia: Lass mich rein.
Der Deutsche Wetterdienst: Lass mich raus.
Ulrich Wickert: Oh, Anna.

Ja, Anna. Lange danach stapelten sich in Wickerts Ablage noch Wetterüberleitungsanekdoten, sie wurden ihm von Zuschauern geschickt, und auch er selbst sortierte hin und wieder etwas ehedem Geeignetes ins »Das Wetter«-Fach, das macht die Macht der Gewohnheit.
Nachfolgend nun das Destillat einiger jener Geschichten, die uns Zuschauern also durch Anna und die Folgen vorenthalten wurden, gekürzt nach Maßgabe der neongelben Hervorhebungen durch Wickerts Stabilo Boss:

Sulingen (ddp). Der Schuhhersteller Lloyd aus Sulingen bei Diepholz hat für Bundeskanzler Gerhard Schröder (SPD) Schuhe gefertigt, bei denen die Absätze vorn sind. Die Idee des Schuhherstellers geht auf eine Witzelei von SPD-Bundestagsabgeordneten zurück. Sie sollen laut *Wirtschaftswoche* gesagt haben: »Wir tragen jetzt die Schuhe mit den Hacken vorn. Dann geht es auch bergab bergauf.«

Neu Delhi (dpa). Polizisten mit Bauch müssen im Norden Indiens abspecken. »Ein Schmerbauch sieht nicht nur peinlich aus, er ist auch ein Zeichen von Faulheit«, befand der Polizeichef von Hisar im Bundesstaat Haryana. Die Beamten müssen nun wählen: Entweder sie machen wieder eine gute Figur oder sie werden nicht mehr befördert.

Bukarest (AP). Hinter der Wand eines Geheimtunnels in Rumänien ist eine alte deutsche Lokomotive aus dem Ersten Weltkrieg verborgen. Bei dem geheimnisvollen Tunnel handelt es sich nach Angaben des rumänischen Architekten Dan Nitescu um einen 1912 in Angriff genommenen Bau, der als strategische Verbindung zwischen dem Prahova-Tal in Südrumänien und dem Ort Sinaia dienen sollte.

Paderborn/Darmstadt (dpa). Die »Darmstadt Dribbling Dackels« haben die offene Meisterschaft im Fußball der Roboterhunde gewonnen. Bei der Sony Legged League (Sony Vierbeiner Liga) des Robocup spielen jeweils vier 20 Zentimeter große Roboterhunde gegeneinander. Die Hunde sind nicht ferngesteuert, sondern müssen für jede Spielsituation programmiert werden. »An dieser künstlichen Intelligenz müssen wir in den kommenden Wochen noch feilen«, sagte Ronnie Brunn von den »Dackels« nach dem Sieg. »Unsere Hunde haben den orangen Ball zu gut gesehen und sind losgerannt. Dadurch standen sie sich noch zu oft selbst im Weg.«

London (AFP). Mit rund hundertjähriger Verspätung ist eine Postkarte in Großbritannien zugestellt worden. Die 31-jährige Kathy Russell aus Heaton Mersey fand die vergilbte Karte morgens mit anderer Post in ihrem Briefkasten. Ein

Postsprecher betonte, es sei äußerst unwahrscheinlich, dass die Postkarte die ganze Zeit im Postsystem verschollen gewesen sei. Die wahrscheinlichste Erklärung sei, dass sie zu einer privaten Sammlung gehörte.

München (AP). Beim Griff in die Pralinenschachtel zeigt sich das wahre Ich. Ob fruchtig, nussig oder minzig – die Wahl der Füllung offenbare bestimmte Charaktereigenschaften, schrieb die Frauenzeitschrift *Freundin* unter Berufung auf den Psychotherapeuten Murray Langham. Nach dessen Erkenntnis greifen Romantiker und fürsorgliche Menschen meist zu Erdbeere. Haselnussfüllungen hingegen seien eher was für Schüchterne, die am liebsten mit einer Tarnkappe durchs Leben liefen. Während der Powertyp auf Kirsche steht, ist Kokos eher was für Künstler. Füllungen aus Mandel und Marzipan sind Langham zufolge typisch für Erfolgsmenschen, die sich gerne feiern lassen.

Madrid (dpa). Martin Kafka (23), ein Großneffe des Schriftstellers Franz Kafka, macht in Spanien Karriere als Rugby-Spieler. Der junge Rugby-Profi räumt ein, nur wenige Werke seines berühmten Großonkels gelesen zu haben: »Die Gedanken des Autors waren sehr schwierig. Ich glaube, nur er selbst weiß, was er damit sagen wollte. Ich bin allerdings stolz darauf, mit ihm verwandt zu sein.«

München (ddp). Mit einem Spielzeughammer sind vier Kinder im Alter zwischen vier und neun Jahren in einen Münchner Schreibwarenladen eingebrochen. Die kleinen Diebe erbeuteten eine Stoffente, einen Stoffosterhasen, eine Puppe und zwei Spielzeugautos im Wert von rund 30 Euro. Die ertappten Täter gaben bei ihrer Vernehmung kleinlaut zu, außer den Spielwaren auch noch eine Luftschlangenspraydose geklaut zu haben. Nachdem sie aber die Frontscheibe eines geparkten Wagens damit besprüht hätten, hätten sie die Dosen wieder zurück in die Auslage gestellt.

Bangkok (Reuters). Die thailändischen Polizisten dürfen sich beim anstehenden Neujahrsfest nicht an den traditionellen Wasserschlachten beteiligen und müssen auf ihre bislang bei dieser Gelegenheit benutzten Wasserpistolen verzichten. »Um zu vermeiden, dass die Beamten die falschen Pistolen ziehen, hat der Polizeichef seine Beamten dazu verurteilt, sich bei den Wasserschlachten zu Opfern machen zu lassen. Sie sind strengstens angewiesen, Attacken nicht zu erwidern«, sagte ein Polizeisprecher.

Freiberg (dpa). Von allen ausländischen Euro-Münzen verbreiten sich die Zwei-Euro-Stücke am schnellsten in Deutschland. Das ist ein Ergebnis einer Studie des Mathematikprofessors Dietrich Stoyan von der TU Bergakademie Freiberg (Sachsen). Die komplette Durchmischung der Euro-Münzen aus verschiedenen Ländern werde länger dauern als vermutet. Stoyans Spezialgebiet ist die räumliche Verbreitung von Objekten, zum Beispiel von Galaxien im Weltraum.

Berlin (AP). Seit Montag ist Bundesinnenminister Otto Schily oberster Dienstherr von 44 Polizeipferden. Bereits am Nachmittag hatten die ersten und bislang einzigen Pferde im Dienst des BGS ihren ersten Einsatz für den Bund: Im Regierungsviertel und am Flughafen Tegel übernahm die Staffel Sicherungsaufgaben beim Staatsbesuch des chinesischen Präsidenten Jiang Zemin.

Wellington (dpa). John Lee (66), Farmer in Neuseeland, ist mit einer Marotte zur Touristenattraktion geworden: Immer mehr Frauen überlassen ihm ihre Büstenhalter, die er am Zaun seiner Farm in dem Ort Cardona anbringt. 165 BHs hängen dort bereits, berichtete die Zeitung *Southland News*. Mittlerweile könne Lee nicht mehr ins Restaurant gehen, ohne dass ihm Frauen ihre Unterwäsche offerierten, schreibt das Blatt weiter. Und nun locke der Zaun immer mehr Touristen an.

Görlitz (AFP). Eine 38-jährige Frau aus dem sächsischen Löbau wollte offenbar ganz sichergehen: Um den Kontakt ihres Freundes mit anderen Frauen zu verhindern, sperrte sie den 37-Jährigen mehr als zwei Monate lang in ihrer Wohnung ein. Den Angaben zufolge hatten sich die beiden Ende vergangenen Jahres kennen gelernt und im Januar auf Drängen der Frau verlobt. Laut Polizei unterließ es der in der Wohnung eingeschlossene Mann offenbar aus Angst, um Hilfe zu rufen oder zu flüchten. Es habe auch keine Vermisstenanzeige vorgelegen.

Düsseldorf (dpa). Im Verzehr von Brot und Brötchen liegen die Deutschen in der Europäischen Union auf dem ersten Platz. Genau 84,4 Kilogramm Brot, Brötchen und Croissants hat laut der Vereinigung Getreide-, Markt- und Ernährungsforschung jeder Bundesbürger im vergangenen Jahr gegessen. Den Weltrekord halten die Deutschen mit der Vielfalt von rund 300 Brotsorten.

Inglis/USA (AP). Im 1400-Seelen-Ort Inglis im US-Staat Florida hat Satan Hausverbot. Das zumindest beschloss Bürgermeisterin Carolyn Risher. Um das Böse aus Inglis zu vertreiben, verbannte die 61-jährige Lokalpolitikerin den Teufel kurzerhand per Erlass. »Wir üben unsere Autorität über den Teufel in Jesu Namen aus«, heißt es in der Deklaration. »Mit dieser Autorität befehlen wir allen satanischen und dämonischen Kräften, ihre Aktivitäten einzustellen und Inglis zu verlassen.« Die Gemeindeverwaltung stellte unterdessen klar, bei der Proklamation handle es sich nicht um eine offizielle Verordnung, denn die Bürgermeisterin habe eigenmächtig gehandelt.

London (dpa). Die gut 2000 Beschäftigten des britischen Geheimdienstes MI6 sind in die Gewerkschaft für Spitzenbeamte (FDA) aufgenommen worden. Sie haben sich damit aber keine »Lizenz zum Streiken« erworben, wie FDA-Generalsekretär Jonathan Baume versicherte. Auch seien die MI6-Beschäftigten keine vollwertigen Gewerkschaftsmitglieder, da auf ihren Mitgliedsausweisen aus Geheimhaltungsgründen keine Fotos und persönlichen Angaben erscheinen dürfen.

Das Wetter. Das Wetter. Das Wetter. Das Wetter. Das Wetter. Oh, Anna.

Reich-Ranicki-Gucken

Kritik im Chor. Aufzeichnung eines kollektiven Fernsehabends.

Nun wird er also allein auftreten, und das wollen wir uns dann wenigstens gemeinsam ansehen. Ein Dienstagabend in Friedrichshafen am Bodensee: Nach Ende einer Lesung wird dem Publikum freigestellt, noch gemeinsam eine halbe Stunde zu gucken oder gleich hinaus in das eher tagsüber reizvolle Städtchen zurückzugehen. Immerhin: Ein Grund zu bleiben ist für jeden Besucher dabei.
Auf eine Leinwand wird rechtzeitig das Programm des Zweiten Deutschen Fernsehens projiziert. Dort ist Wolf von Lojewski gleich fertig, empfiehlt noch freundlich – die Augen auf Teleprompterhalbmast – die nachfolgende Sendung, vor der allerdings noch der Meteorologe Dr. Uwe Wesp und die Beraterbank den Friedrichshafenern einen grauschwarzen Wolkenbausch für Mittwoch ankündigen. »Wenn der Kopf im Schraubstock steckt«, heißt es im ZDF-Trailer noch schnell, es geht natürlich um das »Gesundheitsmagazin« Praxis, das man sich bitte auch ansehen soll.
Dann endlich – »Aaaah«, rufen die Friedrichshafener, vom Hinweisgeschnipsel erlöst – der Vorspann. Jetzt geht's also lohos.
In einem seiner zahlreichen Vorab-Interviews hatte Marcel Reich-Ranicki mitgeteilt, dass für die nun zu sehenden paar Bildchen mehrere Spezialisten einen ganzen Tag seine Wohnung belagert hätten. Nun ja, aber reden werde er dann allein. Wozu denn auch immer so viel Leute. Die Farbigkeit des Vorspanns erinnert an die Telefonbuchreklame des Kritikers, und die Musik, wie finden wir die, die finden wir – klatschklatsch-

klatsch. Also, die Musik, nein. ER muss es sagen, er wedelt mit den Armen, er WIRD es sagen, er sagt zuallererst »Ja!«. Das ist schon mal was. Ein schöner Start wäre auch »Nein!« gewesen, aber was ist jetzt mit der Musik, wie ist die, wir sind unsicher, er nicht, er nie, er weiß: »Fabelhaft, fabelhaft, diese Musik, die Sie eben gehört haben.«

Also gut, also fabelhaft. Warum? Einfach so? Nein, natürlich nicht einfach so. »Grund Nummer eins: Mir gefällt diese Musik.« Grund Nummer zwei ist Alfred Kerr, dessen Ende der 20er, Anfang der 30er im Berliner Rundfunk ausgestrahlte sonntägliche Radiosendung Ranicki als Vorbild seines Solos angab und der diesen Marsch als »eigentlich die Hymne der Kritik« bezeichnet hat.

Die ersten Friedrichshafener rufen »Sat.1!«, dort käme Fußball, aber umgeschaltet wird heute mal eine halbe Stunde nicht, so war und bleibt der Plan. »Öööhhh«, sagen sie und holen sich Bier.

Erste Wetten werden abgeschlossen, ob und wenn ja wann Reich-Ranicki einflechten werde, dass seine Autobiographie »Mein Leben« (nicht zu verwechseln mit dem von Bernhard Langer und Paulo Sergio nachdrücklich empfohlenen »Gratis-Buch« mit dem Titel »Kraft zum Leben«) inzwischen eine Auflage von einer Million Exemplaren erreicht hat und wofür diesmal er dies als ein gutes Zeichen werten wird.

Immer noch Kerr. Auch eine Hommage sei die Eingangsmusik, sagt der Mann mit der einprägsamen, so ganz ohne Unterbrechung nicht ausschließlich angenehm anzuhörenden Stimme, der weiß, dass man sich auf Kritiker nicht verlassen kann, und deshalb zur Sicherheit selbst schon vorhersagte, wie seine Sendung werden würde: eben wie Kerr, bloß im Fernsehen. Überhaupt Kerr! Aber: »Wer ist denn Kerr?«, fragen einige junge Friedrichshafener, und da sie dies fragen, ist es gut, dass Ranicki ihn thematisiert. Danach wissen es die Friedrichshafener, Stichproben zufolge, leider auch noch nicht so ganz, es sind aber auch viele Namen und Bücher, und wie hat eigentlich Borussia Mönchengladbach gespielt? »Puh!«, ächzen die zum Weitergucken gezwungenen Friedrichshafener, die es wohl etwas interessanter fänden, wenn wenigstens noch irgendwer sonst reden würde. Um ihnen diese Flausen auszutreiben, sollte man ihnen einfach das letzte »Philosophische Quartett« auf die Leinwand spielen, nur kurz.

Doch was sollen sie tun? Dem Publikum im Studio geht es nicht besser, es ist schon ziemlich solo, was da läuft. Was sollen sie da, was wollen sie da? Sie wollen lachen und klatschen, manchmal tun sie das, zum Beispiel, als Reich-Ranicki (»Ich will nur ein Beispiel nennen«) ihnen, Wette beinahe gewonnen, berichtet, dass sich von seinem Buch über Thomas Mann plötzlich, einfach so, zehntausend Exemplare verkauft haben. Applaus.

Als Nächstes geht es um Grass. Das »Aaaaahhh!« der Friedrichshafener signalisiert nun eine gewisse, im Verhältnis sehr große Aufmerksamkeit, wenn nicht Spannung. Nun ruft niemand mehr »Sat.1!«. Grass und Reich-Ranicki, da war doch was, da könnte also auch was kommen, jetzt. Endlich. Größere Menschengruppen wollen ja immer Lärm haben und machen, und dass Günter Grass gerade ein neues Buch veröffentlicht hat, stand morgens selbst im *Südkurier* (»Ein großes Stück Literatur auf nicht mehr als 216 Seiten«), also ist der Saal ziemlich gut auf diese Monologpassage vorbereitet. Alle hoffen nun auf die im Sendungsuntertitel annoncierten polemischen Anmerkungen, also los, was jetzt? Top oder Flop? Das Beste seit langem! Oh, och.

Weiter, MRR über Grass: »Das Wort, das er damals geprägt hat – äh«. Lacher. Endlich. Das finden jetzt alle sehr komisch. »Das hat Grass geschrieben – ein gutes Wort.« Grund eins: Ich finde das gut. Grund zwei: Ich bin es, Euer MRR. Grund drei: Sie wissen schon. Grund vier: Ich zumindest weiß es. Grund fünf bis unendlich: Zumindest ich. Und, na gut: Thomas

Mann. Was? Kerr? Ok. Auch »Der menschliche Makel« von Philip Roth wird gelobt.
Wer Ranicki, ohne umschalten zu dürfen, bei der Arbeit zuguckt, denkt früher oder später an ein anderes Buch von Philip Roth, an »Portnoy's Complaint«. Dessen Held Alexander Portnoy besorgte es sich fortwährend selbst, auch ohne Publikum, und um jenes vom Wegschalten abzuhalten, muss der ZDF-Regisseur einige Tricks aufbieten bei einem halbstündigen Monolog. Immer gut: Internetadresse einblenden: »Infos und Gewinnspiel«! Immer gern genommen: die dynamische Kamerakranfahrt. Zuschauerköpfe. Das Bühnenbild sieht aus wie Teile ausgemusterten »Wetten, dass …?« – Musikdarbietungskulissensperrholzes.
Eine Dame verlässt die discokugelbehängte Friedrichshafener »Kulturcaserne« jetzt unter dem Vorwand, sie müsse am nächsten Morgen um sechs Uhr aufstehen, sie setzt damit nach circa zwei Dritteln der Sendung einen gewissen Trend, andere folgen ihr nun, ohne sich noch extra zu entschuldigen. Ein junger Herr steigt auf die Bühne und liest die Fußballergebnisse vom Display seines Mobiltelefons ab, er wirft dabei einen bollerköpfigen Schatten auf die Leinwand und greift nun sogar ein Mikrophon. Oh nein, nein, nein, jetzt ahmt er Reich-Ranickis Stimme nach, liest noch mehr Fußballergebnisse vor, und er sollte diesem ersten Eindruck nach, falls dies sein Traumberuf ist, unbedingt noch etwas anderes in die engere Auswahl nehmen als Entertainment, etwas völlig anderes, sonst muss als wahrscheinlich gelten, dass er einer der Ersten sein wird, der sehr bald das laut Lokalzeitung vom Sozialforum Bodensee/Oberschwaben geplante »Bonuskärtle« in der Hosentasche stecken hat. Jedoch: »Es irrt der Mensch, so lang er spricht.« Das also ist die neue Sendungsfinalformel. Schluss.
Und, war das fabelhaft? Jens von der *Schwäbischen Zeitung*, Redaktion Tettnang, sagt: »Zum Glück wird so was bei uns,

wenn überhaupt, vom Mantelteil besprochen. Ich habe so gut wie gar nicht zugehört.« Wiebke hingegen hat sehr genau zugehört, hat Reich-Ranicki schon mehrfach live gesehen und differenziert ihr Urteil wie folgt: Im Frankfurter Jüdischen Gemeindezentrum habe MRR einmal sehr erhellend zum Thema »Brecht und die Frauen« podiumsdiskutiert, auch seinen Vortrag »Kritik – wozu?« habe sie als bereichernd empfunden, die Lesung aus »Mein Leben« hingegen (das sich übrigens, dies nur nebenbei, über eine Million Mal verkauft hat) sei schwach gewesen, da der Autor sich dauernd vom Text gelöst und in Anekdoten verloren habe. Insgesamt sei festzuhalten, dass MRR als Korrektiv unbedingt Partner brauche, und sei es nur, um diese kleinzureden.

Aha. Ein Mann guckt plötzlich ganz erweckt, schüttelt jedem, den er greifen kann, die Hände, und sagt tatsächlich, kein Wort gelogen: »Das Fernsehen in der Gemeinschaft war sehr bewuschtseinserweiternd. Man guckt dann viel bewuschter – Sachen hab i b'merkt, wo i sonst drüber weg'gangen wär – die militaristische Aussprache da während der Marschmusik zum Beispiel«.

Und das sei nur eins von vielen Beispielen. Von sehr vielen. Die meisten Friedrichshafener haben jetzt den Saal verlassen. Sie treibt der Hunger. Nein: Kohldampf, richtig. Fast alle gehen. An der Bar wird es trotzdem eng. Der so genannte örtliche Veranstalter der Lesung beginnt, von einem geplanten Roadmovie-Dreh in San Francisco auf Basis des Romans von einem ehemaligen Bassisten zu schwadronieren, die Filmförderung NRW habe einige Millionen schon dafür bereitgestellt, aber dann sei ganz zuletzt doch irgendwer abgesprungen, und ... – Zeit zu gehen.

Wie war denn jetzt die Sendung? Sollte man nicht so tun, als habe man eine total verrückte Idee? Zum Beispiel: Sigrid Löffler anzurufen?

Doch klar. Da geht ein Mann ans Telefon, da bei der Frau

Löffler. Oho. Moment. Dann sie selbst: »Ich äußere mich nicht zu diesem Vorgang, Sie sind ungefähr der Einhundertundelfzigste, der mich in dieser Sache anruft.« Gut aufgelegt. Also – der Hörer.
Am nächsten Tag regnet es in Friedrichshafen. Auf Dr. Wesp ist Verlass.

Je t'aime

Es war ein Kitsch-Gipfel: Muttertag, das erste sommerliche Wochenende des Jahres, Finale im Bundesliga-Abstiegskampf – und im »Wasserschloss Bonau«, irgendwo bei Leipzig, wurde die Pfingstsendung der MDR-Kuppelshow »Je t'aime – Wer mit Wem« aufgezeichnet: Es blinzelten schüchtern und bedröppelt dreinblickende Menschen in die MDR-Fernsehkameras und leierten auswendig gelernte Paarungsgesuche herunter. Sie alle suchen »einen gefühlvollen, ehrlichen Partner« zumeist, für den zudem »Liebe und Treue noch echte Werte sind«. Sie tun dies, und sie tun einem Leid. Denn im Unterschied zu den telegen und irreführend geschminkten Kandidaten anderer, ungleich prächtiger dekorierter Singlesendungen, vom Schlage »Herzblatt«, »Nur die Liebe zählt«, »Geld oder Liebe« (die bloß Show und niemals tatsächliche Vermittlung sind), treten hier echte Menschen auf. Die nicht nach Kameratauglichkeit ausgewählt wurden und denen keine mühsam lustigen, mit Sexterrorzweideutigkeit versehen Lebensfroh-Lala-Texte ins schöngepuderte Ohr vorgeschrieben werden; echte Menschen, die – wie im Leben – ganz auf sich gestellt sind und nicht wie bei Kai Pflaume durch Clipästhetik verschönert werden. Das Ergebnis ist oftmals tragikomisch. Aber erfolgreich in seinem Anliegen: »Je t'aime« kann eine beispiellose Vermittlungsquote aufweisen: 1824 Singles haben sich in bisher 420 Sendungen vorgestellt, 570 daraus hervorgegangene Partnerschaften sind der Redaktion bekannt, ferner 173 Ehen und gar 31 Babys. Offenbar fasziniert die zahlreichen Bewerber, die wirklich JEDEN Kandidaten dieser Sendung für den peinigenden Auftritt mit einer Vielzahl von Zuschriften (und Hochzeitsofferten!) entschädigen, gerade offensichtliches Mehrfachgestrandetsein, krumme Vita, schiefe Nase, Haarausfall, Bierbauch, Akzent, nie modern gewesene noch je werdende Kleidung. Das scheint dem durchschnittlichen MDR-Zuschauer irgendwoher bekannt vorzukommen – von sich selbst! Was nun lächerlicher ist, die etwas ungeschickten MDR-Singles oder aber die ebenmäßigen Sonnenbank-Langweiler der Konkurrenzsendungen, die statt eines Partners im Fernsehen bloß kurzen TV-Ruhm oder blödsinnige Scheißkuschelausflüge in Romantikhöllen suchen, wird immerhin zu fragen erlaubt sein.

»Wir machen Fernsehen wie vor 15 Jahren, das muss man knallhart sagen«, kommentiert Moderator Frank Liehr den nach Homevideo aussehenden Aufmarsch der Gescheiterten. Seine Kandidaten seien »Leute von der Haltestelle, die schon mal enttäuscht worden sind«. Und Frank Liehr selbst sieht auch eher nach Haltestelle als nach großer Samstagabend-Show aus. »Der Frank ist ja kein Schönling, der ist ja SO normal«, weiß auch Redakteurin Kathrin Heim, die für die angekitschten Drehbücher verantwortlich ist.

Es ist 10 Uhr morgens und Frank Liehr steht in der »Empfangshalle des Wasserschlosses«. Oder auch: im Flur des Mittelklassehotels. Wie immer hat er zu den Dreharbeiten die Vertreteruniform aus der Reisetasche gezogen: beige Hose und blassrosa Jackett, weiße Socken und braune Lederschuhe. Dieser Mann ist ein beliebter Fernsehmoderator, doch, doch. Er hat »meine Sylvia« in seiner eigenen Sendung geheiratet (allerdings: nicht dortselbst gefunden!) und vor Jahren hat ihm sein »alter Kumpel Karsten Speck die Freundin weggeschnappt«, die inzwischen die Geliebte vom so genannten Landarzt ist, aber nur im Fernsehen. Vor »Je t'aime« hat Liehr mit einer mobilen Diskothek den Osten beschallt, und zwar zu den verschiedensten Anlässen, unter anderem auch mal einen »Tanztee für Alleinstehende«, was ja eine gute Vorbereitung war. In den Händen hält Liehr nun ein Buch des Schriftstellers Christian Fürchtegott Gellert, der sich in »diesem wunderschönen Hause« (Liehr) im Herbst 1757 aufhielt. Grund genug für eine Gellert-Sondersendung bzw.: Einen historischen Bezug braucht »Je t'aime« immer als Erzählrahmen, eine romantische Büroklammer, die die Annoncen zusammenhält. Und da ist Gellert natürlich sehr geeignet, denn der, so Liehr ehrfurchtsvoll viertelgebildet, »soll ja sogar ein Schüler Goethes gewesen sein«. Na dann. Da Romantik und Verführung von den oft allzu echten Kandidaten nicht unbedingt zu erwarten sind, müht sich die Redaktion, der Sendung und ihrer Mission durch Ambiente und Zwischentexte eine amouröse Atmosphäre zu verleihen. Das ist immer ein bisschen schwülstig und kitschig, aber wirksam. Zu diesem Zweck dienen heimelige Natur oder irgendein altes Gemäuer als Kulisse, durch die Frank Liehr nicht geht, sondern erhaben stelzt – sein Beitrag zum Gesamtkitsch. Seine Texte schreibt ihm die Redaktion, gespickt mit Regieanweisungen wie »Frank guckt sehnsüchtig«. Und dann bleibt er halt irgendwo stehen, die Kamera friert ein, Liehrs Lächeln auch, und alsbald beginnt er eine Moderation mit »Schon im 12. Jahrhundert« oder »Auch der gute alte Johann Wolfgang Goethe« oder schlicht mit »Ach ja«. Manchmal sagt er auch einfach so »comme ci comme ça«, was ganz gut zu seinem Jackett passt.

Das Wasserschloss Bonau ist natürlich die perfekte Szenerie für »Je t'aime«: Altbau mit Historie, alter Familienbetrieb, verwunschener Garten mit zähmodrigem Weiher – dazu scheint die Sonne, und die Ortsfeuerwehr hat auf Befehl des Bürgermeisters sogar noch ein kleines Boot herbeigeschafft, auf dem Frank Liehr dann später durchs Bild paddeln wird, wegen der Romantik. Das Boot heißt »Fidel«, und auch die Sendung findet ihren Ursprung im Vorwendezeitalter. Damals noch in Zusammenarbeit ungelogen mit dem »Dienstleistungskombinat« und der staatseigenen Partnervermittlung »Sie und Er«

lief sie erstmals im DFF. Dann fiel die Mauer. Und heute möchte man davon nicht mehr so viel wissen: »Das ist allen klar, dass das daher kommt, hat aber nichts mit dem jetzigen Erfolg...« ringt Regisseur Harald Loos nach spurverwischenden Worten und appelliert dann, die DDR-Anbindung müsse man ja nicht »so offensiv verkaufen«.

Die meisten Kandidaten kommen aus Ostdeutschland, was man auf jeden Fall hört, in vielen Fällen sogar – Verzeihung, aber ist so – sieht. Da ist West-Spott natürlich gratis und kaum zu unterdrücken, allzu hölzern vorgetragen wird die Suche nach einem »Pooaartnoa«, der in der Regel »aufgeschlossen, naturverbunden, zuverlässig und ehrlich« zu sein hat, und prima auch, wenn er, wie der Kandidat selbst, »sich gerne Sehenswürdigkeiten anschaut und kulturelle Ereignisse schätzt, mit dem Auto gerne Ziele ansteuert, wobei der Fotoapparat ständiger Begleiter ist, und man einem Kartenspiel nicht abgeneigt ist«. Menschen, denen das Gegenteil ins Gesicht gefurcht ist, behaupten tapfer, »läbenslustisch, optimistisch, sehr spontan und überhaupt: 'n witzischa Tüb« zu sein. Manche wissen um die Brutalität der TV-Kamera und schränken einsichtig ein: »auch wenn man mir das auf den ersten Blick vielleicht nicht unbedingt ansieht«. Komik ist nicht zu vermeiden, wenn Menschen so unverstellt abgefilmt werden. Und Argumente für Beziehungstauglichkeit können derart aufgelistet natürlich nur seltsam klingen.

Die Nervosität und der Ernst der Lage befeuern eine groteske Sprache, die eher nach Amt denn nach Amor klingt: »Wohnhaft bin ich in Magdeburg, habe zwei Kinder aus erster Ehe und wiege 76 Kilo« hört man da. Und soll sich dann verlieben. Ein gleichgültig, monoton halbverschlucktes, den eigenen Hobbys nachgestelltes »Die Romantik ist auch vorhanden« oder »Glück ist das Einzige, was sich verdoppelt, wenn man es teilt« ist so komisch, dass sogar der Evangelische Pressedienst, auch nicht gerade für überbordende Selbstironie oder boshaften Witwentröst-Journalismus bekannt, gütig, jedoch von wo sonst als von oben herab befindet, die Sendung sei »aufrichtig und lieb gemeint, larmoyant und überfürsorglich«. Vielleicht ist man beim epd auch nur eingeschnappt, weil das Fernsehen der Kirche hier tatsächlich Kompetenz und Zuspruch abgegraben hat. In der 400. Sendung, als gleich fünf Paare auf einmal im Standesamt gefilmt wurden, nach vorausgegangener erfolgreicher Vermittlung, ließ nur ein einziges Paar sich auch noch kirchlich trauen, die Kamera flog über leere Bänke.

Inge und Maria sind viel zu früh da. Hergebracht wurden sie von ihren Töchtern, was beides nicht selten ist: erstens, dass sich die Kandidaten nicht allein hertrauen (»sonst wäre ich doch in den Graben gefahren vor Aufregung«, lacht Maria), und zweitens, dass ihnen das Leben vor der Sendung schon Kinder bescherte, der Partner aber irgendwann verloren ging. So ist das Leben. So ist das Fernsehen in der Regel nicht, wie das Leben, aber hier schon. In die Maske gehen die Kandidaten trotzdem, allerdings wird dort bloß defensiv kaschiert und nicht korrigiert.

Inges Tochter kann den Text ihrer Mutter schon auswendig, so oft hat die den auf der Autofahrt zum Wasserschloss vor sich hingeprobt. Sie ahmt ihre Mutter nach und lacht ein bisschen: »Hallo, meine Herren …!«. Für Maria kommt es derweil schon zum Äußersten – zur Aufzeichnung. Im »Barocksaal mit Vestibül« muss sie so tun, als lese sie Fürchtegott Gellert. Frank Liehr kommt hereingegrinst und schnurrt »Maria, ich grüße Sie«. Was sie denn da lese. »Na, Gellert natürlich«, sagt sie mit wackliger Stimme. Das Buch hält sie aber nicht verkehrt herum. Da möchte der Moderator selbstverständlich »gar nicht weiter stören«; aber jetzt sei »mal kurz« die Annonce dran. Im Büfettzimmer verfolgt Marias Tochter auf einem Monitor die vielfachen Anläufe ihrer Mutter und zerbeißt sich dabei beinahe die Unterlippe. Verständlich, schließlich geht es ja indirekt auch darum, einen neuen Stiefvater zu bekommen. Das größte Problem bei den Annoncen ist, dass die Kandidaten vor lauter Anspannung (die Zukunft!) und Konzentration (der Text!) meistens ziemlich griesgrämig gucken. Und dann ist es tatsächlich wie vor 15 Jahren: Statt eines Teleprompters werden die Texte mit Tesafilm direkt unter die Kamera geklebt – so ist es zu erklären, dass es oft wirkt, als schielten die Singles in »Je t'aime«.

Im Schlossgarten auf den Holzbänken sitzen inzwischen neue Singles. Der vom MDR spendierte Begrüßungskaffee schmeckt ihnen offenbar gut, aber sie sagen das so: »Da kann man nicht meckern.« Denn das Gegenteil ist bei ihnen der Regelfall. Auch die Geschichten von erfolgreichen Vermittlungen klingen oft nicht ganz so schillernd, wie es der Gegenstand eigentlich gebietet: »Nicht unsympathisch« hätte sie ihn gefunden, sagte eine Dame da kürzlich über ihren Mann, den sie durch die Show kennen gelernt hatte. »5 cm größer« könne er zwar schon sein, aber er hatte »ein tolles Rasierwasser« beim ersten Treffen. Und demnächst wird geheiratet.

Mit Blick auf die einsamen Damen bemerkt der etwas tolpatschige Bürgermeister, der gar nicht wieder gehen möchte, so aufregend findet er den Drehtag (und so wenig scheinen etwaige andere Amtsgeschäfte ihn in Beschlag zu nehmen), er könne ja mal die Jungs von der Feuerwehr rüberholen, »dann brauchen wir das Fernsehen nicht mehr«. Haha. Das Redaktionsteam ist unterdessen therapeutisch tätig. Es ist kein herkömmliches Fernsehvolk, keine dieser immer etwas überdrehten modisch gekleideten Lackhosenhysteriker, die solche Teams normalerweise dominieren, nein, für »Je t'aime« arbeiten behutsame, freundliche, unzynische Menschen, die ihre Kandidaten vor allem deshalb so gut verstehen und auch beruhigen können, weil sie ihnen nicht allzu unähnlich sind. Eine bizarre Intimität entsteht zwangsläufig, kennen doch den eigentlich ja zutiefst persönlichen Grund der Anreise ohnehin alle Anwesenden, dann also mal raus mit der Sprache: Rücksichtslos gegenüber sich selbst und der zumeist wenig Glück enthaltenen Bislangbiographie werden Erfahrungen von der »Pooaartnoa«-Suche ausgetauscht. Und Fotos herumgereicht. In Ermangelung von Kindern auch gerne mal welche von Haustieren. So vergehen Zeit und Nervosität. Man ist nicht allein mit seinem Alleinsein, das tröstet bei so viel Drama: Maria hatte über eine Zeitschriften-Annonce mit einem Mann Kontakt, der ihr nach wenigen Minuten der Bekanntschaft darlegte, es sei von seiner Seite aus kein Problem mit dem Zusammenziehen, schön habe sie es in ihren eigenen so genannten vier Wänden, allerdings, dies nebenbei, müsse er natürlich im Zuge dessen auch ins Grundbuch eingetragen werden. Da hat sie ihn hinausgeworfen, nicht ohne nochmal zu fragen, ob er denn eigentlich eine Frau oder ein Haus suche. Um Ähnliches zu verhindern, belässt sie es heute dabei, den Hausbesitz mit »ortsgebunden« zu codieren.

Pech hatte auch Inge schon, die sich mit einem Mann in einem griechischen Restaurant traf, wo der Partneranwärter ein umfangreiches Menü bestellte, um sogleich anzufügen, »leider nur 10 Mark« dabeizuhaben. Ein anderer hatte gar keine Zähne mehr, dafür aber »gleich zwei Hunde hinten im Wartburg«. Ähnlich unschön auch Dianas Erlebnis mit »ach, so 'nem Wanderfreak«, der sie erst durchs Erzgebirge hetzte, dann aber »zu geizig war, in eine Wirtschaft einzukehren«. Tenor der gequälten Damen: Man muss SEHR aufpassen. Und trotzdem versuchen sie es noch einmal, vielleicht »ein letztes Mal, in dem Alter wird es ja immer schwieriger«. Die das defätistisch dahersagt, ist erst 27 Jahre alt. Und auch bei Inge wird es eng: Sie ist sogar NOCH älter, und »die Nachbarn rechts und links sind doch alle verheiratet«. Angesichts dieses Defilees von Pechvögeln ist es natürlich nicht unkomisch, dass die Pfingstsendung aufgelockert wird durch einen Schlager der Lausitzer Quirle mit dem Titel: »Sei doch ganz einfach gut gelaunt«.

Letzte Ausfahrt Bonau. »Schwer vermittelbar« wäre der Einstufungsterminus dieser Menschen auf dem Arbeitsmarkt, Gleiches gilt für den Heiratsmarkt; eigentlich hoffnungslose Fälle, könnte man meinen, dazu in trister Kulisse, die auch bloß als Fassade eindrucksvoll ist: Zwar wurde das Wasserschloss in billigsolider Art restauriert, von einem Unternehmer, jedoch »wohl eher als Steuerspartrick denn als Altersruhesitz«, wie die Wirtin, Frau Peters, spitz bemerkt. Und der Rest von Bonau wirkt auch nicht gerade zukunftsträchtig: Viele Häuser sind unbewohnt, direkt nebenan hat es gebrannt – »keine Versicherung, Schulden, das Kind ist weggelaufen, keine Ahnung, wo die jetzt wohnen«, zuckt Peters die Hängeschultern, was soll's, schon muss sie, wie schon und noch diverse Male heute, mit einem Teller Rhabarberkuchen durchs Bild laufen, immer wieder, der Regisseur findet das irgendwie authentisch oder so, und ein bisschen romantisch auch.

Armes Bonau. Die Zahl der Dorfbewohner nähert sich langsam, aber erschreckend stetig einem Wert nahe null. Diese triste Wirklichkeit würde andere TV-Teams sofort die Kameras im Volvo verstauen lassen, »das gibt nichts her« würden sie sagen. Vielleicht würde »Explosiv« eine Ausnahme machen, falls mal wieder ein Haus brennt, und kurz vorbeikrawallen – die Ruhe und Nachsichtigkeit aber, mit der die Produktionsfirma Concept TV sich hier müht, mittels »Je t'aime« das Elend ein wenig zu mindern und einer Art Kleinglück ein wenig nachzuhelfen, Spatz in der Hand und so weiter, das ist selten und überaus verdienstvoll. Und so ist eindrucksvoller als die schnöde Einschaltquote natürlich die Babyquote und erst recht die Heiratsquote. Da kann Kai Pflaume dann nämlich einpacken (Hera Lind hat ja schon eingepackt, aber wer auch immer gerade ihr Nachfolger ist – soll auch einpacken, bitte). Und trotz der nicht zuletzt mit versuchtem Prunk herbeistaffierten Ödnis gibt es noch Hoffnung. Hoffnung und Frank

Liehr, der verständnisvoll jeden Kandidaten empfängt, über den holprigen Text geleitet und hinterher, oder wenn nötig auch mal zwischendurch, gern mal in den Arm nimmt. Dabei muss er ein bisschen aufpassen, keine Bewerberschminke aufgestempelt zu bekommen, dies Hemd muss er schließlich morgen nochmal anziehen, und »das sähe ja ein bisschen komisch aus, wenn ich mitten in der Sendung plötzlich im anderen Hemd dastehe.« Die Lösung wären zwei weiße Hemden. Die andere Lösung läuft unter der Chiffre »Traumprinz«. Das ist ein Arbeitstitel. Die Technikerin wird nicht müde, es den missmutig bis knapp zur Kontraproduktivität das Selbstlob formulierenden Singles einzubläuen: »Hier in der Linse, da ist der Traumprinz, lächeln!« Der Regisseur wird schon mal etwas unwirscher: »Wenn Sie so gucken, dann schreibt Ihnen bestimmt KEIN Mann!«

Hier wartet kein Herzblatthubschrauber, eher der Nahverkehrsbus mit Platz sogar für Kinderwagen und Rampe für Rollstühle: »Auch vor Behinderten machen wir nicht Halt«, sagt Frau Heim. Und wenn die »auch vielleicht nur einen Briefpartner« fänden, das sei doch schon mal was. Es ist vielleicht das kleine Glück, das hier winkt, doch das ist am Ende größer, denn es hält länger. Wie bei Petra und Martin: Vor einem Jahr hat Petra sich in »Je t'aime« vorgestellt und nach der Begegnung mit Martin noch ein paar andere Kandidaten getestet, wobei er dann »wirklich verdammt gezittert« hat. Aber er »sollte es sein«, hangelt Frank Liehr erneut poetisch irgendwo zwischen Esoterik und Schundroman. Und nun sitzen sie im kleinen Wäldchen auf einer Lichtung, und sogar: auf der offiziellen Gellert-Bank! Die hat der Bürgermeister erst im letzten Jahr eingeweiht, und jetzt also versammeln sich dort Petra, Martin und die Kameras, da blitzt der Bürgermeister besinnungslos seine gute alte Leika voll, bis der Kameramann ihn mittelmäßig geduldig bittet, dies, solange die Fernsehkamera läuft, zu unterlassen. Jawoll.

Nun schippert Frank Liehr auf der »Fidel« zum glücklichen Paar, und sie lesen ihm ein Gedicht vor. Ach, schön. In der Drehpause fragte Liehr dann Maria höflich, ob sie derlei Literatur »denn auch privat bevorzugt«, worauf sie, mit der Fabeln & Gedichte-Ausgabe aus der Stadtbibliothek Hohenschönhausen (die Produktionskosten!) in der Hand, fröhlich verneint: Sie lese mehr »überwiegend Historisches«. Ach so. Frank Liehr selbst liest »gerne Biographien«. So klingen ja Gespräche von Nichtlesern über das Lesen immer; schön unverfänglich.
Maria ist jetzt fertig. »Puh!«, sagt sie, und die wartenden anderen befragen sie aufgeregt, wie es denn war und ob es denn eigentlich wehtut. Das ist wie beim Zahnarzt – der Kameramann hat gar nicht gebohrt. Aber weh tat es schon, zumindest dem Regisseur, der irgendwann einfach zur Schonung aller befand: »Nun is juut, das isses doch«. Natürlich war es noch gar nicht so richtig juut, aber ausreichend bestimmt. Redakteurin Kathrin Heim scherzt, 29 Versuche habe »jeder gratis – dann muss man Sekt ausgeben, fürs Team«. Und, etwas ernster, bisschen leiser: »Also, diese 29 Versuche hat es wirklich mal gegeben.«
Nun braucht der Regisseur noch ein paar romantische Bilder. Er achtet sehr darauf, dass das Bild den Inhalt, also die Annonce, nicht nur untermalt, sondern unterstützt. Ständig stellt er Gießkannen, Gestrüpp oder andere Blickverteiler ins Bild. Dann sind die Kandidaten da nicht so allein. Am besten sind Tiere: Schon zwei Kandidaten haben die Katze des Hauses gestreichelt, auf allen Beiträgen wird wahrscheinlich ein Hahn zu hören sein. Die Tontechnikerin findet das gar nicht gut und redet die ganze Zeit von »Hühnersuppe«. Der Regisseur aber findet den Hahn sehr gut und redet von »echter Dorfatmosphäre«. Wenn gerade kein Tier zur Hand ist, werfen die Kandidaten Steine ins Wasser oder hantieren mit Blüten oder Kuchentellern. Steine geworfen haben schon drei heute,

da wäre doch jetzt zur Abwechslung mal verträumtes Am-weiherstehen mit eleganten Schwänen im Bildhintergrund eine schöne Alternative, schlägt der Kameramann vor. Aber die Schwäne sind gestern, als die Feuerwehr »Fidel« zu Wasser ließ, abgehauen. Der Bürgermeister geht sie im Maisfeld suchen.
Frank aus Magdeburg könnte die Schwäne gut gebrauchen. Der war nämlich schon vor zwei Wochen bei der Aufzeichnung im Kalibergwerk dabei, konnte da aber vor lauter Fernsehen gar nichts mehr sagen. Also heute, zweiter Versuch. Frank ist Analphabet und arbeitsloser Baugehilfe, er raucht gerne, ist spontan und unternehmungslustig, steht in seiner Fastselbstbeschreibung, seine Nachbarin hat das für ihn aufgeschrieben, und sie hat ihn auch nach Bonau begleitet, denn zwar hat er die Führerscheinprüfung mündlich bestanden, jedoch kann er ja natürlich die Ortsschilder nicht lesen, und den Weg nach Bonau muss man erst mal finden. Hat man aber, zu zweit geht alles besser, und eben drum gilt es nun, »Je t'aime« zu überstehen. Frank raucht noch schnell eine Zigarette, dann kann's losgehen. Überhaupt umweht die Ecke der Wartenden eine Stimmung von letzter Zigarette und drohender Vollstreckung. »Guten Abend, meine Damen!«, sagt Frank nun. Und dann murmelt er weiter, es geht leidlich, bloß an einer Stelle stockt er immer im Text, kurz nach der Beschreibung seiner Wunschpartnerin, da kommt er immer nicht weiter, verflixt, so oft geübt, doch hat er mit seiner Nachbarin nun eine so genannte Eselsbrücke eingeübt, und die kann er sich merken, die geht so: Frank bleibt stecken, guckt Hilfe suchend, und sein Gegenüber, in diesem Fall der Regisseur, zeigt, so ist es verabredet, mit eindringlich ausgestrecktem Zeigefinger auf sich selbst, nickt dazu motivierend, und prompt fällt Frank dieser verdammte Anschlusssatzanfang wieder ein: »Ich selbst ...« Dann ist der Rest kein Problem. Der Regisseur zeigt also auf seine Regisseurweste,

nickt – und dann klappt es endlich, Frank ist erleichtert, Schulterklopfen vom Team, das wird schon. Die solchem Gestümper scheinbar weit überlegene Gisela aus Düsseldorf dagegen, die einen profimäßigen Liz-Taylor-Auftritt hinlegt, weckt eher Unsympathien. »Die kriegt kaum Post«, entzaubert leicht boshaft, aber in erster Linie erfahren, die Redakteurin diesen allzu besserwessig polternden ersten Versuch, der zwar prompt sendefähig war, da holperte es nicht, das flutschte, das war frei und gut gesprochen. Aber welch eine Angeberei! »Noch eine dritte Fremdsprache« wolle sie nun lernen, in ihrem vierten Lebensviertel, nachdem sie eine unbeschwerte Jugend, die problemlose Erziehung wunderbarer Kinder und schließlich noch die berufliche Karriere auch offenbar noch so was von absolut mit links hinter sich gebracht habe. Sie müsse, erfährt der Zuschauer, »mindestens fünfmal im Jahr verreisen«, sei »Asien-Fan«, es gehe ihr rundum gut, so gut sogar, dass sie vollends eitel das Alleinsein verklärt – »ich suche nicht mit aller Gewalt«. Natürlich nicht. Die anderen Singles sitzen wartend unter einem Kastanienbaum und starren fassungslos auf Giselas Trachtenkleid und ihre unglaubliche Show. Ging ganz schnell, tat aber irgendwie trotzdem weh; Gisela selbst, scheinbar gänzlich schmerzfrei, ist selbstverständlich hochzufrieden mit sich, warum gibt sie uns eigentlich nicht gleich noch ungefragt Autogramme, denkt man, aber da braust sie auch schon hupend davon, zurück in den Westen, winkt mitteilsam durchs Schiebedach, und auf der leeren Rückbank schunkelt frisch gebügelt drapiert die Reservegarderobe.
Arrogante Tante. Andererseits – wenn doch Ralf nur halb so eloquent wäre! Denn der braucht deutlich mehr als einen Versuch. Er wiederholt beständig sein Hauptmotiv (noch jung, trotzdem schon supersolide, jedoch nicht ZU festgelegt, nein, nein, durchaus interessiert an – ja, an eigentlich allem) und komplettiert dieses unsendbare Gestotter mit hilflosen Wie-eben-schon-Gesagts.

So geht das natürlich nicht. Und als er dann die präferierten »weiblichen Rundungen« preisgibt, kann sich die feministische Tontechnikerin lautstarken Protest gerade noch grummelnd verkneifen und rächt sich, indem sie überschwänglich lobt und so vorzeitig das Ende der Dreharbeiten mit Ralf herbeilügt: »So, das war doch perfekt«.

Die Schwäne konnten tatsächlich noch zu romantischen Aufnahmen in den Weiher bugsiert werden, vom Bürgermeister höchstselbst, allerdings hat der sich im Maisfeld seine schöne Sonntagshose ziemlich versaut. Und die Reinigung würde er nun, wie er sagt, gerne »dem Fernsehen in Rechnung stellen«. Zudem wäre »ein kleiner Obolus für die Kaffeekasse der Feuerwehr« doch eine schöne Geste. Da wird der Regisseur ungehalten, die Sendung würde doch schon gratis »Werbung für den Ort« machen, außerdem sei es doch bloß ein drittes Programm, zudem noch der MDR, sowieso Wochenendarbeit und schlecht bezahlt – und jetzt das. Da ist der Bürgermeister dann schnell still. Und das war auch schon die einzige misstönende Szene in zwei Tagen. »Je t'aime« ist ein Gegenentwurf, eine Art Bürgerwehr. Einzigartig ist die manchmal geisteskrank erscheinende Ehrlichkeit dieser Sendung. Die Betreuung der Redaktion besteht lediglich im Händchenhalten. Keine Zeile wird den Singles vorgeschrieben, nur manchmal eine fürsorglich untersagt – so ist es den Kandidaten streng verboten, sich oder den Wunschpartner als »mit beiden Beinen im Leben stehend« zu umschreiben. »Das heißt doch gar nichts«, mahnt der Regisseur.

In wirklich guten Momenten ist die Kamera natürlich fern: »Jede Wette – auf jeden Topf passt ein Deckel«, macht Frau Heim den Menschen unter der Kastanie Mut, was Alexandra schlagfertig entkräftet: »Ich bin aber eine Pfanne«. Wenn solch mutige Selbstreflexion nur einmal bei Kai Pflaume oder einem der anderen Liebessendungs-Blödis Platz hätte – das Fernsehen wäre besser, ein bisschen. Ja, mit Goethes Hilfe.

Paola & Kurt Felix

Seit vielen Jahren sieht man Paola und Kurt Felix aufs Einträchtigste ein Paar sein, eine, ja, schütteln Sie sich ruhig, Musterehe oder so was Ähnliches führen. Oh doch. Natürlich, es sind zwei große Unterhaltungskünstler, aber so gute Schauspieler sind sie mit Sicherheit nicht. Irgendwann hätte ihnen doch mal der Ton verrutschen, der Blick gefrieren, die Geduld versiegen müssen in all den Jahren. Die Pose misslingen, wenn sie denn eine wäre. Nun gut, auch ich war skeptisch. Ein so lange so glückliches Paar, Verzeihung, nein, ich sehe das wie Sie. Also machte ich mich auf, das Geheimnis ihrer Liebe oder den dreisten Schwindel auszukundschaften. Dann mal los, hinter die so genannten Kulissen. Zum wahren Gesicht. Zu den, könnte doch sein, Abgründen. Hat doch eigentlich jeder. Düstere Neigungen oder Hobbys, Perversionen, Abhängigkeiten. »Unser Problem«, diagnostiziert Kurt Felix, »ist« (Pause). Was also ist nun das Problem der beiden? Spannend! Sind aber auch Profis, diese zwei, wie sie sogar den Alltag komplett durchmoderieren; mag sein, dass sie an so vielen Orten so viele Kameras während ihres Berufslebens haben verstecken lassen, dass sie den Überblick verloren haben, ob auch alle wiedergefunden wurden. Felix breitet, international verständlich Ratlosigkeit mimend, die Hände aus, benennt dann mannhaft das riesige Problem: »dass wir keine Probleme haben!« Zu ärgerlich, im Sinne der Versuchsanordnung.
Aber was, wenn er lügt? Testen wir die beiden also. Wo kriegt man denn mal schnell ein Problem her, bitte, oder besser gleich ein paar auf einmal? Wo und wann nervt es denn besonders, ein Paar abzugeben bzw. man selbst zu sein, was dann in der Regel aneinander ausgelassen wird? In einer Warte-

schlange, bei der Arbeit, nach Zugabe einer verhaltensforcierenden Menge Alkohol, unter riechenden Menschen, übernächtigt, bei Grundsatzdifferenzen, im Regen, in Eile, im Trott usw. Eine beschwerliche Dienstreise wäre gut, das ist gleich multipel nervig.

»Begleiten Sie uns doch nach Hamburg«, hatte Felix umstandslos vorgeschlagen, »in Hamburg treffen wir uns mit unserem Freund Karl Dall zum Mittagessen, wie immer, wenn wir in Hamburg sind, und nachmittags treten wir in der »Johannes B. Kerner Show« auf, danach fahren wir mit dem Nightliner zurück, wir fahren wahnsinnig gerne Bahn, es gibt nichts Bequemeres als diese Nachtzüge, abends bringt der Schaffner einen Schlummertrunk ins Abteil, die sind sehr komfortabel inzwischen, und da kommen Sie morgens erholt an. Abgemacht? Hin mit dem Flugzeug, also, sprechen Sie uns am Flughafen einfach an.« Sehr gern.

Und es geht gleich schön anstrengend los, die so genannte Maschine hat Verspätung. Bestens. Die wartenden Passagiere telefonieren, trinken laschen Beuteltee. Paola und Kurt Felix unterhalten sich angeregt. Man könnte sagen, man muss sogar sagen: Sie flirten. Sie wissen, dass man sie erkennt, überall.

Sie flirten aber weder trotz noch wegen der permanenten Beäugung, muss ich leider berichten. Das merkt man. Zweiergespanne faszinieren durch ihre Risikobereitschaft zum Fallhöhenflug, die Dynamik des Miteinanders als dessen permanente Bedrohung. Je schöner die Liebe, desto größer ihr Enttäuschungspotenzial. Die in der Verbindung angelegte Sollbruchstelle, die das Bindeglied zugleich markiert, verstärkt die Größe und Aufmerksamkeit des Publikums – toll, wie die beiden das machen; ja. Aber: Ewig gut gehen kann das nicht. Nie. Chemisch ist es so: Der Verschmelzung folgt bei stetiger Energiezufuhrerhöhung früher oder später die Auflösung. Man verdampft. Nur bei Paola und Kurt Felix scheint es sich anders zu verhalten. Aber, weiter aufgepasst!

Sie haben eine gemeinsame Tasche. Da sind auch Brote drin. Na ja. Zu Hause hat jeder seine Pflichten und Bereiche. Man kann das verurteilen. Man kann es ablehnen. Aber kann man denn auch etwas dagegensetzen? Sie leben das Klischee, scheinbar, aber das Klischee braucht ja die Urform als Bezugspunkt. Verallgemeinert erst zeitigt es Streuverluste. Irgendwo muss es ja elementar, ganz rein vorliegen. Das tut es in St. Gallen. Und jetzt hier.
Sie geben sich einen Kuss, kurz, aber bald schon den nächsten. Das muss gar nichts heißen. Schon wieder, auf den Mund. Na ja. Sie werden begafft, wegen ihrer Gesichtsbekanntheit (Verstehen Sie Spaß?) – und wegen dieser permanenten Küsse (Verstehen Sie das?).
Die Stewardessen lachen, vielleicht ist das gerade Fernsehen? Warum sonst sollten die hier sein? Auf dem Rollfeld beginnt Felix, auf ein Flugzeug deutend, einen Kameraversteckfilm nachzuerzählen. Den ersten von ungefähr hundert an diesem Tag. So hat Kurt Felix sich die Welt verständlich gemacht – mit diesen Filmen. An jeder Parkbank, Litfasssäule, Pfütze, Ampel, einfach überall fällt ihm so ein Film ein, den er schon gedreht hat oder den er unbedingt mal wird drehen müssen. Wir müssen uns Paola und Kurt Felix als glückliche Menschen nicht vorstellen, sondern sie als solche hinnehmen. Neidisch, natürlich. Sie sitzen in der ersten Reihe, natürlich, in vergleichsweiser Beinfreiheit, nicht beengt durch die Möblierung, sondern freiwillig zusammengerückt. Händchen haltend gar?
Selbstverständlich. Und fortwährend im Gespräch. Sie machen einem nichts vor. Aber sie sind Außerirdische. Es gibt solche Menschen eigentlich nicht, hatte man gedacht, aber nun sieht man sie: symbiotisch, dabei jedoch äußerst aufmerksam für die jeweilige Umwelt. Für die anderen. Höflich und doch – nein, was Sie jetzt denken, trifft hier nicht zu, es wirkt nicht gespielt – nie mechanistisch, stets genau hinhörend, Fra-

gen stellend und natürlich nicht unvorbereitet. Kurt Felix, der vom *Tages-Anzeiger* einst als »Magier mit den Grübchen« Bezeichnete, lebt in Anführungsstrichen, ein permanentes Augenzwinkern ist die Subtonalität seines Tuns. Er weiß, dass man weiß, was wiederum er weiß.
Taxifahrt durch Hamburg. Es ist 12 Uhr 37. In acht Minuten ist es 12 Uhr 45, die mit Dall vereinbarte Treffzeit im Restaurant. Dall wohne gegenüber, dieser Italiener dort sei Dalls Stammlokal, moderiert Felix die Umgebung an. Paola tippt ins Telefon, es ist alles bei den beiden ganz genau delegiert, ver- und geteilt. »Wir sind schon da«, teilt sie Dall mit, Mimik und Gestik wirken, als imaginiere sie ein Bildtelefon. Ist das herzlich. Sie tritt auf ein Stück krumig zerfallender weißer Hundewurst, denn es ist Paola; was meint: Wenn sich eine Hundewurst unter die Schuhe dieser Dame traut, dann benimmt sie sich, die Hundewurst, dann ärgert sie diesen unfassbar netten Menschen nicht und ist gefälligst in einem Stadium, das keine Verwünschungen zur Folge hat, kein gehendes Bestempeln von Gehweg oder Teppich, eine Hundewurst riecht und nervt eine Paola nicht, fordert ihr kein lästiges Grasgeschlurfe ab. Vielleicht ist Paola ein Engel. Sie betrinkt sich natürlich nicht und mittags, zudem vor einer Fernsehshow, schon gar nicht – aber sie verdirbt auch den weniger Vernunftbegabten nicht den so genannten Spaß. Dall ist polterig aufgelegt, wie erwartet; und auch: wie erhofft, als Gegengift, allzu debil beseelt fühlt man sich nach, tatsächlich, erst eineinhalb Stunden Kurtundpaola. In einer Mordsgeschwindigkeit grinsen, nein, lächeln die durch den Tag. Es gibt da kein Entkommen. Dieses Paar ist die Fleisch gewordene James-Last-Platte in der Endlosschleife.
»Es ist o. k./Es tut gleichmäßig weh«, wie es bei Grönemeyer so schön heißt. Oder bei David Sedaris: »Sie sehen aus, als könnte ich einen Drink vertragen.« Gute Idee, findet zumindest Karl Dall natürlich. Der rechtfertigt seinen keinen Wider-

spruch duldenden Alkoholgruppenzwang damit, dreißig Tage lang nichts getrunken zu haben. »Der Karl«, fängt Kurt Felix eine Geschichte an, im Duktus so samstagabendlahm, so atombombeneinschlagsresistent, als sei man kein einzelner Mensch, sondern unbestimmt viele, also, als sei es vielmehr eine Kamera, in die er hineinanekdotet. Jahrelanges Training hat Paola und Kurt Felix darauf konditioniert, ihr Dialogniveau selbstvergessen dem Nichts anzunähern, immer bemüht, uneingeschränkt mehrzweckhallenverständlich zu bleiben, guten Abend Böblingen, es ist wunderbar, wieder hier zu sein, in Böblingen. Wo immer Paola und Kurt Felix heute hinkommen, überall bringen sie ihr virtuelles Böblingen mit. Böblingen ist überall. Man sitzt ihnen gegenüber und wird ein Bruchteil Böblingen. Und ganz ehrlich: Es gibt weniger behagliche Gefühle, ja. Felix bestellt scharfe Nudeln, das Wort »scharf« löst bei Karl Dall einen Tourette-Reflex aus. Der Kellner stellt die Knoblauchfrage, Paola ermutigt ihren Mann, sie sagt wirklich: »Man riecht es ja im Fernsehen nicht, also die Zuschauer.«

Felix erzählt wieder ein paar Filme. Er macht zwischendurch auch unglaublich schlechte Witze, und obwohl alle mitleidig dem irritierten bis gelangweilten Schweigen ein wenig von seiner Eindeutigkeitswucht nehmen wollen, mit Themenwechsel oder Instantschmunzeln, bringt Felix den schon früh aus der Kurve getragenen geplanten Witz rücksichtslos in voller Länge, bis zur überschätzten Pointe. Blickkontakt erzwingt er, und dann lächelt man eben. Paola und Kurt Felix zu sein, das muss irrsinnig anstrengend sein. Aber andererseits erscheint es so mühelos, gerade jetzt wieder, es ist nicht zu begreifen. Felix mag noch etwas Wein, eigentlich. Ihre Augenbrauen wissen wie er: Achtung! Wirklich noch Alkohol? An Kerner denken! Was eigentlich ein Totalbesäufnis legitimieren müsste, denkt man. Kerner, um Himmels willen. Prost. Keinen Wein mehr, beschließen sie, aber einen Averna schon, wa-

rum nicht, ja. Und gestritten wird über so was nicht. Felix absorbiert die Gruppenaufmerksamkeit mittels einer detailliert skizzierten Kameraversteckepisode, diese spielt in einem Restaurant, so komme er jetzt drauf, und das Verblüffende war …
Unterdessen winkt Paola unauffällig dem Kellner und hat längst diskret die gesamte Rechnung beglichen, als Felix erst droht, dass es sogar noch besser komme, in jenem Film, nämlich und so weiterweiterweiterwei…
Diese Felix'schen TV-Betriebs-Heldensagen ragen unverdaulich monolithisch heraus aus der ansonsten interessanten und abwechslungsreichen Tischkonversation. Nach denen wächst kein gar nichts mehr. Ende – Stille. Gehuste. Doch, Moment, einer kriegt sich kaum ein, bebt vor Vergnügen, lacht sehr ausufernd, und richtig, puh, Situation gerettet, ja, er lacht nicht allein, dort, eine hilft kräftig und überzeugend mit. Was haben sie für einen Mordsspaß an der Kameraversteckgeschichte von Kurt Felix, die beiden. Karl Dall und seine Frau sind es nicht.
Dass die Familien Dall und Felix so eng befreundet sind, überrascht zunächst. Und leuchtet dann ein: die Faszination für das, was man genau eben nicht ist. Auch froh ist, nicht zu sein, aber durch die gemeinsam verbrachte Zeit bewegt man sich jeweils ein Stückchen vom lange schon gefundenen Fleck, ein bisschen Osmose, die Eheleute Felix bringen das strickjackig Hollywoodschauklige ein, die Dalls das lederwestige Würfelbechertum. Und dann kann man zu viert ja auch sehr gut Karten spielen, zum Beispiel. Zum Schluss ist Familie Felix tatsächlich eine Spur alberner, zum bloßen Privatvergnügen, statt immer bloß blöde-lustig zur ortsunabhängigen Mehrzweckhallen-Narkotisierung. Und Dalls wirken hernach, als würden sie am Nachmittag etwas Felixiges machen wollen. Quittungen sortieren oder Wachsstalaktiten von Weihnachtsleuchtern pulen. Ja, war schön! Kurz, aber in-

tensiv. Was man eben so sagt, als befreundetes Ehepaar. Nächstes Mal zahlen wir aber!

Im Archiv findet man viel zu viele Zitate der Familie Felix, die man einmal liest und sofort den nachhaltigen Wunsch in sich entstehen spürt, einen Kopf gegen die Wand zu donnern, mehrmals und feste – und bevorzugt nicht den eigenen. Wollen Sie es auch mal versuchen? Na dann los:

Wir haben jeden Tag ein Sonntagsgefühl. Mein Publikum hat für mich das Gesicht meiner Mutter. Ich orientiere mich an meinem Briefträger, an der Kioskfrau. Oder jener Mutter mit dem Einkaufswägeli an der Migros-Kasse und der Kassiererin – ich bemühe mich sehr, mit diesen Leuten ins Gespräch zu kommen. Schüler surfen doch lieber im Internet. Die Vertreter der subventionierten Hochkultur haben wohl eine Mattscheibe! Unser Boot ist das schnellste auf dem Luganersee. Wir sind keine berggängigen Mountainbiker und fahren eher genießerisch – und nur auf ausgeschilderten Radwegen. Jaja, die Italiener, die uns in Sachen Potenz angeblich weit voraus sein sollen. Fred Kogel reitet das falsche Pferd des televisionären Jugendlichkeitswahns. Wir können ja auch nichts dafür, dass wir uns so gut verstehen, aber wir haben so viel zu bereden, dass ich seit zehn Jahren nicht zum Bücherlesen komme.

Er mag ihre Salbeinudeln, sie mag nur eine Sache an ihm nicht, dass er nämlich seine Schnürsenkelenden nach dem Ausziehen meistens, ist es denn zu fassen, nicht im Schuhinneren versenkt, das aber sei auch schon alles. Er sei der Außenminister, sie die Innenministerin, so könne man es sagen.

Dies waren nur wenige und auch noch nicht die schlimmsten Sätze, die der Archivar stirnrunzelnd aus dem Keller geholt hat. Sie lieben sich seit vielen Jahren, und niemand, der Tod ausgenommen, wird sie scheiden. Das ist sicher. Da verwette ich alles drauf, und niemand wird ernsthaft dagegensetzen wollen oder können. Sie sind das einzige jeden Tag glücklicher werdende Paar. Sie finden einander so, so wunderbar, und keine Gewohnheit, kein Was-auch-immer des anderen führt sie jemals in die Nähe eines bösen, genervten oder geringschätzigen Gedankens. Doch. Wirklich. Es tut mir Leid, aber warum eigentlich, es rührt mich. Im Ernst. Ich kann sie nicht verstehen, sie sind mir in allem fremd und unheimlich. Na und. Ich will auch so lieben können.

Kein Messgerät der Welt hat diese Unglaublichkeit auf seiner Skala vorgesehen. Vom Desaster als Zielzustand jeglicher Liebe überzeugt durch bitterste Selbstversuche wie durch Beobachtung des ausnahmslosen Scheiterns anderer an dieser offenbaren Ungleichung, an dieser nicht zu lösenden und doch stets zu neuem Scheitern lockenden Aufgabe. Auch in der Literatur meines Vertrauens: keine überzeugende, Bestand garantierende Modellutopie. Das Gegenteil.

»Ich lebe nicht, ich liebe«, schrieb Ivan an Claire Goll. Ja. Das ist es. Drunter mag man es nicht mehr tun. Und nimmt in Kauf, dass in solcher Leidenschaft zwingend inbegriffen auch die widerwärtigsten Verletzungen sind. Das Goll'sche Beziehungskonstrukt schreckt anders, aber gewiss nicht minder ab als das der Familie Felix.

Als ich Paola und Kurt Felix zum ersten Mal wahrhaftig sah, in der Ecke einer kleinen Bergpizzeria auf Capri (natürlich küssend, verdammt, während ich mit meiner Freundin stritt, so war es!), habe ich mich sofort in die Liebe der beiden verliebt.

Und jetzt bin ich mir noch sicherer. Glauben Sie mir einfach, alles an den beiden ist so, wie man glaubt, wenn man alle Klischees bemüht. Dann reicht es vielleicht noch nicht aus, wer weiß. Sie ist seine blaue Blume, komischerweise aber als Topfpflanze für zu Hause, trotzdem noch immer aufblühend. Sie haben das Blue Bayou gefunden. Es stellt sich dar, wie in Paolas großem Hit besungen:

Es sieht wie im Märchen aus
Darin wohnen die Liebe und du
am Blue Bayou
Dort wohnen sie, er hat die Fernbedienung, sie hat das Haushaltsportemonnaie, und wenn sie auf Vorrat Nudeln zubereitet, geht er ihr zur Hand. Sie lieben Ephraim Kishons Gesamtwerk, sie baden jeden Tag zusammen bei vierzig Grad Wassertemperatur im Whirlpool, was ihnen am besten gefällt, wenn draußen der Schnee fällt. Sie sind sich also ihres Glückes bewusst. Und sie schauen täglich fünf Stunden fern, parallel aufgebahrt auf Corbusier-Liegen, Depressionen, das ist ihnen ein Fremdwort, Lifting zieht sie nicht in Betracht, wenn sie ihn mit großen Augen anschaut, fühlt er sich als ganz schlechter Mensch, wirklich, streiten sei unmöglich, sie hätten es oft genug probiert, es ginge nicht; ihr schönstes gemeinsames Erlebnis war eine Wohnmobilreise durch die USA, und als sie ernsthaft auszuwandern erwogen, weil kurz hintereinander Paolas Cousin erschossen und Kurts 83-jährige Mutter am helllichten Tag brutal überfallen wurde und dann auch noch Einbrecher an der Felix'schen Haustüre herumprokelten, da haben gute Gespräche mit dem Soziologieprofessor Peter Gross sie umgestimmt. Emanzen, sagt sie, halte sie für unfeminin und uncharmant, die Frauenquote für eine, ja: Krücke. Glück sei mit Geld nicht zu erlangen, finden sie, und abends trinkt Kurt ein Glas Rotwein, das solle gesund sein, hat er gehört, Gewalt im Fernsehen verabscheuen sie, Boccia hingegen lieben sie beide sehr und einander ja sowieso, in jeder Hinsicht, da könne man unbesorgt sein, beruhigen sie unverschämt fragende Buntblattheinis ungeniert: Sex werde mit den Jahren nicht aufregender, aber immer, jetzt kommt ein Wort, das in Sexnähe zu rücken viele Menschen als ungefähr so luststeigernd empfinden wie lange Frotteeunterhosen mit Rennautos drauf: schöner. Also, Sex werde mit den Jahren immer schöner. Muss man der Typ dafür sein.

Also, Licht aus, Radiowecker sicherheitshalber stellen und dann rumtollen auf der weinroten Tagesdecke, bitte schön. Alles kann, nichts muss. Schöner Wohnen kennen wir, aber schönen (will man das?) und zwanzig Jahre später sogar noch viel schöneren (wenn man es wollte, kann man es dann?) Sex – bitte, wie das? Kurt Felix erklärt das gern. Indem man eine Kamera versteckt? Kleiner Scherz. Nicht zu klein für ihn, der war nicht schlecht, das muss er sagen. Mit seinem Lachen haushaltet er großzügig.

Gut, aber was ist jetzt mit dem Geschlechtsverkehr? Man kann diese beiden Personen ja alles fragen. Das ist unheimlich und auch nicht ausschließlich angenehm. Aber nun. Um, im Foucault'schen Sinne, »die Geständnisprozedur in ein Feld wissenschaftlich akzeptabler Beobachtungen einzugliedern«, beschreibt Felix den ehelichen Vollzug dezent und doch nachdrücklich empfehlend; Augenzwinkern.

Ja. Ach, ab einem bestimmten Alter, also, irgendwann sollten Männer nur noch ganz, ganz wenig und ausschließlich in privatem Kreis über Sex reden. Oder ist das – um mal eine lang nicht gehörte Wendung zu bemühen – jetzt prüde? Aber Kurt Felix ist natürlich ein Sonderfall. Für den gelten andere Regeln. Und wenn man ihn über Bergtouren sprechen hört (»Wanderungen berechne ich immer in Leistungskilometern. Schließlich kommt es auf die Steigung an.«), ist man auch einfach zu gespannt, wie er das jetzt meistert. Leider ganz langweilig, aber vielleicht können Sie was damit anfangen. Also, so geht es: Wenn man sich liebevoll aufeinander einstelle (und wenn sie was können, die beiden, dann ja wohl das), dann sei das alles kein Problem. Wie beim Boccia: so dicht wie möglich zusammen. Dass sie trotz des permanenten und immer noch schöner werdenden Beischlafs (ja, damit sind nun die idiotischsten Sex-Synonyme beisammen!) kein gemeinsames Kind gezeugt haben, erklärt Paola damit, dass der liebe Gott es eben nicht so gewollt habe, Geburtstage sind ihnen Anlässe für TÜV-prüfungsartige Herausforderungen, andere werden im Sitzen sechzig, die beiden mussten mit dem Postschiff durch norwegische Fjorde schippern, in Frankreich nahmen sie sich ein Hausboot, vom Pferdewagen aus erkundeten sie Irland, mit ihren Velos fahren sie überallhin, einmal schafften sie es sogar bis Wien; wir lassen uns treiben, leben ohne Wecker, sagen sie und fügen ironiefrei an: Jetzt stehen drei Monate Kanada an. Ach, es ist nicht zu fassen. Immer müssen sie was erleben, Duracell-Hasen sind Schlappschwänze dagegen. Die Hölle, deren Himmel. Trotzdem toll.

Leserbriefe

Frau Galka, Tanja, Herr Müller, Sofie und Franz Branter, Familie Pinodi, Frau Nilles, Familie Liebscher und Herr Blume haben einen gemeinsamen Freund, der ein ziemlich offenes Ohr für jede Art von Problem, Angst oder Beschwerde hat. Dieser Freund nimmt einen mit ins Stadion oder zur Verleihung des Goldenen Lenkrads, er kennt die Adressen von Gerhard Schröder und Britney Spears, er schickt einem bei Bedarf Fotos von Partys, er besorgt Brieffreunde genauso wie Ehrennadeln – und wenn jemand zum wiederholten Male eine regennasse Zeitung vor der Tür liegen hatte, prüft dieser Freund die Sorgfalt des Zeitungsaustragedienstes höchstselbst und fährt mit dem Botenrad im Morgengrauen zwölf Kilometer durchs Ostwestfalengrauen (Bielefeld). Außerdem ist Claus Strunz Chefredakteur der *Bild am Sonntag*.
Dass er für seine Leser alles tun würde, wird auf Anfrage jeder Chefredakteur bestätigen. Das Erstaunliche bei Claus Strunz ist, daß er für seine Leser tatsächlich alles tut. Zumindest tut er so, als ob. »Der Chefredakteur antwortet« heißt seine Servicekolumne, in der er sich besonders dringender oder besonders bescheuerter Anliegen seiner Leser in bemerkenswerter Ausführlichkeit annimmt. Strunz' Antworten sind länger als die ihnen zugrunde liegenden Fragen oder Bekundungen. Auf dem eingeklinkten Passbild guckt Herr Strunz sehr freundlich drein, Hemd und Krawatte sind amtsgemäß seriös, eine kleine, dem Gelscheitel entwischte, von der Stirn baumelnde Haarsträhne lässt ihn dynamisch und nahbar erscheinen. Die richtige Mischung aus Konfirmation und Chefetage.
Den Chefredakteur der *BamS* hatte man sich älter und dicker vorgestellt.

Womit darf man einen Chefredakteur behelligen? Nun, im Fall Strunz: mit allem. Er verschenkt sogar Wackel-Elvisse oder erklärt das Reise-Gewinnspiel.

Leserbriefschreiber sind eine Menschengruppe, die sensibler Behandlung bedarf. Selten loben sie, meist ist der Grund ihrer Wortmeldung kein erfreulicher. Aber die Wortmeldungen an sich um so mehr, wird Claus Strunz entgegnen: Die Meinung dieser Menschen, denen die Stiftung Warentest Bibel ist, ist enorm wichtig, denn nur so können wir uns verbessern. Dauernd will Herr Strunz verbessern. Irgendwann ist dann alles gut.

Hieß es früher »*Bild* kämpft«, so erleben wir hier »*BamS* dämpft«. Die Leser bekommen meistens Recht und werden, wenn nicht miss-, so doch zumindest gebraucht als Beweis für die Ernstnahme des so genannten kleinen Mannes von der Straße. Ihre Sorge wird die seine – »Sie haben uns erwischt: Die Witzseite ist wirklich kleiner geworden«, antwortet der Chefredakteur kleinlaut und erzählt entschädigend einen Witz, in dem der Papst, Schröder und Merkel gemeinsam segeln. Tatsächlich ist die Witzseite unter Strunz nicht kleiner geworden, er hat sie lediglich umbenannt. Sie heißt jetzt Leserbriefseite.

Die immens wichtige so genannte Leser-Blatt-Bindung betreibt Strunz als Extremsport, im Grunde ist nur mehr als Persiflage lesbar, wie gut er es wöchentlich mit seinen Lesern meint. Dauernd lädt er sie ein, diskutieren Sie mit mir, gehen Sie mit mir zu Schalke, lassen Sie uns reden, seien Sie bitte (wenn es Ihnen, lieber Leser, nichts ausmacht) mein Ehrengast, Ihr Claus Strunz.

Strunz hat das Prinzip Schröder verinnerlicht, indem er Lappalien zur »Chefsache« erklärt und mit populistischen Symbolhandlungen für Ruhe sorgt. Auf die Dauer werden alle gnadenlos froh: Strunz bedankt sich artig für die Kritik und skizziert die sofort ins Werk gesetzten Verbesserungen, wofür sich sonntags darauf der Leser bedankt, und nicht selten bedankt Herr Strunz sich dann noch mal dafür, dass der Leser sich bedankt hat, und alles wird sehr sahnig.

Nachdem der Chefredakteur im Fronteinsatz die Affäre »Nasse *BamS*« zu einem guten Ende geführt hatte (unerhörterweise war die Zeitung einem Leser einmal gar nicht zugestellt worden und lag ein anderes Mal feucht auf der Treppe statt trocken im Kasten), indem er den Zeitungsausträger Martin begleitete (»Wir verteilten 35 Exemplare – in Briefkästen, unter Fußmatten, in Zeitungsröhren«), da ging ein Ruck durch den Zustelldienst, und der Leserbriefschreiber wurde seither nicht nur korrekt beliefert, er wurde sogar telefonisch nachbetreut – und das fand er doch bemerkenswert, wie er wiederum Strunz schrieb, den das freute.

Am lustigsten sind Briefe, wenn sie dazu dienen, über Bande Veränderungen im Blatt zu bewerben: Zufällig immer genau dann, wenn es eine neue Serie oder Beilage gibt, wünscht ein Leser sie sich von Herzen. Eine Woche bevor es endlich, endlich möglich wurde, auch per E-Mail am *BamS*-Gewinnspiel teilzunehmen, erkundigte sich ein Leser, warum man eigentlich nicht per E-Mail am Gewinnspiel teilnehmen könne. Und, pardauz – es geht! Ihr Claus Strunz! Nicht nur bei der *BamS* eignet sich die Leserbriefseite hervorragend dazu, Politik zu machen, Mobbing kann hier als Votum des Volkes getarnt werden, die Zielgruppe kann stilisiert und die Werbekundschaft gelockt werden. Anders als den Leserbriefschreibern der *Bild* gelingt denen der *BamS* hin und wieder sogar ein Nebensatz, bleibt es nicht beim Dreiwortausrufungszeichen. Sie sind sehr aufmerksam (»Hallo Herr Strunz, Ihnen ist da ein kleiner Fehler unterlaufen«) und bekommen diese Aufmerksamkeit doppelt zurück (»Lieber Herr Soundso, Sie haben natürlich Recht!«).

In ihrer Strenge sind sie manchmal zynisch (»Leider bin ich ein deutscher Staatsbürger«), aber insgesamt lieb und überaus

wissbegierig (»Wie viele Leser hat die *BamS* in der Schweiz, Herr Strunz?«). Man hatte sich ja schon oft gefragt, in wie vielen Druckereien die *BamS* eigentlich gedruckt wird, und seit der Chefredakteursantwort »zwölf!« kann man eindeutig besser schlafen. Herr Strunz ist des Lesers Kumpel, oft verwendet er drei Punkte, um anzudeuten, dass man ja schon wisse, was er meint. Elegant unterfüttert er sein Image als Freund und Helfer, indem er Privates einstreut, so erfuhr man, dass Strunz 1966 geboren wurde, acht Jahre in München gelebt hat, als Zwölfjähriger zum *BamS*-Leser wurde, dass er Verona Feldbusch sehr hübsch findet und sein Großvater 92 Jahre alt ist.
Sein Ton tendiert ins Devote, exakt so bedanken sich Musiker bei Plattenverkäufern oder Politiker nach einer Wahl bei Kugelschreiber verteilenden Basiskämpfern fürs strapaziöse Rumstehen und Luftballonaufpusten hinterm Fußgängerzonentapeziertisch: »Ohne euch wäre ich nicht hier!« Durch seine zupackenden, fürsorglichen Briefe erweckt er den Eindruck, als würde er seinen Lesern zur Not auch beim Umzug oder Rasenmähen helfen. Aus dem seinen Antworten nachgestellten Hinweis »Lob, Kritik und Anregungen bitte an: chefredakteur@bams.de« meint man nach intensivem Studium seiner gesammelten Briefe plötzlich etwas Flehendes herauszuhören. Gut möglich, dass Strunz uns bald zwischen nächtlichen Spots für 0190-Nummern begegnet, sich an der Haarsträhne ziehend: Ja, ja! Kritisier' mich! Sei noch strenger, lieber Leser, vernichte uns!
Dafür steht er mit Bild und Namen, hier kocht der Chef. Wahrscheinlich hat er sich das abgeguckt bei Claus Hipp, Albert Darboven und Herrn Dittmeyer.

Sporthilfe

Wenn in Berlin irgendwo ein roter Teppich den Bürgersteig schont, bleiben Bürger und Touristen schon aus Prinzip stehen, eine Runde gucken und kommentieren. Meist sind es typische Leserbriefschreiber, die sich schon lange daran gewöhnt haben, dass ein roter Teppich längst keine Stargarantie mehr gewährleistet. Wenn aber nicht mal Cherno Jobatey und Udo Walz vorbeikommen, liegt der Teppich dort aus Sperrmüllgründen – oder die Stiftung Deutsche Sporthilfe feiert ein Fest.
So wie kürzlich, als Rosi Mittermaier die Goldene Sportpyramide verliehen bekam. Die Passanten ließen gleichgültig die ihnen durchweg unbekannten Firmenbosse, Funktionärsnasen, Ehefrauen, Kugelstoßrekordhalter und Bogenschießweltmeisterinnen ins Hotel Adlon scharwenzeln. Auch die Fotografen mussten lange warten, bis jemand kam, der immerhin eventuell Ulrike Nasse-Meyfarth gewesen sein könnte. Oder war es nur ein elegant gekleideter normaler Hotelgast? Sicherheitshalber lief ein Fotograf hinter der Hochsprungolympiasiegerin her und fragte sie nach ihrem Doppelnamen. Dadurch hätte er beinahe Henry Maske und Katharina Witt verpasst, die netterweise auch vorbeikamen. Die verdienstvolle Förderarbeit der Sporthilfe setzt logischerweise genau dort an, wo Aufmerksamkeit und Glamour fehlen. Andersherum: Wussten Sie, dass dieser Boris Becker früher einmal Tennis gespielt hat? Wenn dann das Sponsoring förderbedürftiger Athleten gedankt und die Spendernamen genannt werden sollen, muss es also hölzern zugehen.
Die versammelte Geldgeberschaft zahlte klaglos 1000 Euro pro Eintrittskarte und setzte sich zum Menü, das untermalt

bzw. gestört wurde durch ein Unterhaltungsprogramm, für das man in der Nachkriegszeit sicherlich dankbar gewesen wäre: natürlich ein befracktes, mit Kaktus-Requisit hantierendes A-capella-Ensemble. Unvermeidlich: Niveagesichtige Grimassenschneider. Bitte nicht mehr wählen: Judy Winter als (als was sonst?) Marlene. Im Nebenraum klimpert Paul Kuhn, und dies wurde, wie auch die – dass so was noch hergestellt, ja sogar gegessen wird – Gänsestopfleber, anmoderiert von Johannes B. Kerner, der dies aus familiär begründeter Verbundenheit ehrenamtlich tat: Seine Frau spielt Hockey und wurde einst auch gefördert.

Familie Geld nun kaut Tier und langweilt sich. Gerade waren sie in Madrid, in der Loge die Bayern feiern, davor bei einem Oldtimer-Rennen und beim Charity-Golf-Turnier. Aktien kaufen, Gärtner feuern, mit der Miete wuchern, sich scheiden lassen – zu tun gibt es immer was. Herr Geld bietet seinen Kumpels aus einem Lederetui Zigarren an, nickt dabei und zieht sich mit dem rechten Zeigefinger das Auge lang, als ob er gerade ein Bordell weiterempfohlen hätte. Sind wohl gute Zigarren. Frau Geld esoteert derweil über die Ausstrahlung ihrer Rosenquarzarmbänder und hat leider vergessen, ihr Minihandy stummzuschalten. Gellend düdelt es aus der Paillettenhandtasche. Herr Geld pustet verächtlich Rauch in die Saalluft und wendet sich ab. Alle gucken. Frau Geld tut es der Nase ihres Mannes gleich und errötet. Ablenkung: Hinter der gläsernen Saaltür sieht man Bundesgrenzschützer sich postieren. Taschenpfändung bei Paul Kuhn? Nein, Otto Schily kommt, um Rosi Mittermaier die Pyramide zu überreichen und gemeinsam mit seiner Tochter Jenny das Märchen »Der Hase und der Igel« vorzulesen, die, so Schily, »älteste Sportreportage der Welt«. Ein Arbeitgeber ächtet knapp: »Terroristenverteidiger«. Schilys Krawatte ist mit Igeln bedruckt. Ob er wohl Hasen-Boxershorts trägt? Zwei vereinende, bassige Gruppenlacher immerhin beschert ihm der Text, und zwar

die »Buddel Brantwein« (»Hoho!«) und das gekonnt gekläffte »Halt's Maul, Weib!« (»Harhar!«). Frei nach Herbert Grönemeyer: Männer haben's schwer, nehmen's leicht/Außen hart und innen – Minister.
Dann verliest ZDF-Intentant Dieter Stolte die Laudatio, für die wahrscheinlich ein Volontär zahlreiche Harry-Valerien-Bücher sichten musste, so gespickt ist sie mit Zahlen. Interessant ist Stoltes Sprachfehler: Er sagt »olympich«, »Zwichenzeit« und »österreichich« – dann jedoch attestiert er Rosi Mittermaier »Scharisma«. »Der 8. Februar 1976 war ein Sonntag«, weiß Statistik-Stolte. Die Erinnerungen des Publikums hangeln weit zurück: Jaja, 1976. Die Männer gedenken vielleicht ihrer letzten Erektion, die Ehefrauen ihrer Einschulung. Zurück in der Gegenwart gibt es Kaffee mit Süßstoff für Frau Geld, für ihren Mann einen Schnaps – und leicht verspätet begrüßen wir, spät aber doch, Herrn Mayer-Vorfelder, guten Abend.
Ins zufriedene Périgord-Trüffelsoßen-Rülpsen hinein wird noch erklärt, dass »die Rosi« das Preisgeld natürlich weiterspendet, und zwar zugunsten eines »virtuellen Klassenzimmers« für Skisprungnachwuchs. Was auch immer das ist, jedenfalls, so Rosi, hat Monika Hohlmeier diesen Verwendungszweck sehr begrüßt. Ja dann.
In einer mit Kühlgerät trotz Raumtemperatur in Form gehaltenen Wassereispyramide am Ausgang stört die Augen eine Einkerbung: Jemand hat seine Espressotasse darauf abgestellt. Zich!, würde Stolte sagen.

Studienabbrecher

Neulich habe ich die Dings gesehen – die sieht in echt ja viel kleiner aus als im Fernsehen. Und mein Schwager ist mit dem Wie-heißt-er noch im Tennisklub – und privat soll der total anders sein. Und: Bei so schmeichelhafter Beleuchtung hätte ja sogar ich keine Falten. Götter-Grounding – ein wichtiges Instrument zur menschlichen Selbstvergewisserung. Natürlich, die Krise. Schwierig: No Future – aber Nachwuchs. Der kommt aus der Frau, dann bald aus der Schule, und will dann noch weiter, noch viel mehr lernen, will was (aber WAS?) werden, will Steuern zahlen, Kinder kriegen und erziehen, wählen, fernsehen und eine Aufgabe haben im Leben. Mitmachen! Doch die jungen Menschen haben den Tornister voll mit Zweifeln. Sie müssen alles können, und brauchen tut man sie trotzdem nicht. Im Copyshop hilft stundenweise ein Diplom-Landschaftsplaner aus. Im Kaufhaus sortiert ein Summa-cum-laude-Jurist Konservendosen. So sieht's aus. Was bleibt den potenziellen Hochleistungsträgern da übrig? Leider alles. Die wahre Camel-Trophy findet heute auf dem Arbeitsmarkt statt. Der Sieger kriegt eine Arbeit. Alle haben die gleiche Chance. Oder sagen wir: dieselbe. Für alle reicht die sicher nicht. »In Amerika haben wir dieses geflügelte Wort – wie sagt man auf Schweizerdeutsch? –, vom Tellerwäscher zum Millionär, sagt man so?«, fragt Shawne Borer-Fielding. Man sagt so. Und es stimmt: Man kann Millionär werden, auch wenn man das Studium, ganz egal welches (siehe nachfolgende Liste), geschmissen, geknickt, drangegeben oder an den guten alten Nagel gehängt hat.

Alexander, Peter/Entertainer: Medizin
Aquino, Corazon/ehem. philippinische Präsidentin: Jura
Armani, Giorgio/Modeschöpfer: Medizin
Becker, Jürgen/Schriftsteller: Germanistik
Benton, Robert/Regisseur und Autor: Kunstgeschichte
Bosch, Walter/Werber: Ökonomie
Bouteflika Abdelaziz/algerischer Präsident: Philosophie
Braun, Egidius/Funktionär: Philosophie
Breitner, Paul/Fußballprofi und -kommentator: Pädagogik
Brice, Pierre/Winnetou: Architektur
Carpendale, Howard/Sänger: VWL
Cohn, Arthur/Filmproduzent: Jura
D'Alema, Massimo/ehem. italienischer Ministerpräsident: Philosophie & Politologie
Diamond, Neil/Sänger: Medizin
Dido/Sängerin: Jura
Dietrich, Marlene/Schauspielerin: Musik
Drake, Nick/Sänger und Songschreiber: Englische Literatur
Dürrenmatt, Friedrich/Schriftsteller: Philosophie
Ellison, Larry/Software-Unternehmer: Ökonomie
Etheridge, Melissa/Rock-Sängerin: Musik
Fendrich, Reinhard/Sänger: Jura
Fireman, Paul/Unternehmer (Reebok): Boston College abgebrochen
Frey, Walter/Autohändler: Ökonomie
Friedli, Peter/Financier: Ökonomie
Gaddafi, Muammar al-/Revolutionsführer: Geschichte
Gates, Bill/Microsoft-Gründer: Jura
Gedeck, Martina/Schauspielerin: Germanistik & Geschichte
Gere, Richard/Schauspieler: Theatergeschichte
Glauser, Friedrich/Schriftsteller: Chemie
Hauser, Otto/Politiker und Journalist: BWL
Hayek jun., Nicolas/Swatch-Chef: Filmschule
Heidegger, Martin/Philosoph: Theologie

Hill, Terence/Schauspieler: Philosophie
Hingsen, Jürgen/Zehnkämpfer: Sport
Hoeneß, Dieter/Fußballmanager: Geografie & Sport auf Lehramt
Hoffmann, Wolf/Musiker (Accept): Architektur & Jura
Hohler, Franz/Kabarettist: Romanistik & Germanistik
Iglesias, Julio/Sänger: Jura (33 Jahre später, mit 57 J. Abschluss)
Jagger, Mick/Sänger: BWL
Jarrett, Keith/Pianist: Klassische Musik
Jauch, Günther/Moderator: Politologie
Jobs, Steve/Apple-Gründer: Physik & Literatur
Joplin, Janis/Sängerin: Kunstwissenschaften in Austin, wurde auf der Semesterabschlussfeier 62/63 zum »hässlichsten Mann« gewählt – schmiss ihr Studium und trampte nach San Francisco
Jünger, Ernst/Schriftsteller: Zoologie
Kachelmann, Jörg/TV-Meteorologe: Geografie
Kahn, Oliver/Torwart: Fernstudium BWL
Kallmann, Hans-Jürgen/Porträtmaler: Medizin
Kässbohrer, Karl/Unternehmer: Ingenieurswissenschaften
Kennedy, A. L. /Schriftstellerin: Anglistik
Kenzo/Modeschöpfer: Fremdsprachen
Kerner, Johannes B. /Moderator: BWL
Kock am Brink/Ulla, Moderatorin: Germanistik
Koller, Röbi/Moderator: Germanistik
Kwasniewski, Aleksander/Polnischer Staatspräsident: behauptete vor seiner Wahl, diplomierter Volkswirt zu sein; Wahrheit: Abbrecher
Land, Edwin/Polaroid-Gründer: Physik
Lange, Jessica/Schauspielerin: Kunst
Lehmann, Jürg/*Blick*-Chefredakteur: Psychologie
Lendl, Ivan/Tennisweltranglistenerster a. D.: BWL
Lucy/Sängerin (No Angels): Tanz & Schauspiel

Makatsch, Heike / Schauspielerin: Medienwissenschaften & Politik
Meier, Gerhard/Schriftsteller: Hochbau (Berufsziel: Architekt)
Mitchell, Joni/Musikerin: Kunstakademie
Montezuma, Magdalena/Schauspielerin: Germanistik
Nannini, Gianna/Sängerin: Wollte Konzertpianistin werden, finanzierte sich das Studium mit dem Backen toskanischer Pfefferkuchen – ihr Vater war Bäcker (»Nannini-Panforte«). Bis eines Tages ihre linke Hand in eine Schneidemaschine der Familienkonditorei geriet; sie verlor drei Fingerspitzen. Das war's dann mit dem Klavierspielen.
Nicholls, Craig/Sänger (The Vines): Kunst & Design
Neudeck, Rupert/Journalist: Jura
Noll, Ingrid/Schriftstellerin: Germanistik & Kunstgeschichte
Paltrow, Gwyneth/Schauspielerin: Kunstgeschichte
Papperitz, Doris/Sport-TV-Journalistin: Lehramt Germanistik und Kunst
Pfaff, Dieter, Schauspieler: Germanistik
Pflaume, Kai, Moderator: Informatik
Ringier, Michael/Verleger: Ökonomie
Rubinstein, Helena/Kosmetikerin: Medizin
Saad, Margit/Schauspielerin und Regisseurin: Musik (Geige, Orgel, Klavier)
Saura, Carlos/Regisseur und Autor: Ingenieurswissenschaften
Schaub, Christoph/Filmemacher: Germanistik
Schneider, Helge/ Entertainer: Klassische Musik
Schneider, Michael/Schriftsteller: Naturwissenschaften
Schockemöhle, Paul/Pferdezüchter: Schon mit 17 Jahren besaß Schockemöhle drei Millionen Hühner. Er studierte dann ein Semester BWL. Das genügte, um später Europas größter Eierproduzent zu werden.
Schuster, Dirk/Fußballprofi: Sportwissenschaften
Schönherr, Dietmar/Schauspieler: Architektur

Schwab, Werner/Schriftsteller: Akademie der Bildenden Künste
Schweiger, Til/Schauspieler: Medizin
Shue, Elisabeth/Schauspielerin: Politikwissenschaften (Studium in Harvard nach 15 Jahren doch noch abgeschlossen)
Siegel, Gerhard/Tenor: Schauspiel
Simon, Paul/Musiker: Anglistik und Jura
Smith, Patti/Sängerin: Lehramt Kunst
Spahn, Bernhard/Maler und Grafiker: Kunst- und Werkerziehung
Spielberg, Steven/Regisseur: Film abgebrochen 1968 (später nachgeholt)
Stamm, Peter/Schriftsteller: Anglistik
Stauber, Katja/»Tagesschau«-Sprecherin: Jura
Steiner, Sigfrit/Schauspieler: Innenarchitektur
Strittmatter, Hermann/Werber: Ökonomie
Stromberg, Kyra/Schriftstellerin: Philologie, Geschichte, Literaturgeschichte
Takeshi, Kitano/Regisseur: Ingenieurswissenschaften
Verhülsdonk, Roswitha/Politikerin: Philologie
Vogel, Erich/Fußballmanager a. D.: Theaterwissenschaft
Waalkes, Otto/Komiker: Pädagogik
Weathers, Felicia/Sopranistin: Medizin
Weiss, Jürgen/Designer und Unternehmer: Werkkunstschule Berlin, Abt. Mode
Wenders, Wilhelm/Regisseur: Medizin und Philosophie
Wiegandt, Klaus/Wirtschaftsmanager: Rechtswissenschaften
Wilde, Kim/Sängerin: Kunst
Zappa, Frank/Musiker: Musiktheorie
Zimmermann, Kurt W./Unternehmensberater: Psychologie

Nicolette Krebitz

Alles, was wir tun, haben wir der Wildnis abgeguckt. Beispiel: Da fließt so ein kleiner Bach durch die Gegend, nicht der Rede wert. Also staut man ihn eben, und die Leute bemerken das Rinnsal zum ersten Mal, wenn es, jenseits der Staumauer, nicht mehr da ist, weil sie plötzlich Durst kriegen (oder bloß keine nassen Füße mehr). Und dann Swusch!, wird die Mauer eingerissen, und die ganze Ladung kommt auf einmal und macht natürlich mehr her. Nach diesem Gesetz werden auch mittelgroße deutsche Filme vermarktet. Künstlich erzeugter Mangel generiert Bedarf – und um den geht es doch schließlich. Also spielen die Promotionsagenturen eifrig Geheimdienst. Videokopien neuer Filme werden grundsätzlich nicht verschickt, Vorabvorführungen (im Kino wirkt es besser, okay, das sieht man ein) klappen nicht immer. Der Film darf zwar angesehen werden, vielleicht, wenn er fertig ist. Ist er aber nie. Darüber schreiben soll man trotzdem (das allerdings sieht man nicht direkt ein). Die Dame vom Verleih ruft täglich an: Bald könnte es so weit sein, eventuell. Ständig neue Informationen, Wasserstände, Termine. Und dann überraschend die Nachfrage, ob nicht vielleicht mittlerweile der Text schon fertig sei – häh? Der Film unterdessen beinahe: noch letzte Änderungen, der Ton, die Musik wird ein Wahnsinn, dauert nicht mehr lang – das muss ein Druck sein! Irgendwann wird es dann absurd: Man will das Ding tatsächlich sehen – das muss ein Film sein!
Der Film, um den es hier geht, »Fandango« sein Titel, ist noch nicht fertig. Da müssen wir jetzt durch. Man trifft sich, wie immer, wie oft also? Richtig. Eins plus Eins. Mindestens. Das erste Mal traf ich Nicolette Krebitz privat und zufällig. Da

waren wir beide betrunken und von irgendeinem Film keine Rede. Es war Nacht und Sommer, und wir saßen draußen. Es war komischerweise dieselbe Neue-Mitte-Kantine wie beim zweiten, nüchternen, nun also beruflichen und als solchem selbstverständlich ganz genau geplanten Treffen. Abends und im Winter, drinnen. Jetzt neu: Von irgendeinem Film ist absolut die Rede. Beim ersten Zusammentreffen war es so, da kannten Freunde von mir Freunde von ihr, und deshalb wurden die Tische aneinander gestellt und die Runde geweitet, alle wurden einander vorgestellt, so wie es am nettesten ist. Hi, ich bin, ach, irgendwoher, kann sein, kennst du nicht auch Dingens, habe dich auch schon mal, wohnst du nicht bei, dann bist du – dann können wir ja gleich noch zwei ganze Flaschen bestellen: eben, genau. Wie heißt du noch mal? So halt. Schöne Sache.
Jetzt aber: Die sind zu dritt, und ich bin allein. Ich durfte den Film nicht sehen (der hängt noch vor der Staumauer), soll aber wegen des Filmes mit Frau Krebitz sprechen. Darf! Muss. Hallo, ich bin der Neue, drei gegen einen. Auf dem Tisch: drei Gläser Rotwein. Drei für einen! Man hört sie lachen und sich gut verstehen. Die drei. Mich irgendwas ganz Verkehrtes sagen. Verstörte Blicke, die umso schlimmer sind, weil dazu nettes Zeug geredet wird. Schön, dass ich da sei. Dann wird es erst mal still. Jacke ausziehen und sich wohl fühlen. Wie soll das gehen? Ich mag zum Beispiel keinen Rotwein. »Ich trinke gern auch ein Glas Rotwein mit«, logisch. So geht das dann. Jetzt sind alle sehr nett.
Schnaps und Beruf stehen laut Sprichwort in gegensätzlicher Beziehung zueinander, aber in der Quatschbranche, die uns hier zusammensetzt und den Wein zahlt, ist das anders, da bedingt bei vielen Gelegenheiten das eine praktisch das andere. Keine Frage, dass man sich duzt. Und gut versteht. Ich verehre ja Nicolette Krebitz schwer, aber das sollte ich jetzt nicht sagen. Zum Film kann ich auch nix sagen. Aber sie. Das Üb-

liche. Diesmal echt was anderes, tolles Team, auch total überrascht, das Buch war halt schon so irre gut, und dann jetzt auch mit der Musik und so, Herzensding – ja, Hilfe! Ich kann's ja selbst auf mein Band sprechen, dies Zeug, also bestimmt auch irgendwie Roadmovie und auch Nachtleben, das aber ohne Klischees, endlich mal, und die paar Klischees eben so überdreht, dass es saulustig ist, wirklich ein – na ja, vielleicht für Deutschland zu verrückt, in England wäre das was anderes, normaler irgendwie, weiß man nicht. Muss sie jetzt sagen, muss ich jetzt glauben.

Vielleicht darf ich den Film in drei Wochen anschauen, die Frau von der Filmfirma will sehen, dass es klappt. Man ist dann zurück am Ausgangspunkt: Der Film ist e-ga-hal. Nicolette Krebitz, bitte. 500 Seiten Fotos, da freuen sich doch alle. Wer der Typ am Tisch ist, habe ich nicht so verstanden, aber die Dame ist eine Krebitz-Freundin und ihre, na logo, so was muss man haben, Lieblingsfotografin aus London, und das war gleich klar: wenn Fotos, dann von der. Na, gerne doch. Und der Reporter dürfe auch nicht gleich von Anfang an dabei sein, die wollen erst mal für sich ein paar Fotos machen und reden, und dann könne er gerne dazukommen, so war das Ganze annonciert und dadurch nochmal einen Tick spannender gemacht worden. Hauptsache, den Film nicht sehen.

Wir sitzen da, und Nicolette Krebitz ist, obwohl man so einiges hört, Zicke, zacke und so weiter, aber nein, gar nicht schwierig, hat jedoch, was sowieso viel netter ist, wirklich (auch das war zu hören gewesen, geflüstert worden war es) Rehaugen. Ich notiere das nicht auf meinem Block, nehme es aber zur Kenntnis, denn das steht in jedem Artikel über sie, diese beiden Sachen: Rehaugen und voll nett – und schön, dass es also wirklich so ist. Was da ferner auch immer steht: Freunde nennen sie Coco. Das klingt sehr gut. Man ist ja dann auch gern Freund und Freundin und in irgendeiner Art assoziiert, wenn jemand so nett ausschaut und es vielleicht sogar ist. Schnapsberuf, wie gesagt. Aber nett ist sie, ist sie wirklich. Zumindest scheinbar, Vorsicht. Redet jetzt mit ihrer Freundin, und ich verstehe, na ja, die Hälfte wäre jetzt stark übertrieben. Darum geht's: Zahnarzt, Berlin, London, Musik, der Geburtstag von Katja Riemann, Alkoholkontrollentricks, Filme, Urlaub, früher, Handschriftenanalysen, Vitamine, Allergietests, Homöopathie, Nichtrauchphasen plus Dann-doch-Rauch-Zugeständnisse, Lieblingspullover, letzte Nacht – all so was. Man war nicht dabei, wäre es vielleicht gerne gewesen, aber darum geht es nicht. Worum denn – um den Film? Musst du sehen, wirklich, der ist echt, ja, der ist ganz, alles Mögliche. Hoffentlich klappt das, muss ich sehen.

Haben wir gewählt? Haben wir. Rindersuppe ohne Rind für – oh ja, der Kellner darf Coco sagen. Und will ihr nachher noch irgendwas zeigen, und sie will es sich unbedingt ansehen, klar. Rehaugen, meinetwegen. Jetzt nicht zu schnell trinken, vielleicht auch selber mal was sagen. Einen guten Witz über eine Schauspielkollegin, die sie nicht mag, das bringt immer viel, aber da kann man auch ganz schön danebenhauen. Doch erst mal trinken. Ist Sonntag und eigentlich trinkfrei. Rindsuppe ohne Rind, wo sind wir denn, noch ein Glas. Wie es hier zwischen Schnaps und Beruf wechselt, es ist, Verzeihung, der so genannte Hammer. Wie auch alle drauf reinfallen, ich zuerst, auf dieses Halbprivate. Den Faden verlieren und denken, das sei egal. Supernett, superprofessionell. Worum geht's? Fotos, mehr Fotos. Raus. »Meinst du, wir kommen mit dem Termin hin?«, fragt sie jetzt. Verstehe. Immer doch – äh, Coco?, Verzeihung – also, auf jeden Fall kommen wir hin mit dem Termin, ist doch klar. Film sehen, unbedingt den Film sehen. Ich kann's kaum erwarten. Das wird so spannend! Moritz Bleibtreu! Richy Müller! Nicolette eben auch und sogar Corinna Harfouch. Ja, irre. Man denkt ja dann immer, huch, wieder wirklich alle dabei. Alle und alles: DJs, Drogen, Models, krumme Dinger, schnelle Autos, wumsendes

Nachtleben, bumsende Hauptdarsteller und all das. RTL2, wir kommen? Ja, oder Spitzenfilm. Kann alles sein. Vorfreude? Untertreib nicht, Freundchen. Draußen steht die Hauptdarstellerinnenkarre, oha, ach, das war jetzt so nett mit dem Wein und allem, und wir haben auch ein Foto zusammen gemacht, da war Superstimmung, und einmal habe ich auch was gesagt, irgendwas, und da war es nicht ruhig, sondern alle haben gelacht, also, man könnte sagen, ich bin jetzt dabei, es ist jetzt okay mit mir, ich nerve hier nicht, Beruf hin, es geht jetzt mehr um Schnaps, ja klar, also, ich sag zur Autobesitzerin jetzt auch einfach Coco. Hat keiner was gegen. Das ging schnell. Wie die Autofahrt. Keine Nackenstütze, aber Musik so laut, dass man nicht reden muss. Gute Musik.
Musik ist im Auto immer gut, wenn sie bloß, und weiß Gott, das ist sie gerade, laut ist und einen zünftig in die Sitze presst. Das liegt an den Bässen. Anschnallen? Blöde Frage. Was kommt denn da von vorn? Etwas Weißes, herrje, ein Kaninchen auf der Fahrbahn? Nein, weiße Tücher werden nach hinten gereicht zum Händeabwischen. Das machen jetzt alle, riecht super nach Nivea, was soll das jetzt, aber egal, ich bin ja nicht bescheuert, also mache ich das auch. Danke, Coco. Aussteigen und neue Fotos. Auf Bäume klettern, übern Parkplatz rennen, auf Denkmälern turnen, rumkreischen und wieder ins Auto. Was ist das für Musik? Falsche Frage. Kennst du das etwa nicht? Rückspiegelblick: Wo kommst du denn her, wie bist du denn drauf, was weißt du denn alles nicht? Sind das nicht, nee, sind das nicht. Das ist der Dingens. Ach, das klingt so anders, dachte, das ist irgendein Mix – ja, jetzt nicht noch weiter in die Scheiße, Mann. Einfach Klappe. Praktisch wie beim Film. Den ich unbedingt noch sehen muss. Wieder Rückspiegelblick: Ich mache dir 'ne Kassette, wenn du willst. Das wäre natürlich toll. Ob sie das macht? Ich glaube, sie macht das. Ich bin jetzt also drauf reingefallen, auf diese Schnapsberufssache.

Endstation Bar, paar Zigaretten noch, so klischiert stelle ich mir dann ehrlich gesagt auch den Film vor, aber wenn es doch so ist und dabei noch Spaß macht? Schon spät. Jetzt müsste ich mal wieder was fragen. Hey, was war, was wird, warum bist du so toll, woher kannst du das, warum kannst du auch in so doofen Filmen mitmachen, nehmen wir »Bandits«, also, wirklich einer der groteskesten deutschen Filme der letzten zehn Jahre, was ja schon was heißt, und wie also kann Nicolette Krebitz da so besonders toll sein, in diesem so besonders schlechten Film? Und außerdem, diese Terranova-Platte! Ihr Freund ist ja – manche Leute sind einfach von A bis Z aufregend und klasse, das ist nicht schlimm, nö, das ist sogar toll, das macht froh, die meisten sind's ja eben nicht, das ist doch das Elend, so muss man's doch sehen – ihr Freund ist ja so ein allwissender Musikmacher, DJ, keine Ahnung, und sie singt da und ist auch auf dem Cover abgebildet, ihre Beine zumindest, ein tolles Cover übrigens, und das Booklet erst, wie sie da, ach, jetzt reicht's.
»So, jetzt ist aber Schluss mit dem Aufschreiben«, sagt sie, »okay?« Und bestellt Whiskey-Cola. Guter Schlusspunktdrink, zwei davon, schon ist es ein Doppelpunkt, und die Sache geht weiter. Schluss also mit Aufschreiben, okay, dann hole sie jetzt mal was zu rauchen aus dem Höllenauto. Ja, logo. Und weiterschreiben. Beruf ist Schnaps. Rauch. Kiffen ist ja auch wie deutscher Film: Vorbereitung, Zeremonie und Umsitzendenbehelligung stehen in einem merkwürdigen Verhältnis zum Ergeb- oder Erlebnis. Egal. Ich hätte gern die Kassette. Dran erinnern ist doof. Ich könnte meine Interviewkassette zur Verfügung stellen, da ist nur Quatsch drauf. Meine Schuld. Music sounds better from you. Was aber ist mit dem Film? Ich werde ihn mir ansehen, gleich am ersten Donnerstag in der 17-Uhr-Vorstellung, eventuell um 20 Uhr gleich noch mal. Denn sehen muss man ihn. Äh – sie natürlich. Die Krebitz. Hat da jemand Coco gesagt?

Gesendet 2001

02.01.01

Der Wurstverkäufer mit umgeschnalltem Grill
Heißt offiziell Grillwalker
Ein Preis, den Bernhard gar nicht hätte ablehnen können
Der Grillwalker-Preis
Und nächste Woche kommt der Realitätenvermittler
Auf Schmidts grauen Kunstledersessel
Dann Siebzigster, und ich muss endlich
Das Fleischmann-Video zurückschicken

In Hamburg heißt es heute zum ersten Mal: Komm
In Berlin endlich wieder, neue Ställe, neue Wälle: Pogo

Möchten Sie direkt weiterverbunden werden
Sie können die erste Person sein
die dieses Video rezensiert
Wir haben Ihre Nachricht empfangen und werden
uns schnellstmöglich um deren Inhalt kümmern
Am Hapag-Lloyd-Schalter hinterlegt
Der Kollege weiß dann Bescheid
Vier Stunden im Pizza-Taxi
Unter deutschen Deckeln

24.01.01

Am neuen Computer sitzen
Glauben, dass jetzt alles
Besser wird
(anders zumindest)
Und seine Ordnung kriegt

Dies probieren
Das kopieren
Papierkorb, Hotline
Buchse, Verteiler
Fehler! Fehler!
Geduld verlieren

Bonbons lutschen
Runterladen
Zu Hause bleiben
Tag abschreiben

Daten verwalten
Schreibtisch gestalten
Jeden Fehler zweimal machen
Viel zu oft um Hilfe bitten
Lange brauchen, bis alles
Irgendwann fast so gut geht
Wie mit dem weggestellten
Alten

Und abends fragen
Was man nun im Gegenzug
Tun kann für sein Land

Mit all den neuen Knöpfen

Eine Pointe dann im Atelier
Die Nummer schließlich
von Bernd C.
Sucher FINDEN

Große Rückrufaktion
Lange nach Ablauf
Der regulären Spielzeit

ER, wie ES genannt wird
Arbeitet, er-rechnet
Ich verstehe
Kein Wort
Bisher geschrieben

28.01.01

Mit sechsundzwanzig Jahren
Gegessen, telefoniert
Geküsst und gezahlt
Für alle
Und mich

Getrauert, gekotzt
Rasiert, gebadet
Gelüftet, gewackelt
Geschlafen, gelesen
Aufgeräumt, weggeschmissen

Kaltes klares Wasser
Gehört und getrunken
Kalt! Und! Klar!
Über! Meinen!
Körper!

Dann den Betrieb
Wieder auf
Genommen
Wieder auf
Die Straße
Wieder auf
Erstehung

Kaltes! Klares! Wasser!
Für dich und mich
Für uns beide
Vergossen

Ein bisschen war es
Heute Morgen
Wegen gestern Nacht
Und der davor
Wie Neujahr

Ein Fest für Boris
Im Liebesnest
Mit frischem Obst
In beigen Hosen
Später Blitzhochzeit
Mit beigen Rosen
Vorher noch in London:
Ein Test für Boris

Mit sechsundzwanzig Jahren
Und wieder auf den Beinen
Die mich in den Sessel trugen
In dem sitzend
Ich mich freute
Dass Tom Hanks
Feuer machen lernte
Das Päckchen mitnahm
Aufs Floß
Das er baute
Sein Freund, der Ball
Verschwand im Meer
Hanks aber nicht

Und Johanna ist die Einzige
Die laufen kann
Doch man gurtet sie
Auf Boris' Fest
(Besser als auf Alexander
Oder Dr. Otto Sander)

Als Tom Hanks nach vier Jahren
Wieder da war und dünn
War der Film zu lang gewesen
Dünn wie Hanks
Der an der Kreuzung stand
Ob er was fand?
Wir wissen es nicht
Ob uns das interessiert
Doch: nicht

Kreuzungt ihn!
Sagt das Wortspielprogramm meines Nachbarn
Reinhard Mohr, der Spiegel
Der die Spaßgesellschaft in Schach hält
Und zum selben Frisör geht wie ich
Die Spaßgesellschaft hat Mohrs Haar
Vor der Zeit
Und während des Spiegels
Grau werden lassen

Schläfengrau
Auch ich
Geh' zur Ruh
Saufe mir die Augen zu
Mit sechsundzwanzig Jahren
Ist noch lang noch nicht
Schluss

29.01.01

In schalldichter Kabine
Sahen wir die Bilder laufen
Halbe Stunde gucken
Doppelt so lang: Rest
Kaffee, Peinlichkeit
Pausen, Blicke
Fehler, Pläne
Kosten-Nutzen
Nase-Putzen
Zusammen
Arbeit

Im Büro an der Selbstverwaltung
So hurtig als wolle ich mich
Bei mir selbst bewerben
Ich hätte mich
Direkt
Genommen
Denn ich bin
Ein Serve&Volley-Typ
Und sie ist Honig
Und war sogar bei The Gap

Essen in der Falle
Plötzlich Lottmann
Von hinten
Genommen
Der Wildcardtyp
Ohne Anstand

Mit zwei Kindern bei der Arbeit
Hier, mein Neffe!

Und hier: Rose!
Meine besten Mitarbeiter!
Einen Typen in der Mangel
Wir machen eine Serie
Quoll es Lottmann
Wie Schmelzkäse
Aus der Lügenritze
Die Fädenzieher!
Willst du auch
Einer sein?
Nein, wieso nein?
Jenseits der Wahrheit
Sagte das Schwein

Der Gemangelte ging pissen
Lottmann und die Kinder
Rieben Hände und Parmesan
Das war dasselbe

Zahlen, gehen
Draußen blähen
Wieder einmal wissen
Warum Lottmann dissen
Sein muss

Schluss

Nachsendungsantrag:
Erscheint Die Woche
Eigentlich einmal
pro Woche

Fragte der Zahnarzt
H. Rowohlt, schrieb
der in eben
der letzten
Woche

Nein, sagte Rowohlt
Dreimal täglich
Nach den Mahlzeiten

30.01.01

Zehn Jahre Gutes Sehen in Mitte
Als letzte Notiz im Hinterkopf
Auf der Iris
Nicht Berben
Nicht Gleichen
Und vorher noch schnell zweimal
Beinahe überfahren werden

Zehn Stunden Gutes Zuhören in Mitte
Sätze feilen, Sprache teilen
Entzerren, entrauschen
Markierungen, Applaus
Kracher rein, Lacher raus
Pausen setzen
Ursprung fetzen

Vierundsiebzig Minuten gehen
Gut drauf
In Mitte
Bass und Höhe
Pegel balancieren

Sekunden und dann Hundertstel

Noch kürzer werden
Knapper
Besser

31.01.01

Yesterday when I was mad
Ich war schon immer so'n loser Typ
Bei Lindenberg ist er lose
Der Typ, und das auf Deutsch
Verlierer
Verlier sie

Bereits Kunde sein
Passwort eingeben
JA – bestellen
Abbuchen lassen

Schmidt und Andrack
Am Vorabend unsicher
Ob Föhnen oder Fönen
Durch Wagner waren sie
Drauf gekommen

Wagner, der mit der Post, der
Die Schönheit auf Christiansens Kopf
Hatte kommen sehen
Die Schönheit auf Christiansens Kopf
Von der wir alle nichts wussten

Und so dachte auch ich
JA, erstens
Und JAHR, zweitens

Vor einem Jahr mit Christian
Am dritten Tage auferstanden
Von Fear & Loathing in Mitte
Stand die Einzige mit zwei Beinen

Plötzlich beim Thailänder neben uns
Vor einem Jahr
Ja

Anrufe in Abwesenheit
Profile wählen
Motive prüfen

Schlüssel beim Hausmeister
Achtung, heißer Dampf tritt aus

Tomorrow I'll be perfect
Today is the greatest
Morgen wird wie heute sein
Gestern war ich noch
Verrückt
Und heute
So ein loser Typ
Auf Englisch
Guten Morgen, liebe Sorgen
Seid Ihr auch schon alle?

Da fehlt kein
Da
Rum
Ja

Wer mich fragt
Bleibt dumm

01.02.01

Morgens flockt der Neuschnee
Immer nur kurz zwar
Aber immer genau dann
Wenn ich hinaus muss
An der Tennisanlage vorbei
Und der Beschilderung folgen

Teekanne hinschmeißen
Scherben in die Tüte
Der Dynamo schnappt
nicht vorschriftsmäßig
an den Reifen
deshalb fiept es nur
Statt dass es leuchtet
Krach in der Dunkelheit

Jedes Räuspern, jede Silbe
Dargestellt in Wellenform
Wenn wir schneiden
Kann es passieren
Dass man es hört
Die vier Abende
Klingen zu unterschiedlich
Das ist inhaltlich richtig

Lefax bringt die Lösung
Wo Handeln wenig Sinn hat
Bücher unterliegen der Preisbindung
Chance: beschädigt oder veraltet

Der große Kurfürst war nicht der Großvater
Sondern der Vater des ersten preußischen Königs

Dann wird es noch krasser
Bei Schorle und Wasser

Karl Dall wird in der ARD beerdigt
Doch sie nennen es Geburtstagsgala
Und als Inge Meysel kam
Standen alle auf
Als Reinhard Mohr noch langes Haar trug
In die Vogesen fuhr um neun Uhr dreißig
Und abends Bärbel traf
War das auch schon so

Gar nichts müssen
Einiges wollen
Rudern, lallen, zweifeln, zornen
Der neue Häuserkampf
Vermittlung von Realitäten
Was war / Was wahr
So verschrieb die FAZ
Sich gelenkig bei Fischer
Am Samstag hatte ich ein Seil in der Hand
Und von weitem sah es aus
Wie ein Stock
Wenn es so aussieht
War es auch so
Wahr war nur
War – war nur
Was nirgends in den Büchern steht
Und wenn es nicht hart ist
Ist es nicht das Projekt
Steht im ersten Buch Moses P

Nennen: Spendernamen
Sprengen: Verfügungsrahmen

Musikschule

Linernotes zur CD »Benjamin v. Stuckrad-Barre trifft Johannes Brahms« (Deutsche Grammophon)

Brahms war unsere Rettung. Wenn meine Schwester und ich die Aushäusigkeit unserer Eltern dazu nutzten, blödsinnige TV-Nachmittagsserien anzusehen, mussten wir, obwohl unser Augenarzt davon abgeraten hatte und wir ohnehin schon unschöne Brillen zu tragen hatten, sehr dicht vor dem Fernsehgerät sitzen, um ein paar Worte wenigstens zu verstehen. Der Ton war so leise gestellt, damit wir blitzschnell reagieren konnten, sobald unser charakteristisch möhrender Familienpeugeot auf den Hof fuhr (verloren hatten wir, wenn ein Elternteil mit dem Fahrrad unterwegs war). Denn eigentlich sollten wir lernen und üben, also schalteten wir schleunigst das Gerät aus, rückten einen Sessel davor, mit etwas mehr Zeit und besserer Ausrüstung hätten wir vielleicht sogar eine Staubschicht auf die Fernbedienung gepulvert. Meine Schwester hastete dann an den Flügel und drosch drauflos, sang oft sogar mit, um ganz bei der Sache, ja versunken in Tönen zu wirken, Mädchen nimmt man so was ja ab, und sie hatte dieses Schauspiel perfektioniert, dachte immer auch daran, noch geschwind die so genannte Eieruhr aufzuziehen, aber nur ein kleines Stück, damit das Null-fertig-Geschepper recht bald nach Eintreffen unserer Eltern das Ende des täglichen Übepensums signalisierte. Ich selbst hatte derweil in der Küche Platz genommen, hielt mit der rechten Hand die eine Hälfte meines Vokabelheftes zu und versuchte, konzentriert dreinzublicken. Schwierg war es, bei aller Hektik so ruhig vorzugehen, dass man bis zum Hallosagen wieder beim Ruhepuls angelangt war.

Misstrauisch hätte meine Eltern machen müssen, dass ich jeden Tag Vokabeln lernte und trotzdem dauernd Fünfen schrieb. Und dass meine Schwester immer, immer dasselbe Stück spielte, wenn sie das Haus betraten. Deshalb, und weil ich es wirklich gerne habe, gehört aus den Klavierstücken opus 118 unbedingt die Ballade in g-Moll in die hier vorliegende persönliche Auswahl hinein. Und die Rhapsodie Nr. 2, die meine Mutter immer spielte, wenn ich »Sportschau« sah, merkwürdigerweise – ja, sobald ich sie höre, erinnere ich mich daran, wie Männer in Pepita-Jacketts in einen Topf greifen und kleine Röhrchen daraus hervorholen, sie öffnen und die darin eingerollten Zettelchen glatt streichen und in die Kamera halten. Das war die Auslosung der nächsten Runde im DFB-Pokal, und das ist also die Rhapsodie, und so persönlich ist diese Auswahl. Dass vieles andere fehlt und ohnehin die Zerpflückung eigentlich unrechtens, wenn nicht frevelhaft ist, das soll bitte Nina Ruge im Klassik-Radio mit dem Chefredakteur von *Rondo* (einer Art *Bäckerblume* für Studienräte) ausloten. Eine Anregung soll es sein, beileibe kein Kanon, eher eine Ingodubinskiwunschbox, eine Vorschlagsliste, ein so genannter Teaser, was auch immer; nur deshalb in Ordnung, weil es eben so fehlerhaft ist, danke, das reicht, jetzt bitte weiter im Text, vielmehr – der Musik.

Denn Aufgabe dieser Serie ist es, so hat man es mir seitens der Plattenfirma mit dem weltweit schönsten Logo erklärt, die persönliche Beziehung des Auswahlbeauftragten zum Werk eines Komponisten aufzuzeigen, im Beiwort (das Vertragsbestandteil ist, nur Musik hätte ich auch schön gefunden, aber – mach was) zu erklären, wie man zur Klassik gelangte, wie man von ihr weggescheucht wurde durch falschen Elternehrgeiz vielleicht, und dann aber den Weg zurück selbst suchte und zu finden begann (so war's bei mir). Mehr kann ich Ihnen hier nicht darlegen, es wäre überambitioniert und lachhaft auszuführen, warum in dieser Auswahl der FAE-Sonate schlüssig

die dritte Klaviersonate folgt, und die Walzer auf das zweite Klavierkonzert. All das kann ich mit meinem amateurhaften Hundertstelwissen Ihnen nicht ernsthaft auftischen und muss es zum Glück auch nicht, und nur deshalb wage ich mitzumachen. In diesem Text steht öfter das Wort ich als das Wort Brahms, würde ich Ihnen einen Achtungklassikcrashkurs zumuten an dieser Stelle, wäre das Ganze ja vollkommen lächerlich, und wer die Reihe ohnehin lächerlich findet, soll das tun, ich habe gern zugesagt, da ich auf diese Weise Gelegenheit und Zwang hatte, mich mit meinem Lieblingskomponisten einige Monate intensiv und im Diskurs mit Fachleuten auseinander zu setzen, so was ist unbezahlbar, folglich ist auch das Honorar eher symbolisch, darum nämlich geht es nicht, und deshalb willigte ich auch ein, mich auf einen Holzstuhl zu setzen für ein Foto, nur als der Fotograf sagte, ich solle den Stuhl mal hochheben, bat ich ihn um Gnade, aber zurück zum Thema.
Meine erste bewusste Erinnerung an Brahms verdanke ich Karlheinz Böhm, der in einer ausgezeichneten Chromdioxid-Kassetten-Reihe kindgerecht Komponistenbiographien aufbereitete, und zwar »mit vielen Musikbeispielen«. Abends zum Einschlafen oder im Krankheitsfall als Hintergrundinspiration zum Fiebertraum – die Kassetten liefen, sobald ich in meinem Hochbett lag. Böhms Erläuterungen über Beethoven, Mozart und Bach kann ich noch heute in Teilen auswendig hersagen. Seine Stimme war angenehm, und das nettbescheuerte HALLO, mit dem er sich, Gedudel im Hintergrund, aus Wien oder so (natürlich Wien!) meldete, ahmen meine Schwester (mit der ein Großteil meiner Klassiksozialisation eng verflochten ist) und ich noch heute manchmal gern am Telefon nach. Von der Brahms-Kassette weiß ich noch, dass ich schon damals die ungarischen Tänze nicht ausstehen konnte (die ich nicht mal zu vier Händen mag, leider, ich gestehe), außerdem Böhms wagemutiger Ausflug ins Plattdeutsch (Vater Brahms imitierend). Tatsächlich bleiben einzelne Wörter in der Erin-

nerung zurück: Das Wort »Stelldichein« hörte ich dort zum ersten Mal, und Böhm sagte es so ironisch, wie immer, wenn es um Liebeleien der Komponisten ging; weiterhin erinnerlich ist mir die ähnlich naserümpfende, wenn auch nur minimale Distanznahme in seiner Stimme, als er berichtete, Brahms habe manchmal mit einer Hand in der Hosentasche dirigiert. Ich fand das lustig.
Die Praxis erwies sich für mich als weitaus weniger amüsant. Mit fünf Jahren steckten meine Eltern mich in die musikalische Früherziehung. Als zuletzt Geborenes von vier Kindern musste ich genau wie die anderen ein Instrument lernen. Die Frage stellte sich nicht, zumindest stellte sie mir keiner. Im Dachgeschoss der Musikschule sollte ich mit anderen Kindern spielerisch den Umgang mit Noten und Instrumenten erlernen. Der Druck, der auf mir lastete, war immens: Einige Stockwerke unter dieser Irrenanstalt brachten es meine Schwester und mein einer Bruder (der andere war nach jahrelanger Pein als perspektivloses Problemkind vom Musikunterricht befreit, er galt als hoffnungslos; heute hat er denselben Beruf wie mein Vater, Psychoanalytiker werden das eventuell als logisch empfinden) an Klavier und Geige zu beachtlichen Erfolgen. Ich prügelte mich mit irgendwelchen Patricks, versteckte mich meistens in einem Schrank, und als ich eines Tages ein Glockenspiel aus dem Fenster geworfen hatte, musste meine Mutter bei der Kursleiterin antanzen. Man sagte ihr, ich sei verhaltensauffällig, aber hoch begabt. Die Lösung seien Geigenstunden. Einzelunterricht, versteht sich, und zwar bei derselben Lehrerin, die stark aus dem Mund roch, auch ein Grund, warum ich gegen diese Beförderung war, ich wurde aber wiederum nicht gefragt. Natürlich wollte die Lehrerin nur mehr Geld verdienen und außerdem in den anderen Kurs durch Entfernung eines Störenfrieds mehr Ruhe bringen, aber auf solche Tricks fallen Eltern ja immer gerne herein. Es war ein fürchterliches Missverständ-

nis. Noch heute habe ich mit den Folgen zu kämpfen: Jeder Brahms-Experte wird zu Recht das Missverhältnis zwischen Klavier und Streichern in meiner Auswahl rügen. Doch sobald ich eine Geige ohne Orchester höre, kriege ich Angst. Aber Moment, sagt da Herr Rondo, was ist mit und Sie haben doch andererseits und wieso wählten Sie dann -. Jaja, schon gut. Sie werden sicherlich auch zu Recht anmerken, dass auf einer nur zwei CDs umfassenden Brahms-Auswahl in Anbetracht des Werks ganz bestimmt überhaupt keine Sekunde Platz für Orgelmusik einzuräumen sei, das mag schon sein, aber ich höre eben Orgel so gern, verzeihen Sie meinen laienhaften Zugang.

Nach einigen erfolglosen Jahren und demütigenden Niederlagen bei so genannten Freitags-Vorspielen hieß es schließlich: Der Junge muss Klavier spielen! Da dies zuallererst bedeutete, dass der Junge seine Geige für immer zur Seite legen konnte, willigte er ein. Die Wahrheit ist, dass ich unbegabt an jedem Instrument war, später hat man es auch noch mit Flöte versucht – unschön, sage ich Ihnen, längst wollte ich Libero beim FC Bayern werden und Sänger bei a-ha oder Busfahrer bei Depeche Mode, aber meine Eltern verpulverten weiterhin Geld, das anderswo fehlte (ich benötigte Hafthandschuhe, auf denen »Reusch« zu stehen hatte, und ein BMX-Rad), für unsinnigen Unterricht. Ich übte nie, und ständig gab es Ärger. Wenn ich doch mal übte, klang das, als sei der Klavierstimmer da, und wenn der Klavierstimmer dann tatsächlich mal kam und ein paar Töne anschlug, dachten alle: Ah, der Junge macht Fortschritte. »Tausende Mark!«, schrie meine Mutter mitunter, Tausende hätten sie in all den Jahren aufgebracht. Ja, klar, aber WER wollte denn, dass ich – usw., man kennt es. Kein Otto Cossel, kein Eduard Marxsen hätte da was ausrichten können. Der Hund meiner Klavierlehrerin hieß Phylax, sie war freundlich, und weil ich nett zu Phylax war, tat sie so, als machte es ihr fast nichts aus, dass ich die mir zum Üben aufgegebenen Stücke in der nächsten Unterrichtsstunde zum ersten Mal aufschlug. Auf ihrem Gästeklo hing eine Postkarte, auf der Willy von Beckenraths Zeichnung »Brahms als Dirigent« abgebildet war. Hand in der Hosentasche, Böhm hatte Recht gehabt. Der Mann dieser Lehrerin war Kantor an der Stadtkirche und fuhr pausenlos mit ihn anhimmelnden, ehrgeizigen Arzt- und Anwaltsgattinnen nach Prag oder so, und noch gut erinnere ich mich, wie sie Bachs h-Moll-Messe aufführten, meine Mutter war auch dabei, und sie fanden es sehr komisch, bei den Proben Pulmoll-Pastillen zu lutschen und diese an irgendeiner Stelle auszuspucken, na ja, meine Schwester und ich begrüßten die zahlreichen Proben, so hatten wir Gelegenheit zum Fernsehen. Der Kantor brannte dann mit einer jungen Sopranistin durch, und es war nun vollkommen unmöglich, nicht mehr zum Klavierunterricht zu gehen, obwohl ich nicht nur gleich schlecht blieb, sondern sogar Stücke, die ich mal halbwegs beherrscht hatte, nicht mehr spielen konnte. Aber man musste nun dieser armen, verlassenen Frau unbedingt die Treue halten. Als irgendwann (es war sogar der Lehrer noch mal gewechselt worden! Als hätte es daran gelegen!) endlich der Klavier- und ganz besonders der Flötenunterrichtsterror für beendet erklärt wurde (»Tausende!«), ging ich immerhin noch zum Chor. Und zwar wegen der Mädchen.

Schön waren die Freizeiten in Landschulheimen, fürchterlich waren die Versuche, uns einen Gefallen zu tun mit dem Einüben von Beatles-Liedern. »Eleanor Rigby« ist ein schönes Lied, das aber an Leichtigkeit verliert, wenn es von 19 Jungdamen in Cats-Sweatshirts und 3 Bubis mit Polohemden und Stimmbruch zugrunde gerichtet wird. Analog dazu hatte es mein allerletzter Klavierlehrer ganz zum Schluss mit Jazz versucht. Nichts half. Was hat denn nun der Chor mit Brahms zu tun – ach, richtig: Dort lernte ich meine erste Freundin kennen, es war Winter und wir kamen uns erwachsen vor. Das ging so: Klassik hören, Vanilletee trinken, einer Kerze zugucken, millimeterweise aufeinander zurücken und die Dämmerung abwarten. Wir waren zwölf Jahre alt. Und es war, jetzt kommt Brahms, diese Stelle nach fünf Minuten und ein bisschen (huhu! *Rondo*!) im vierten Satz der ersten Symphonie, als diese Freundin anmerkte, oh, das sei ja schön, aus welcher Werbung sie das nochmal kenne, bitte? Danach hatte ich eine Weile lang keine Freundin mehr. Es gibt zu jedem der ausgewählten Stücke eine Geschichte (wie ich es noch so na ja fand, im Musikunterricht zu erfahren, was es mit der Tonfolge b-a-c-h auf sich habe, wirklich interessant und ach so, aber dann: f. a. e.; wie ich mal in einem Leuchtturm in Irland einige Tage ausschließlich Brahms hören konnte und so seinem Werk verfiel; wie ich den Aufnahmeleiter einer von mir moderierten Sendung auf MTV – einen klassisch ausgebildeten Sänger, der sich obendrein mal als Mörder in der Fernsehserie SOKO verdingt hat – dazu zwang, in den Werbepausen Dietrich Fischer-Dieskau zu imitieren; wie ich auf dem Zentralfriedhof in Wien vor dem Brahms-Grab stehend einen Freund anrief, um mir das Deutsche Requiem vorspielen zu lassen, woraufhin ein österreichischer Friedhofsgärtner mir völlig zu Recht mit einer Gießkanne gegen die Schulter gongte, ich solle gefälligst das blöde Telefon wegstecken, und ein paar Gräber weiter lag ein Russe, der sich auf seinem riesigen Marmorgrabstein mit einem Handy hat abbilden lassen, und den schönsten Grabstein des ganzen Friedhofs hat natürlich Karl Kraus und den fürchterlichsten, auch natürlich!, der große Falco, so wunderbar vollkommen daneben, aber zurück, zurück!); nun, ich möchte Sie nicht langweilen. Kaufen Sie sich einfach so viele Brahms-CDs, wie Sie tragen können. Ich empfehle den Gesamtschuber. Na gut, die Farben, und, ja, natürlich, Sie haben Recht, das wie im Kartoffeldruck auf einer Kindergartengardine hundertfach gereihte Brahms-Schattenbild von Otto Böhler, wurscht, vergessen Sie es, denn und alleineinzig: die Musik! Lesen Sie dazu nicht Hochhuths Gedichtlein »Dank an Brahms«, lesen Sie lieber »Frei, aber einsam« von Constantin Floros und finden Sie wie ich glückstrahlend auf einem Flohmarkt »Clara Schumann. Ein Künstlerleben nach Tagebüchern und Briefen« von Bertholt Litzmann, gehen Sie es grundsätzlich an und zweigen überall ab – von Detmold aus schnell sich noch in Grabbe verlierend und so weiter. So erging es mir, und ich verfluche jede einzelne Stunde Klavierunterricht, es war von Anfang an zwecklos, irgendjemand muss doch all das auch hören, und, nein, man muss dazu eben nicht mitstümpern, völliger Quatsch; Dank aber muss gesagt werden, und zwar Karlheinz Böhm. Der war meine Rettung. Für Brahms. Da capo al fine.

Eselverstärker

Die Weihnachtszeit ist für eine Pastorenfamilie das, was sie eigentlich auszukontern sucht: die Hölle. Auch die heidnischsten Zahnarztfamilien wollen kurz mal Lieder hören, Kerzen sehen, Gelder loswerden und stolz auf ihre Kinder sein, die in Altkleidern die Weihnachtsgeschichte nachspielen. Der aus dem Mund riechende Chor probt unablässlich (ohne Lernerfolg), die Sanitärbereiche des Pfarrhauses werden durch textlernende, posauneputzende, kostümwechselnde Nervensägen blockiert, das Telefon wird zur säkularisierenden Servicehotline: Dauert die Predigt länger, als der Braten braucht? Am Heiligabend wird die Kirche zur Verkündigungsschleuse, bedarfsgerecht mal mit sehr viel Wortanteil (abends, für angetrunkene, sentimentale Akademiker) und mal nahezu ohne (nachmittags, für die ganze laute Familie). Meine Mutter, Kirchenmusikerin, rächte die gequälte Institution durch willkürliche Zuteilung des degradierenden Postens »Eselverstärker«. Dieser stand beim Krippenspiel hinter Taufstein, Weihnachtsbaum oder Altar, auf jeden Fall HINTEN, und musste »Ia-ia, das Kind ist da« singen. Ein Triumph – oh, wir Fröhlichen.

Hängende Spitze

Zuständigkeit und Glamourfaktor dieser Position werden offenbar in Person und Tagewerk von Co-Trainern und Parteisprechern. Hängende Spitze wird, wer als verlässlich eingestuft wird beim Verrichten des Alltagsgeschäfts, inklusive niederer Tätigkeiten, und als andererseits nicht grandios genug, eine nichthängende Führungsposition einzunehmen. Die richtigen Spitzen dürfen sich vorne ausruhen und auf Flanken warten, Hauptsache, im Moment der Ballabgabe steht noch ein Gegner zwischen ihnen und dem Torwart (zumindest auf gleicher Höhe), wegen Abseits. Als hängende Spitze hingegen ist man rundumverantwortliche Allzweckwaffe, und als solche notorischer Sündenbock und chronisches Restrisiko. Denn wartet man vorne auf eine Flanke, fehlt man hinten, und sichert man hinten, wird man beim Tempo-Gegenstoß vorne dann schmerzlich, schreiend zumindest, vermisst. Die hängende Spitze ist hierarchisch in der Tiefebene zu Hause. Um es mit Günter Ogger zu sagen: erstens eine Niete, und dann auch noch im Cord-Sakko.

Weil ich in der zweiten D-Jugend des Rotenburger Sportvereins einst nicht auf dem von mir begehrten Libero-Posten spielen durfte, ich andererseits stets zum Training kam, meine Mutter hin und wieder die Trikots wusch und wir ohnehin selten mehr als 11 Freunde waren, durfte ich zwar mitspielen, aber eben eher als die hängendste aller Spitzen. Wenn der Trainer schrie (und er schrie oft), guckte ich automatisch zu seinem Klappstuhl und lud somit stellvertretend die Schuld der gesamten Mannschaft auf meine Schultern, und das mit einer Rückennummer, die nie die 5 werden würde. Aus lauter Versagensangst empfahl ich ballführenden, nach einer Anspielstation suchenden Mitspielern stets »Nicht zu mir!«, was mein Ansehen in der Mannschaft natürlich nicht gerade stärkte. Allzu gerne wäre ich Libero gewesen, Klaus Augenthaler war mein großes Vorbild, auch wenn ich dafür viel Spott ertragen musste, doch war Beckenbauer zu jener Zeit bloß noch als so genannte Lichtgestalt aktiv, was also sollte ich tun. Meine Begeisterung für Augenthaler ließ erst nach, als er Rudi Völler beinahe ermordet hat, ich ihm zwecks Klärung kurz darauf vor seinem Haus in München-Vaterstetten auflauerte und er in Anglerhose gewandet, ein Lied der Spider Murphy Gang pfeifend, aus seinem Auto stieg. Nein, dieses Mannes Fan wollte ich nicht länger sein. Desillusioniert wandte ich mich der Popmusik zu. Dort sind die hängenden Spitzen meist als Bassisten tätig. Zur Aufrechterhaltung des Rhythmus sind sie unverzichtbar, doch ihre Partituren gleichen einem Konditionstraining; wehe aber, sie kommen einmal aus dem Takt. Berühmt werden sie kaum je, es sei denn, sie heißen Sting, aber wer will das schon.

Hängende Spitzen verwandeln sich nach ihrer so genannten aktiven Zeit in Bezirksrepräsentanten für Sportbekleidungsfirmen oder sie eröffnen eine Lotto-Annahmestelle. Es muss sie geben, und es wird sie immer geben. Bedenklich allerdings ist, dass die deutsche Nationalmannschaft ausnahmslos aus hängenden Spitzen besteht. Von deren Wissen um Hängorte etwaiger Hämmer ist nichts bekannt. »Und jetzt müssen wir mal zeigen, wo wir stehen«, sagt ihr Trainer in einem Werbespot für alkoholfreies Bier und ahnt wahrscheinlich die Antwort auf diese Standortfrage: vor einem großen Problem. Künftig könnten all die Niederlagen, Zittersiege oder Nullzunulls gegen irgendwelche Egalstaaten ohne Euro auch gleich von Ulla Kock am Brink kommentiert werden – im Rahmen der großen Lotto-Annahmestellen-Inhaber-Show.

Tagebuch-Auszug:
Eine Woche im September 1998

Montag

Riesen-Schub für Kohl
Dauerverregneter und eigentlich ganz gewöhnlicher Scheißmontag, die Laune aber ist bestens, denn es hat geklappt! Ich habe ein Ticket gekriegt für die Spice Girls am Wochenende in London. Im Wembley Stadion geben sie am Samstag und Sonntag ihre letzten Konzerte vor der Babypause, somit also die letzten Spice-Girls-Konzerte (immerhin noch zu viert), denn selbst wenn sie danach nochmal zueinander finden, so werden es dann nicht mehr die (DIE!) Spice Girls sein, vielmehr eine Mischung aus den drei Tenören und Hera Lind, die niemand braucht. Ticket also ja, zwar leider nicht für das Superfinale am Sonntag, sondern bloß für Samstag, aber weil die Damen so genannte Profis sind, werden die Konzerte natürlich identisch verlaufen. Hoffe ich. Zigazig-ha.
Ohne Schutzbleche ist es bei dem Regen einfach gar keine gute Idee, mit dem Fahrrad zur Arbeit zu fahren. Dortselbst falle ich zum hundertsten Mal auf den Brötchenautomaten rein – es sieht aus wie ein Käsebrötchen, 2 Mark, entsicherte Plastiktür öffnen, läuft super, doch dann ist unterm Käse Salami versteckt. Salami! Die auch noch aus dem Automaten, herzlichen Dank.
Vorfreude bündeln! Den Samstag vorbereitend wieder und wieder die beiden Spice-Girls-Alben gehört. Das zweite ist weiterhin um Längen besser.
Den »Remix«-Gedanken erstmals notiert, Fax an Rainald, vielleicht ist er genauso begeistert wie ich. Und wenn nicht, dann nicht. Aber es wäre gut, es wäre im Grunde sogar phantastisch.

Das ist doch mal was: Ich bin für den 28. Oktober eingeladen zur EinsLive-Sendung, »Letzte Worte«. Die Musik darf der Gast aussuchen, und den Rest des Abends steht der Gast daher eifrig notierend, wieder verwerfend und Übergänge testend vor seinem CD-Schrank. Die Liste reicht für sieben Stunden textlose Sendung, was ja auch mal nett wäre. Hits streichen: so schlimm wie Liebesbriefe verbrennen.

Dienstag

Krankenkassen-Sumpf!
3 Mark 30 – so viel kostet eine Fahrt Preisstufe A mit der Straßenbahn, erfahre ich jetzt, da ich am Wochenende zum ersten Mal erwischt wurde, gleich mit 60 Mark dabei war und mir nun also mal ordnungsgemäß ein Ticket kaufe.
Der 1. FC Köln verliert inzwischen sogar gegen St. Pauli und das zu Hause und das 1:4. Da bleibt den Kölnern eigentlich nur noch das Millowitsch-Theater, und da hat diese Woche prompt ein Stück Premiere und das verseucht nun die Lokalberichterstattung. Sohn Peter Millowitsch: Der lässt sich wirklich mit Königskrone auf den Locken, in einem Cabriolet stehend, fotografieren.
Mein Luxus ist ja: Alles tobt und versinkt, und dann sitzen wir hier in der Mülheimer Trutzburg, dem »Schmidt-Show«-Bunker, am großen Tisch, kurz vor 11, und legen die 6 Themen für heute fest. Andere gibt es nicht bis 15 Uhr. Das hilft enorm, trotz allem durch den Tag zu kommen. Flugzeug abgestürzt? ICE entgleist? Inflation, Börsencrash, Silberfische, Zahnschmerzen, Russland-Chaos? Aha. Kohl?
Genau. Die Themen: das Herbst-Wetter; Schumi; Clinton; Viagra von der EU zugelassen; Föhnen verursacht Gedächtnisverlust; »Baywatch« geht nach Australien. Das Trostspendende an der »Harald Schmidt-Show« ist ja diese scheinbar teilneh-

mende, in Wahrheit aber entrückte Haltung: heute soooo groß in der Zeitung. Fabelhafte Gäste. Du siehst großartig aus. Unser mega superduper – irgendwas. Alles Behauptung, stets überzeichnet. Deshalb auch so müßig die Diskussionen, ob nun schon wieder Clinton oder nicht. Gibt es da eine neue Wendung? Nö. Aber die Angelegenheit ist doch gerade auch wegen der Nichtbewegung – der running gag als solcher steht ja, bewegt sich nicht, läuft trotzdem so mit – unbedingt »ein Thema«, wie man so sagt; andernfalls: Wir machen daraus eines. Sind doch hier nicht »Focus TV«. Unser großartiger amerikanischer Präsident William Jefferson oder – wie wir, seine Freunde, ihn nennen – Bill. Bill, Billy I have done wrong Clinton. Jawohl. Schon eine Minute vorbei, Publikum lacht. News? Woher denn.

Fax an Helge, der schon wieder in New York ist, wie genau geht jetzt noch mal diese Leiten-Sie's-bitte-weiter-Danke!-Redewendung, to be lalala, ach, wurscht, einfach bloß den Namen groß oben drauf.

Abends neuerlich erhebliche Wortfindungsstörungen beim Versuch, den versprochenen Beitrag für »Die letzte Besatzermusik«, die Biographie der Fantastischen 4, zu verfassen. Es ist nicht so einfach sich zu erinnern und beim Erzählen auch tatsächlich zurückzufallen in den Kenntnisstand von damals. Sonst ist das ja komplett langweilig, dieser Standpunkt: Heute können wir, auf damals blickend, sagen. Falschfalschfalsch. Erstmal wichtig: Wie war das denn überhaupt wirklich? Aber echt Komma ey.

Später rief nach einem Jahr Hanna mal wieder an. Hallo, Hanna! Jetzt ist sie gerade in Hamburg, kommt gerade aus Italien, aber bloß, um dann nächste Woche nach Manchester zu ziehen. Ah ja? Die tönt ja nicht bloß rum, nee, die macht das wirklich. Staune in den Hörer, und das unterhält sie nicht ausreichend. Brief von meinem Bruder. »Wir heiraten am 28. November in Frankfurt.« Ach du Scheiße. Vier Jahre ist

er bloß älter, die Zeit läuft, das ist kein Witz, das tut sie wirklich.
Kracht behauptete heute, Emma sei das tollste Spice Girl, Victoria am besten zu finden sei »predictable«. Das ist man weißgott nicht gerne, aber um das zu umgehen nun Victoria verleugnen? Völlig langweilige Erwägungen. Die 5 einst und nun die 4, die sind als Spice Girls alle gut. Genau richtig zusammengestellt, besser ging es nicht. Dass man Mel C nicht mochte, war ja so vorgesehen: Identifikation und gleichzeitig, diese verstärkend, der Ausschluss. Bei der Einzelanalyse aber muss man doch nur mal auf die Schuhe gucken bei Emma und den anderen. Victoria hat diesen Plateauquatsch nie mitgemacht. Emma. Die Schuhe, die Beine, die Zöpfe, auch die meisten so genannten Kleider. Fetzen-Flittchen. Wunderbar.
Zink hilft, da hatte die *Focus*-Wissenschaftsredaktion Recht, wirklich gegen nahende Erkältung. Jetzt schon zehn Tage die Symptome in Schach gehalten. Sie klingen ab, das klingt gut. Herbst jetzt also, und ich habe es verpasst, zur rechten, nämlich Sommerszeit meinen beigen Beastie-Boys-Sonnenhut zu verschenken, der wie alle Hüte und Mützen, die ich je besaß, zu klein war für meinen Kopf. Und Schönes muss man ja sowieso immer direkt weitergeben. Kreislauf der Liebe.
Kalt ist es. Die Heizung wurde bereits heute angestellt, obwohl im Mietvertrag der 1. Oktober dafür festgelegt ist. Da sagen wir alle danke.

Mittwoch

Ihr Versager! Lauft endlich für Euer Geld!

Die Themenkonferenz ist als Vorgang manchmal doch recht beschwerlich. Zähe Verhandlungen, Grabenkämpfe – dabei geht es doch um Witze. Da geht man gebügelt raus, missgelaunt, die ersten guten Witze kommen frühestens nach einer

Stunde. So läuft es falsch. Wir wollen uns alle Mühe geben. Danke, bis morgen, weiter im Text.
Morgen ist W. *in der Stadt*, sprach er so aufs Band, und vielleicht treffen wir uns, wäre doch schön, sei aber eigentlich unwahrscheinlich, müsse man dann sehen. Ja, hä? Hm. Danke für die Ansage. Arschloch.
Peter Millowitsch zu *BILD*: »Ich habe schon mal gelebt.«
»Deutschland will Antworten«, behauptet die ARD in einer Selbstanzeige, um darunter diese vermeintlich geforderte (und dann sogar bewilligte) Sachdebatte sogleich zu nivellieren: »Die Stars der Parteien stellen sich«. Also, was denn jetzt? Dann ruft die *Nord-West-Zeitung* an und im Fernsehen erzählt derweil ein dickes Männchen der »Tagesschau«, was es heute auf der Fotomesse erlebt hat. Nicht so viel.
Mail von Schlingensief, Gruß aus dem Wahlkampfirrsinn, das ist eine Freude; ich bin zugleich so froh, rausgehüpft zu sein aus seinem Internet-»Think Tank«, da waren zum Schluss ja nur noch Irre, eine Text gewordene WG-Küche, und diese Mail nun lässt mich erstmals wieder an Christoph ohne diesen Quatsch denken, endlich befreit von Beklemmungen.
Bei rasch zur Sache kommender Dämmerung (noch nicht mal 20 Uhr) laufe ich am Rhein entlang. Die Luft, so kühl, klar und rein, lässt mich an die Märchen-Haut der Frau aus dem Citybank-Spot denken. Die mag ich gerne. An der zweiten Brücke dann große Überraschung: Wasser auf dem Weg, der Fluss tritt erstmals in diesem Jahr über die Ufer. Witt & Heppners amüsant gegrölte Neoekel-Frage nach Eintreffen »der Flut« ist damit zumindest für Köln beantwortet, und gerade in dieser Woche hat Witt diese Single erledigt, indem er eine neue veröffentlicht hat, denke ich so beim Laufen, und muss dann über den Titel lachen: »... und ich lauf«. Jaja, ich auch. »Zu dir rauf« – zu wem noch mal? Die anderen oder du, das ist die Frage, die mich in zwei Stücke teilt. Dass gerade ich so- Ach, Blumfeld.

Sicheres Indiz dafür, dass gerade alles ein bisschen viel wird: »Liebling Kreuzberg«-Wiederholung im WDR verpasst, das aber erst heute, zwei Tage später also, bemerkt.
Unglaubliche Schweinearbeit noch nebenbei. Aber es bringt natürlich Geld. Also: Entweder jetzt vielviel Mark für wirklich totalen Drecktext, bei dem jedes Wort gelogen ist und einfach jeder Buchstabe wehtut beim Reinhacken. Oder aber laut Musik hören und Ingmar anrufen, dabei eine rauchen, mache ich ja sonst nie. Ingmar ist nicht da, geraucht wird trotzdem, gelogen erst mal nicht.
Von Anbeginn des Tages an hatte ich einen absurden Ohrwurm: die deutsche Nationalhymne. Unterpfand. Bei »Unterpfand« muss ich immer an Guido Buchwald denken, Hände auf dem Rücken, Locken in Ordnung, Kopf im Nacken. Der Guido. Aber warum dieser Ohrwurm? Abends dann schweres Geschütz aufgefahren – in der Badewanne liegend, praktisch wehrlos, »Mousse T. vs. Hot'n'Juicy« auf repeat. Nun also zusätzlich zu Guido noch »Horny«; auszuhalten ist das kaum.
I'm Unter-/Unter-, Unter-/Pfa-ha-nd.
I'm – unten. Morgen möchte ich wirklich einen anderen Ohrwurm.
Heute war Gott kein so guter DJ.

Donnerstag

Wir haben uns getrennt!
In der Bahn sind die Scheiben beschlagen, die tropfenden Leute gucken starr ihrem lausigen Tag entgegen, ich lese über das Ende der Ochsenknecht-Ehe und frage mich einmal mehr, warum (und WIE!) Leute so was wohl machen: »Sie kommen in zwei Autos zum Gespräch mit *BILD*«.
Die Leute in der Bahn schmunzeln aus irgendeinem Grund – aha, aha, da ist Lärm, da wird gequasselt, alle kichern, zwei

ziemlich ungesunde Pausbacken sitzen da, in verkrusteten Jeans, und reden über ihre Zähne: »Ich habe elftausendfünfhundert Mark in der Fresse. Bei mir hat der einfach so Nerven rausgeholt, und dann baumelten die da«. Der eine muss jetzt zum Arzt, zweihundert koste das, das Sozialamt zahle es komplett. Immer wieder sagt er »Mir geht der Arsch!« und hüpft auf seinem Sitzplatz rum, genau wie die Vollidioten von der Naturgesetzpartei in ihrem Wahlspot. Dann reißt er den Mund auf, zeigt anklagend da rein und bekräftigt nochmal, nicht stolzlos: »Elftausendfünfhundert Mark!« Der andere: »Mit dem Metall könnte ein Arzt theoretisch noch was anfangen.«
Neues von der Peter-Millowitsch-Festwoche: »Ich möchte nicht auf der Bühne sterben.« Gibt es etwas Erbärmlicheres als sich mit Zigarre fotografieren zu lassen?
Und, nebenbei, was sagt eigentlich die *Für Sie* zum neuen Doris-Dörrie-Film? »Ein Film wie ein schillerndes Kaleidoskop.« Ach so.
Die Spice Girls spielen im Wembley Stadion, ich lese im Oktober in der Stadtbibliothek Bad Kreuznach, warum denn auch nicht. Jetzt wollen die aber schon genau wissen, welche Lieder ich dort per CD zum Wort dazuspielen werde, wegen der GEMA-Abrechnung, was ich ehrenwert finde, aber die können mir ja jetzt auch noch nicht sagen, ob jemand kommt, und wenn ja, ob der dann auch klatscht oder nicht vielleicht früher geht, also ein bisschen entspannen, bitte, danke.
Speisekartenexegesen und lange Dialogszenen mit Kellnern, die der hierzulande gesprochenen Sprache keine wirklich zusammenhängenden, in sich logischen Buchstabenfolgen zu entlocken in der Lage sind, sollte man möglichst vermeiden. Diese Dialoge sind zumeist nichts als lächerliche Pseudo-Feinschmecker-Leiern oder aufdringliche Urlaubserinnerungssuaden, aber wenn die schlichte Frage nach »irgendwas Leckerem ganz ohne Fleisch, einfach Gemüse und so« sich ausweitet zu einer mehrminütigen abstrusen Debatte, die mit beidersei-

tigem freundlichen Kopfnicken beendet wird, deren Folge aber dann nach einer halben Stunde ein großer Teller mit wenig anderem als FLEISCH ist, dann pustet man nicht gerade Luftschlangen aus vor Begeisterung. Drumherumgegessen, dann auch noch schamhaft die Serviette wie ein Leichentuch über dem Berg ausgebreitet, damit das beinahe komplette Zurückgehenlassen bloß nicht missinterpretiert wird. Anstrengend.

Die neue Cardigans-Platte ist sensationell gut. Do you really think/That love will gonna save the world/Well, I don't think so/But I sure hope so. Ist das herrlich.

Nun jedoch: Die Fantastischen 4. Jaja, schon gut. »Vierte Dimension« hören, Erinnerungen sampeln; mit dem Text bislang überhaupt noch nicht zufrieden. Ähm –

Aha, Ablenkung, wie nett, dumdidum – das Fax schnurrt, hmhm, Hauptstadt, oh. Ach: Rainald ist nicht dabei bei »Remix«, das ist doch sehr schade. Aber die Idee ist gut. Was er nicht bestreitet. Blöd, dass mir seine Argumentation vollkommen einleuchtet, ich also nicht mal ein glaubwürdiges Überredungsfax aufsetzen kann. Erst mal zur Seite legen und irgendwann dann mit Marusha oder Ernst Jandl.

Frederic hat in »Gute Zeiten Schlechte Zeiten« die Aufnahmeprüfung fürs Musikinternat bestanden.

Freitag

Wahl-Prügel

Mein neuer brauner Mantel ist die denkbar beste Mischung aus Anorak und Jägerloden – man kann damit sogar durchs scheißigste Scheißwetter Fahrrad fahren. Trotzdem tiptop angezogen.

Mein Müsli schmeckt mir auch noch, Kellogg's Optima Nut Feast, ich dachte im Frühjahr, spätestens im Herbst sei es da-

mit vorbei, dass es mir allzu schnell würde lästig werden, morgens immer Obst zu schneiden und Halbfettmilch zu gießen, aber nein, ich bleibe dabei, es ist der beste Start in den Tag, ich würde dafür auch Werbung machen, das wäre superglaubhaft.
Der *Playboy* gibt meinem Buch drei von vier Bunnys (was mich freut) und nennt mich bzw. den Ich-Erzähler, getrennt wird das wie immer kaum, durchaus bündig »bekennendes Arschloch« (was mir neu ist). »Amerikanisches Idyll« von Philip Roth kriegt dieselbe Wertung, »Hamburger Kalkül« von Hannes Roth jedoch, ein laut *Spiegel* »sehr kluger und fetziger Text«, interessiert den *Playboy* gar nicht.
Mareile mailt, im Januar gibt es in der *Allegra* ein »Special zum Thema Neid«, und ob ich da nicht.
Ja, der Neid. Kenne ich gut.
Von hinten wie von vorne.
Immer wenn es regnet.
Zwei Karten für Depeche Mode am 5.10. in der Post, so prompt, so geil nach Druckerei riechend.
Jetzt doch Zittern wegen des Schweinejobs – den Text habe ich mir millimeterweise zusammengequält, wahnsinnig schrecklich, gefallen kann das ja niemandem, aber ist er denn für den Zweck wenigstens scheiße genug? Jetzt will ich halt das Geld, nach dieser Nacht voll Irrsinn, die ich damit zugebracht habe. Drei Tage immer wieder dran gedacht, da ist die Entlohnung weniger Honorar als vielmehr Schmerzensgeld, und in der Höhe ist der versprochene Batzen ja so auch durchaus angelegt.
Dazu eigentlich passend: Markus hat mir heute ziemlich einleuchtend dargelegt, dass eine Haftpflicht-Versicherung erstens nicht teuer und zweitens ziemlich wichtig ist. Ok, wird gemacht. Bald fange ich vielleicht auch mit Bausparen an. Aber vorher möchte ich mir schon noch mal Heroin spritzen.
Im Kino haben wir die Reservierungsnummer 137. Da gehe ich bei solch einer Menschenmenge doch glatt nochmal vorher schnell zum Haareschneiden.

Sonne – bei dem Wort Altweibersommer müssen wir *BILD*-Leser in diesem Jahr alle, von Ekel geschüttelt, an Lisa Fitz denken.

In einen Doris-Dörrie-Film gehen und sich hinterher über Kitsch echauffieren, ist natürlich kein kluger Vorgang. Aber: Reingegangen nur wegen Franka Potente, deren Erst-Film »Nach 5 im Urwald« mich verliebt gemacht hat in sie (ein bisschen), in Thelonius Monk (sehr) und Axel Milberg (sowieso); und nun, nach diesem Dörrie-Quark enttäuscht eben auch nur von Franka Potente (von den anderen nichts erwartet), für sie ist dieser Film doch schlimmer als der Tankstellen-Film mit Boning, denn den hier werden die Leute gucken.

Odyssee Zweitausendeins: »Ulrich Wickerts Buch der Tugenden. Mit neuem, ehrlichem Preis. Statt 48 DM nur 7,90. Leicht angestoßen.«

Kapitäne und Offiziere
Und Millionen blinde Passagiere
Treffen sich zur blauen Stunde
Valium-Cocktails werden serviert
Der Kompass klemmt, die Navigatoren
Ha'm schon lange jede Richtung verloren

Wieder mehr Lindenberg singen, schöne Sache.

Wir sind auf Odyssee. Odyssee!
Und keiner weiß, wohin die Reise geht.

Samstag

Neue Krebs-Kanone – Ja, ich lebe!

Früh raus, zum Düsseldorfer Flughafen, dort mit den Zeitungen im Hartschalensitz: warten. Immer diese Panik, zu spät zu kommen. Dadurch stets Stunden zu früh da da da, wo Zeit die Hölle ist, im Lufthansawarteghetto mit Geschäftsheinis ums Lagerfeuer herum, hier gespielt von einem Automaten mit lachhaftem Kaffee drin, und Brühwasser für Beuteltee. *Gala*: »In seiner knapp bemessenen Freizeit backt VIVA-Moderator Mola Adebisi gern mal Pflaumen-Zimt-Kuchen.« Bei Regen und Wind in die LH 4556, nicht an den Swissair-Absturz kürzlich denken, lieber weiterlesen: Martin Walser in der *SZ*: »Ich werfe mir nicht die Meinungen vor, die ich gehabt habe.« Da könnte ich glatt kotzen. Genau diese Dreistigkeit, mit der Figuren wie Hintze jegliche Verantwortung ablehnen, indem sie in den zahllosen und nicht mehr zu ertragenden (aber: leider nicht ignorierbaren) Sabbelbuden im TV die Fehler der Vergangenheit zwar anprangern, logisch, aber als die anderer, völlig grotesk aus einer Oppositions-Haltung heraus. Wer bitte hat regiert? Blockade, Blockade. Ich werde einfach nicht wählen gehen. Ich werde mich zwar über einen Machtwechsel freuen, so es ihn gibt, einfach damit formal etwas passiert. Aber wenn, wie es sich laut Kohl verhält, das allgemeine Interesse an der Politik dieser Gestalten tatsächlich anhand der Wahlbeteiligung messbar ist, dann soll es so sein, dann schwänz ich den Scheiß. In den Müll mit den Wahlunterlagen. Ein Vorgang, so erleichternd wie Fernseherausschalten oder Lüften.

Heathrow, Taxi, yeah. Direkt zu Tower Records und mit der prall gefüllten gelben Tüte in den Hyde Park, um dort auf einer Bank im schönsten Sonnenschein, auspackenderweise, dabei Fosters trinkend, diesen glücklich machenden Großeinkauf zu feiern: lauter schöne Maxis, dazu die neue Divine-Comedy-Platte, die in Deutschland gar nicht erst erscheint, und Kassetten für Annes Auto.

Dann zurücklehnen, rumgucken – und, na bitte, der erste Kastanienfund in diesem Jahr. Die heb ich auf, vom Boden, und dann in der Manteltasche, solang es geht. Mach ich seit

Jahren. In diesem Jahr, so ein Glück, hat diese erste Kastanie gleich meine Lieblingsform, es ist eine dieser halbrunden, angeplätteten, die sich den Platz in einem Distelkokon zu zweit teilen. Die fühlen sich ja am besten an. Handschmeichler, sag ich mal so, weißte?

The Rice Girls
»The Girls – who play two sell-out shows at Wembley-Stadium tonight and Sunday – contacted Sir Paul's office and asked for advice on giving up meat.«
Ach du meine Güte.
Enter by Turnstile L; Block 131; Row 12; Seat 177.
Kreischkreisch.
19:39: »Who Do You Think You Are«
20:05: Emmas Soloeinlage, Kracht hat eventuell doch Recht, so aus 200 Metern Entfernung wenigstens.
20:43: »Wannabe«.
Bei »Too Much« fängt der dicke holländische Journalist auf Platz 178, der bis dahin sehr gute Witze gemacht hatte, plötzlich verschämt zu weinen an. Er hört gar nicht mehr auf, weint durch bis »Viva forever«, und da muss ich dann auch weinen, weiß gar nicht, wieso. Vielleicht, weil es das nun also war mit den Spice Girls, weil Girl Power in dieser Form von Müttern dereinst nicht mehr behauptet werden kann. Das stimmt dann einfach alles nicht mehr. Ich habe noch nie ein derart phantastisches Konzert in einem so großen Stadion gesehen. Das Weinen ist auch eher so ein Hochdruck-Lachen, bei dem aber zusätzlich die Augen fast rausfallen, vermutlich schreie ich auch, kann man nicht hören. Auf dem Stuhl stehend, winkend, am Ende einen kleinen Jungen auf den Schultern. Am Ausgang verteilt jemand All-Saints-Flyer, was ja nun bodenlos ist.

Badewanne, Fosters, Radio: neue R.E.M.-Single. Automatisch für die Leute. Bin dabei.

Sonntag

Monica Costs Clinton Nobel Prize
Frühstücken muss man ja in englischen Hotels nicht, ist jetzt auch nicht genug Zeit. Picadilly Line. Wieder viel zu früh am Flughafen rumlungern, Geld rauswerfen im Duty-free-Bereich. Mitbringsel, vor allem für mich selbst. Im Flugzeug liest eine Frau ihrem Mann aus der langweiligsten Zeitung des Universums vor, der *Welt am Sonntag*: »Manche Eskimos benutzen Kühlschränke, um darin ihre Lebensmittel vor dem Erfrieren zu schützen.« Jetzt will ich aber auch eine *WamS*.
In Köln gelandet, empfängt mich Anne, und das ist das Schönste: abgeholt zu werden. Nicht immer so allein sein. Sie ist sehr gut gelaunt, das tut gut, »Siehst müde aus«, sagt sie uncharmant, aber dabei fürsorglich, und es stimmt ja auch. Autobahn. Ich haue die Kassetten-Singles rein, die ich ihr mitgebracht habe, und schon macht der Tag Spaß. Gestern hat sie mit ein paar Menschen Nintendo-Fußball-WM gespielt, eines ihrer Teams war England, »und da hat David Beckham gleich das erste Tor gemacht«. Ach, bist du toll, Madame. Liebe.

100 Prominente sagen, was sie wählen
Immer, wenn ihr hirnloses Geschwätz auf überprüfbare Themen abgleitet, offenbart sich Jenny Elvers' Stumpfsinn ganz prächtig. Noch gut erinnere ich mich, wie sie unlängst komplett ahnungslos Pulp lobte, und zwar für deren »Schrammelrock«, und nun spricht sie Schlingensief ihr Vertrauen aus, mit den Worten: »Er denkt so verquer wie ich«. Eine solche Beleidigung steht dann einfach so in der Zeitung. Was wohl im Think Tank los ist?

Anrufbeantworter: Der Schweinejob ist also in Ordnung gegangen.

Robbie Williams. »Millenium CD002: contains Angels live + the original version of Lazy Days.« Wunderbar.

Erste Leserpost, echte Leser, die gibt es nämlich auch, und das ist ein guter Moment. So, als habe man eine Klippe umschifft, diese virtuelle Buchexistenz in all den Artikeln und meinetwegen auch Verkaufszahlen, jaja, aber jetzt ist es BEWIESEN, es wurde gekauft, gelesen, für gut befunden. Kein Bekannter, kein Verwandter, kein Multiplikator, kein Medienpartner, kein Veranstalter, kein Geisteskranker. Keine Fußangeln, keine Tricks, keine lauernde Dealerei.

Dann schleunigst an den Spice-Girls-Text. Kaffee zur Nacht, der Abgabetermin ist kaum zu halten.

Es ist null Uhr, vom Deutschlandfunk hören Sie Nachrichten.

Das erste Buch

Mein erstes Buch »Soloalbum« kam 1998 heraus, der Vorschuss betrug zehntausend Mark und wurde in drei Raten gestaffelt ausge-, ja, geschüttet ist das Wort, betrachtet man die Relationen, denn zum ersten Mal seit Jahren stand nach der zweiten Rate auf dem Angstbrief der Bank vor dem aktuellen Kontostand ein H, ich hatte also endlich mal wieder und sollte vorerst nicht, war ich jetzt ein freier Mann?
Die ersten vierzig Seiten hatte ich Weihnachten 1997 rasch und wahnhaft aufgeschrieben und auf Basis dieser Papierbahn (damals alles noch per Fax) die Zusage des Verlags bekommen. Beim vorangegangenen ersten Treffen mit meiner Lektorin hatte ich mich zu warm gekleidet und schwitzte doppelt, November, Glühheizkörper, draußen Tiefstwinter, drinnen Rollkragen, und ich schwitzte also nicht bloß vor Aufregung. Von der ersten Vorschuss-Rate fuhr ich zum ersten Mal ins grauenhafte Spanien, um die erste gesetzte Fassung des lektorierten Romans Korrektur zu lesen und mich mit meiner damaligen Freundin streitenderweise und qua bloßer, aber andauernder Anwesenheit erstmals Richtung Trennung zu nerven.
Einer der ersten Arbeitstitel war »Wichsfigurenkabinett« gewesen, die erste Auflage des Buches betrug ungefähr achttausend Exemplare, ein paar hundert Vorabexemplare waren schon im Frühjahr fertig gedruckt und durchs Land gegießkannt worden, weil Medienmenschen und Buchhändler ein richtiges Buch nicht ganz so achtlos behandeln wie von Volontären (die sich das alles etwas aufregender vorgestellt hatten) kopierte und schnell- oder klemmgeheftete Papierstapel, die allgemein und zu Recht als Zumutung empfunden werden. Auch und

vor allem, weil man sich allzu schnell tiefe Schnittwunden zufügt beim ehrbaren Versuch, jene nach Verwaltung, Klarsichtfolien, Textmarker und Business-Lunch aussehenden Ungetüme – allem also, was Literatur nicht sein sollte – ungelesen immerhin ordnungsgemäß zu entsorgen, also Papiermüll zu trennen von Metallmüll. Dabei wird telefoniert, dabei werden neue Bücher bestellt, neue Pakete ausgepackt, neuer Schmalz im Ohr gefunden. Prockel, prockel, laber, rhabarber, knister, blätter, kommt jemand mit in die Kantine, ist schon zwölf, ist noch Konferenz, bin ich schon tot? – und derart multitaskend pflügt man sich eben schnell mal eine Leitz-Messingschiene durchs Handfleisch. Dieses Buch geht unter die Haut. Autsch. Ich hatte also Glück und Vorabexemplare.
Da hatten die Leute von April bis August Zeit für anständige Beschimpfungen. Es wurde sehr laut. Ich leider auch. Meine ersten Fernsehauftritte waren ziemlich anstrengend, für alle. Aber wenn ich heute Schriftsteller da rumerklären sehe, unsere Generation ist soundso, und die DDR war total so, dies und das ist aber ganz anders, nämlich soundso, und zwar TOTAL, allerdings: irgendwie; und die Werbung! Oh, oh! Die, ja, die! Die, wirklich wahr, die ist ganz schön perfid, lallschluchzapplausdanke. Meine Güte, ja.
Da, tut mir Leid, find ich's immer noch richtig, dass ich bei meinen ersten Teilnahmen an solch Talkzusammenkünften erst mal alle ordentlich angepöbelt habe. Es wird einem selbst ja auch sonst so langweilig. Dort zu scheitern, also, wie man so sagt, »schlecht auszusehen«, das erscheint mir für einen Anfänger die einzig ehrliche menschliche Reaktion. Alles andere ist Starsearch. Menschen aus den Vorstädten, kommt und werdet Bügelbilder. Meinetwegen. Ich hab's da eben anders versucht. Viel gelernt? Na sicher. Taktisch eventuell unklug? Och. Na ja, hm – ja. Ja! ABER: Setzen Sie sich da mal hin. Nee, lassen Sie das besser. Bleiben Sie zu Hause. Glauben Sie mir, Sie nehmen da Schaden.

Mein erstes Interview führte ich mit einem Stadtzeitungsredakteur in Köln, was mit Fotografengetue insgesamt eineinhalb Tage dauerte und im Heft später eine halbe Gaga-Seite ergab. Ich gab jedes Interview, ich beantwortete alles, traf mich mit wirklich jedem »Ich hab da ne ganz spannende Idee«-Rohrkrepiergaranten, wie viele blöde Milchkaffeegläser ich ratlos beguckt und kalt gerührt habe beim »Mal einen Kaffee trinken gehen, wenn ich in der Stadt bin«, wie viele Beschimpfungen ich ernst und persönlich und mit ins Bett genommen habe, ich habe da wirklich etwas verwechselt. Ich dachte, mich gibt's ja wirklich, ich darf ja auf der Welt sein, wenn die alle was wollen. Eine furchtbare Zeit.
Aber, tatsächlich, ich dachte offenbar, das gehöre sich so und es nütze. Mir, dem Buch, meiner Gemütsverfassung, meinem Konto. Was natürlich AUCH stimmt, ja, vielleicht nützt es. Aber, weiß Gott, es schadet auch, wie gesagt. Man muss als gefestigter und fundamentsbetonierter Charakter in diese Maschine reinspazieren. Oder so. Was weiß ich. Bald wusste ich gar nichts mehr und ging zum ersten Mal zu einem Therapeuten. Der war nett, und zuversichtlich trat ich aus seiner Praxis und blätterte, auf die Straßenbahn wartend, eine Zeitschrift durch. Hätte nichts dringestanden: och menno. Warum denn stattdessen DER oder DIE? Pfffff. Ja, und wenn was drinstand: Naivaufbegehren. Stimmt nicht! Arschloch! Und Scheißfoto! Hab ich nie gesagt! Les ich nie wieder!
Mein erster Verriss kam früh genug, das erste längere Interview fand statt für eine Frauenzeitschrift, mein erster Gedanke war Juchhuu!, aber eigentlich wollte ich Ulrich Greiner jubeln sehen, merkwürdigerweise, aha, aha, genau, mein Therapeut wusste es zu deuten: Da sehen Sie's! Geister, die Sie riefen! Und Verachtung als kontraphobischer Sturmlauf!
Meine erste Lesung war ein Fest mit ausschließlich geladenen Gästen, die meinem Verleger einen Gefallen schuldig waren oder gern mal gratis trinken gingen oder einfach Rheinlän-

der, und sie standen in kleinen »Lange nicht gesehen, Rainer auch da, ah da, wie geht's, was macht ihr so? Gut, ganz gut, es ist natürlich viel im Moment, jaja, aber, du – und bei euch«-Grüppchen in der Dachwohnung meines Verlegers. Nebenan wohnte Elke Heidenreich, deren etwas unterschiedslose und auf die Dauer unerträglich adjektiv-variantenarme Begeisterung ganz gewiss immer ehren-, verdienstvoll und gut gemeint ist, aber alle Bücher in einer Art Machtspaßzulesen-Grabbelkiste vereint, die einen in die Arme von Denis Scheck treibt. Mich hat dieses Buch sehr ergriffen, ich habe es in einem Rutsch gelesen. Ja, schön – aber, welches noch mal? Ganz wunderbar ist dies! Richtiggehend unangenehm ist nun ihr Schattengefecht gegen irgendwelche Feuilletons, die angeblich immer nur ganz traurige, unlesbare Bücher empfehlen und alle Leser (sie meint: Buchkäufer) verachten, und da macht sie, jetzt hörensemalzu, echt nicht mit.

Wo genau liest und findet Elke Heidenreich solche Feuilletons? Wie auch immer, an jenem Abend war sie wie immer weinrot gekleidet und sehr freundlich und half mir beim Lesen, setzte sich einen Dialog lang dazu an den grell beleuchteten Debütantentisch, und da kann sie noch hundert Jahre lang längst Verdautes über Katzen, Feuilletons und die schrecklichen Momente in Bademodenumkleidekabinen reden, ich bin ihr bis heute dankbar dafür, denn wenn die Elke da mit dem sitzt und mitmacht, ich mag deren zupackende Art sehr, dann ist das schon okay, was der da macht, denkt sich so ein Kölner Mensch, und schon hatte ich die Lesung geschafft. Ich danke Ihnen.

Am Ausgang lagen die Bücher zum Mitnehmen. Nicht ohne Hintergedanken, aber mit freundlichem Gruß. Vielleicht durfte ich sogar eins signieren, das habe ich vergessen. Dieser Abend war mein Blind-Date mit der Jedermannsschlucht, und das faszinierende wie erschreckende erste Hypothesenübertreffungsstahlbad, das kompakt und anschaulich vermittelte, wie es zugeht dort und was ihn, den so genannten Literaturbetrieb, und in einem Schwung auch manche Seele ausmacht. Verschiedenste Spielarten und Nuancierungen handsauberer Indirektbestechung fand ich mustergültig choreographiert, alle Rollen waren besetzt, selbstredend (vor allem das, ja) auch der Jeanshemdträger, der AUCH SCHREIBT und der, je später es wurde, mich umso prägnanter, definitiver und duellbereiter zusammenstauchte, auch meinen Verleger, der unverantwortlicherweise diese Kacke veröffentlicht habe.

Draußen schon Vögel, drinnen immer noch dies Arschloch: Auch nach Gästezahlschrumpfung auf circa ein Drittel und proportional dazu hochprozentigeren und in schnellerer Abfolge hinuntergestürzten, mit immer lauteren, kürzeren und weniger einfallsreichen Glashebausrufen als Gruppenerlebnis getarnten, mit PROSIT ja theoretisch dem Allgemeinwohle und nicht der Individualzerstörung zuarbeitenden Drinks; immer noch einen und dann erst recht noch einen Allesbaldegalmacher schütteten wir uns rein. Der mit dem Jeanshemd trug Stiefeletten, in die er hin und wieder mit dem Zeigefinger hineinfuhr, um sich den Knöchel zu streicheln. Er hatte ALLES AM MANN, klar, einen Stift in der Brusttasche (Schriftsteller eben) klemmen, und sein nichts mehr, bei niemandem noch irgendwas auslösendes Lamentieren dauerte noch an. Doch trotz zum Teil Friedmannartiger Brutal- und Direktansprache (»SAG DU DOCH MAL WAS DAZU! HAB ICH RECHT?«) blieb es ein Monolog und die Verbliebenen sanken immer tiefer in ihre Sitzmöbel und autobiographische Grübeleien ab. Noch einen? Einen noch. Schön wäre, wenn er jetzt mal die Waffen gewechselt hätte. Ein etagendurchbrechendes Rumpelstilzchengetanze hätten jetzt alle gerne miterlebt, zumindest, um es morgen herumemailen zu können. Aber in diesem Moment ging er allen einfach nur noch fürchterlich auf die Nerven. Mir nützte das leider nichts. Alle

waren gegen ihn, aber dass dies sich dann in Unterstützung und Beifall für mich, des Cowboys aktuellen Gegenpol, umwandelte, davon war nichts zu bemerken.
Und dann: Heidenreich mit Blauhelm. Doch! So: Elke Heidenreich und niemand sonst spielte Leitplanke und verhinderte Dinge, für die man sich anderntags in dann viel zu lang geratender Korrespondenz zu entschuldigen gehabt hätte. Sie empfahl uns auch kein Buch im Zuge ihres beherzt zur Vernunft mahnenden Beinaheschreiens, das kann sie sich eben durchaus auch mal verkneifen, das Bücherloben, wenn die Situation gerade nicht so ganz nach Milan Kundera ist. In einem zweiten, einem aufarbeitenden Schritt dann natürlich schon. Ganz wunderbares Buch. Tränen gelacht. Wirklich mit diesem Paar mitgelitten. Und wir kennen alle so was. Und er beschreibt diese, ich mag diesen Begriff GAR nicht, kleinen Leute genau und pointiert, aber, und das ist ganz selten und hier so zu loben: Er tut es, ohne auf sie herabzusehen. Und mein Buch? Oder wenigstens ich?
Wenn jemand aufbrach, dirigierte mich ein urplötzlich einsetzendes schlechtes Gewissen, ich war bestrebt, ihnen zu danken, nach ihren Hobbys zu fragen, sie im Testament zu berücksichtigen oder so, sie waren ja beinahe extra wegen mir gekommen, und fassungslos über so viel Liebe, ich war betrunken, also, derart devot schlich ich mit den Aufbrechenden zur Tür und machte ihnen Komplimente.
Dieser Abend war ein Intensivkurs, im Schnelldurchtorkeln erlebte ich Anziehungskraft, Bodenlosigkeit, Versoffenheit und Ungerechtigkeit dieser Branche. Was ich dort also zum ersten Mal ERFUHR, ich erstmals spürte: Gegenstand geworden zu sein. Damit umzugehen ist seither tägliche Dehnungsübung meines Mitmirkämpfens, und schön daran ist, dass man immer genauer werden muss, zumindest sich selbst gegenüber. Nicht in direkten, in also öffentlichen Dialog treten mit dem Feind. Es sei denn: Blitzkrieg. Und dann wieder weg.

Ansonsten wurde ich weiterhin beschimpft, so kam es mir vor, ich suchte auch speziell danach, so scheint es mir heute, und da findet man dann einiges, und an der anderen, man kann ruhig FRONT sagen, ging ich genauso beherzt zu Werke. Spagat? Ja. Ich kaufte eine Menge Anzüge und las sehr häufig, und es kamen relativ viele angenehme Menschen in die Lesungen, und jeden Morgen las ich irgendwo, dass ich meinen Beruf nicht kann, aber er machte mir Freude, und wer jetzt ganz hämisch und klug ist und verächtlich ächzt, der kann mich mal und morgen regnet's nur über dessen Haus, und auf dem Weg zu seiner Arbeitsstelle, die ihm dann überraschend für ihn gekündigt wird, kommt, die paar hundert Meter, da kennt sie nix, da kommt die Regenwolke einfach mit, und dann soll er mal sehen, wie weit er kommt mit seinem selbstzufriedenen Blödgehirn.

Ich las in jeder Ortschaft, in allem, was ein Dach hatte. Einmal sogar in Island vor 35 Betrunkenen, die kein Wort verstanden, aber sehr nett waren und mir danach Trockenfisch zum Drannuckeln gaben und das Haus von Björk zeigten.

Das erste Mädchen, mit dem ich nach einer Lesung nach Hause ging, war eine Münchnerin. Auf der ersten Buchmesse lernte ich zwei mittlerweile sehr gute Freunde kennen. Die hab ich jetzt, also gehe ich nicht mehr hin.

Das erste Exemplar

Nein. Mein erster Bestseller stieg mir keineswegs zu Kopf, da kam er ja gerade erst her. Er stieg erst mal auch gar nicht selbst, er wurde auf dem Rücken eines starken Mannes die Treppe hochbefördert. Ich wohnte damals in derselben Stadt wie mein Verlag, also steckte dieser einem Fahrradkurier ein Exemplar des ersten Schwungs in seine Plastiktasche; der schwang sie sich auf den Rücken und fuhr ein Dutzend Rentner um, wie es ja üblich ist in dieser Branche, aber an jenem Tag war mir das sehr recht, ich hatte mich so auf diesen Moment gefreut. Der Kurier schwitzte also über den Rhein zu mir an diesem mir schon im Moment des Geschehens hell leuchtend erscheinenden Tag – also der ja seltene Fall einer Gegenwarts-Nostalgie. Was haben Sie denn da im Rucksack? Och, ein Buch, würde er sagen. Aus seiner Sicht nicht falsch, ich hingegen sah darin nicht weniger als einen lang die Luft behaltenden Schwimmflügel für den täglichen Untergangskampf. MEIN BUCH, richtig echt, da kam es, endlich würde es real, keine Idee mehr, kein Vertragsgegenstand, keine Diskette, kein Fax, kein kopierter, mit Anmerkungen besprenkelter, nichtbündiger Papierstapel, keine Vorankündigung. Als historischer Wendepunkt, als unbedingt legendär, nein, beruhigen Sie sich – bloß für mich selbst erlebte ich diesen Vormittag. Der Kurier aber wollte nicht mal einen Kaffee, bloß eine Unterschrift. Selbst zur Trinkgeldannahme musste ich ihn wiederholt auffordern. Stimmt so. Stimmt echt. Der Rest ist für Sie. Nochmal vielen Dank. Und einen schönen Tag noch, eine schöne Woche – ein schönes Leben wünsche ich Ihnen sogar, von Herzen. Rückwärts und äußerst irritiert angesichts meiner durch seine Lieferung klar erkennbar höchstgesteigerten Laune, schlich sich der Bote langsam aus meinem Umarmungsradius. Den zunächst unauffällig erscheinenden und ja von einem überaus seriösen Absender auf den Weg expedierten luftgepolsterten DIN-A5-Umschlag hielt er nun endgültig für eine nicht zu knapp bemessene Ladung Schwarzgeld, Blödmachsubstanzen oder eine zusammengefaltete Gummipuppe. Ich versuchte, den Glücksmoment in die Länge zu ziehen. Ich kochte mir einen Kaffee, machte dann doch eine Flasche Weißwein auf, suchte ein schönes Lied heraus, Zigaretten, beinahe hätte ich noch geduscht und mich umgezogen. Und dann öffnete ich, was der Bote gebracht hatte. Ernüchterung. Ein Buch. Meins. Na und? Weitermachen, dachte ich. Aber nicht Nummer zwei. Ist ja keine Dienstleistung. Es klingelte – der Bote hatte vergessen, mich den Empfang quittieren zu lassen. Mich so schnell schon ge-, fast erdrosselt, murrend statt jubilierend anzutreffen, verwirrte ihn nun endgültig. Wo? Da. Mein erstes Autogramm als Autor, mit einem selbst geschriebenen Buch im Schrank (ganz hinten, unten wegversteckt, ist ja nicht zum Vorzeigen, sondern zum Machen geschrieben worden). Weiter im Text.

Dürer in Osnabrück

05.04.2003, Feuilleton

Misserfolg/Modernisierer der Kunst
Von Stefan Lüddemann

Es sollte ein großer Name sein – als verdiente Dürers Kunst nichts alles Vertrauen. Es sollte junges Publikum für Hochkultur interessiert werden – als ginge es nur um bunte Verpackung angeblich spröden Inhalts.
Und es sollte ein Erfolg für das Stadtmarketing werden – das sich mal wieder als ungeschickt erwiesen hat. Denn nun startet die längst zum Highlight des Jahres beförderte Dürer-Ausstellung mit einem eklatanten Misserfolg.
Dabei hätten die PR-Profis gewarnt sein müssen. Zweimal hatte Benjamin v. Stuckrad-Barre bereits Auftritte in Osnabrück kurzfristig abgesagt. Vielleicht ist ihm der Film zu seinem Buch »Soloalbum« jetzt einfach wichtiger. Vielleicht fiel ihm auch nichts zu Dürer ein. Oder ist er wirklich erkrankt? Alles egal: Jetzt muss ein Kulturmarketing überdacht werden, das nicht auf spannende Konzepte setzt, sondern angeblichen Events den Vorzug gibt.
Nach viel heißer Luft bleibt nun also nichts als ein ganz normaler Tag der offenen Tür. Vielleicht ist es auch besser, dass wir nicht erfahren, was ein Popliterat zu Dürer gesagt hätte. Einstweilen sollten Besucher wahrnehmen, wie aufregend Dürers Kunst ist. Diese Einsicht hätte Kulturvermarkter hinreichend beflügeln können. Was Stuckrad-Barre angeht, haben die PR-Leute immerhin noch eine Chance. Sie sollten ihn zur Finissage einladen. Vielleicht kommt er ja.

Brief an die Osnabrücker Dürer-Ausstellungs-Besucher

Geehrte Stadt Osnabrück,
liebe Kunst,
verehrte Versammlung,

wie gerne spräche ich zu Ihnen. Gerade auch über Dürer. Ich hatte zunächst aus Honorargründen einfach zugesagt und mich dann aber tief hinein ins vorzustellende Werk gegraben. Mitten in meine wochenlange Vorabrecherche dann aufrüttelnd wie ansprachemanuskripterschütternd die Nachricht aus den Zeitungen: Dürer war schwul!
Mein geplanter Vortrag galoppierte schnurstracks über die Zweistundenhürde, leichtfüßig und mitreißend – ja, Osnabrück, dachte ich, da kann man ruhig weiter ausholen, wenn man schon dort ist. Tja ja, Dürer und ich, das war was, in den letzten Monaten. Wäre was geworden, hätte was werden können. Live. Hätte. Konjunktiv Imperfekt. Denn: Aber, aber – dann jedoch.
Womit wir beim Thema wären: dem Ungesagten, dem nur beinahe Gesagten.
Wie bitte? Was? Come again? Verzeihung? Hä? Nichts zu hören.
Oder?
Pssst!
Nein. Nee. Nichts.
Die Lippen bewegen sich, doch kein Laut wird von ihnen auf die Reise geschickt. Machtlos, als habe jemand sich auf die Fernbedienungstaste mit dem durchgestrichenen Lautsprecher gesetzt und als sei nun das Sofamaschinengewehr nirgends zu finden, so zappelte mein vielköpfiges Beraterteam vor mir herum, in den letzten Tagen. Sie klopften halbwissenschaftlich mit meiner Schweizer Aufenthaltsgenehmigung auf meinem

Hals herum. Da muss doch mal was rauskommen, irgendein Wort, da kommen doch auch sonst manchmal ein ganz paar raus, was ist denn da los, so kennen wir ihn gar nicht. Ton weg! Die Stimme.
Es reicht nicht mal mehr für eine Punkband.
Ich muss also einen Roman schreiben. Und malen, eventuell. Wie kriegt man Ölfarben aus weißen Anzügen raus? Mir egal, ich trag so was nicht.
Also Romane und Gemälde; keine Auftritte, erst mal. Hörbücher auch nicht.
Eh besser, sagt der Verlag. Wir wollen Papier verkaufen.
Es tut mir also Leid, ich kann nicht bei Ihnen in Osnabrück sein heute, meine Damen, meine Herren, liebe Kinder und Verwandte.
So betrachten Sie nun also bitte selbständig das Dargebotene, und lutschen Sie ein Bonbon in meinem Namen.
Gesundheit Ihnen allen.

Mit schmirgelpapierenen Grüßen,
Ihr BvS-B, von einem Schweizer Berg tonlos, aber herzlichheftig winkend.
Hallo Osnabrück.
Grüezi, Dürer.

Rockliteratur

Gibt es richtiges Lesen im falschen Zelt? Offenbar schon. Ob er bei den Rocks am Ring und im Park lesen wolle, wurde der so genannte Popliterat gefragt, und nachdem er sich der Ernsthaftigkeit dieser Anfrage vergewissert hatte, sagte er zu, ohne noch allzu lange darüber nachzudenken. Einmal, dachte er, einmal muss man es wagen. Es kann kaum funktionieren, eigentlich muss es scheitern, aber hinterher kann man es eine Erfahrung, ein Experiment nennen, so kann man ja alles tarnen und vieles rechtfertigen. Außerdem sprach gegen eine Absage das Aufgebot der anderen Künstler, das neben etlichen Katastrophen auch mehrere Prachtbands in Aussicht stellte. Dass er Sting, die Eurythmics und Santana gleich zweimal erleben, Travis, Embrace, Oasis, Fünf Sterne Deluxe oder The The dafür zweimal haargenau verpassen würde, nun ja, so war dieses Festival eben angelegt, dafür kam der Popliterat ausgleichend gerecht immerhin um Die Toten Hosen herum. Und einmal mit den anderen Helden gemeinsam auf einem Plakat und einer Bühne zu stehen, aus derselben Schatulle bezahlt zu werden, vielleicht sogar aus einem Trog zu essen oder in eine Rinne zu pissen, wer würde da zögern – also Zusage, natürlich. Geld sollte es schließlich auch geben, vielleicht verdiente er mehr als Matt Johnson an diesem Abend, denn genau wie er die Nervosität nicht teilen konnte, so musste der Popliterat andererseits das Honorar nicht dividieren, er hatte ja keine Band dabei, keine Gitarren-Roadies, keinen Merchandising-Verkäufer oder Mischpult-Nerd, gar nichts eigentlich, bloß ein paar Texte, CDs, Dias und zwei Igluzelte für eine Art Saalwette. Die Nebenbühne für das alsdann gebuchte Desaster hatte der Veranstalter »House Of Comedy« genannt. Wenn

Veranstalter texten, gerät das oftmals so wie Ergebnisse von Politiker malen, Arztgattinen töpfern oder Berti Vogts motiviert eine Horde Ballspieler. Nein, dachte der Popliterat, Comedy bin ich nicht, war ich nie, werde ich nie sein, den Scheiß bitte direkt zurück zu Lück, und hoffen, dass dieses gottlose Republikgeschwür bald besiegt ist. Die Antwort auf dem Platz geben.
Er zieht seinen Schlips zurecht, obwohl man ihm empfohlen hatte – Zelt, Sommer, dazu die Scheinwerfer –, während des Auftritts am besten nur ein T-Shirt zu tragen. Doch hatte der Popliterat sich am Nachmittag auf dem Festivalgelände umgesehen und schon am ersten Festivaltag bei Teilnehmern und Gelände eine solch kolossale Verrohung und Verwahrlosung feststellen müssen, dass es keinen anderen Weg gab, als stellvertretend ein Zeichen zu setzen und korrekt gekleidet den Auftritt zumindest zu beginnen. Nicht, dass es entscheidend wäre, aber eine Geste ist es allemal. Womit wir beim Rock wären, denn daraus, aus Gesten, besteht der ja nahezu ausschließlich. Was da jeder spazieren bzw. zur Schau, wenn nicht Show trägt! Man guckt beim Dauerspaziergang von einer Bude zum nächsten Zelt (nie kommt man an! Verweilt immer nur vorübergehend – Rock-Diaspora!) einander ja nicht in die Augen, sondern auf die Oberbekleidungsbeschriftung: Was wollen sie uns sagen, die Entgegenkommenden, Torkelnden, Sitzenden, Schreienden, Mampfenden, Schlangestehenden (Letzteres ist die Hauptaufgabe des Festivalbesuchers, wartenwartenwarten, alle warten dauernd auf etwas, ein Festival handelt zuallererst vom Gleichwirdsbestimmtendlichsuper, vom Hoffen auf Erlösung – christlicher wird man diese Horde niemals erleben als in diesen Zwangsmomenten absolut ergebenen Ausharrens im Unvollendeten, im Bangen, in der Erwartung, im Matsch; wann wird es kühler, wann kommt die Sonne, wann kommt der Star, wann das Lieblingslied, wann wird das Klo frei, wann endet der Stau, wann bin ich dran,

wann wird es dunkel, wann bin ich betrunken, wo ist der Deinhardt?), Slogans allüberall.

Und sie wollen uns alle was sagen, die, die Leude hier (die woll'n, dass was passiert) – vor allem und gerade natürlich auch die Nackten –, doch nachmittags waren viele noch bekleidet und somit beschriftet (Bandnamen, rüde Slogans, durchgeboxte Hakenkreuze, überdimensionale Hanfblätter, lodernde Schweinerocklogos, ironisierte Embleme, rundschriftige Britpop-Bekenntnisse – geredet werden muss praktisch nicht mehr. Dazu ist es auch zu laut.

»Hey-hey-ey-Hey, I would really like to talk with you«, dröhnt es aus dem Zelt mit dem blöden Namen, der Popliterat mit dem langen Namen startet pünktlich seinen 60-minütigen Selbstversuch. Es sind auch Zuschauer da. Tatsächlich ist es sehr warm, bald schon gießt der Popliterat sich Bier über den Kopf, das passt zum gerade gelesenen Text, Multitasking, und es kühlt auch. Aber ist das noch trennscharf zu fragwürdigen Rockritualen? Ist jetzt nicht klar, ist jetzt auch egal, schon geht es weiter, wie laut es ist, nicht nur ich, alles so laut, denkt der Popliterat, denkt er denn überhaupt noch, geht das in solch einer Situation?, eigentlich spult er ja mehr, wirkt dabei jedoch nicht unglücklich, so von weitem, bloß etwas neben sich. Nach 20 Minuten Spielzeit bittet er zwei Stück Publikum auf die Bühne, um sie die beiden Igluzelte aufbauen zu lassen. Das knapp unterlegene Mädchen (Projekt-Pitchfork-T-Shirt) verfängt sich fatal im Mückenfenster, der obsiegende junge Herr (Manchester-City-Trikot) bekommt 50 Mark steuerfrei überreicht, großer Applaus – und weiter geht die Lesung. Nie zuvor hatte der Popliterat so sicher sein können, vor komplett Santana-Fan-freiem Auditorium zu lesen, denn der singt zeitgleich nebenan.

Hatte der Popliterat sich eigentlich auf diese Prüfung vorbereitet? Ja, wenn auch eher zufällig: Am Vorabend hatte er nahe seines Basiscamps in Berlin noch eine Santana-Single gekauft, um sich damit bei verirrten Festivalbesuchern notfalls anzubiedern, dann war er über den Gendarmenmarkt gewandert, wo einige tausend nichtszahlende, um es einmal mit der deutschen Phonoakademie zu sagen: adult-rock-consumer gelangweilt auf eine große Bühne starrten, in Brezeln bissen und Bier tranken. Die Handwerkskammer feierte dort mit einem bunt programmierten Tag ihr hundertjähriges Bestehen, ein tagkrönender Auftritt der Band BAP stand noch aus, erzählten die Handwerker dem staunenden Popliteraten, der nach solcher Androhung normalerweise die Beine in die Hand genommen hätte (und zwar anders als bei anderen Konzerten seine eigenen) und von dannen gelaufen wäre, doch er blieb, dachte er doch, auf diese Weise wertvolle Informationen zum Verständnis der Publikumssichtweise bei den beiden bevorstehenden Rocklesungen sammeln zu können. Wie verhält man sich, wenn man einer Darbietung lauscht, für die man nicht gesondert gezahlt hat, wenn man also relativ gleichgültig vor Künstlern sitzt, deren Werk man möglicherweise geringschätzt. Beinahe entwickelte der Popliterat sogar so genanntes Mitgefühl für die Handwerker AUF der Bühne: Niedecken spielt, wenn die Handwerkskammer ihre Unkaputtbarkeit feiert, denn auch über die ja nur wenig dienstjüngeren BAP mag etwa die Zeitschrift *Gitarre und Bass* urteilen, sie bestehe aus guten Handwerkern, deshalb auch (Achtung, Fehlschluss) aus guten Musikern, weil sie teure, perfekt gestimmte Instrumente verwenden und die Töne treffen. Allein, die Töne, die sie anvisieren, sind leider falsch und furchtbar, aber handwerklich gesehen ist es einwandfrei. Interessant in diesem Zusammenhang, dass auf dem für die Handwerker ausliegenden BAP-Newsletter im A des Band-Logos ein Totenkopf abgebildet war.

Niedecken sprach zu den Berlinern, dass er »nisch vill quatsche« wolle (wie ihn Fans nennen), oh nein, denn es handle sich um die »Party-Tour«. Dann quatschte er aber doch, es ging um Zwangsarbeiterentschädigung, ein prima Thema für ein Bierfest, das bietet sich direkt an – und ja, die Handwerker nickten politisch agitiert und bissen in Würste und Gebäck. Es ist schon fantastisch, was man mit Musik so alles erreichen kann. Wie üblich zog sich das rheinische Gedröhne verdammt lang hin, und der Popliterat ging frühzeitig nach Hause, Sachen packen und schlafen, um dem Parkpublikum anderntags ein ausgeruhter Gastgeber sein zu können.

Sein Auftritt missriet nicht komplett, aber natürlich gab es auch einige pöbelnde Bratwurstgesichter, die einfach froh waren, mal sitzen zu können (stehen ging nicht mehr so gut), und die statt zuzuhören bloß mal kurz pausieren und innehalten wollten zwischen Kotzen und Schreien, und die einfach mal so einen Stuhl zertrümmerten, aus lauter Langweile mit sich selbst. Sie leben ihr Leben so/wie sie selber nur sind – keine gute Entscheidung, doch hatten sie ja bis zum Konzert der Toten Hosen noch mehr als 24 Stunden rumzukriegen, das muss man auch verstehen. Aber der Popliterat war für punktgenau 60 Minuten gebucht, und da ist er eisern, und das Travis-Lied läuft durch, wie auch er, seine Dias und seine Lesung: »If this was any other day/I'd turn and walk the other way/But today/I'll stay«. Dienst nach Vorschrift, Literatur im Park, und nochmal Travis: »Hey! Love! Say!« Genau, darum geht es. Viel mehr feine Menschen im Publikum als Dödel, wie angenehm, der Popliterat ist erleichtert und sagt Danke, wie es sich gehört.

Danach sitzt er in einem ihm zugeteilten Hinterbühnencontainer und trinkt Beruhigungsbier. Draußen hinter der Absperrung hört er Menschen rocken, jubeln, schreien und zelten. Es sieht so aus wie: genau. Im Moment gibt es kein Entrinnen aus der Bilderwelt von »Big Brother«, und so stellt sich die Frage: Ist das nun Endemols Viertelmillionenklappse in Köln-Hürth? Oder der Sachsen-Anhalt-Pavillon auf der Expo – oder doch nur der Backstagebereich von Rock im

Park, so fragt sich der Popliterat irritiert, angesichts der Ununterscheidbarkeit durch Deckungsgleichheit der verfügbaren Bilder in der verwalteten Realität, wie Bloodhoundgang-Hörer sagen. Immerhin, vor dem Container wartet kein verdunkelter Mercedes, der Popliterat muss weder holländische Knebelverträge signieren noch eine Single aufnehmen, er kann sich Sting anhören, der nachmittags im Fürther Sportpark Nordwest am Schallerseck Schach gespielt hatte, statt den exzellenten Auftritt der Freundeskreis Allstars zu beklatschen. Doch auch sein Konzert war als solches prima, einige gut platzierte Police-Hits versöhnen mit dem unnötigen Spätwerk. Rechtzeitig aufhören, das ist in der Musik wie überall ein elementares Kriterium für Größe. Tappert, Beatles, Lafontaine. Und eben nicht Matthäus, BAP, Kohl. Auf der Bühne sterben, ok, aber bitte nicht siechen. Deutlich vor Zugabenende stakst der Popliterat durch Dosen, Wurstpappen, Gyrosknorpel und andere Rockbeweise hindurch gen Ausgang. Von den diversen Bühnen hört er es nichtig bollern, das parallele Gerocke mischt sich zu einem unguten Gleichbrei, der den am Wegesrand feilgebotenen Esperantopfannen ähnelt. Wer kann und will da noch unterscheiden? Egal eigentlich, ob sie okay sind, vielmehr muss die Frage lauten, ob sie denn nötig sind, diese unzähligen Rockbands (und eine ist ja doch immer wieder dabei, der mindestens ein existenzberechtigender Hit gelingt), sie reproduzieren sich und die Konkursmasse Rock selbst, wie Nanoboter. Die Musikindustrie ist dagegen machtlos, bei einer höchstens gleich bleibenden Zahl von Befürwortern dieser Musik verdoppelt sich die Zahl der Ausübenden fast täglich. Copy kills music – endlich stimmt dieser armselige Slogan mal, oder anders gefragt: Was machen heutzutage eigentlich Mr. Ed Jumps The Gun? Alles klar bei Liquido? Und wie hießen die im letzten Sommer mit »Mr. Brown«? Ach, und Such a Surge sind also wieder da – aber waren die denn weg? Oder: je wirklich da?

Über die Vergänglichkeit sinnierend macht sich der Popliterat auf ins Hotel, in der Bar/in der Bar/was machen sie da? – ein Wahnsinn, aber nun ja, und da ist er ja auch endlich, der Deinhardt, zack, bäm, auf den/dem Tisch, Hände hoch, Hose runter, egal – Musikbranche eben. Travis reimen auf Rock: »You seem to work around the clock.« Was man so Arbeit nennt.
Vorher hatte es geheißen, am Ring ginge es deutlich unzivilisierter zu als im vergleichsweise idyllischen Park. Ob das möglich sei, hatte der Popliterat gezweifelt, um tags drauf festzustellen: jawohl, kein Problem. Die Bewohner der an den Ring angrenzenden Ortschaft sitzen auf Klappstühlen vor ihren Häusern und sehen aus, als säßen sie dort unverändert, nur noch etwas betrunkener, seit dem Großen Preis von Deutschland, einige sogar seit dem von Wim Thoelke. »Rasen ist out« steht auf Straßenschildern. Das mutet tragisch an, in so unmittelbarer Nähe zum Austragungsort einer der allersinnlosesten Sportarten. Dort selbst beaufsichtigt eine Abordnung Politessen gelangweilt den Abtransport riskant geparkter Autos und aus einem Funkgerät dröhnt der schöne, Willkür verheißende Satz: »Komm, Manuela, den Corsa machen wir noch, dann ist erst mal genug, Hunger hab ich.«
Unweit der so genannten RTL-Kurve, gemeint ist nicht Frauke Ludowig, dann die erste Begegnung mit dem annoncierten nürburgringspezifischen Verhalten: Männer stehen vor einer Leitplanke, die rechte Hand an der eigenen Reißleine, und nicht wenige haben vergessen, was sie sich vorgenommen hatten (kurz mal zu pissen, nimmt man an), denn sie stehen minutenlang einfach so da, schwanken leicht und wirken indisponiert. Im Vorwort des Festival-Programmhefts beschrieb »Herzlichst, Eure Marek Lieberberg Konzertagentur« poetisch den unterstellten Geist des Rock-Ballermanns: »Massenveranstaltung mit Platz fürs Intime – eben das Kleine im Großen«. Platz fürs Intime meint wohl, dass man zum Pissen nicht mehr aufs Klo geht, sondern zwanglos dort seinen Kleinen hinhält,

wo man Blick auf das Große, zumindest noch auf die das Gitarrengezerre übertragenden Großbildschirme hat, auf deren Zierleiste klargestellt wird: Powered by Mercedes Benz. Die Hölle.

Und was ist im Himmel los? Menschen hängen sich in Funsportgeschirr und springen von Kränen, während der Popliterat sich anderweitig aufhängt, nämlich zum MTV-Zelt geht, um dort in eine Kamera hineinzusprechen. Er trägt eine Sonnenbrille, auch wenn die Sonne gerade nicht mehr zusehen mag beim entgrenzten Gewusel, doch das hatte sich der Popliterat beim Festivalsendungen-Gucken gemerkt: immer Sonnenbrille tragen, dazu ein Bier in der Hand und einen Zugangsausweis um den Hals baumeln lassen, sonst fällt man auf. Er redet furchtbaren Quatsch, hasst es und sich und will nochmal von vorne anfangen, aber wozu, ist im Kasten, ist wurscht, ist auch wieder wahr. Fernsehen ist zum Kotzen, immer benimmt er sich da so unnötig blöd, denkt der Popliterat. Es ist aber auch eine verkommene Welt, die sich hinter der Bühne für wenig mehrheitsfähige Bands auftut, im Zelt der Lügen: Medienhansel, Musiker, Betrüger, Wracks, alle da. Du auch hier/Wir telefonieren/Man sieht sich/Gute Story da neulich/Bei mir läuft es gut, und selbst/Gestern Abend war richtig hart/Wo sind denn die Klos/Cooles Shirt/Hat mich gefreut.

Natürlich telefonieren wir nicht. Und es läuft auch nicht, und natürlich freut nichts niemanden. Stop, Moment, falsch, einen natürlich doch: Helmut Zerlett. Hihi, tönt es aus seinem Clownsanzug, der freundliche Organist ist wie stets bester Laune. Gerade hat er Bestandteile von Slipknot, einem Kollektiv maskierter US-Trashrockwitzbolde, erspäht, und die findet Hallo-ich-bin-Helmut so was von total witzig, irre, nein wirklich. Zerlett sagt den Musikbranchensatz Nummer 7: Ob ich von denen ein T-Shirt rausleiern kann? Die maskierten Rocker gehen zur Bühne, einer von ihnen stolpert

über einen Gummibaum, wegen der sichthindernden Maske. Die passbehängten, reingelassenen Branchenheinis gucken taktvoll zur Seite und lügen sich weiter an. Zerlett kichert in höchsten Tönen. Ein T-Shirt kriegt er trotzdem nicht.
Der Popliterat verweilt in der Cateringecke und starrt fasziniert auf 150-Kilo-Hardrocker, die nach dem so genannten Essen folgsam Reste und Geschirr exakt so entsorgen, wie es auf Hinweistafeln verlangt wird. »Leg dich hin« steht auf einem T-Shirt-Rücken, und der darin eingepellte Koloss mit Bienenzüchterbart und Lemmy-Gesichtshaut sortiert, obwohl er aussieht, als würde er Knochen, Teller und Besteck gewöhnlich gleich mitessen, geduldig in fünf verschiedene Plastikkörbe – eine Art Mülltrennung, wie sie analog ja auch im Nachmittagsprogramm auf den verschiedenen Bühnen stattfindet.
Der Popliterat macht sich auf zu seiner, hinter der heute keine Container, sondern Wohnwagen stehen. Das ist natürlich wunderbar rock. Ein eigener Wohnwagen! Und zwei Handtücher für die Bühne, mit denen man sich das nassgerockte Gesicht t-rock-nen kann, um dann ins Mikrophon zu schnaufen: »Danke, ihr habt wirklich Soul, ihr bringt mich ganz schön zum Schwitzen, danke, wow!« Niedecken revisited.
Die anderen so genannten Acts sind zu mehreren da und können diese Wohnwagen problemlos beleben, sie stimmen darin ihre Instrumente, spielen Karten, verprügeln ihre Ehefrauen, schmieren sich Brote, entfernen einander Rückenhaare – Dinge also, die Menschen miteinander eben tun. Der einsame Popliterat singt »My lonelyness is killing me« und verlässt schleunigst seinen Wohnwagen, er muss sonst weinen.
Dann bemüht er sich die vereinbarten 60 Minuten lang, hat im Vergleich zum Vortag einige Zwischenrufer mehr zu parieren, deren Sprache nur noch wenig Konsonanten enthält. Der Popliterat fühlt sich und sein Programm zunächst empfindlich gestört und denkt ernsthaft so unschöne Dinge, ob nicht in manchen Fällen die Bungeeseile doch ein gutes Stück

zu kurz bemessen wurden. Die meisten Zuhörer aber sind auch am Ring ausgesprochen freundlich. Es werden sogar Schilder hochgehalten, auf denen nette Dinge stehen, das ist neu, das ist umwerfend. Ausziehen!, ruft dann jemand, was auf eine Art auch umwerfend ist. Fürchterlich, RTL2-Welt, Hilfe, denkt der Popliterat. Von anderen hat er sich hinterher erzählen lassen, was dann geschah, was also er dann tat. So einiges. Dabei wäre es so einfach: Ausziehen-Rufer haben ja zumeist selbst höchstens noch stinkige Shorts an, mit dem Shirt mussten sie ihr Zelt oder ihren Nacken auswischen. Anziehen! müsste man also bloß zurückrufen und dann weiterlesen. Den Zeltaufbauwettbewerb gewinnt am Ring ein junger Herr im Nirvana-T-Shirt. Was könnte dies im Vergleich zu Nürnberg bedeuten? Auf der großen Bühne singt Annie Lennox gerade sehr laut. Viel zu laut. Der Popliterat legt die Santana-Single ein und ruft Unflätiges in Richtung der Greenpeacebotschafterin, der von nahem eine erstaunliche physiognomische Annäherung an Regine Hildebrandt attestiert werden muss. Ihr Kumpel Dave trägt wie sie einen Anzug aus wohl feuerfesten Aluminiumpailletten. Wer's tragen kann – also, Stewart auf jeden Fall NICHT. Die Ring-Lesung gelingt trotz widriger Umstände deutlich besser als die im Park, der Popliterat ist eindeutig eine Turniermannschaft.
Keinerlei Boxenluder, im Hintergrund gniedelt ausdauernd Herr Santana, aus Nightlinern hört man würdelose Rockgeräusche, in den Zelten mit der Aufschrift »Frei Ficken« oder »Lachgas 5 Mark« herrscht reger Betrieb. Lokalvollidiot Jürgen wurde vor wenigen Stunden aus Endemols Kiste freigelassen, nicht weit von hier, er ist unter uns, mit uns; es ist nicht die Person Jürgen, die am Ring rockt, nein, der muss eine Single aufnehmen und, wie es heißt,»von Termin zu Termin hetzen«. Am Nürburgring aber hundertfach in Serie gegangen, wenn es noch stehen kann: das Prinzip Jürgen.
Open Airs sind so vollständig desillusionierend, dass man

süchtig danach werden kann. Nichts prägt diese Veranstaltungen so wie die ständige Nichteinhaltung: Es regnet dann doch oder wird viel zu heiß, der Rausch ist lange nicht so lustig wie die Nachwehen erbärmlich, die Lieblingsband ist zu leise oder zu laut oder man steht beim Hit noch vor arroganten Ordnerschränken, das Klopapier ist aufgebraucht, das Bier leer, der Popliterat zu hektisch für seine doch so elegischen Texte – all so was. Das Publikum selbst ist der Headliner, erzeugt und bedingt in dieser unfassbaren Menge so viele Nebenhandlungen, Untertitel und Randgeräusche, die eben nicht stören, sondern den Kladderadatsch definieren. Was im Kino der störende Zuspätkommer ist, der Platz suchend durchs Bild latscht, als Schattenriss das Bild zerstört – beim Festival ist er unerlässlich. Im kleinen, so genannten Talentzelt (oder wie auch immer es heißt) ist man Lärm und Scheiß in so brutaler Ausschließlichkeit ausgesetzt, dass man es dort keine fünf Minuten lang aushält, man möchte ständig das alternativenreiche Hauptbühnenprogramm in Sichtweite haben, aber auch nichts vom nicht wenigen guten Kleinen verpassen, die Wahrnehmung ist beständig in der Totalen.

Als der Popliterat auf der Bühne seine zur Unzeit, nämlich gerade vor einer Woche für menschenverachtende 150 Mark erstandene Oasis-Merchandising-Fleeceweste gestreichelt und crowdgepleased hatte: »War jemand da?«, jubelten die netten Menschen im Zelt, als sei Noel nie gestorben. Das war ein Gefühl. Gewesen. Vorzeitig. Draußen standen die Leitplanken-Pinkler, powered by Mercedes Benz. Drinnen aber war man sich einig: There did it all go wrong.

T. a. f. k. a. P., The author formely known as Popliterat, verbeugte sich gerührt, hob freiheitsstatuengleich eine Heinekendose in die feuchte Luft und war neugeboren. Als Rockliterat.

Madonna in Tübingen

In diesem Text geht es um Hotlines, Gebühren, zusammengebrochene Leitungen, Betrugsverdacht und enttäuschte Kunden. Doch ist dies ist keine Servicewüstenklage, nur die Geschichte eines Menschen, der versucht hat, sich in Tübingen eine Konzertkarte für Madonna zu kaufen. In Tübingen, ganz recht.
Nach wochenlanger Ungewissheit, einigem Gemurmel und widersprüchlichen Informationen waren eines Mittwochs in Tageszeitungsanzeigen ein Konzert in Berlin und eins in Köln angekündigt und als offizieller Vorverkaufsstart der darauf folgende Freitag angegeben worden, doch natürlich versuchten es alle schon an jenem Mittwoch, und so war die angegebene Telefonnummer natürlich fortan überlastet, man wurde für 24 Pfennig pro Minute wartegeschleift (»Bitte haben Sie noch einen Moment Geduld« – es wurden aber ganz schön viele Momente dann) und irgendwann aus der Leitung gekickt. Tut-tut-tut.
Jedoch, es gibt ja das Internet! Mittwochnacht waren die ersten Freunde des Madonna-Fans, von dem hier exemplarisch die Rede sein soll, erfolgreich ins Netz gegangen, und die Karten ihnen auch. Als der Madonna-Fan es, dadurch ermutigt, dann selbst versuchte, war die Website bereits implodiert, mitten in der Nacht. Music makes the people in der Tat come together! In der Telefonwarteschleife lief inzwischen immerhin Madonnas neue Single, die zwar die schlechteste seit Jahren ist, aber Karten will man natürlich trotzdem. »Maximal sechs« dürfe man erwerben, sagt die Anzeige. Eine wäre toll.
Bill Gates ist ein Verbrecher, Ron Sommer auch, wenn man auf deren Zwangserkrankungen einmal wirklich angewiesen

ist, klappt gar nichts. Nun also in den Nahkampf. In Tübingens einziger an das zuständige zentrale Ticketsystem angeschlossenen Vorverkaufsstelle »Tagblatt City Shop« wird man bedient von einem ausgesprochen hilfsbereiten Mann, der aussieht wie der frühe Reinhold Messner, aber sehr gut mit dem Computer umgehen kann. Inzwischen ist Donnerstag und die Karten für die Weltpremiere der Madonna-Tournee in Köln sind einen Tag vor Beginn des Vorverkaufs vergriffen. Kopfschüttelnd klickt der Mann sich durch verschiedene Angebote, längst nicht mehr die offiziellen, auf Versteigerungsseiten werden Karten beim Hingucken teurer. »Da läuft was ganz, ganz falsch«, murmelt er, »hier, Topangebot aus Böblingen: 227 Mark. Was ist da los? Wo können die jetzt die Karten herhaben? Sind das Strohmänner?« Der Madonna-Fan versucht es zeitgleich per Telefon, scheiß doch aufs Internet!, es gibt ja Handys! Was die Warteschleife weder billiger macht noch effektiver. Seinerseits beauftragt der Madonna-Fan nun Strohfreunde, in seinem Namen und mit seiner Kreditkartennummer, gültig bis 10/03, im Internet sein Glück zu versuchen. Dass das gefährlich ist, weiß er auch. Der Messnerlookalike berichtet, während er gerade wieder von irgendeinem Achttausenderserver herunterstürzt, von einem Bekannten, der auf diese Weise keine einzige U2-Karte, aber immerhin fünf Rechnungen dafür erhalten habe.

»Kei Schoongs«, sagt er schließlich mitfühlend, auch sei nicht mit einer Restkontingentzuteilung am nächsten Morgen zu rechnen, da die Verteilung streng nach Postleitzahlen erfolge, und bis der Berliner (PLZ-Beginn: 1) und Kölner (5) Bedarf gedeckt sei, werde Tübingen (7) erst gar nicht freigeschaltet. Aber vielleicht könne man im Plattenladen »Rimpo« weiterhelfen. Man kann bedingt: Dort werden einige neue Telefonnummern und ein mitleidiges Lächeln bereitgehalten – und ein zwei Quadratmeter großes Madonna-Pappschild. Die Dekoration des Albums »Music« wird semilegal für 50

Mark angeboten. Immerhin etwas. Telefonisch weiterhin kein Glück, auch die Freunde des Madonna-Fans, die dessen Kontozugangsdaten fröhlich durch die Welt mailen, scheitern immer wieder an überlasteten Systemen. Manchmal öffne sich die Bestellseite zwar, hin und wieder gelinge es sogar, persönliche Daten einzugeben oder zumindest das sich minütlich reduzierende Restangebot zu sichten, aber spätestens dann fliege man wieder raus. So muss es sich anfühlen, wenn Cameron Diaz neben einem im Zugabteil sitzt und man zu flirten versucht.
The server may not be accepting connections or may be busy. Try connecting later.
Nee, klar, gerne. Hin und wieder gehen auf dem Mobiltelefon Berichte ein von Personen, denen der Kartenkauf angeblich gelungen sei, doch davon will der Madonna-Fan jetzt nichts mehr hören, er kommt sich vor wie ein in Naturwissenschaften erfolgreicher Gymnasiast, der sich nach dem Schulsport in der Umkleidekabine anhören muss, wer – außer ihm – schon alles ein Mädchen ins Bett überreden konnte. Er trägt das Music-Pappschild vor sich her über den Tübinger Marktplatz und sieht aus wie ein einseitig interessierter Bürger, der auf exzentrische Weise von seinem Demonstrationsrecht Gebrauch macht. Karten gibt es keine, sieht er ein, immerhin gibt es inzwischen, wie das Jahr schon wieder dahinrauscht, neben dem Neptunbrunnen Spargel und Erdbeeren. Mit dem Pappschild zu Hause angekommen, sieht der Arme im Fernsehen Bilder von campierenden Engländern. Schlafsäcke, Zelte, Thermoskannen. Hochwasser? Bürgerkrieg? Nein: Madonna-Vorverkauf in London. Aber wie, fragt sich der Madonna-Fan, soll man im Internet zelten? Abends wieder Gerüchte und schließlich bestätigte Zusatzkonzerte.
Die von Ihnen gewählte Rufnummer ist vorübergehend nicht zu erreichen.

Der Server ist überlastet. Der Madonna-Fan auch. Am Freitagmorgen, kurz vor neun, durchsucht er wieder mit dem Vorverkaufsstellenleiter, den er jetzt schon Sven nennen darf, die ganze Welt nach Karten. Nichts. Sven mutmaßt, dass die Tübinger sowieso nicht so viele Madonna-Karten gekauft hätten, kein Vergleich sei der Bedarf an Tickets zum Beispiel für Neil Young gewesen. Ach so. Im Neckaralbradio läuft Madonnas Version von »American Pie«. Ob sie lauter drehen solle, fragt Svens Kollegin fürsorglich. Sie soll unbedingt. The day the music died: In Tübingen gibt es für den Madonna-Fan nun noch die Möglichkeit, in den neuen Film von Madonnas Ehemann zu gehen. Oder in den Neckar zu springen. Oder flexibel zu sein: Es gibt noch Karten für die »Tübinger Livenacht – 21 Bands in 20 Lokalen«. Telefonisch, im Internet – und natürlich bei Sven.

Draußen läutet die Glocke der Tübinger Stiftskirche neunmal. Nun startet der Vorverkauf offiziell. Sven lacht. Der Madonna-Fan nicht so richtig.

Robbie Williams in Berlin

Ein Bild wie nach der Grenzöffnung: Überglückliche Menschen, einander in den Armen liegend, strömen in Knäuelform aus viel zu schmalen, lange verschlossen gewesenen Türen. Und kaum sind sie im Neuland, in diesem Fall dem Bürgersteig vor der Berliner Columbiahalle, verschleudern sie sämtliches verfügbares Kapital für qualitativ minderwertige Waren, die jedoch wie Hostien in Empfang genommen werden. Keine Jeans diesmal zwar, aber auch wieder mit englischsprachigem Gummi bedruckte T-Shirts. TiiiiiiShööörts, twenty Marks! rufen geschäftstüchtige englische Schwarzhändler. Zehn Meter weiter liegt der Preis für bunt bedruckte TiiiiiiiiiiShirts bloß noch bei ten Marks, was immer noch reichlich ist, denn dass sie die erste Wäsche nicht überstehen werden, ist deutlich zu sehen – obwohl es Nacht ist. Man spürt das. Auch, dass es egal ist. Dass fast alles egal ist, gerade. Die Menschen singen. Unterschiedliche Lieder, unterschiedliche Tonlagen, unterschiedlich textfirm. Man einigt sich bald auf glückseliges Lalala. Einige weinen. Alle haben dasselbe gesehen, jeder hat etwas anderes erlebt. Mit sich überschlagender Stimme werden Eindrücke ausgetauscht, Interpretationen gewagt. Die Herren sind schneller wieder bei Sinnen, so ist es immer, da haben Frauenzeitschriften ausnahmsweise einmal Recht; die Herren reden plötzlich tabellarisch, sie ordnen ein, der Autowerbeslogan »Wir haben verstanden« steht ihnen auf der Stirn geschrieben, sie rauchen erst mal eine. Die Damen hingegen sind fortgesetzt außer sich, auf deren Stirn steht: der Schweiß. Die Gesichter glühen, die Geschichten ebenfalls. Dass sie sich erkälten werden, dass es nun vorbei ist, dass morgen die Sonne höchstwahrscheinlich wieder aufgehen wird und dann sämtliche Beweise, alle Plakatfetzen, Ticketabrisse und Zettelchen skrupellos weggefegt sein werden – wahrhaben wollen sie all das gerade nicht, die Damen. Er hat für sie gesungen. Robbie Williams war in der Stadt. Kreisch.

Götz Alsmann bei Karstadt

Bühne ist Bühne, sagt sich der Profi-Entertainer, jedes Publikum kriegt die bestmögliche Show, egal, ob es nun die Royal Albert Hall ist oder, wie an diesem Abend mit Götz Alsmann und Band, nun ja, das, ähm: »Karstadt Kultur-Café.«
Das ist ziemlich genau so, wie es klingt: An einer Selbstbedienungsfressmeile haben die Menschen ihr Resopal-Tablett auf Stahlschienen entlanggeschoben, es in Magenverstimmung garantierendem Mischwahn beladen, und nun sitzen sie an langen Tafeln, verdauen und wollen bei schlechtem Weißwein und hartem Neonlicht unterhalten werden, und zwar richtig, denn es ist schon nach acht und da kommt ja ansonsten auch gutes Fernsehen.
Im ersten Teil des Konzerts hatten Alsmann und seine Band das triste Ambiente mit guter Laune und eingängiger Leichtfußmelodik zielsicher in Richtung Ekstase geswingt. Vereinzelt wurde sogar geklatscht.
Den nachpausigen zweiten Teil beginnt Alsmann solo, und wie immer sorgt sich seine in der Garderobe wartende Band, sie könne ihren Einsatz verpassen, also postieren sich Schlagzeuger und Posaunist in der abgedunkelten Spielwarenabteilung des Kaufhauses zwischen den Regalen als Spähposten, und plötzlich stehen ihnen zwei Polizeibeamte mit Schäferhund gegenüber und wollen reden, da in der Schmuckabteilung Alarm ausgelöst wurde und leicht angetrunkene Männer, die sich in solchem Fall nach Ladenschluss noch zwischen Dreirädern und Zauberkästen herumdrücken, eine wirklich gute Erklärung zur Dortseinsberechtigung brauchen. Die haben die beiden verdächtigten Musiker, da Alsmann sie nun herbeiruft, mit ihm das Kaufhaus zu rocken.

Wer ein Entertainerstalingrad wie das »Karstadt Kultur-Café« nicht nur übersteht, sondern solch amüsementresistente Orte und ihr träges Stammpublikum gar in Zustände anhaltender Begeisterung versetzt (zum Schluss wurden Zahnstocher in die Luft geworfen und Zuckerstreuer rhythmisch auf den Tisch gekloppt!), ist zu bewundern. Das Sympathische an Alsmann ist, wie spielerisch er mit gleich bleibendem Charme die unterschiedlichsten Hürden des Rundumdieuhrentertainerdaseins meistert, ohne dabei, je nachdem, größenwahnsinnig zu werden oder Selbstmord zu begehen: Er ist in der Lage, eine glamouröse Preisverleihung mit anekdotengespickter Moderation stilsicher zu leiten, und ebenso souverän durchsteht er andertags ein Interview mit dem *Burger King Journal* und kann mit seiner Band einen schönen Auftritt selbst noch in einem so genannten Möbel-Paradies hinlegen. Der Sänger Rex Gildo ist im Anschluss an eine solche Möbelhaus-Sause vor einigen Jahren aus seinem Badezimmerfenster gesprungen, Alsmanns Band hingegen bleibt lakonisch und schwärmt von der Gage und den teuren Bürostühlen. Es sind Profis, aber keine Prostituierten.

Bodylanguage

Wären alle Menschen taubstumm – im Sommer wären immer noch genügend Worte in der Luft. Auf den T-Shirts nämlich. Aus unterschiedlichsten Gründen, mit unterschiedlichsten Techniken, in unterschiedlichster Auflage werden Textilien beschriftet. Aufgebügelt, aufgesiebdruckt, eingewebt, aufgemalt wird, was das Zeug hält. Und das Zeug hält natürlich alles, das Zeug hat ja keinen eigenen Willen. Was manchmal schade ist. Aber dann gibt es ja immer noch die Waschmaschine, und die löst das Ganze durch buddhistische Zerrüttungstaktik – und auch die schlimmsten T-Shirt-Beschriftungen sind irgendwann abgeschrappt, bleichgespült, und der Kampf ist gewonnen. Bis dahin geht er weiter. Auch RAF-Logo-T-Shirts verkaufen sich noch immer gut.
Ein beschriftetes Shirt funktioniert wie ein Vereinstrikot, wie jede andere Art Uniform: Es weist den Träger aus als Mitglied einer Gruppe, Anhänger einer Idee, Humorsorte, Einkommensklasse. Der Auftritt dieser Person wird charakterisierend konnotiert, die Umwelt wird, ohne dass sie gefragt hätte, informiert. Bei der morgendlichen Kleidungswahl ist sich der Träger dieses Mitteilungsdauerfeuers bewusst, man kann also sicher sein, dass der Träger eines Wort-Shirts uns ohne zu sprechen etwas sagen möchte: wen er verehrt, was er ausgegeben hat für sein Shirt, wo er schon mal war, wie er in irgendjemandes Arm aussieht auf einem aufgebügelten Foto, wie seine Meinung daunddazu ist, bei welchem Konzert er war. Vor einigen Jahren warb MTV mit Schwarz-Weiß-Fotos junger Menschen, auf deren Shirts stand, wofür sich diese Menschen hielten oder wofür MTV sie hielt. Diese Menschen sahen ganz nett aus, die Titulierungen waren charmante Be-

zichtigungen. Kurz darauf waren diese T-Shirts Mode. Vielleicht auch schon davor, und MTV hat es auf der Straße abgeguckt, das wäre ja nicht schlimm, bloß normal. Wer immer alles zuerst entdeckt haben will, kann sich schon mal eine Schablone ausschneiden und zu siebdrucken beginnen: Angeber, Hosenträger.

Trotzdem ist natürlich die Codierung ein wichtiger Punkt: Auch wenn eine T-Shirt-Beschriftung ja auf Wahrnehmung durch andere abzielt – wenn sie Nachahmung in einer zu hohen Quote erreicht, wird sie für die Erst-, Zweit- und Drittträger untragbar, unerträglich, dann müssen sie sich etwas Neues ausdenken, so läuft es, und dadurch gibt es immer etwas Neues. Vor Jahrzehnten liefen auf Feierlichkeiten bedenklichen Zuschnitts fröhliche Menschen mit POLIZEI-Shirts herum. Mittlerweile kann man die an jedem Autobahnrasthof kaufen, und damit sind sie der Trage-Avantgarde untragbar geworden, sie haben aber auch nicht genug Muskeln, um ohne Shirt rumlaufen zu können, außerdem ist es ja fast immer zu kalt, also lassen sie sich wieder etwas Neues einfallen. Weiter so.

Humor ist auch auf T-Shirts eine ernste Sache. Meistens geht es schief. Erzählbare Witze spazieren zu tragen, lässt zumeist auf einen eher unlustigen Träger schließen, der sich die Witzischkeit beim T-Shirtfabrikanten zu borgen versucht. Manche empfinden es auch als gewiefte autobiographische Volte, T-Shirts zu tragen, die in der Kindheit als uncool galten: mit den Logos von Freizeitparks oder lokalen Turnsportvereinen drauf. Diese T-Shirts werden in Secondhandläden gekauft und riechen wie die Ironie ihrer Träger meist muffig, auch zwicken sie an den Achseln, und mit dem unbezwingbaren Vorbesitzerschweiß mischt sich der eigene. Als solcher Ironieinhaber steht man stolz in irgendeiner Bar der Verzweifelten herum und findet sich super, aber dass man keine netten Leute kennen lernt, liegt unter anderem daran, dass man einfach stinkt.

Leider sind die gut beschrifteten T-Shirts selten die, die auch wirklich gut sitzen. Da muss man dann abwägen. Doch die schönsten Menschen können ja sowieso alles tragen. Und das tun sie auch: Eine Frau, die ich auf vielerlei Art verehre, trägt häufig ein völlig formloses, verwaschenes, mit der charmanten Aufforderung »Kill 'em all!« bedrucktes Shirt. Es passt ihr nicht, ist viel zu groß, aber es steht ihr ausgezeichnet. Jeder andere sähe darin lächerlich aus. Coolness borgt einem halt kein Shirt, zumindest nicht als Dauerleihgabe. Jene Dame hat noch ein bemerkenswertes T-Shirt, darauf steht etwas auf Finnisch oder Schwedisch. Ein dunkelblaues T-Shirt, den Schriftzug versteht man nicht, aber er stört nicht, es sind schöne, geschwungene Buchstaben, er gehört da wohl hin. Sieht perfekt aus – wiederum wohl ihre Schuld. Als ich wieder einmal mit offenem Mund vor dieser Frau rumdöste und versuchte, ein Gespräch zu führen, fragte ich in meiner Not, was das Wort bedeute. Sie sagte, es heiße Arschfick. Und lächelte. Wahnsinn, wie toll. Völlig klar, jeder andere, der dieses Wort spazieren trüge, auf Deutsch wohl gar, wäre mir suspekt und unsympathisch.
Immer das Gleiche, die inneren Werte. Allerdings: in Kombination mit den äußeren, das schon, das immer. Arschfick. Unglaublich. Ich stand so da, den Rest des Abends taubstumm. Vielleicht sogar blind, vor Liebe, wer weiß. Auf meinem T-Shirt stand gar nichts, ich trug ein Hemd. Glück gehabt.

Westbam: Basso Continuo

Besprochen werden Warzen, CDs gehören erlebt. Hier: Westbams »Right on«.

1. RECOGNIZE

Berlin, eine Nacht im Sommer. Vor dem Regen. Jetzt haben wir dies und das gemacht und jetzt hören wir endlich diese neue Platte. Wir rennen durch die Wohnung. Max sitzt auf einer Art Thron und grinst, so ist es immer. Plötzlich, egal wo, ist da immer ein Thron für ihn. Dieser Thron kann durchaus nur ein schlapper Ledersack sein, darauf kommt es nicht an. Eine Dame sortiert Bücher ins Regal. Ich reiße Platten aus den Stapeln. Und Bücher aus dem Regal. Für jedes Lied einen Grundlagenhaufen! Hello Bambaataa, tell me how you're doing. Er tut fein: »Recognize« denkt Afrikas »Do You Remember« fort: I'm glad you realize/recognize. Und dann: This is the sound/the sound of... The sound of music.
Es beginnt in einem Wald, alle Rechte sind bezahlt – und es endet doch: dahoam.
Da, am Ende, Entschuldigung, das ist eine Akustikgitarre. Über die Pet Shop Boys haben wir nie Einigkeit erzielen können, aber nun muss es gesagt werden: Release! Also bitte! Max grinst und wirft eine Fichtennadelbrausetablette in die Badewanne. In ein paar Stunden fliegt er nach St. Petersburg. Ride on, ride on. Dampf vor dem Spiegel, die Fichtennadel schäumt, im Zickzack taucht sie ein, Wasser wird farbig, Luft atmet Gesundheit. Herr Westbam nimmt das unterste Handtuch aus einem Stapel, so ruckartig, dass der Stapel Stapel bleibt. Zack. Er legt es auf den Wannenrand und spricht:

Barre, Sie werden es nicht glauben, ich soll »London« remixen. Heute kam der Anruf. Ich habe das Stück noch nicht gehört. Ist es denn gut, ich muss Sie ja im Grunde nicht fragen, Sie als erklärter-
Immer wieder erkläre ich das!
Als mir immer wieder erklärendes Pet Shop Boys-Fanbase-Charlottenburg-Vorstandsmitglied …
Ein Remix von »London«? Wahnsinn.
Nun.
Ach!
Dann redet man immer zu viel. Begeisterung, herrje, da wird alles schnell zu viel. Tausend Abrutscher und Wegdenker, aber so ist Nachtleben, und, ja, etwas Gutes ist immer dabei.
BITTE: Das Gitarrenbabadadadamm von The Clash! Zwingend ist das! Die Urszene: Gitarrenzerhackung, London ruft! Den Untergrund! Also bitte. Und so geschieht es. Musikgeschichte. Und ein Haufen Platten und Bücher. Kippen um. Die Wohnung: nicht wiederzuerkennen. Die Musik: immer. Ist aus, ist immer noch da.

2. INNER CITY FRONT

Innenstadtfront. Mittagspause! Zurück zum Beton, wieso zurück? Eine gute Idee: hinaus. Ortswechsel. Es ist heller als gedacht. Am Kudamm stehen, was um Himmels willen ist das, diese FIGUREN? Sabine Christiansen und ihr Friseur? Nein, lauter Bären! Und was tun die Bären? Sie heben die Arme, gerade so, als wollten sie was tragen oder wüssten nicht weiter. Bunt bemalt sind sie. Ganz schrecklich. Eine Parade hier entlang, die Bären umpissen, das wäre es. Da kommt Fetisch von Terranova. Er fährt Bärenslalom und winkt, greift in einen Umhängebeutel. Telefon? Nein, Geschenke! Terra cognita – er ruft: Hey, na ihr zwei!

Er fährt sehr schnell, hat keine Bremsen, schubbert mit dem rechten Fuß ein bisschen am Rinnstein, wird langsamer, jetzt auf unserer Höhe:
»Hallo, hallo, hier, für euch!«
Er hat zwei CDs in der Hand, Max greift sie und sagt erst mal: »Ah. Musik.«
Und da fährt Fetisch schon weiter, blitzendes Rücklicht, meine Güte, war der jetzt schnell. Und wie heißt die CD? »Hitchhiking Non-Stop With No Particular Destination«.
Inner City Front. Westbam kommt aus Münster. Und jetzt das: Julian Nida-Rümelin kommt des Weges, im Arm die Orangenprinzessin.
»Dittisballin«, sagt Nida-Rümelin höflich statt Guten Abend, »Berlin und der Künstler, Sie wissen, was Robert Walser schrieb?« Wir wissen es vielleicht, wollen es aber unbedingt jetzt hören, und da sagt er es schon auf, stellt sich zwischen zwei Bären und deklamiert:
Sind ungefähr fünf oder sechs Jahre verflossen, so fühlt sich der Künstler, und mag er auch von Bauern abstammen, in der Großstadt wie zu Hause. Seine Eltern scheinen hier gelebt zu haben. Verpflichtet, verschuldet und verschwistert fühlt er sich in dem sonderbaren Gerassel, Geräusche und Getöse. Das Hasten und Wehen empfindet er wie eine neblige, liebe Muttererscheinung. Er denkt nicht mehr daran, je wieder abzureisen. Mag es ihm gut oder schlecht gehen, mag er verkommen oder emporkommen ...
Wir klatschen. Es wird hell, sagt die Orangenprinzessin ihrem Mann ins vertraut herabgesenkte Ohr. HELL! War es denn dunkel?
Und wie heißt Stück Nummer neun auf »Hitchhiking Non-Stop With No Particular Destination«?
Hell.
Himmel.
Zurück zum Beton jetzt, schnell. Innenstadtfront: das Wort

also von Mittagspause. Und noch eine Frage: In Jürgen Teipels Meisterwerk »Verschwende deine Jugend«, Max, da …
Richtig, auch mit mir sprach er. Aber im Buch kommt davon nichts vor. Wir saßen ein paar Stunden im Low-Spirit-Büro. Komischer Vogel. Irgendwann hat er dann begriffen, dass ich damals zwar lebte, aber nicht so ganz in SEINE Geschichte reinpasse, und dass ich mit Neuer Deutscher Welle nicht so viel zu tun hatte.
Wie war das in Münster?
Das war, nun, ich war Punk. Denk dir mich als 15-jährigen Bassisten.
In einer Punk-Band?
Komplett: Springerstiefel, spiky hair, Rotten-mäßig mit Bier oder Vaseline geformt, crazy Colors, der ganze Scheiß. Bondagehose mit Bumflap. MS-Punks! MS für Münster, das Nummernschildkürzel.
Punks mit x, also Punx?
Punx selbstverständlich mit x. Und eben – der Bass.
Jah Wobble! Sid Vicious! »Good Times« von Chic!
Am Anfang war der Bass. Wenig Saiten hatte der, und tief hing er. Der Bass, erinnert sich Westfalia Bambaataa, der hing unten. Bass: Rhythmus und Tiefe! Drummer und Bassist hätten ihm persönlich als Band vollkommen gereicht.
Basso Continuo.
Auch Moby war ZU DER ZEIT Bassist. Ist »18« denn Westerwelle-Musik?
Ja und nein. Sehr gerne begänne er Antworten stets mit »Ja, nein«. Es gibt von Rio Reiser – nicht lange ist es her, dass Westbam sich dessen »Rauch Haus-Song« vornahm –, von Rio Reiser also gibt es auch ein Innenstadtlied:
Gerade, gerade, gerade
immer geradeaus
Im Kanal schwimmt eine Leiche
Holnse gerade raus

Ganz genau das könnte man ja auch denken, wenn man plötzlich Nena sieht auf MTV. Rohkost, Chockmah usw. Und dann kommt alles anders.

3. ROOTS ROCK RIOT

Kante singen: Wir haben Gitarren, das Klavier und den Bass, wir haben das Schlagzeug, den Gesang und all das.
Eminem sagt: Where is my snare? I have no snare on my headphones.
Jan Eißfeldt sagt: Roots Rock Riot – Bass, Snare, Hihat.

Ein paar Abende später. Der düstere Beginn, das ist nun »Sonic Empire« ins Moll gewendet, Hit down, wie »Rape me« von Nirvana. Ach ja? Das sei ihm, Westbam, nun gerade nicht geläufig, möge aber so sein. Seine Nirvana-Platten liegen noch hinter der Seed-Platte, in einem das Bügelzimmer dominierenden Einbauschrank, in den er seit Monaten nicht gegriffen habe. Den Westbam-Remix von »Rock on« fanden die Absoluten Beginner eher nicht so gut, so sei er nicht auf deren Single gelandet, dafür auf einem Electric-Kingdom-Sampler. Über diese Sampler sollten wir gesondert sprechen, notiere ich auf einem Bierfilz, der am Ende des Abends verschwunden sein wird. Electric Kingdom, Mayday, Loveparade. Diese Low-Spirit-Sampler kann man allesamt und immerzu risikolos kaufen. Dazu später mehr. Oder weniger.
Trotz mäßiger Begeisterung über den Remix also orderte Hamburg zum Glück noch eine Bearbeitung des so erst letztgültige Herrlichkeit erlangenden Eißfeldt-Tracks »Vergiftet«. Im Gegenzug um einen Beitrag auf »Right On« gebeten, hatte sich Eißfeldt zunächst für »Inner City Front« gemeldet. Des Basses wegen, ist zu hören, und zwar von Max, der schon wieder thronähnlich aufgebockt sitzt, diesmal auf einer Leder-

couch in einer ganz anderen Wohnung. Wo er auch hinkommt, der Thron ist immer schon da.

Es geht gerade um Schlautechnomusik. Um den Höhepunkt der Dummheit, Matthew Herberts Manifest, KEINE SAMPLES MEHR! Originär sein, selbst schnitzen. Der Neuerfindungsfundamentalismus, hebelt Westbam Columbo-artig den Schuft aus, sei damit auf allwissenden Händen hinein, ja, hinab ins Absurde getragen, endlich; für die Schlautechnomusikverfechter selbst unbemerkt, hätten sich diese dem Rockismus zur Seite gestellt, unplugged und echt, ja, genau dieser traurige FKK-Strand der Musizierenden. Dagegen Timbalands Musikverständnis: das radikal Neue mit ausschließlich vorhandenem Material und Instrumentarium. Der unendliche Gebrauch endlicher Mittel also. Marleys Begriffskarawane Roots Rock Reggae habe er nie begriffen, ob Marley zu begreifen jedoch überhaupt möglich oder nötig gewesen sei, bleibt offen; unstrittig wohltönender jedoch der nun vorliegende Dreiklang, er endet mit Riot. Mit Riot zu enden sei immer gut. Wie Front, so ist auch Riot ein gern geliehenes Stück Verbalmilitarismus. Nachtrag zum Sampeln: Es falle ihm, Westbam, wesentlich leichter, eine Members-of-Mayday-Single zu produzieren als eine von Westbam, und dies, »obwohl ich ja der Westbam selbst bin. Den gibt es ja schon sehr lange, der kann sich das in Ruhe ausdenken, der muss auch nicht jedes Jahr ein Album machen.«

Das Konzeptionelle, das Prisma, das, das ah, das nächste Lied!

4. CORAS CORNER

Dear Yoko. Das Lied, das unverhohlen flirtet mit der Möglichkeit, ein Hit zu sein, und dann aber an jeder möglichen Abzweigung zur Singlekonvention Gas gibt. Oder bremst. Ein freches Lied. Für Frankfurter Verhältnisse, aber dafür wäre es verdammt pointiert, sagt der, der es wissen muss. Die Frankfurter! Die mit ihren instrumental-lost-in-space-operas, wo es nach acht Minuten erst interessant wird, eventuell, wenn man Glück hat. Die Rede kommt auf Soli. Rigide Zeiteinhaltungskriterien, die der Spannung halber als verbindlich gelten. Das Gitarrensolo bei Daft Punk. Entschuldigung, so nun auch nicht, eine ironische Gitarre sei ja erst recht eine Gitarre. Horror. Die französische Musik habe ihren schlechten Ruf hochgradig zu Recht. Alles sei darin vereint, »wogegen wir '76 aufgestanden sind. Die Weltmeister in Geschmacksmusik. Stilvolles Nichts. Eleganz um ihrer selbst willen, Möbelmusik, von aller Dringlichkeit befreit. Dieses Restaurant damals, in Frankreich, ein so genannter Szeneschuppen, ›Le Bains Douche‹ oder so? Auf jeden Fall: der DJ im Bistrobereich. Das war das Ende, das ist Frankreich.«

5. WORLD REBELLION PLAN

Mit dem Auto im Wald, zur Porta Westfalica. Teutoburger Wald? Da vorne ist nur frei für Forstwirtschaft. Das muss nichts heißen. Right on. Das hieß aber doch was. In Gummistiefeln stehen wir hinter dem mit uns vom Weg abgekommenen Auto, schieben, laufen, rutschen, dann springt es wieder an, immerhin. Hätte jetzt nur jemand am Steuer sitzen müssen. Aber wir haben ja geschoben. Vor einer Kastanie kommt das Auto zum Stehen. Plängbotz. Es fährt dann aber weiter, sogar mit uns. Vorne ist bisschen was kaputt, die Glühlampen stehen jetzt ungeschützt im Regen, auch der CD-Player hat Schaden genommen, er gibt die CD nicht mehr raus. So hören wir bis zur nächsten Werkstatt, zwei Tage später, immer nur »World Rebellion Plan«. Um die Eintönigkeit zu extrapolieren, ernährten wir uns diese zwei Tage lang ausschließlich von getrockneten Birnenschnitzen und Hutzelbrot.

Unterwegs trafen wir einen Waldschrat, der fragte, ob Max Max sei und warum er eigentlich immer mit dem Ellenbogen scratche. Diese Frage ist so alt wie die Menschheit, dabei ist die Antwort so leicht: Bei Glenn Gould hat sich Max den Trick abgeschaut, vor der so genannten Show die Unterarme zwanzig Minuten in Poland-Mineralwasser zu baden. Deshalb. Ach so, sagte der Waldschrat. Und, Verzeihung, wieso hören Sie immer nur dieses eine Lied? Ich meine, verstehen Sie mich nicht falsch, es gefällt mir.

Der Waldschrat tanzte ein bisschen auf einer Lichtung, und wie schön wäre es gewesen, wenn die TorpedoTwins DoRo von einigen Kränen oder Hochsitzen aus dies hätten filmen können, als Rausschmeißerbeitrag für Daisy Dees Sendung »aspekte«. Und zwar in so genannter Clipästhetik.

Wir denken an »New World Order«, und an Der Plan, die ja zunächst Weltaufstandsplan hießen. Der Waldschrat dachte gar nichts, er tanzte von Sinnen. Dann setzte er sich zu uns und deutete das immer wieder von vorn beginnende Stück: Es handele vom Elend der After Hour. Eine Moritat aus dem Nimmerschlummerland, ganz offensichtlich. Den Weltaufstandsplan aushecken würden, Moment, ja, eine Plastikfrau, ein Strobomann und zwei runtergelumpte Dick Hebdiges, das sähe er deutlich vor sich.

Als wir an der Werkstatt ankommen, beschließt Max, vorne noch eine Gitarre dranzuhängen. Zeit für ein Ellenbogenbad.

6. OLDSCHOOL, BABY

Man müsse eines festhalten, bittet Max. Es gehe hier keineswegs um Oldschool. Dieses Selbstzitat OLDSCHOOL, BABY sei als Trailer zu verstehen für die recht bald einzuschubernden »Westbam Classics Vol. I bis III«, eine historisch kritische, kommentierte Werkauswahl im Hardbag mit Blattgoldprägung, gebunden in Schweins- respektive Rindsleder.

Im Hintergrund ein geloopedes »Hold me back«-Sample, mit hineinragenden Resten eines Gerüstes, das auf dem Weg der Albumwerbung verstarb. Vor allem war dieses Gerüst ein Beat. Dazu ein anderes, unfertiges Versatzstück, eine moody Langzeitbaustelle. Plötzlich passten die beiden zusammen, erstaunlicherweise harmonierten sie unbehauen. Wiederum ein paar Monate später eine Diskussions-Sendung bei Radio Fritz, mit Max, DJ Tomek, Paul van Dyk, Nena und einer Rockband. Thema: Berlin, Musikstadt. Während der durchredeten Stunden hatte Max überlegt, welche Art Musik Nena heutzutage gut zu Gesicht stünde. Und sein Hang zum Paradoxen, dunkel war's und der Mond hell, oben war unten, also alles irgendwie Adorno-blablabla und so eben: OLDSCHOOL und dagegen BABY; und dafür: Nena.

Ein Lied über entwurzelte Menschen und ihre Suche nach Heimat. Nebenbei ein Riesenhit, auch das. Alte Schule, neue Schule, HipHop Hurra. Na also.

Wir sind die Zukunft der Vergangenheit
Wir sind der Augenblick
Der immer bleibt
Wir sind ganz anders
Wir keepen's echt
Bei jeder Show

Außer vielleicht der von Oliver Geissen.

7. PSYCHOLECTRO

Nun auch Referenz innerhalb der Platte. Psycholectros wurden vocodiert beschimpft in »Inner City Front«. Ein schön mathematischer Luftholtrack vor dem Hochplateau, das die

Tracks 8 bis 10 bilden. Hätte, fragt Max, hätte Gauguin Südseeindianer abgemalt, wenn die Südseeindianer nicht ständig um ihn herumgetänzelt wären? Hätte er Siebdrucke von Marilyn Monroe gemacht und die bunt bemalt, wenn er stattdessen ein polnischer Siebdrucker und Schaufensterdekorateur in New York gewesen wäre? Oder hätte er dann trotzdem Südseegesichter gemalt?

8. THE DISCO IN MY HEAD

»Disco in my brain« hieß das Stück im Frühjahr noch. Im Studio: Max mit Claude, den manche auch Klaus nennen. »Brain« oder »head« war die Frage und somit beantwortet, Max sagte es vor sich hin, fand dabei zufällig einen Satz für seinen Grabstein: »Ich tendiere eindeutig zu head.« Mit »brain« muss man aufpassen, das wird immer schnell esoterisch.

»A Practising Maniac At Work« war Komponieren auf die klar definierte Disco hin, etwa das »Planet« in Berlin. Mit dieser Disco im Kopf nun, der Bewusstseinsdisco, verhalte es sich weniger eindeutig. Das Stück erzählt alles über die Nacht. Besonders das Flüstern. Ein Selbstgespräch. Zusammengesetzt aus Sixties Dub-Reggae, was man allerdings, das sei das Gute, nicht höre. Wenn man in Blumfelds »Der Wind« Hugo von Hofmannsthal entdeckt, ist es gut, wenn nicht, dann eben auch. Gewiss, gewiss, und: Position zu Dub zu beziehen, sei nicht Zielvorgabe gewesen. Thema war die Disco im eigenen Kopf, Tag und Nacht geöffnet (»In der schwarzen Nacht der Seele fragt man nicht nach der Uhrzeit, weil es da eh immer drei Uhr morgens ist«, schrieb einst unumstößlich wahr für alle Zeiten und Zeitzonen F. Scott Fitzgerald); an diesem Ort also, der beileibe nicht immer Wunschkonzert bietet. Leben: Draußensein.

9. THE 4TH FLOOR

Michael Jacksons Thriller. DAS Schlagzeug, das Gerassel, die Gräber, eindeutig. Der vierte Stock und eben NICHT 4 to the floor. Nicht bum, bum, bum, bum, sondern gung, tschak, gung, tschak. Also bloß zwei für den Boden. Der dann endlich aufgelöste Akkord. Abschweifend: eine kleine Liste, immer abwechselnd, jeder eins: 4th floor, das fünfte Element, der 1. Mai, 6th sense, der dritte Weltkrieg, das erste Mal, 2nd Coming, der neunte elfte, der fünfte Beatle, der vierte Advent, die fünfte Symphonie, die dritte Halbzeit – das wievielte Weltwunder? Die Stunde null, Punkt.
Und jetzt kommt ein Filter drauf, und wir hören es wie auf dem Clubklo durch die Tür, wie in Björks »Violently happy«, wo sie sich zum Weitersingen in der Kabine einriegelt. Es endet in einem Dröhnschlauch. Ein Stück, das mal nicht so enden muss wie begonnen. Nachhall. Ende? Im Gegenteil. Stimme (fordernd, zurückgelehnt, erfahren, aus einem Möglichkeitenmenschenmund):

10. RIGHT ON

Weiter so. Max mit Hardy Hard und dem Sänger der Märtini Brös. Das ravigste Stück der Platte, findet ihr Schöpfer. Das ist Rock'n'Roll, sagt Westbam, und der läuft. Eben nicht die Doors, nein, RIGHT, und nicht RIDE. Wichtig. Mann als Hund, Frau als Sirene, steht auf einem neu aufgetauchten Bierfilz, der wirklich weg kann. Zur Love Parade: Dem Zwei-Jahres-Turnus getreu war es in diesem Jahr eher schlecht, es ist die diesjährige Parade unter den schlechten jedoch als gute einzuordnen. Friede, Freude, Eier kaufen, habe er angeblich auf MTV gesagt, er habe daran aber keine Erinnerung. Right on, left over.

11. AIR MAX

In der Lavalampe zieht sich der orange Blup und wird größer, steigt, zieht sich zusammen, vermehrt sich. Der Mensch? Ach der: »Heißt Mensch, weil er vergisst, weil er verdrängt, weil er schönt und schwärmt, er wärmt, wenn er erzählt, weil er lacht, weil er lebt – du fehlst.« Singt Herbert Grönemeyer, erzählt der überraschend wieder aufgetauchte Waldschrat. Und in diesem Lied, beim Herrn Grönemeyer, werde ja auch recht flippig gescratcht, sagt der Waldschrat, der länger nicht in der Stadt war. Ja, sagt Max, man höre aber deutlich, dass Grönemeyer nicht mit dem Ellenbogen scratche. Warum, schlägt der Waldschrat vor, nicht gemeinsam mit Grönemeyer eine Coverversion von »It's A Man's, Man's World« aufnehmen?
»Good, good, good!«, schnarrt Max, der jahrelang immerzu »Right on, right on!« gesagt hatte, und demzufolge könnte es ja sein, dass die nächste Platte »Good good good« heißen wird.
Nun also Bach. Procul Harum, Sweetbox. Der kontinuierlich herabschreitende Bass. Die Charlottenburger Elegie. »Right On« wird gen Ende zum Truppenübungsplatz für einen Erzähler, ein Grammophon und viele alte Schallplatten.
Thomas Middelhoff kommt herein und sagt, mit dem Titel AIR habe Bach AUF DEN INTERNATIONALEN MARKT GESCHIELT. Max schickt ihn raus. Wenn er den seine Musik vertreibenden Konzern ein einziges Mal um etwas bitten dürfe, wolle er nun gefälligst Reinhard Mohn sprechen. Middelhoff steckt noch mal die Frisur durch den Türspalt:
Sie kokettieren ja gern damit auf unseren Weihnachtsfeiern, Herr Lenz, aber wie Sie da jetzt thronen und uns diesen majestätischen Klangteppich darreichen, da erinnern Sie mich nun wirklich kolossal an Bach in der Darstellung Thomas Bernhards: »Die Füße hat er ins Lavoir gesteckt, hat ein bissl' komponiert, die Frau hat ihn gekämmt, die Tochter, die ältes-

te, hat ihn massiert und die ältesten Söhne haben für ihn komponiert. Und er ist so gesessen und hat so bissl' was dreingefugt.«

Peace, sagt Max.

Wir sehen uns auf der Streetparade!, verabschiedet sich Middelhoff, denn für die Schweizer Parade hat man das Wort »Access« nicht verzollen wollen, so bleibt's bei Peace allein. Schweiz als Problem.

12. BLEIBEN UND ABFAHREN

Nochmal ein Stockwerk runter. Die Gedanken kommen beim Gehen, also: bleiben wir. In der Bierfilzphase hieß dies Stück noch »Social Base«. Die Notizen verlieren mehr und mehr ihre Eindeutigkeit. Wie die Platte ja auch. »Kurze Xylophonstäbchen« steht irgendwo. Das mag man so stehen lassen. Bitte noch eine Geschichte. Nun gut, Max legt den Kopf auf den Verstärker. Lupos Höhlengleichnis: Da sagt Lupo auf Ibiza zum Max:

Dachte, das wärst du, auf der anderen Seite vom Pool, aber es war nur ein Tropfen im Gesicht, auf der Innenseite meiner Sonnenbrille.

Diesen Satz über die Fata Morgana Westfalia sollte ein Chor aus Nonnen und Robotern noch auf »Air Max« i-tüpfeln, so auch endlich das Wassergluckergeräusch erden, doch dann kam, juchhee, die Wunderfrau Inga Humpe – und so: this time the DJ did NOT save the robots.

13. BACKSTAGE KINGS

Vielleicht NOCH eine Geschichte vom Strand? Wo wurde das Coverfoto aufgenommen? Gesehen am Strand von Oki-

nava, dem Hawaii Japans; wie man Okinava schreibe nachzuschauen, sei stets möglich, da müsse er nur eines seiner zahlreichen Okinava-69-Shirts aus dem Schrank holen. Ein Mann kommt herein und wedelt mit DJ Shadows »You Can't Go Home Again«. Das passe jetzt super. Max kommt zurück aus der Kleiderkammer, Okinava schreibe man O. K. I. N. A. V. A.; er bemerkt den Mann mit der DJ-Shadow-Platte in der Hand und stellt ihn ordentlich vor:
Das ist Tim Renner, the European Vice President of the Abturnabteilung. Tim, wie geht's? Ah, Neues vom großen DeeJay Schatten.
Renner verzweifelt: Ich bin am Ende, will aber nicht nach Hause. Ich habe nämlich das Klingeltonbusiness verschlafen.
Bad, bad, bad, staunt Max. Tim Renner stellt den Radiowecker, um nicht wieder irgendein Business zu verschlafen. Der Bayerische Rundfunk sendet eine vom Autor selbst gelesene Passage aus Rainald Goetz' »Rave«. Eine sehr lustige Stelle gerade, Max beginnt zu lachen. Da sagt Rainald Goetz im Text und im Radio: Max lacht. Dann erleben wir einen Lach-Loop. Vorhang.
Es erklingt die letzte der für »Right On« in Themengruppen sortierten CDs, die Max gerade allesamt im Innenhof einzuschmelzen beginnt. In Russland hätten sie aus Kanonen, mit denen sie Faschisten getötet haben, Eheringe gegossen, also, was bräuchte man diese CDs noch? Bleibt einzig die Frage, was machen wir daraus? Recht hat er, und das letzte Lied kommt von Day One: »Bedroom Dancing«.
Then the music is over.
Ride on, right on.

Oasis auf Gigantenschultern

Ich sah sie und war verloren. Liebe auf den wirklich allerersten Blick: Keine Chance, rettungsloses, umgehendes Ihrverfallen, Selbstaufgabe, sofortige Lebensänderung, großes Leuchten, lautes Schreien – plötzlich gab es wieder einen Grund für alles. Es war ein heißer Sommer im letzten Jahrhundert. Lange her. Ich begegnete ihr in einem kleinen Club in Hamburg. Sah sie, hörte sie, und, nun ja – wer lacht da? Schnauze! –, SPÜRTE sie, wollte sie nie wieder verlieren. Sie erzählte mir Geschichten, die alt waren, die ich aber SO noch nie gehört hatte. Eben jene Geschichten, über deren Glanz allein das Wie des Erzählens entscheidet; Geschichten von Liebe, Wahnsinn, Himmel, Keller, Rausch und Kater, von Zigaretten und Alkohol, von einer guten, einer besseren Zeit. Gut erzählt sind es die besten. Einige ihrer Geschichten begriff ich auch gar nicht, aber auf jeden Fall klangen sie gut.
Sie war sehr laut. Sie war unglaublich sexy. Sie trank Bier und rauchte – und JEDER in dem Club war hingerissen von ihr. Ihr, das war das Tolle, war das egal, sie hatte es nicht anders erwartet, wusste um ihre Klasse, zeigte der Welt den Mittelfinger. Und die Welt musste kleinlaut beigeben. Am nächsten Morgen wusste ich, ich würde alles darum geben, sie wiederzusehen. Dazu musste ich quer durch Europa reisen, denn meine neue Liebe hatte weltweit zu tun. Sie machte Menschen in jedem Land verrückt, irgendwann sogar in Amerika. Ich gab ein Vermögen aus, um ihr nah zu sein. Über meinem Bett hing ein Bild von ihr, nein, es waren zwei. Wenn ich genau darüber nachdenke, also, seien wir ehrlich: Ich tapezierte meine Wände komplett mit Bildern von ihr. Ihre besten Sätze schrieb ich auf Häuserwände. Zum Glück lebte ich in einer

Großstadt, denn für derart viele gute Sätze brauchte ich einiges an Häuserwänden.

Gut war, dass ich sie, wenn schon nicht täglich sehen, so doch wenigstens täglich HÖREN konnte. So oft ich wollte und so laut ich wollte. Ich wollte dauernd und verdammt laut. Und machtbewusst flüsterte sie mir zu: You and I gonna live forever. Nichts war mir lieber. Sie versprach mir alles, hatte mich in der Hand. Und dann ich sie: Die erste Platte meiner neuen Lieblingsband Oasis war erschienen.

Wie immer, wenn man sich anständig verliebt, hatte ich das Gefühl, alle vorangegangenen Lieben seien nur Vorstufen gewesen, Etüden, Wegmarkierungen, Nichtigkeiten im Grunde. Jeder Vergleich verbot sich.

So etwas wie Oasis hatte ich noch nie zuvor gehört. Es gab Musikkritiker, die genau das Gegenteil behaupteten und die es besonders großartig (oder auch abartig) fanden, dass sie diese Musik angeblich schon vor 20 Jahren gehört hatten. Sie behaupteten, nichts hätte sich geändert, nicht mal die Frisuren. Nun ja. Wer Wiederholungen ablehnt, überschätzt sich maßlos: Dazu sind die Menschen zu langweilig und in ihrer Substanz zu limitiert, als dass ihnen ein paar tausend Jahre lang jeden Monat etwas komplett Neues einfallen könnte. Dann könnte man es ja gleich bleiben lassen, müsste kein Wort mehr sagen, kein Bier mehr trinken, kein Lied mehr singen, kein Haus mehr bauen, keinen Menschen mehr küssen. Gab es doch alles schon. History Repeating. Eben. Also: Demut, bitte schön. Die Frage sei nicht »Ist das neu?«, sondern »Ist mir das neu?«.

Natürlich kann man musiktheoretisch neue Sounds feiern, das geht hin und wieder, auch wenn es nicht gerade das Hobby von Sexbomben ist. Und folglich ging das auch bei Oasis nicht. Deren Sound war eh zu groß für einen Tonträger, war nicht allein der Platte zu entnehmen, nein, der wummste breitwandigst in die Welt: Fotos, Interviews, Skandale, Rotzereien, Irrsinn, Weltherrschaft. Wer eine B-Seiten-Sammlung »The Masterplan« nennt, hat angenehm einen an der Waffel. Oasis waren von Beginn an ein, jetzt kommt's, Gesamtkunstwerk. Das wurde besonders dann augenfällig, wenn mal ein Detail fehlte: Fotos mit einem anderen Bandmitglied als Noel oder Liam im Vordergrund hätte man sich nie übers Bett gehängt, denn die anderen sahen natürlich dämlich aus. Also, in Wahrheit sahen alle Bandmitglieder ungefähr gleich dämlich aus, aber das speziell Dämliche des bandleitenden Bruderpaares galt logischerweise nun als das ganz unbedingt Größte, Beste; dabei überragten sie einander nochmal qua Funktion und waren also untrennbar, hassten einander natürlich, aber konnten ohne den anderen nicht sein. Wenn Liam krank, verschollen oder betrunken war und Noel die von ihm geschriebenen Stücke sang, klang es schief und fürchterlich. Schrieb Liam selbst mal und trug die Ergebnisse live vor, winkten auch ultraorthodoxe Fans lachend ab. Ging gar nicht.

Dass eben ganz genau nicht vor allem die Songs das Tolle an Oasis waren (auch wenn sämtliche Singles der ersten beiden Platten einhundertprozentig perfekte Popsongs waren, keine Frage), das merkte man, wenn andere sich an ihnen vergingen: Eine der scheußlichsten Platten aller Zeiten ist »Tribute to Oasis«, eine nett gemeinte Verbeugung deutlich weniger von Gott beschenkter Brit-Bands.

Meine neue Liebe duldete keine Nebenbuhlerin. Aber nicht aus Prinzip, sondern mangels Masse, behauptete sie. Ich glaubte ihr. Glaubte ihr sowieso alles. Reiste ihr hinterher, kaufte alles, was sie herausbrachte, schnitt Artikel und Bilder aus, riss nachts Plakate von Bauzäunen, erbettelte in Plattengeschäften Dekorationsmaterial und war wie jeder Besessene glücklich, weil ich wusste, wo es langging: in die erste Reihe, in die Knie.

Selbstverständlich verliebte ich mich seither in Dutzende anderer Bands, andere Mütter haben auch schöne Töchter und

andere Bands haben natürlich auch hin und wieder nicht minder betörende Melodien auf Lager oder ausgezeichnet kranke Slogans im Köcher. Interessanter war ohnehin nahezu jede andere Band, mit dem Argument musste mir niemand kommen. Musikalisch interessant! Ein gänzlich idiotisches Kriterium.
Das gute Buch.
Die sichere Geldanlage.
Der gesunde Menschenverstand.
Das intensive Gespräch.
Die interessante Platte.
Die Entsprechung von »gut gemeint« ist im Schallplattenbereich: interessante Produktion. Eine Platte muss ja nicht zuallererst interessant sein, nein, um einen umzuhauen – jetzt kommt aber mal ein einleuchtendes Bild, Achtung –, muss sie einen zunächst mal wenigstens berühren. Touch & Go, singen Oasis. So sieht's doch aus. Überhaupt, von welch zwingender Schlichtheit ihr Gelärme von Anfang an war:
Sie tat es mit ihrem Doktor
In einem Helicopter
sangen Oasis. Schön. Arm. Egal. Ein Oasis-Text eben. Passt gut. Wird schon stimmen. Die Verkäuferinnennachfrage »Sonst noch was?« kann man bei jedem Wort, Lied oder Bild von Oasis pauschal mit »Nö!« beantworten.
Die Sache wurde unheimlich. Ich suchte nach Fehlern, die meine Liebe relativieren konnten. Unmöglich. Auf der ersten Platte fand sich nicht ein überflüssiger Song. Man konnte sie allein hören oder zu zehnt, man konnte sie vor allem, nach allem und bei allem hören; allein, sie irgendwann einmal NICHT zu hören, dazu gab es keinen Grund, bis auf an die Wand klopfende Nachbarn. Solche Platten gibt es immer mal. Und niemand ist erstaunt, wenn die Nachfolge-Platte dann eine absolute Enttäuschung ist. Natürlich ist vernünftige Liebe immer auch Einbildung. Man findet in der Liebe genau

das, was man in ihr sucht. Im besten Fall zwingt sie einen, die Maßstäbe zu ändern, indem sie durch Neues überrascht und überfordert. Doch die zweite Oasis-Platte war, so schien es mir bei deren Erscheinen, noch viel besser als die für unübertreffbar gehaltene erste. Zum Glück war die dritte dann im Vergleich misslungen. So konnte das auch nicht weitergehen. Wie ein Verliebter auf einen Brief, einen Anruf (oder wenigstens eine SMS!) wartet, so wartete ich auf ein Lebenszeichen im Schallplattenregal, eine Singleauskopplung zumindest, oder auf Heilsbotschaften im Veranstaltungskalender. Große Liebe ist immer auch ein Kräftemessen, an dem, konsequent betrieben, einer der Beteiligten todsicher zugrunde geht, und wenn es nur die Liebe selbst ist. Irgendwann geht einem jede Liebe auf den Geist. Dann gibt es zwei Möglichkeiten: Rückzug oder Abbruch. Ich weiß nicht, wann ich aufgehört habe, die ersten beiden Oasis-Platten beinahe täglich zu hören, zumindest ein Liedchen davon zu summen, aber irgendwann hörte ich sie gar nicht mehr. Auch, um zumindest die Erinnerung zu schützen. Ich befürchtete heimlich, beim nächsten Oasis-Konzert in die unangemessene und geheuchelte Wiedersehens-Euphorie eines Klassentreffens zu verfallen, in zweckdienliche Zwangsbegeisterung, Freude nicht mehr über Gegenwart, sondern als dosierbares Ritual, als mildes Abnicken und abgeklärtes Betrachten der überzuckerten und somit niedergestreckten Vergangenheit. Lieder hören wie Kinderbilder angucken. Das Gefühl weicht der Erinnerung an das Gefühl, und dann ist die Sache erledigt, abgeheftet, Nächster bitte. Bitte!
Meisterwerke wie »Wonderwall« oder »Don't look back in anger« sind so aufgeladen mit Erinnerung und Gestern, dass nicht viel Platz bleibt fürs Jetzt. Das waren die Tage, mein Freund. Wem ein kanonisierter Evergreen glückt, der schleift ihn zeitlebens in Klammern hinter sich her. Mick Jagger in Klammern Satisfaction. Steven Spielberg in Klammern ET.

Günter Grass in Klammern Die Blechtrommel. Helmut Kohl in Klammern Deutsche Einheit. Das ist verbucht, und es wattiert die Wahrnehmung weiter gehender Bemühungen.
Und nun also eine neue Oasis-Platte. Erwartung gleich null. Was soll schon sein. Oder, wie sie auf der vorangegangenen Platte selbst sangen: »So what's the matter with you/Sing me something new«. Ja, macht mal. Here we are now/Entertain us! Schwierig. Also doch besser ausbrennen als ausblenden? Der Titel »Standing on the shoulders of giants« kommt auf jeden Fall gleich wieder gut, schön großkotzig, sind ja schließlich Oasis. Dann aber die Musik. Lange nicht gesehen, lange nichts gehört voneinander. Wie ist es? Track 1: Jawohl, Geste stimmt, ein vorlauter Nichtsong, ein Intro – wenn Gott die Erde besucht, lässt er es erst mal gewittern, na logisch. Bambadadam. Ein Instrument, noch eins, immer schön langsam, der Reihe nach. Dröhnen von vornherein. Schleifen ziehen. Den Gegner müde rocken. Wir sind's, niemand sonst. Sonst niemand. Sonst noch? Chöre. Ist ja auch nicht so leicht, nach zweieinhalb Jahren wiederzukommen, als sei nichts gewesen. War denn was? Und: Wat is nu? Die verbotene Frage: Will man das noch hören? Man würde gerne wollen. Enttäuscht? Natürlich! Erst mal immer, sowieso. Abgesehen mal von vorgreifender Fan-Begeisterung, einfach darüber, dass irgendwas kommt, aber die zählt ja nicht.
Und? Neu? Ach Gott. Ach, Götter. Also gut, die Weiterentwicklung. Ein heikles Thema. Sich nicht weiterzuentwickeln, könnte heißen, Qualität zu wahren. O nein, ruft da jemand, ein deutscher Schauspieler wohl, Stehenbleiben heißt Rückschritt, man muss offen sein. Aha, interessant. Ja, klingt immer prima. Dann aber bitte nicht solche Filme drehen, da muss Offenheit enden, Verzeihung. Stehen zu bleiben, wenn man Recht hat, ist nicht das Schlechteste. Auf der Schulter von Giganten stehen: auch ok, aber schwierig, wenn man selbst der Gigant ist. Oder war. Draufklopfen auf die Schulter, Arbeiter-

klasse und so, das geht auch nicht mehr. Zu groß, der Gigant. Zu monsterig das Ganze, das ist die Wirklichkeit. Der Anspruch, dieser alte Spaßvogel, der also nervt jetzt so: Was jetzt, neuer Sound, neue Themen, wenigstens neue Frisuren? Ja, sicher, her damit, immer gerne. Niemand kauft aber doch eine Platte, weil er sagt, oh, interessant, die Band hat dazugelernt, Kompliment. Wir sind ja hier nicht in der Musikschule. Wir sind hier vielmehr gerade in einem ziemlichen Gitarrensolo. Herrje, da sind die Stücke natürlich auch mal wieder allesamt gut drei Minuten zu lang. Sind wir jetzt doch in der Musikschule?
Neue Themen – Blödsinn. Als hätte es alte gegeben. Oasis, die große Themenband. Ein Song über das Internet ist jedenfalls nicht dabei. Dafür gibt es ja U2. Und dagegen Oasis, nicht wahr? Ok. Schon ein Ohrwurm? Eher nicht.
Man trifft seine alte Liebe wieder und weiß es nach ein paar Minuten: Ist der Rest des Treffens geprägt von Hoffnung oder von Höflichkeit? Vergleichen wir es im envoguen Erinnerungslallslang mal mit einem Schokoriegel: Als das Banjo nicht mehr lila mit gelbem Schriftzug verpackt war, sondern goldbraun glänzend mit hellgrünem Schriftzug, schmeckte es auch anders. Oh, ja. Gewann neue Anhänger, verlor treue Fans. Ganz sicher. Oasis haben ihr Logo geändert. Dabei hatten sie ein völlig einleuchtendes, klassisches. Raider heißt jetzt Twix, sonst ändert sich nix. Eben doch. Sie haben es so gewollt.
Seit Anbeginn des 21. Jahrhunderts muss man sich nun erst mal an den neuen Retrovorwurf gewöhnen: Das klingt ja mordsmäßig 90er. Die neue Oasisplatte allerdings klingt mordsmäßig 70er. Die Entwicklungsmöglichkeiten einer Monsterrockband sind weiterhin nicht allzu weitreichend: groß, größer, Einbruch, Auflösung oder nicht, so genanntes Berappeln, Comeback, Gerüchte aller Art, Entzugsklinik, neuer Produzent, Tonstudio in Frankreich. Kollaborationen

mit Giganten anderer Art, mit Nachwuchs oder Altvorderen, DJs oder Streichern, gegenseitiges Aushelfen. Zwischendurch Hochzeit, Kinder, statt Texten plötzlich Predigten. Die neue Klarheit. Buddhismus. Rauswurf oder freiwilliges Kündigen einzelner Bandmitglieder. Rechtzeitig zur neuen Platte die Erklärung, was an der letzten leider falsch war. Früher hieß es »Roll with it«, heute »Roll it over«. Wir haben verstanden.
Immer bisschen peinlich, eine alte Liebe wiederzutreffen. Gut siehst du aus. Toll klingt die neue Oasis-Platte. Hast dich kaum verändert. Es ist wie früher. Wollte mich sowieso mal wieder melden. Habe sehnsüchtig auf diese Platte gewartet. Hast mir gefehlt. Habe andere Platten gekauft und gehört – es war nicht dasselbe. Ich ruf dich an. Ich hör dich gleich nochmal. Hm. Ja, schön wär's, schön war's.

Rio Reisers 50. Geburtstag

Von Rainer Börner, Mitarbeiter des Rio-Reiser-Archivs. Protokoll: BvS-B

Es war kein Gesang mehr, es war ein Protestschrei aus 6000 Konzertbesucherhälsen, damals, Anfang Oktober 1988: »Dieses Land ist es nicht!«, und an dieser Stelle des Rio-Reiser-Liedes mit dem beziehungsreichen Titel »Der Traum ist aus« übertönte das Ost-Berliner Publikum den Sänger aus dem Westen.

Als Kultursekretär der FDJ veranstaltete ich die beiden Konzerte mit dem Sender DT 64. Ein Auftritt von Rio Reiser, der als Sänger der Band Ton Steine Scherben bekannt geworden war, war für die Partei damals nicht ohne Risiko. So wurde Reiser verboten, das Lied »Keine Macht für Niemand« zu spielen. Und obwohl es die Platten offiziell in der DDR nicht zu kaufen gab, hatten sie ihren Weg zum Publikum gefunden, das beweist der Mitschnitt von damals: Die Ost-Berliner waren textfirm. Und die Lieder, die weniger plakativ politisch waren als das verbotene, waren bei diesem Auftritt umso brisanter. Zwischen den Zeilen zu sprechen, zu lesen und zu hören, daran waren wir ja gewöhnt. Zwar konnte man viele Stücke als Liebeslieder interpretieren – aber auch als Bankrotterklärungen an ein System, eine Idee, ein Land: »Zauberland ist abgebrannt«, sang Reiser, und niemand dachte dabei nicht an die DDR, außer deren Führung, die den Fall nur oberflächlich geprüft, die ohnehin das subversive Potenzial von Rockmusik immer unterschätzt hatte.

So hatte ich zum Beispiel bei der Organisation des Literatur-Festivals im Kongresszentrum mit strengeren Auflagen umzugehen. Anders als BAP, die wegen solcher Einschränkungen vorher ein Konzert abgesagt hatten, spielte Reiser trotz des Liedverbots und begann das Konzert lustvoll mit dem Stück »Alles Lüge«. Damit war alles gesagt. Es herrschte an diesem Abend vorrevolutionäre Stimmung. Nein, dieses Land war es nicht mehr, das war zu spüren.

Im Vorprogramm spielte die Ost-Berliner Band Kerschowski, deren Sänger am ersten Abend in einer Ansage über »die alten Männer« herzog. Der FDJ-Chef Eberhard Aurich bat mich, dafür zu sorgen, dass dies am zweiten Abend unterblieb. Ich tat das nicht, woraufhin ich mich schriftlich zu rechtfertigen hatte. Meine damalige Stellungnahme zu lesen wäre mir heute peinlich – statt klar zu sagen, dass ich die Ansage richtig fand, habe ich mich herausgeredet und unser aller Verbundenheit mit dem Staat Ausdruck verliehen. Nach dessen Untergang hatte ich als Präsidiumsmitglied der PDS noch einmal mit Reiser zu tun: Er war in die Partei eingetreten und bereit, auf dem Parteitag 1990 zu singen, hatte dann aber abgesagt und war verschwunden. Bis nach Sizilien bin ich ihm hinterhergereist, doch da war nichts zu machen. Bis auf den Eintritt hat er nichts für die Partei getan, nicht mal Mitgliedsbeitrag hat er gezahlt.

Herbert Grönemeyer: Mensch

Es erscheint eine neue Platte von Herbert Grönemeyer, und wenn eine neue Platte von Herbert Grönemeyer erscheint, sind sofort alle Zeitungen und Sender voll damit. Mit ihm, weil immer ein unglaubliches Bohei veranstaltet wird, wenn eine neue Platte von Herbert Grönemeyer erscheint, alles sehr wichtig und geheim, wer spricht ihn zuerst, wer fotografiert ihn wann, und wer hat die Platte bereits im Blatt, bevor der Künstler sie im Kasten hat, so ungefähr geht der Wettbewerb, weil Herbert Grönemeyer ein Superstar ist. Dadurch liest man dann meist sehr früh sehr viel darüber, dass Herbert Grönemeyer eine neue Platte aufgenommen hat, aber wie die eigentlich klingt, diese neue Grönemeyer-Platte, das steht kaum je irgendwo, denn die Texte darüber mussten ja vor ihr fertig sein. Eine Art Hase-und-Igel-Spiel.

Es wird im zwischenmenschlichen Bereich rumgestochert, wenn Herbert Grönemeyer eine neue Platte veröffentlicht, sein Status erlaubt es ihm wie jedem erfolgreichen Künstler, Interviews meistbietend zu verschachern: Titelblatt gegen Exklusivgerede, mehrseitige Fotostrecke gegen Vorabmaterial. Üblich wie legitim sind diese Tauschgeschäfte, Werbung muss sein, aber dann bitte mit maximaler Wirkung, das erspart dem Künstler die Komplettprostitution. Der Verweis aufs neue Werk fällt pflichtschuldig und unverfänglich aus, etwa mit knallharten Sachfragen der Art: Was ist an Ihrer neuen Platte anders? Wie finden Ihre Kinder die neuen Lieder?

Als Grönemeyer vor Wochen eine Pressekonferenz in London gab, damit der Trubel beginnen konnte, der Kartenvorverkauf der großen Konzertreise startete schließlich, wurde sehr luftig über die neuen Lieder gesprochen, hören durfte sie niemand, aber den Termin verpassen auch nicht, weil ja alle da gewesen sein würden. Und waren, natürlich. Die Platte werde »Mensch« heißen, war zu erfahren. Summ, summ, summ, machte der Medienapparat, und bald waren die ersten Konzerte ausverkauft, Zusatzarenen konnten gebucht werden, so was braucht Vorlauf.

Die neue Platte von Herbert Grönemeyer wurde sehnsüchtiger (und mit mindestens ähnlicher Heilserwartung) herbeigesehnt als die Ergebnisse der Hartz-Kommission. Die letzten Alben des mit dem Lied »Männer« und einer Hauptrolle im Film »Das Boot« Mitte der achtziger Jahre sehr bekannt gewordenen Künstlers waren stets zeitnah zu Bundestagswahlen erschienen und wurden von der großen Gemeinde als Nebellaternen genutzt, die Textheftchen waren die Mundorgeln einer diffus sich als »irgendwie links« einordnenden Schar Lichterkettensteher. Zur so genannten Wiedervereinigung pünktlich erschien eine klar durchformulierte, dadurch etwas dröge Platte, die Grönemeyer heute als seine »bornierteste, langweiligste« bewertet, und die hieß tatsächlich »Luxus«. Seine Funktion zu jener Zeit war definiert, seine Posen wurden automatistisch, die Gesellschaftskritik wurde zum keyboardbeladenen, risikolosen Selbstläufer. Luxus eben. In jener Zeit wurde bei Grönemeyers Frau Anna Henkel Brustkrebs diagnostiziert. Man mag die Litanei von der der Kunst dienlichen Leidenserfahrung aus berechtigten Kitschverdachtsgründen nicht allzu vorschnell anwenden, doch in der Rückschau stellt diese private Zäsur auch einen jähen Bruch in Grönemeyers Musik dar. 1994 erschien mit »Chaos« seine im Grunde erste wirklich gute Platte, natürlich hatten die davor ihre Zeit, ihre unsterblichen Hits, ihre Platinveredelungen, ihre Rekordumsätze. Doch »Chaos« war schwieriger, tiefer, weniger schubidu. Es ist natürlich ein Leichtes und ebenfalls sehr kitschig, im Nachhinein mit klarer Suchvorgabe ein Werk auf Hinweise auszuwringen, man wird Belege für

alles finden, doch die Zahl der Vorausahnungen und Unwetterwarnungen, wörtlichen wie übertragenen, die Grönemeyers Lieder seit den neunziger Jahren enthalten, ist exorbitant. »Die Natur nimmt das Heft in die Hand«, sang er auf »Chaos«, »jede Ordnung verschwimmt«, die radikalen Untergangsszenarien hatten dabei etwas irritierend Optimistisches – oder hysterisch Vergnügtes? Helmut Kohl wurde nochmal gewählt. 1998 erschien vor Schröders lauer Periode Grönemeyers »Bleibt alles anders«. Seine Frau, bekannte er später, habe ihm recht hanseatisch-herzlich zu »deiner ersten guten Platte« gratuliert. »Stell die Uhr auf null, wasch den Glauben im Regen«, sang er. Ein halbes Jahr nach Veröffentlichung der Platte starben innerhalb von einer Woche Grönemeyers Frau und sein Bruder an Krebs. »Die letzte Version vom Paradies« entwarf Grönemeyer auf »Bleibt alles anders« im staunenswert stimmfesten Bewusstsein der herannahenden Katastrophe herzzerreißend: »Denk auf deiner Zeitreise mal an mich, vielleicht bleibt was unterm Strich.« Der Strich war gewaltig.
»Es ist wie nach einer großen Explosion, und man liegt da mit einer Aktentasche und guckt zu, wie alles zerstört ist«, sprach Grönemeyer im ersten Interview nach dem Tod. »Die einzigen Zeilen, die mir eingefallen sind, waren die für die Todesanzeige.« Welch beklemmend zutreffende Zeilen er im Nachhinein in seinen eigenen Liedtexten finden konnte, erschrak ihn selbst, erzählte er später. »Ich brauch dich zurück, zum Überleben, deine Schmetterlinge im Eis«, hatte er gesungen und damit die Umkehrung seines Herzschmerzers »Flugzeuge im Bauch« geschaffen. »Gib mir mein Herz zurück, ich brauch deine Liebe nicht« – der Vers war hohl geworden. Er brauchte die Liebe, und sein Herz zurück wollte er schon gar nicht.
Seine Tochter, erzählt Grönemeyer, habe ihm verboten, mit der Musik aufzuhören, und der allein erziehende Vater nahm sich den Befehl zu Herzen, doch ob er je wieder Töne finden

würde und Worte, ja Lieder, und zwar durchaus auch ausgesprochen mutvolle, das war lange Zeit ungewiss. Im Jahr 2000 sah man Grönemeyer erstmals wieder auf einer Bühne, und zwar recht unglücklich bei »Wetten, dass …?« herumstehend, eine wenig originelle Trio-Coverversion darbietend; der Bühnenbildner hatte ein großes, während des Vortrags von einer Säge malträtiertes Herz gebastelt, und Grönemeyer, auf dessen Worte man so gespannt gewesen war, sang tatsächlich, bedrückend war das: »Da, da, da.«

Doch dann hat er seine Sprache wiedergefunden, eine neue sogar. Nun ist »Mensch« erschienen – und es ist tatsächlich seine allerbeste Platte bislang. Erfolgreich obendrein: Das Titellied führt seit Wochen die deutschen Charts an. Der erste Nummer 1-Hit für Grönemeyer überhaupt. Nein, auch »Männer« war nur auf Platz 2 damals, tatsächlich.

Das Abliefern linear erzählter Kirchentagsbesucherhits für gemeinsame Gesinnungsbusfahrten, das einige Jahre zum Teil in seinen Zuständigkeitsbereich fiel, hat Grönemeyer inzwischen komplett drangegeben; musikalisch wie textlich ist »Mensch« vieldeutig und schlank zugleich, jeder Takt ein Amalgam aus jammerfreier Trauer und unerbittlicher, sich vom Tod, nein, von dem doch nicht einschüchtern lassender, kompromissloser Liebe.

Als nach Bekanntwerden des Todes seiner Frau geisteskranke Reporter an Grönemeyers Tür klingelten und ihn fragten, wie es ihm denn jetzt gehe, so ganz ohne Frau, murmelte er fassungslos und mit gutem Schockreflex in die Gegensprechanlage: »Meine Frau ist kerngesund!« Daraufhin stellten die Schmieranten eine Balkenüberschriftsfrage, die sie unbedingt auch in Selbstgespräche ab und zu einfließen lassen sollten: »Ist er jetzt verrückt?«

Nein, bloß konnte der Tod Anna Henkel und Herbert Grönemeyer nicht scheiden – »Habe dich sicher in meiner Seele/ Trag dich bei mir, bis der Vorhang fällt«, singt er nun trotzig.

Aus dem Dualismus ist Dialektik geworden. Diese Platte klingt so: im Frühtau über eine tags zuvor gemähte Wiese laufen. Das gemähte Gras liegt noch da, ist noch feucht, färbt einem noch das Hosenbein, riecht noch stark. Und trotzdem geht man auf kurz geschorenem Neuland. Neues Gras wird wachsen. Wieder wird jemand mähen. Ja. Doch statt nun vorschnell das Abgekappte zusammenzuharken und aus dem Licht, aus der Sonne zu schaffen, wo es schimmelt und unkontrolliert, unberechenbar stören wird, eines Tages, ließ Grönemeyer alles liegen und ging tapfer weiter. An manchen Stellen waren wider Erwarten kleine Blüten dem Mäher entkommen. Andere Stellen sind auf Jahre verödet, lange werden sie unbewachsen bleiben. Nun, Neuanfang ist der größte Kitsch. Es geht nicht. Nicht bei null. Das zeigt Grönemeyer mit dieser Platte, auf der er sich alles traut. Da alle Welt vom Punkrevival redet, ertönt auf »Mensch« mit zünftiger, zwanzigjähriger Verspätung ein Plattenscratch-Sound – das hat Stil. Und Streicherarrangements, die ihm auf früheren Platten oft zu bloßem Balladenmarzipan gerieten, zu uninspirierten Feuerzeugschwenkroutinestartsalven, Streicher also haben auf der neuen Platte eine tatsächliche Funktion. Nicht zu viel, aber wenn – dann. Dann sehr. »Embrace your courage«, habe ihn sein Produzent und Mitkomponist Alex Silva ein ums andere Mal angehalten. »Fatalistischer« sei er geworden, erklärt Grönemeyer einleuchtend, und man hört es in der Musik. Ein ungeheurer Kraftakt müssen die mehrjährigen Aufnahmen gewesen sein, ein permanenter Flirt mit dem Zusammenbruch. Und dann das – »Mensch«! Nie klang er ungekünstelter.
Die Phrase der »Krise als Chance« ist mit Vorsicht anzuwenden, oft genug ist sie nichts weiter als ein Beruhigungsmittel der Verschontgebliebenen. Doch ist aus Grönemeyers privatem Super-GAU tatsächlich ein künstlerischer Quantensprung erwachsen. Wacher, erprobter, dabei nicht abgeklärt, eher extraromantisch. Es tat Grönemeyers Tochter sehr recht

daran, ihren Vater ans Klavier zurückzuscheuchen. Wann ist ein Mann ein Mensch? Jetzt. Und hier. Weil er lacht, weil er lebt. Weil er singt und weil er, stimmt, hier und da auch wieder hinreißend grölt. Und weil er, nunja, doch: tanzt. Und hymnisch Mut fasst, jedes Lied als Ruckrede gegen eingeschlafene Füße verstehbar, drinnen wie draußen: »Dreh dich um, dreh dein Kreuz in den Sturm/Geh gelöst, versöhnt, bestärkt/Selbstbefreit den Weg zum Meer«. Jawohl, die Natur hat das Heft in die Hand genommen.

»Eine Flut, ein Lied, ein Gefühl«, befindet die Zeitschrift *Max*; Grönemeyers »Mensch« sei in diesem Sommer der dramatischen Oder-Flut »die Hymne der Helfer«. Ein klassisches Grönemeyer-Topos der letzten Jahre, das Drama großflächiger Ausradierung ostdeutscher Identität werde seitens des Westens nun erstmals wahrgenommen, staunt er, jetzt, da die Bilderlage keinen anderen Schluss mehr zulässt. Aber was da alles weggeschwemmt wurde, empört sich Grönemeyer und wird, so kennt man ihn, immer sprunghafter, umfassender, schneller und satzbauignoranter, da sei doch wirklich mehr weggeschwemmt als ein paar Fernseher und Sofas.

Er ist wieder in Form. Und poltert los, natürlich, es ist ja bald wieder Wahl. Kanzler und Kandidat seien beide »Sturmschäden von 16 Jahren Kohl«, die Wahlmöglichkeit zwischen »vier Jahren flach oder halbflach« sei wohl kaum ausreichend, Deutschland müsse sich daran gewöhnen, in anderen Zeitzyklen zu denken, die Beantwortung der Frage »ob nun vier Jahre Depp oder Halbdepp« reiche ihm nicht. Wen man wählen soll, singt er diesmal nicht. Beziehungsweise steht Grönemeyers Spitzenkandidatin leider nicht auf dem Wahlzettel: die Liebe.

Herbert Grönemeyer: Lächeln
(mit Wiglaf Droste)

Arne Willander, Rolling Stone (12/2000): Du hast auf dem Höhepunkt der so genannten CDU-Spendenaffäre nochmals deine beiden Songs »Lächeln« und »Mit Gott« aus den 80er Jahren an Presse und Radio verschickt, versehen mit einer Geschichte von Benjamin v. Stuckrad-Barre und Wiglaf Droste. Die Lieder geißeln Machtversessenheit und Heuchelei. War das eine späte Genugtuung?

HERBERT GRÖNEMEYER: Was heißt Genugtuung? Die Stücke stimmten einfach, und es war ein Gag, die noch mal herauszuholen. Kohl ist vorbei, das ist jetzt nicht mehr das Thema. Dabei geht es ja weiter mit dieser Mentalität ... die Ausgrenzung von Schäuble, aber Kontinuität innerhalb der Partei ... Roland Koch. Aber das Augenmerk muss sich jetzt auf die Einheit richten, das ist das große Thema – die Kohl-Jahre sind nur noch hinderlich.

Im Herbst 1985 rief uns Herbert Grönemeyer aus dem Studio an. Wir lenkten damals die Geschicke der Sony Europe, und Grönemeyer arbeitete an der LP »Sprünge«.
Am Telefon spielte er uns sein neuestes Stück vor: »Lächeln«, eine, so Grönemeyer, »vorläufige Abrechnung mit der Regierung Kohl«. »Wir rufen zurück, Herbert«, sagten wir, »wir haben gerade Diether Dehm in der anderen Leitung«.
Und so war es: Der umtriebige Gleitmittelsmann versuchte, bei uns einen VW-Bus voller Friedensmusiker loszuwerden, die Bots. »Notfalls auch im Paket mit Klaus Lage und Floh de

Cologne«, feilschte Dehm, »auch an BAP bin ich dran«. Das Telefon war noch Tage danach ölverseucht.
Andertags trafen wir Grönemeyer in einer Pizzeria. Unter »Anlass der Bewirtung« notierten wir auf der Quittung umseitig: »Künstlerberatung«. Und die hatte Grönemeyer dringend nötig. »Herbert«, sagten wir, »Politik ist nicht dein Ding, das ist eindeutig der falsche move. ›Männer‹ und ›Das Boot‹ – auf der Schiene sehen wir dich.« Doch der verquere Ruhrpottbarde wollte nicht hören. Er hatte offenbar vergessen, wer ihn groß gemacht hatte, und ließ »Lächeln« auf der LP. Als »Sprünge« dann abverkaufte wie geschnitten Brot, entdeckten wir zwei silberne Käsepieker in unserem Posteingangsfach: eine dezente Aufforderung zu einer besonders qualvollen Variante des Harakiri. Absender war das Land des Lächelns – der Boss, ein alter Tokyote. Der Arbeitsmarkt hatte uns wieder. Wir besorgten uns neue Pässe, zogen nach Genf und erfanden das Internet. Das würde der nächste Bringer sein, das war klar. Im Hotel Beau Rivage trafen wir Herbert Grönemeyer wieder. Man schrieb das Jahr 1987. Unter dem Decknamen »Roloff« hatte der kantige Liedermacher eingecheckt, um für das Album »Ö«, eine, so Grönemeyer, »erneute, aktualisierte Abrechnung mit der Regierung Kohl« zu recherchieren. Aber uns konnte er nicht täuschen. Wir stellten ihn in der Hotelsauna. Als Gegenleistung für unser Stillschweigen pressten wir einen gut dotierten Beratervertrag aus dem wehrlosen Sangesmann heraus. Im Kassettenrecorder unseres gestohlenen Leihwagens spielte er uns das Stück »Mit Gott« vor. Starker Tobak, keine Frage. »Grundsätzlich gebongt«, lobten wir den sensiblen Tastengott. »Aber du könntest die Schraube noch etwas anziehen, so Richtung Scherben, eben politischer, das Kind beim Namen nennen, den Finger in die Wunde legen«, forderten wir und stocherten mit unseren silbernen Käsepiekern in den Kniekehlen des Hitlieferanten herum.
Doch erneut verschmähte er unseren Rat. Damit nicht ge-

nug, nein, der ach so saubere Herr Grönemeyer hetzte uns Tokyo auf den Hals. Die hatten mit uns noch ein Hühnchen zu rupfen. Wir waren reif für den Tontopf. Diesmal beließ es die Konzernleitung nicht bei der Aufforderung zum Exitus – sie fesselten und knebelten uns und verfrachteten uns nach Hessen. Da sitzen wir seitdem, in der Geldwaschanlage »Chez Manni«, und können nicht glauben, was geschehen ist. Rückhaltlose Aufklärung, das käme jetzt gut. Stattdessen kommt bloß hin und wieder Betreiber und Seitenscheitel Manfred Kanther vorbei und gibt es uns mit der Neunschwänzigen. Eine davon heißt Merkel-Ferkel. Heute denken wir anders über die Lieder von Herbert Grönemeyer.

Wiglaf Droste und Benjamin v. Stuckrad-Barre
(Ex-Heads of Marketing & Development bei Sony Europe)

Lesereisen (mit Wiglaf Droste)

Übernachten

Stuckrad-Barre: Am schönsten fand ich das Park Hotel Post in Freiburg mit runder Badewanne und Ankleideraum. Am schlimmsten sind die Ketten Ibis und Holiday Inn, die den Reisenden mit Pastellfarben terrorisieren und Papierherzen mit der Aufschrift »Haben Sie heute schon Ihre Liebsten angerufen?« auf das Telefon stellen.

Droste: Klasse ist das Hotel Denner in Heidelberg. Es gehört zu keiner Hotelkette, jedes Zimmer sieht anders aus und ist äußerst liebevoll eingerichtet. Auf dem Fernseher saß eine Buddhafigur, weshalb man den Apparat nie einschaltete. Besonders unerfreulich sind geizige Veranstalter, die einen in Hotels verklappen, die »Zum stockigen Vertretereiweiß« heißen müssten.

Stuckrad-Barre: Den Leitspruch des 2. Katholischen Krankenhauskongresses: »Ein Haus für Kranke – der Patient ein Gast« interpretiert die Hotelkette Ibis so: ein Haus von Kranken, der Portier ein Patient.

Droste: In Hagen-Hohenlimburg waren wir untergebracht im Hotel Harnau, gegenüber lag eine Discothek mit dem augenzwinkernden Namen »Lovers' Club«. Wenn sich dort Menschen näher gekommen waren, gingen sie über die Straße und mieteten im Harnau einen Vollzugsraum, Frühstück fakultativ. Manche müssen auch Vollraucherzimmer bestellt haben: Das Zimmer des Kontrabassisten war dunkelbraun geraucht. Auch andere Praktiken pflegt man in Hagen-Hohenlimburg: Auf dem Fußboden waren Blutflecken und in die Toilettenbrille war eine Substanz eingeätzt, bei der es sich um Fugenschweißstein gehandelt haben muss. Geschlafen haben wir dort nicht, sondern alles schön begutachtet und dokumentiert. An den nachts gemachten Polaroids hatten wir noch einige Tage Freude.

Stuckrad-Barre: An einem der ersten Abende in Dortmund war ich noch zu schüchtern, das unangenehme Hotel direkt wieder zu verlassen: Außer mir wohnten dort nur Hunde, in der benachbarten Westfalenhalle fand gerade die Hundemesse statt. Das passte gut, ich kam nämlich gerade von der Buchmesse. Ich rief in den Nachbarzimmern an, die so genannten Herrchen und Frauchen um Ruhigstellung ihrer Tölen zu ersuchen, doch niemand nahm ab. Der Concierge erklärte, das sei kein Wunder, die Herrchen schliefen im Caravan vor der Tür. Es sei ihnen zu laut im Hotel. Der Leitspruch dieser Bude lautete ausweislich Hausprospekt: »We let the good times roll.«

Auftreten

Droste: Es gibt Abende, da weiß man nach zwanzig Minuten: Hier geht gar nichts. Keiner versteht, was man sagt oder singt. Leute lachen bei ernsten Passagen, und wenn es heiter wird, sind sie beleidigt. Man fühlt sich wie eine Mailänder Salami, die in einen kalten, zugigen Hausflur geworfen wurde – wirklich allein. Da stellt man sich die Frage von Bruce Chatwin, die man sich eigentlich immer stellen sollte: Was tue ich hier?

Stuckrad-Barre: Und auch: Was tun die mit mir? In Flensburg fühlte ich mich wie eine Braunschweiger Leberwurst. Dort hatte man mich versehentlich im Rahmen eines »Comedy

Festivals« eingeladen, auf dem Sammelplakat las ich meinen Namen in rufschädigender Umgebung: Ingo Appelt, Jörg Knör, Mundstuhl, Tom Gerhardt und Lisa Fitz. Das Motto des Festivals war »Schleswig-Holstein lacht«. Bei meiner Lesung lachte Schleswig-Holstein aber nicht, es dölmerte, trank und schrie. Um die versammelten Ingo-Appelt-Anhänger zu disziplinieren, kommandierte ich zwei junge Männer ab, mit verteilten Rollen aus der Zeitschrift *InStyle* ein Interview mit Maren Müller-Wohlfahrt und Lothar Matthäus vorzulesen. Alles vergeblich. Ein grausiger Abend.

Droste: In Würzburg hatte das Veranstalterkollektiv das Konzert kurzfristig abgesagt, wegen der mittlerweile doch sehr in die Jahre gekommenen Sexismus-Vorwürfe, die aufgrund des Textes »Der Schokoladenonkel bei der Arbeit« hin und wieder gegen mich erhoben und aufgewärmt werden. Eine Abspaltungsgruppe veranstaltete den Abend dann im Würzburger »Radlersaal«. Die Veranstalter, zwei Bilderbuchgartenzwerge, eilten höchst wichtig auf mich zu und erklärten: »Wir haben hier ein defensives Werbekonzept gefahren«, was bedeutete, dass sie ihre eigene Veranstaltung aus Angst vor Ärger nirgendwo annonciert hatten. Statt des vertraglich zugesicherten Flügels hatten sie ein Casio auf die Bühne gestellt. Die höflichen Einwände des Pianisten wischten sie mit einem »Du bist schließlich nicht Friedrich Gulda« vom Resopaltisch. Während der Lesung knallte dann ein 20 Kilogramm schwerer Scheinwerfer einen halben Meter neben mir auf die Bühne. Das Publikum, 50 Menschen immerhin hatten die Veranstalter nicht am Kommen hindern können, unterhielten wir mit schönen und wahren Geschichten über unsere Peiniger, die folgerichtig nach der Veranstaltung verschwunden waren und die Hälfte der vereinbarten Gage mitgenommen hatten. Die übrige Hälfte, unser Lehrgeld quasi, versuchten wir anschließend im Würzburger Nachtleben zu verjubeln. Das war harte Arbeit.

Gästebücher

Stuckrad-Barre: Fieberhaft suche ich in jedem mir zum Vollmalen vorgelegten Gästebuch nach einigen Titanen der Unterhaltungsbranche, deren Einträge immer Freude bereiten: Heinz Rudolf Kunze, Horst Tappert, Dietrich Schwanitz, Konstantin Wecker und ähnliche Säulen. Loben muss man Helge Schneider, der jedes Mal etwas Neues schreibt und zeichnet. Ohrfeigen dagegen muss man Dietrich Schwanitz. Der schreibt in JEDES Gästebuch, dass das Leben eigentlich eine Tragödie, aber ja doch auch, und ganz besonders, eine Komödie sei. Das ist was zum Drübernachdenken. Und das tut man dann und merkt: Nee, ist doch nichts zum Drübernachdenken, sondern zum Ohrfeigen.

Droste: Der Varietékünstler Lutz Rathenow hat für sich und Schwanitz den Begriff »Tramödie« erfunden. Also halb Komödie, halb Tragödie. Er ist sehr stolz darauf.

Stuckrad-Barre: Besonders unschöne Gästebucheinträge darf man – Achtung, Schwanitzwort – »verschlimmbessern«. Im Göttinger Hotel Gebhardts schrieb ich allen, die sich dazu anboten, das Wort »Popo« in ihre Widmung hinein. Peinlich vielleicht, kann sein, aber ich habe eine prima Entschuldigung, schließlich musste ich womöglich im selben Bett schlafen wie Didi Schwanitz. Jedenfalls steht neben Autogrammkarte und dankender Ortsanekdote von Hanns-Dieter Hüsch jetzt ein fröhlich krakeliges »Popo-Orgel!«.

Hoteldiebstahl etc.

Stuckrad-Barre: Aus Hotels nimmt man weder Maritim-Bademäntel noch Holiday-Inn-Badeschlappen oder Hotel-

Europa-Aschenbecher mit, das wäre kleinlich. Das Schönste, was ich stahl, ist ein Springseil mit Holzgriffen aus dem Stuttgarter Hotel Graf Zeppelin.

Droste: Das Einzige, was mich in Hotelzimmern interessiert, sind Gummibärchen oder Mini-Ritter-Sports, die als so genannte Betthupferl auf dem Kopfkissen liegen, das mit einem Karateschlag zwei Ohren bekommen hat. Zwischen den Ohren, also quasi im Dekolleté des Kissens, liegen sie. Man nimmt sie und tütet sie mit einer dieser großartigen Postkarten von deutschen Fußgängerzonen in einen Briefumschlag ein. Wenn man auf der Postkartenrückseite den Namen der Stadt durchstreicht, weiß keiner, woher die Karte kommt – es könnte Duisburg sein, aber auch Mannheim. Solche Briefe schickt man an Menschen, die wissen, dass Gummibärchen und Schokolade von unterwegs wirklich vom Munde abgespart sind und deshalb von Herzen kommen.

Stuckrad-Barre: Eben – und nicht aus »Briefzentrum«, wo ja mittlerweile alle Briefe laut Poststempel herkommen. Ich nehme immer sämtliches Hotelbriefpapier mit, um die Adressaten zu erfreuen mit der Absenderangabe: »Absender ist nicht das Hotel«. Interessant ist auch, dass in Einzelzimmern immer Doppelbetten stehen. Warum? Überholte Rock&Roll-Klischees vielleicht, aber wenn schon Rock&Roll der alten Schule – wozu dann Kopfkissen, fragt man sich doch. Dann schläft man ein, denn Rock&Roll ist so langweilig, das hilft zum Einschlafen mehr als Schäfchen zählen oder sich vorletzte Fragen stellen, wenn – Zitat Klaus Lage – »der Beifall verklungen und das gleißende Licht erloschen ist«. Man sitzt also allein im Einzelzimmerdoppelbett und fragt sich bloß noch: Verdammt, wie viele Tonnen von Trinkwasser werden denn nun wirklich durch auf den Boden geworfene und deshalb öfter als nötig gewaschene Handtücher verschwendet?

Droste: Manche zerschellen mental an dieser Frage und machen aus Wut das Hotelzimmer kaputt. Das ist die Rockismus-Fraktion in Lederhosen. Lesereisen oder jazzgestützte Lesereisen sind das Gegenteil von Rock&Roll. Niemand ist dumm, und das ist schon mal die halbe Miete auf dem Weg zum Glück.

Stuckrad-Barre: Die andere Miethälfte ist es, sich abseits der Bühne still und angenehm zu verhalten. Das ist unrockig und deswegen gut und richtig.

Wiederholungstäter

Stuckrad-Barre: Jede Stadt hat das Recht auf einen Text, der sich als gut vorlesbar erwiesen hat. Die in Freiburg können ja nichts dafür, dass man zuerst in Bremen las. Und wer einem von dort hinterherreist, kann sich nicht beschweren, der will das ja nochmal hören.

Droste: Den Satz »Jürgen Drews ist ein Mann, der so aussieht, als ob er auf sich selbst ausgleiten könne, und der dieses Versprechen in jedem seiner öffentlichen Auftritte wahrmacht« nach dem Ende der Tour NICHT mehr jeden Abend zu sagen, empfinde ich als Verlust. Gerne spräche ich ihn auch privat noch in alle Menschen hinein. Das ist das Schicksal des Popstars: keine Freunde mehr, nur noch Publikum.

Stuckrad-Barre: Daran kann man zerbrechen, habe ich in *Bild der Frau* gelesen. Oder in der *Zeit*? Jedenfalls ging es um Rex Gildo und die Überdosis »Hossa«. Zu meinem persönlichen Hossa entwickelte sich mein erstes Buch, aus dem die Menschen auch auf meiner zweiten Lesereise vorgelesen haben wollten, weil sie es schon kannten. Zum Mitsingen quasi.

Auch schön, eine Jukebox zu sein, man muss es dosieren, aber darf es ruhig hin und wieder tun. In einem Konzert möchten die Menschen ja auch Hits hören, dagegen spricht nichts. Hossa.

Droste: Wenn man die Wahl hätte, als Rex Gildo wiedergeboren zu werden oder als Peter Hahne, der in *Bild am Sonntag* über Rex Gildo schreibt, und es gäbe dazu keine Alternative, müsste man ohne Zögern Rex Gildo wählen. Hahne variiert den einzigen Gedanken, den er je fassen konnte – Welt schlecht, Mensch aber eigentlich doch gut, bis auf wenige –, Woche für Woche und Buch für Buch und behauptet jedes Mal, es wäre etwas anderes, Neues. Dagegen war Rex Gildo eine ehrliche Lederhaut.

Gesund bleiben

Stuckrad-Barre: Man muss viel trinken, aber eben auch Wasser. Und dringend immer nur asiatisch essen. Vorsicht mit belegten Veranstalter-Brötchen! Dauernd saunieren. Niemals imbissen! Lieber Tabletten: Zink, Magnesium, Calcium, Vitamin C, Apfelessig. Auch Sport ist gut: Seit Stuttgart ist fester Bestandteil meines Tages eine halbe Stunde konzentriertes Seilspringen zu Freejazzmusik.

Droste: Jede Tour sollte so gebucht sein, dass man mindestens einmal bei Vincent Klink auf der Stuttgarter Wielandshöhe essen kann, um dann glücklich weiterzurollen. Thermalbäder sind schön, man zieht den Badeanzug an und taucht wie ein Delphin. Aber nur ein bisschen, niemals sportiv. Die deutsche Übersetzung von Fit for Fun ist Kraft durch Freude, die angemessene Übertragung von Wellness heißt Gesundheitsstrapazen.

Beide im Chor: Emser Salz, Emser Salz und nochmal Emser Salz. Pflegt die Stimme von Leuten, deren Literatur kein »tonloser Aufschrei« sein will.

Geld und Geschenke

Stuckrad-Barre: Von beidem, soviel man tragen kann. Ich bekam Bücher, Schallplatten, einige Zinnbecher, drei unscharfe Fotos zweier Schafe auf Kreta, ein Lebkuchenherz, einen Bayer-Uerdingen-Schal, Chanel-Nagellack, ein ärmelloses Cher-Kapuzenshirt und einen Parker-Füllfederhalter. Am irritierendsten war die Gabe einer jungen Lübeckerin: ein Hundehalsband, das sie mir während meines Vortrags umlegte. Zugeworfene Stofftiere würde ich, so ist es Brauch unter Schlagersängern, am nächsten Tag im örtlichen Kinderheim abgeben. Mit einem Hundehalsband geht das natürlich nicht, da bekäme man Schwierigkeiten.

Droste: Das Leben unterwegs ist wie im Piratenlied – He Ho, und die Taschen voller Gold. Man fällt aus der Geldautomatenwelt in eine, die nur volle Hände kennt, in den Bargeldkommunismus: Es ist immer reichlich für alle da, ganz selbstverständlich. Das Geld verliert seine Bedeutung. Geschenkt bekam ich Zigarren, Wein, selbst aufgenommene Kassetten mit Jazz drauf und tonnenschwere Bücher, »handsigniert«, wie manche dann sagen, weil man ja sonst mit den Füßen signiert.

Zurück in Berlin

Stuckrad-Barre: Meine abschließende Lesung am 9. November war ein fälliges Fanal gegen Mauern in den Köpfen und verschlossene Türen in den Herzen. Ich bat den Veranstalter, alle hineinzulassen, die weinend vor der Tür standen und gegen die Schaufenster der Buchhandlung wummerten. Einem Zuschauer gab ich 100 Mark Begrüßungsgeld, mit dem er sich aufmachte zum Konzert der Scorpions unterm Brandenburger Tor. Telefonisch gab er zehnminütig Emotionsprotokolle und kaufte sich, nein, uns ein Gedenk-T-Shirt und eine Russenmütze. Tausende, wenn nicht Hunderte mögen es gewesen sein, die seine Berichte im Jubel ertränkten. Es war Wahnsinn, wir konnten es nicht fassen.

Droste: Am 9. November traten wir in Stuttgart-Esslingen auf. Vincent Klink stieg als Gast-Bongospieler auf die Bühne. An Klaus Meine, Berlin, Deutschland und andere Plagen dachte an diesem Abend niemand – auch dies ein Fanal.

Tourtagebuch: Frühjahr & Herbst 2000

Frühjahr

Reykjavík

In der Werbung heißt es pre-test, bei Rock-Tourneen warm-up, bei Autos heißt es Windkanal – und bei mir in diesem Jahr Goethe-Zentrum Reykjavík. Im Goetheinstitut liegen Aufkleber aus: Deutsch macht Spaß, sagt Goethe da, und die Leningrad Cowboys, die vor ihm stehen, sagen »… Ja Ja …!!!« Eine Broschüre wirbt für »Beethoven – das Genie aus Bonn«. 35 Isländer sitzen im ersten Stock der Bierschänke Grand Rokk. Im Erdgeschoss wird Dart gespielt, gesoffen wird auf beiden Etagen. Das beruhigende Getute der Dartautomaten untermalt die Lesung stimmungsvoll. Die Isländer lauschen dem Vortrag hochkonzentriert, denn sie verstehen kaum ein Wort. Hinterher sagen sie, macht doch nix, und nehmen mich mit zu einem spanischen Abend in einem besetzten Haus. Besetzte Häuser werden in Island staatlich gefördert, nicht mal der Strom wird abgestellt. Die Hausbesetzer, erzählt man mir, seien Künstler. Die Künstler haben ihre jüngsten Arbeiten sorgfältig mit Tesa statt mit Stecknadeln an den Wänden befestigt, um den Putz nicht zu zerstören. Am nächsten Tag fahren wir im verrosteten Jeep des Institutsleiters durch die Gegend und bestaunen Geysire. Ich kaufe Schwefelshampoo und anderen Tand. Das Goethe-Zentrum Island hat in diesem Jahr vier junge deutsche Autoren (Duve, Staffel, Erpenbeck und mich) eingeladen, und da ich der Vorletzte in der Reihe bin, kann ich interessanten Klatsch hören – wie viele Besucher bei den anderen waren, mit wem der Institutsleiter-Jeep im Schneesturm verreckte, wer keinen Trockenfisch gegessen hat usw. Abends gibt es Walfleisch und das Haus von Björk zu besichtigen. Björk ist nicht da, wahrscheinlich gerade in Cannes.

Marburg

Was kaum einer geahnt hätte: Marburg ist nicht Island. Also doch Premierenangst, aber ein angenehmer Auftakt. Dass 450 Menschen gekommen sind, tröstet über die Information hinweg, dass der Vorverkauf im Osten eher schleppend verläuft, so heißt es, eher schleppend, da tue sich schon noch was, da sei man optimistisch, wird geschönt, es sei ein Abendkassenthema – und dann hört man die Zahl: 5 Karten. Marburg ist die Wiege Hessens, sagt der Hotelprospekt. Die Wiegen des Hotels sind die Fritteusen des Teufels, denkt man, unschlüssig, ob man bei 45 Grad Celsius Raumtemperatur das Doppelglasfenster der Komforteinzelzimmer genannten Besenkammer öffnen soll, da die Stadt der heiligen Elisabeth direkt am Hotel vorbei eine Stadtautobahn hingeteert hat. Man kann nicht alles haben? Doch: ein schlechtes Frühstück gratis dazu. Schnell nach

Karlsruhe

Auf einer Tournee gehen die Kalender anders: Es ist nicht Freitag, es ist Karlsruhe. Im diesmal einwandfreien Hotel übernachtet auch die Musikgruppe Die Toten Hosen, die abends zu geistreicher 12-Ton-Musik die Europahalle politisch aufzurütteln gedenkt. Beim SWR bin ich zu Gast in einer atemraubend modernen Internetradioshow, deren angebliches Ziel es ist, zeitgemäß zu unterhalten, deren eigentliches Ansinnen es aber zweifellos ist, Studiogäste durch ein vielschichtiges Bombardement aus Über- und Unterforderungen nervlich zu zerrütten. Eine sechsteilige Frage ist mithilfe des Internets zu lösen, zugleich muss man dem Moderator autobiographische Auskünfte geben, das Gezappel aus sechs tonlos Unterschiedliches sendenden Bildschirmen kompensieren und ohne Un-

terlass im Kopfhörer wumsende größte Hits aller Zeiten erdulden. Auf die während eines Liedes geäußerte Beschwerde, der Kopfhörer sei wohl defekt, erstens viel zu laut, zweitens pausiere die Musik nicht einmal während des Gesprächs, erfährt man, dabei handle es sich keineswegs um einen Defekt, dies hieße Musikbett und sei wichtig für den so genannten Flow. Alle reden sehr laut, überhaupt alles ist sehr laut. Analog zum Film »Being John Malkovich« fühlt man sich hier wie im Kleinhirn von Percy Hoven. Als dann der Nachrichtensprecher tatsächlich anhebt: »Hamburg – jeder zweite Jugendliche ist schwerhörig, dies ergab eine Studie ...«, denkt man, gut, das ist also versteckte Kamera, gleich kommt Thomas Ohrner rein, und der kriegt dann aber richtig eins drauf –
doch Thomas Ohrner erscheint nicht, was andererseits ja nicht unangenehm ist. Nach der abendlichen Lesung tagt an der Hotelbar ausgesucht fröhlich das Strafverteidiger-Frühjahrssymposium. Herr Dr. Debernitz schenkt mir sein Namensschild, besiegt jeden im Armdrücken und am Ende singen alle Strafverteidiger Lieder, die es formal nicht gibt, und schmieren vergnügt Antipasti in den Steinway-Flügel. Plötzlich durchqueren einige wasserstoffblondierte Musikanten zielstrebig die Lobby und gehen schlafen, die Juristen schert das nicht, sie trinken weiter. Thema des Symposiums: »Die Rechtswirklichkeit der Revision«. Die Strafverteidiger krakeelen bis in den Morgen und die Wirklichkeit zeigt einmal mehr, dass die weit verbreitete Definition von Punk dringend revidiert gehört: Punk ist eben keine Frisur. Und tot ist Punk auch nicht. Er lebt, Dr. Debernitz et al. beatmen ihn inbrünstig.

Darmstadt
Gerechtigkeit für Uli Hoeneß, kann man nur denken, wenn es tatsächlich Bayern-München-Strohhüte für 30 Mark gibt. Das passt – und der auch, ich setze ihn gleich auf. »Ich möch-

te gern zum FC Bayern München geh'n«, muss man singen (und nicht brüllen), allein, weil man dann endlich einmal vor den Toten Hosen sicher wäre, die dort ja nie hinwollen, wie sie lautstark ein Funny-van-Dannen-Lied zugrunde richteten. Denn überall sonst trifft man sie, dauernd kreuzen sich unsere Auftrittstermine im Mai, es ist angenehm, auf diese Weise zu erfahren, dass unsere Zielgruppen sich nicht stark überschneiden. Der Tag der offenen Tür des Regierungspräsidenten im Darmstädter Rathaus gestaltet sich lehrreich: Alte Herren lassen sich vor einem Wasserwerfer oder auf einem Polizeimotorrad fotografieren und streicheln alte englische Bomben. Im ersten Stock stellt das Gesundheitsamt Petrischalen mit Salmonellen aus, für Interessierte liegen Gewässerstrukturgütekarten des Landes Hessen oder Malhefte der Feuerwehr zur Mitnahme bereit. Bei der Tombola des Roten Kreuzes ziehe ich einige sehr sarkastisch formulierte Nieten (»Dabeisein ist alles«, »Der Weg zum Glück ist der nächste Versuch«) und einen Kleingewinn: Gutschein über zehn Mark in einer Darmstädter Eisdiele. Dieser wird abends an einen Lesungsbesucher verschenkt, überhaupt – hier gilt es aus der Schlagerbranche zu lernen – muss man sein Publikum fortwährend beschenken: mit Blumen und belegten Brötchen, die man hinter der Bühne bekommt, aber gar nicht braucht, mit freundlicher Laune, feinen Texten, aufwühlenden Musikeinspielungen, angemessener Abendgarderobe und schließlich – das ist das Schönste – mit hochkarätigen Überraschungsgästen. Heute Abend sind dies, und Darmstadt bebt ehrfurchtsvoll, Christian Kracht und Eckhart Nickel. Die beiden Tenöre helfen, Stefan-Raab-CDs mit anklagendem Blick zu zerkleinern, Big-Brother-Plakate abzufackeln und diese Maßnahmen genauso friedlich wie leider überfällig erscheinen zu lassen, so dass der Regierungspräsident seine Wasserwerfer ungenutzt im Innenhof seinen Schlosses stehen lassen kann. Keine Gewalt, bloß Vernunft und Stil, lautet die Parole, mit der wir die Darmstädter in die laue Sommernacht entlassen. Keine Gegenstimme. Wir schicken Dankestelegramme an die Länder Estland, Litauen und Israel, die Raab an diesem Abend gaben, was man ihm geben muss.

Bielefeld
Der Bayern-München-Hut, dies erkenne ich als an Fußball nur marginal Interessierter zu spät, muss auf die Bürger der Stadt Bielefeld als absolute Provokation und Unverschämtheit wirken. Gerade warf die von einem Wurstfabrikanten gemanagte Mannschaft Arminia Bielefeld aus der 1. Liga, höre ich und setze unter Entschuldigungen hurtig den Hut ab. Ab sofort ist das Publikum bestens gelaunt, auf einem gelben H&M-T-Shirt notieren wir gemeinsam Möllemanns Hochrechnungsergebnis, mehr als acht Prozent, die er ja wochenlang spazieren trug. Welch Schande, es hat genützt, mit dauererigiertem Daumen und Husseinbart durchs Bundesland zu grinsen, immer wieder denselben Witz über Bärbel Höhn zu machen (alle Phönixjunkies werden sich erinnern) und aus lauter Ungeduld, sich selbst wieder diesen Witz machen zu hören, immer viel zu früh aus dem Flugzeug auszusteigen. Das Programm tendiert an diesem Abend in nicht gewohntem Maße ins Politkabarett, doch jemand muss die Drecksarbeit ja machen, man kann das Feld doch unmöglich den Sitdown-Comedians Sabine Christiansen, Ingo Appelt, Gregor Gysi und Reinhard Mohr überlassen. Christian Kracht tritt barfuß vor die Bielefelder, die minutenlang ergriffen applaudieren. Kracht weint kurz, müsste nicht mal lesen, tut es aber gottlob und betört die freundlichen Menschen dann mit einem weiteren wundervollen Gastauftritt, 25 Minuten lang hört man nur seine tiefe, braun gebrannte Stimme, im Saal ist es so still, man könnte einen Fallschirmspringer fallen hören.

Berlin
Ein Tag lesungsfrei und mit Kracht zu einer Fotoproduktion mit Timothy Greenfield-Sanders. Im Treppenhaus des Kreuzberger Studios treffen wir auf Werbegroßmeister Sebastian Turner, der traurig aussieht. Oben erfahren wir, warum: Herr Sanders arbeitet mit großen Polaroids, und man kann nicht mal mehr auf Wunder im Labor hoffen, man sieht gleich, wie es, wie man aussieht. Kracht und ich lassen uns zwei Stunden lang schminken, trinken ordentliche Mengen Mumm-Sekt (das Bier aller Homosexuellen), fühlen uns bestens betreut und probieren 19 verschiedene Kombinationen zur Verfügung gestellter Kleidung solcher Marken aus, die kein Mensch sich je kaufen würde, mit Ausnahme einiger verkommener so genannter Dotcomsozietäten, die nicht wissen, wohin mit ihrem Geld. Ich weiß sehr genau, wohin mit dem braunen Lederschlips: unbemerkt in meinen Garfielddrucksack. Als Andenken. Und als Schlips. Für die Aufnahmen benötigt Herr Sanders vier Minuten. Mitten im händeschüttelnden, dankenden Verabschiedungsgebrabbel begeht der höfliche Sanders den Fehler, uns sein Hotel zu nennen. Spätabends lassen wir uns von der Hotelbar aus mit seinem Zimmer verbinden, und – britischer hat man einen Amerikaner selten erlebt – müde, aber charmant spricht er: »Okay, oh god – stay there. I give you 15 minutes.« Wir geben ihm vier Stunden, Sanders hat einen schwarzen Schlafponcho an und vergisst alsbald die Zeit, erzählt uns unglaubliche Promi-Geschichten aus Amerika, die man, nach sorgfältiger Prüfung, prima ins *SZ-Magazin* schreiben könnte, aber das beste Magazin Deutschlands wird ja leider eingestellt, heißt es. Bleibt noch *brandeins*, immerhin.

Braunschweig
Ein Hotel direkt am Braunschweiger Hauptbahnhof lässt einen die Frage nach Zimmerfensterwunschrichtung erstma-

lig so beantworten: »Am liebsten ein Raum ganz ohne Fenster.« Wirft ein Box-Coach ein Handtuch auf den Boden, heißt das: Aufgabe, Abbruch. Tut dies ein Hotelgast, heißt es nur: neue Handtücher, bitte. Wenn ein tourneereisender Hotelgast sein Handtuch auf den Boden wirft, kann das durchaus beides bedeuten.

Bremen
Die Älteren von Ihnen werden sich erinnern – früher hieß es Kanonenfutter, heute sagt man dazu werberelevante Zielgruppe, RTL2-Volk, und die stehen am Bahnhof, eimern im Minutentakt Bierdosen in sich rein und freuen sich auf einen bunten Abend mit einer Band aus Düsseldorf. Ein gutes Gefühl, Bremen gen Oldenburg zu verlassen. In der dortigen Kuluretage warten freundliche Flaschenbiertrinker, wie nett.

Berlin
Pause. Freundin Anne terrorisiert neuerdings ihre Umgebung mit dem Buch »Die Lebenszahl als Lebensweg«. Für mich errechnet sie Charakterprofilparallelen mit Mick Jagger, Adolf Hitler, Helen Keller, Rudolf Nurejev, Liv Ullman, Malcolm X, Rudi Altig und Hermann Hesse. Mit Freund Nickel (Goebbels, Rummenigge, Bowie usw.) begebe ich mich zur Erprobung neuer Lebensformen ins Stadion von Tennis Borussia Berlin. Als wir leicht verspätet unseren Stehplatz einnehmen, schießt gerade, wirklich wahr, der Franke Nikl das 2:0 für die Gäste aus Nürnberg. Der Heidelberger Flaneur N. gerät darüber schier aus dem Häuschen. Wir treffen am Brauseausschank unseren Freund und erklärten 1. FCN-Hooligan Ulf Poschardt, der in düsterer Zeit wenigstens von dieser Mannschaft nicht enttäuscht wird. Nach dem Schlusspfiff lauert am Spielfeldrand Rolf Töpperwiens Krankheitsvertretung Tom Kummer den Spielern auf und fragt sie nach ihren Hob-

bys. »Ja gut«, spricht der TeBe-Vorstopper, »ich sag mal so, das Charlottenburger Bier ist die Grammatik der Verschwörungen der Nordkurve. Und St. Pauli hat auch verloren, gut für uns, da wächst also das Rettende auch, sag ich mal.« Kummer nickt wissend und stenographiert die Sportlerworte, da sich sein Diktiergerät gerade in der Reparatur befindet.

Jena
Dr. Peter Röhlinger freut sich drauf. Aber auf was? Auf meine Lesung, auf die EM, auf den Feierabend, auf den Friseur? Man ahnt es: auf die Wahl. Doch nicht mal, dass er sich als Kandidat der FDP freut, verrät Röhlingers flächendeckende Plakatierung. Nur, dass er sich freut. Dagegen war Möllemanns Wahlkampf natürlich geradezu inhaltsorientiert. Vorbei an Waffen-Peters in der Karl-Liebknecht-Straße zum Kino, in dem heute gelesen wird. Die Monitore über den Kassen zeigen es an, ich lockte 18 Zuschauer mehr als »Gladiator«, welch Glück, entgegen schlimmster Befürchtungen bei solcher Konkurrenz, doch kein so genanntes Kassengift zu sein. Allerdings ist meine Lesung auch frei ab 12, »Gladiator« erst ab 16. Auch aus Frankfurt hört man geradezu internetaktiengleiche Steigerungsraten. Was ausgehend von zunächst 5 vorverkauften Karten natürlich einfach ist. Im Büro des Kinobetreibers hängt ein »Bandits«-Filmplakat mit Signaturen der Darstellerinnen. Charaktergranate Katja Riemann eddingte launig: Let it rock.

In der Bausatz-Hotelbar (Wurlitzer, Schnurrbartbarkeeper, Hopper- & Casablanca-Plakate, Pistazienautomat, amerikanisches Bier) kreischen anschließend, nein, nicht Campino und die Bay City Rollers, sondern Führungspersonal der Firma Demag Ergotech – Branchenführer in Spritzgusstechnik, ist zu erfahren – aus Franken. Katja Riemanns Wunsch ist ihnen Befehl.

Chemnitz
Die Lesung wird nicht überschattet, nein, sie wird überstrahlt von großer Nichtabstiegseuphorie: Der Chemnitzer FC ist gerettet. Der Geschäftsführer des heute zu belesenden Kinos verteilt Sektflaschen und ich übe mit den Chemnitzern in bester Gotthilf-Fischer-Manier das Lied »Wir sind die Himmelblauen« ein, das vom flugs hundertfach kopierten Blatt gesungen wird. »Der CFC – das ist unser Verein!/Chemnitz olé – ja, so soll's immer sein«. Der Bayern-München-Hut bleibt an diesem Abend im Kofferraum.

Frankfurt/Oder
Es haben sich doch genügend Frankfurter eine Eintrittskarte gekauft, um es bei der Abschlusslesung zumindest von der Bühne aus künstlerschmeichelnd voll erscheinen zu lassen, ja, wenn man die Stühle geschickt stellt, wirkt die Kulturfabrik schon mit 133 Zuschauern beinahe ausverkauft.
Vor der großen Herbsttournee dräuen noch Lesungen bei Rock am Ring und Rock im Park, in einem Zelt vor ziemlich vielen Menschen, denen Bier und Camping in den Knochen stecken werden. Parallel wird Santana auf der Hauptbühne unangenehmes Zeug mit seiner E-Gitarre veranstalten und Sting sich in seinem Menschenrechtswohnwagen mit Yoga auf 90 Minuten Weltpopkitsch im Muskelhemd vorbereiten. Die Frage, warum man schreibt, stellt sich nach Max Frisch »nie so sehr wie im Anblick des Publikums«. Schilderungen von Veteranen zufolge muss man annehmen, dass sich, um prägnant zu beschreiben, wie für den Bühnenkünstler ein solcher Großauftritt »sich anfühlt« (Michael Steinbrecher), eher Ortsnamen als Adjektive eignen – von Stalingrad bis Wimbledon scheint alles möglich. Gesichert ist nur, dass es eines ganz bestimmt wird: eine Erfahrung. So kann man sich ja alles schönreden, sogar Liebeskummer. In Frankfurt trinken die Menschen einleuchtenderweise Bier der Marke Despe-

rado, sind charmant und hübsch, hören schöne Musik und wirken beim Tanzen wie ausgedacht. Immer muss man sich vom Schönsten abwenden, weil es wahrscheinlich nicht echt ist, oder nein, damit es nicht unschön wird, damit man weiß, es ist vorbei, war aber großartig, wird nie mehr so sein. Mein durch nichts, weder durch Marburger Hotels noch durch Braunschweiger Ja!-Wurst-Catering zu erschütternder Tourneebegleiter lenkt den Tournee-Volvo sicher über dunstige neue Straßen in Richtung Berlin. Wir hören »Ray of light« und erkennen den Unterschied:
Beatles: Love is all you need.
Madonna hingegen: Love is all we need.
Es ist 8 Uhr morgens und mein Nachbar Reinhard Mohr schläft noch, er hat bis tief in die Nacht Glossen für den *Spiegel* geschrieben. Das schlaucht. Die Tournee ist vorläufig beendet, raus aus dem Volvo. Rein ins – ja, in was?

Herbst

In drei Tagen beginnt der Herbst und kalt ist es jetzt schon. Frozen/when your heart's not open – Sommerschlussverkauf, genau, Angst vor Depressionen, Hilfe. Deshalb habe ich die neue Madonna-CD, auf die ich so lange gewartet hatte, am Montag zwar sofort gekauft, sie jedoch zunächst cellophanverpackt gelassen. Ich legte sie zwischen Frischkäse und Kirschkonfitüre in meinen Kühlschrank. Nicht, dass ich es abwarten könnte, oh nein. Von einem technisch versierten Freund hatte ich mir sogar zwei Lieder aus dem Netz herausheruntergeladen lassen, einfach irgendwo wegklauen, tolles neues Madonnazeug, weil die Spannung ja nicht mehr auszuhalten war, und diese beiden Prachtlieder hörte ich in den letzten Wochen immer wieder, und ich musste lachen über

die so genannte Bedrohung für die Musikindustrie, also bitte, wer möchte denn im Ernst eine graue selbst gebrannte CD einer mit Originalcover vorziehen, einem vollständigen Kunstprodukt, ich jedenfalls nicht. Und nun ist MUSIC da, aber ich gedulde mich bis Freitag. Denn dann werde ich traurig, muss niesen, braunes Laub kommt mir in den Dynamo und alle gucken diesig – und dann rettet mich die CD. Bis dahin friert sie. Am Freitagabend dann gebe ich ein kleines Fest, die Wohnung wird mit Alufolie tapeziert und die Gäste dürfen rauchen und sich anschreien.
Dance into the groove
Boy you got to prove
Na eben.
Music makes the people come together. Jawohl.
So wird es geschehen.

Bei der Premiere in Magdeburg am Tag der deutschen Einheit funktionieren die Mikrophone nicht. Das trifft sich gut, denn auch das Programm ist noch sehr diffus und längenhaltig, eine Blamage wäre es geworden – wenn die Mikrophone funktioniert hätten. Zur Feier des Tages lese ich Douglas Couplands Postkarte aus dem ehemaligen Ostberlin. Da funktioniert das Mikrophon dann wieder, auch der Diaprojektor ist vor Schreck plötzlich zu nichtgeahnter Schärfeleistung bereit. Herr Körfer von ei-vision.de ist zu Gast und erklärt die Digitalkamera, mit der kleine Filme gedreht werden sollen, die dann auf der ei-vision-Homepage angeschaut werden können. Die Kamera werde ich ihm stehlen müssen, am Ende der Tournee.

In Rostock findet die Lesung in einem Kino statt. Im Publikum sitzt ein Hansa-Spieler, der noch mehr Trikotwerbungen von Bundesligafußballvereinen kennt als ich.

Im Lübecker Werkhof spielte einen Abend zuvor Bernd Stelter. Gut durchgelüftet und mit deutlich intelligenterem Publikum gelingt der Abend gut.

In Bremen bereichert Nachwuchsreporter Julian das Auto und begleitet uns zur großen Unterhaltungsshow »buten un binnen«. Dem erschütternden Beitrag über die Dauersperrung der Fischereihafenschleuse folgt ein unkluges Aneinandervorbeireden. Als Sohn der Stadt bedauere ich das sehr. Am nächsten Tag Bußgang zum Weserstadion. Auf dem Balkon des Pyrotechnikers und Plattenmoguls Martin P. werde ich mit der Schusstechnik einer Kartoffelkanone vertraut gemacht, die P. von Aachener Studenten erlernt hat. Beinahe werde ich dabei zeugungsunfähig gestümmelt, aber es geht gerade noch gut und dank Haarspray und Feuerstein fliegt die Kartoffel viele hundert Meter, man möchte meinen: bis Hamburg.

Schon in Bremen gab es keinen Whiskey Sour. In Magdeburg hatten wir nicht zu fragen gewagt. Dabei soll es noch besser als in Honig gelegte, klein gehackte Zwiebeln helfen gegen eine herannahende Erkältung. Zwar hatte ich mich tourneevorbereitend gegen Grippe impfen lassen, aber gegen Schnupfen, Heiserkeit, Unwohlsein hilft diese Impfung nicht. Welch Glück, dass Mme. Silke, eine Hanseatin aus eigentlich Spanien, in der Gastronomie tätig ist. Sie gehört dem Freundeskreis von Herrn P. an, und in dessen Freundeskreis kann jeder etwas Nützliches. Mme. Silke zum Beispiel das Rezept: »6 cl Bourbon, 3 cl Zitronensaft, ca. 2 cl Rohrzuckersirup – das Ganze mit 4 bis 6 Eiswürfeln schütteln und ohne Eis abseien«, schreit sie der studentischen Tresenhilfskraft ins überforderte Ohr. Man sieht der studentischen Tresenhilfskraft deutlich an, dass sie sich liebend gerne selbst abseien würde jetzt, doch sie mischt irgendwas zusammen und es schmeckt nach Benzin mit Pampelmuse, aber danke. In Hamburg ist die Kartoffel aus P.s Kanone nicht zu finden, dafür aber reist rechtzeitig aus Wembley Stargast Kerner an. Es kommt während der Lesung zum Trikottausch. Robert Stadlober trägt einen Patronengurt und tanzt über die Bühne. Die Markthalle bebt. Kerner liest, DJane Anne lässt es krachen. Spice up your life, karnevalt aus den Boxen. Well, sagen die Hamburger – und machen das, denn wer wollte nicht, dass was passiert, also bidde.

In Leipzig lange im Stau gestanden hinter einem Kleintransporter der Dreamland-Showband. Aus Langeweile die auf dem Kofferraum klebende so genannte Kontaktnummer angerufen und die Band gebucht. Im Hörsaal der Leipziger Universität im Andenken an Professorin Schneider einige Ausführungen über Synästhetik. Außerdem gelesen. Die Leipziger sind so herzlich, nett, klug und offen gewesen – wer nochmal mit langweiligen Ost-West-Klischees dahergebömmelt kommt, sollte mit sechs Abenden in Fulda bestraft werden. Danach könnte man die Stadt Fulda dann auch abreißen, es wäre wurscht. Nach der Lesung Besuch der Hochqualitätstalksendung »Riverboat«. Gastgeber Jan Hofer hat dasselbe Telefon wie ich und erklärt mir nützliche Schnickschnackfunktionen. Jörg Kachelmann gibt mir nach der Sendung einen Kuss und Kim Fisher ist erkältet, Ralf Bauer hat einen roten Pullover an und redet sehr lange über seinen Glauben und sehr kurz über seinen Film. Your disco needs you, würde Frau Minogue singen. Najanaja.

In Köln hilft Frau Roche lesen, u. a. einen Text der wunderbaren Gehtdoch-Band 5 Sterne Deluxe. Jaja, Deine Mudder. Der Alte Wartesaal gehört Alfred Biolek, aber das Catering ist schlechter als in Düsseldorf. Dort kam Markus Kavka und außerdem das Bayerische Fernsehen mit einer sehr langen so genannten Stretchlimo. Warum, wussten sie auch nicht. Aber nett waren sie, das schon. Warum also keine so genannte Stretchlimo.

Im Frankfurter Hardrockladen Batschkapp lesen Nickel, Goetz und Uslar mit. Einige amazon-Mitarbeiter spielen ein Quiz auf der Bühne mit, unterliegen aber gegen die Top-Literaten. Das kann passieren. Am nächsten Tag eine nutzlose Podiumsdiskussion: Alice Schwarzer überzeugt wie stets, doch Maxim Biller hat wie immerimmer schlechte Laune und erwartet, dass man sich dafür interessiert. Das kann man aber nicht. Abends im Frankfurter Hof trägt Frank Schirrmacher eine Schirmmütze, die ihm ein Amerikaner geschenkt hat. Ulrich Wickert tanzt die Nachrichten vor, er schießt mit Daumen und Zeigefinger wild um sich und schreit. Dann lässt er aus 2 Metern Höhe, er ist ja sehr groß, seine Finger durch die Luft schlingern – das, so der so genannte frankophile Hanseat, das sei das Wetter. Verleger Malchow kommt im Minutentakt mit neuen Getränken und neuen Amerikanern, die er einem auf Schottisch vorstellt. Sigrid Löffler macht derweil Lust zum Glück nur auf Bücher und nicht auf Büchern.

In Bochum wird die Textsicherheit und Heimatverbundenheit des Publikums getestet: Ich komm aus dir, ich häng an dir – Herbert Grönemeyer, per Telefon zugeschaltet, kürt den Sieger. Ein Fest.

In Münster Torwandschießen auf der Bühne mit Lars Ricken. 3 oben, 3 unten – kein Treffer, weder er noch ich, aber wir sehen ja ohnehin gleich aus. Danach versauen wir in einer Bierbar seine Laktatwerte und wünschen uns in einer Oldiejukebox 24 Lieder mit Gitarre.

Bonn: Kranzniederlegung vor der Rheinlust – den Opfern des Terrors. Mannheim: Telefonat mit Uslar, das Publikum trägt bei zum 100-Fragen-an-Harald-Schmidt-Katalog. In Erlangen niemals im »Hotelchen« wohnen – Zimmer im Erdgeschoss, Fenster zur Fußgängerzone, Nachtbesuch von betrunkenen Forststudenten! In Freiburg hat sich unter einer Brücke nahe des Bahnhofs jemand versprayt: Nasis raus! Steht dort geschrieben. In München eine Premiere: amazon.de verkauft Bücher an Menschen, ganz direkt! Die amazon-Mitarbeiter sehen ihren Kunden über den Büchertisch hinweg in die hübschen Augen. Es klappt gut. Endlich auch mal Bargeld! In Göttingen gemeinsam mit Sibylle Berg und Irvine Welsh nachts an der Bar eingeschlafen.

In Dresden endlich wieder ein Hörsaal, komplizierte Tafelbilder mit neun verschiedenen Tafelkreidefarben können erstellt werden: Gottesbeweis, Zitronensäurezyklus, Hegel, Ernährungspyramide, amerikanisches Wahlsystem, Genom, Abseits, was es so gibt.

Halle und Erfurt sind jeweils angenehm. Freundliche Menschen, schöne Hotels, hübsche Städte, gut besuchte Lesungen – es bleibt dabei, im Osten war es am schönsten.

Dann Berliner Finale zum Ersten, Zweiten, Dritten: erster Abend allein, zweiter Abend mit Rainald Goetz, dritter mit Heike Makatsch und Lars Ricken. Am Telefon: Johannes B. Kerner, Fan von Hertha BSC, die Ricken besiegt hatte. Das Tor für alle auf der Großbildleinwand. Ebenso Madonnas »Wetten, daß ...?«-Auftritt. Dann ist alles zu Ende, Makatsch singt Beatles, Ricken spielt Klorollenhandball und alle sind gut gelaunt. Runter kommen sie alle, wie gesagt.

Staatslenker

Ideen, Visionen und Programme lassen sich nicht gut fotografieren. Deshalb müssen Politiker, um in der Zeitung abgebildet zu werden, Quatsch machen: Schlüssel übergeben, Plakate an die Wand bürsten, Schönheitsköniginnen rechts-linksküssen, Menschen oder Tieren Medaillen oder Kränze um den Hals legen, Kinderköpfe streicheln, Bänder durchschneiden, Flaschen gegen Schiffswände schwingen, Grundsteine legen. Sehr oft werden sie auch um das Requisit Auto herum postiert. Da sitzen sie drin, da klopfen sie drauf, da öffnen sie eine Tür und schürzen beeindruckt die Lippen. Die meisten blöden Politikerfotos pro Minute entstehen während extra zu diesem Zweck unternommenen Rundgängen durch Ausstellungs- und Messehallen. Geht es um Unterhaltungselektronik, muss der Politiker sich allerhand Geräte umbinden, aufsetzen und ans Ohr halten. Dabei Lippen schürzen, grinsen, top-Daumen recken. Beeindruckt sein, Standort sichern, Arbeitsplätze klarmachen, Zukunft zuwinken, Prospekte entgegennehmen. Computermessen sind besonders anstrengend, da muss der Politiker sich alle zwei Meter über einen Bildschirm beugen, mit einer Maus herumfuhrwerken und so tun, als verstehe er ein Wort oder zwei. Das meiste, was sie da hören und gezeigt kriegen, kommt ja dann doch nicht auf den Markt, aber erst mal ist es natürlich interessant. Meine Söhne haben da mehr drauf als ich, sagt der Politiker. Und dann kriegt er was eingesteckt für die Söhne, und der Referent nimmt es an sich und lässt den Krempel an einem Wurststand unauffällig zurück. Am wahrscheinlich härtesten sind Agrarausstellungen: Was ein Politiker da aufessen und wegtrinken muss, würde eine fünfköpfige Familie wochenlang ernähren.

Nun naht die Automesse. Hin da, Fotos machen lassen. Ein Auto steht für Bewegung, Fortschritt, Mobilität, Freiheit und damit jedem Politiker gut zu Gesicht. Mit Umwelt oder Finanzen beschäftigte Volksvertreter lassen sich meistens lieber auf Fahrrädern fotografieren, es sei denn, ihnen steht ein Auto mit Rapsölmotor oder Solarzellendach zur Verfügung. Tür auf, Politiker rein – und bitte. Die Prototypen, deren Sitzpolster die Politiker mit messekaffeeverursachten Machthaberblähungen härtetesten, sehen ja selten aus wie Autos. Entweder kommen sie in dieser Form sowieso niemals auf den Markt oder das Auge wurde vorher durch Anzeigen und Spots an den Anblick gewöhnt, sodass es auf der Straße nicht mehr so auffällt. Aber so, wie sie da in den Messehallen aufgebockt werden – nein, sieht ja schlimm aus. So rund. So klein. So anders logischerweise, weil es ja sonst keine Arbeitsplätze in der Autoindustrie mehr gäbe. Marktwirtschaft. Bei den Fotografen sieht es genauso aus. Bedarf muss künstlich generiert werden, weil, ehrlich gesagt, ein Foto »Politiker plus Auto« natürlich erst mal keine Titelseitengranate ist. Also: Multiple Verwendbarkeit bei Motivwahl mitdenken. Immer gut: das Lenkrad. Er steuert. Er gibt die Richtung vor. Gerhard Schröder, erzählt einem jeden Tag jemand, lässt sich nie beim Treppenabstieg filmen. Der Symbolik wegen. Am Steuer sitzend hingegen wird er vermutlich keinen Fotografen wegscheuchen lassen. Als Vorbereitung auf die kommende Berichterstattung von der IAA einige Bildbeschreibungen lieb gewonnener Politiker-Auto-Fotos (ausgenommen den Klassiker »Auf dem Weg zur Präsidiumssitzung«) aus vergangenen Jahren:

– Jürgen Möllemann vor einem Audi. In seiner Hand: ein »FC Schalke 04«-Nummernschild. In seinen Augen: irgendwie nicht so viel. Nochmal Möllemann, aus dem Beifahrerfenster grinsend, zeigt er stolz auf die Klebebuchstaben, die den Lack seiner Limousinentür versauen: www.netzwerk18.de.

– Angela Merkel steigt aus einem Porsche Boxster S. Guckt ertappt. Oder begeistert, kann es vielleicht bloß nicht so zeigen. Auf einem anderen Foto steht sie neben einem roten Smart, ihr Jackett ist auch rot. Sie steht eben so da. Na ja, sagt ihr Blick, hamwasdann? Als sie kürzlich auf Einladung einer sie veralbert habenden Autovermietungsfirma mit Westerwelle Cabrio fahren musste, um so zu tun, als verstehe sie Spaß, da war ihr Jackett apfelgrün. Auf noch einem anderen Foto steht sie mit Jürgen Rüttgers und Matthias Wissmann unter einem hochgewuchteten Auto, hält gemeinsam mit Wissmann einen Schraubenschlüssel ans Bodenblech, und man muss an Clement denken, wie er, nein, nicht wie er im Jahr 2000 Fords Elektroauto Think in Köln testete, sondern wie er in ein Mikroskop guckte, mal nachsehen, was die Stammzellen so machen. Immer gut, wenn Politiker mit anpacken.
– Gregor Gysi fährt mit einem, na was wohl, nein, es ist zu langweilig, aber doch, also bitte, nun ja: mit natürlich, aufdieplätzefertiglos, einem Trabbi, gähn, durch, puhja, Berlin. Alles wurscht. PDS-Aufkleber statt Lack. Spitze. Humor. Hoho.
– »Roland Koch kommt/Hessenreise« steht auf dem Ersatzreifen des Landrovers, neben dem Roland Koch selbst steht. Weil er doch kommt. Steht ja da. Auf einem anderen Foto hängt er mit ein paar anderen vor einer Shell-Tankstelle herum und alle zeigen beeindruckt auf folgende Autobeschriftung: »Clean Energy – with sun and water«. Koch kneift die Augen zu. Hält's im Kopf nicht aus, oder nein, nur der Sonne wegen. Neben ihm Minister Müller, der Ekstase nahe. Powered by BMW.
– Rudolf Scharping noch mit Bart in einem Autochen mit Reihenhybridantrieb. Das Auto heißt »Solon 2000«. Das Bild ist von 1995, und sowohl Scharping als auch dem Solon 2000 hätte man damals auch ein anderes Schicksal prognostizieren können als das nun jeweils eingetretene.

– Helmut Kohl, etliche Fotos zeigen ihn hinters Steuer geklemmt, was jedes Mal beim Betrachter die Frage auslöst, wie um Himmels willen er da wieder rausgekommen ist. Aus der Nummer, aus dem Auto.
– Franz Müntefering steigt aus einem von Greenpeace umgebauten Twingo. Auf der Tür des Wagens steht »erste Hilfe für's Klima« und Müntefering ist damit vorgefahren beim »Kongress Generationen-Gerechtigkeit«. Das war 2000. Ein Jahr zuvor setzte er sich vor dem Brandenburger Tor in einen Oldtimer »Benz Viktoria«, die Hand am Kurbellenkrad. 100 Jahre Automobilklub, 100 Jahre Politiker mit Lenkrad in der Hand. Wie auch hier: Schröder 1997 hinterm Steuer eines Audi A6, vom Beifahrersitz langt tatsächlich Oskar Lafontaine ins Lenkrad. Schröder lacht. Lafontaine schreibt heute wöchentlich in der *BILD*-Zeitung eine Kolumne mit sehr kurzen Sätzen. Schröder lenkt.
– Jürgen Trittin darf nicht so oft am Lenkrad sitzen. Für ihn wird immer die Motorhaube geöffnet, da muss er dann reingucken und sehen, dass doch einiges getan wird zur Minimierung des Schadstoffausstoßes. Wirklich, einiges.
– Grünen-Politiker dürfen ohnehin nur selten in richtigen Autos sitzen, bis auf Joschka Fischer, aber das sind Dienstlimousinen, und der hat ja auch richtig was um die Ohren. Ganz anders die mit Renate Künast oder Rezzo Schlauch abgebildeten Fahrzeuge – oft haben die Dinger, in denen sie sich fotografieren lassen, nur drei Räder und richtig schnell sehen sie nicht aus, stabil schon gar nicht. Aber umweltfreundlich. Das schon.

Über alles (Stolz, ein Deutscher zu sein)

Die *BILD*-Zeitung rief ihre Leser auf mitzuteilen, ob, und wenn ja, warum genau sie stolz sind auf Deutschland, ja, darauf, Deutsche zu sein, genauer gesagt.
Das Ergebnis lautet Ja, und zwar mit vielen A's. Zwei A heißt ja Anonyme Alkoholiker, aber ab drei A's ist man dann Patridiot:
Jaaaa! *BILD*-Leser sind stolz auf Deutschland.
Aaaabgebildet:
Alpen, Kreidefelsen, Goethe, Dürer, Schumi, Mercedes, Grundgesetz, Kathi Witt.
Dazu ein Text mit den bestechendsten Argumentationen, z. B. der des Kaufmanns Carsten Naumann aus Hamburg: »Wir haben so viele wunderschöne Städte, Seen, Berge und sogar das Meer vor der Haustür.«
Eine wahrhaft große Leistung, auf die man unbedingt stolz sein sollte.
Oder Kaja Hertel aus Ulm: »Ich liebe Johann Wolfgang v. Goethe. Sein Gedicht ›Osterspaziergang‹ kann ich auswendig.«
Glückwunsch!
Andere empfinden Stolz wegen unserer Autos, Weltoffenheit, aber es gibt auch kritische Stimmen – nun ja.
Diesem Stolz-Geplärr nun muss natürlich international Gehör verschafft werden, denn wozu sonst der Stolz, der ja seine Wucht aus dem weltweiten Schwanzvergleich erst bezieht; kinderreimartig muss man ihn in anderen Ländern und also Sprachen runterleiern, dabei im 90-Grad-Winkel mit dem rechten Zeigefinger auf dem den Ausländer anzielenden, ausgestreckten linken, das Lot parallel vom Körper weg schieben, wie beim Schnitzen: Nana-nana-na-na!

Fortgeschrittene strecken gleich den rechten Arm und lassen das Geschiebe bleiben. So viel zur Gestik, das versteht jeder, auch sogar jeder Ausländer. Sprachlich bedarf es vorübergehend einer Kompromisslösung: ausländisch.
Also flugs übersetzen, den Scheiß! Vom Deutschen ins Englische, weiter ins Französische, rüber ins Italienische, weiter ins Spanische, kurz zurück ins Englische, einen Abstecher ins Portugiesische – und zu Kontrollzwecken dann nochmal zurück ins Deutsche. Es gibt da im Internet so Maschinen, die machen das. Der Mensch bleibt dabei wo? Genau: auf der so genannten Strecke. Prima.
Der Text verändert sich dadurch, Gebrauchsgegenstände haben das so an sich, und die Sprache an sich ist ja nichts anderes, oder nicht, also los. Das Ergebnis: Neiiiiiiiiin!
Ich bin sehr stolz auf diesen Text:

Ja, verfeinre Partizip der Leser, um Vertrauen in Deutschland zu haben. Ja, wir können bei unserem Land mit stolz sein. Der größte Teil der *BILD*-Leser bedeuten dieses. 14.684, sie haben großes Bilder gerufen – Ted gestern. Resultat: Die BILD-Leser verkünden in der schönsten deutschen Landschaft an. 3.233 Besuche haben für auf See vom Norden und Alpen gewählt.
Carsten Naumann in Bewegung von Hamburg: »Wir haben schön, sehr viele Städte, Berge von Meeren, und auch das Meer: erste vor der Tür von Stürmer.«
In der Stelle zwei von großem *BILD*-Ted, einige Leser vom Landen, 3.031 der Hauptinteresse-Handlung, die sie transportieren, um Vertrauen in unserer liberalen Bildung zu haben. 1.855 *BILD*-Leser stehen in Verbindung in unseren Dichtern und unseren Denkern zu haben.
Katja Hertel von Ulm: »Ich habe Johann Wolfgang v. Goethe geehrt. Ihre Poesie ›Osterspaziergang‹ ich von Farbe.«
1.651 Leser wollen den Klang der deutschen Sprache. 1.130 Entdeckungen von *BILD*-Lesern das gute, gute System ge-

sellschaftlich. 989 *BILD*-Leser stehen in Verbindung, bezüglich dessen, das ist der Vertrauen in Deutschland zu haben. Die deutschen Autos geben 507 *BILD*-Leser zurück, um zu vertrauen. 400 Besuche haben die deutschen Athleten gewählt. Nach allen finden die 281 diese deutsche Künstler, die allgemein wunderschön diese blühende Straße bekannt geben. Aber: Es gebe andere Wahlen. 1.607 haben letzte Ted gewählt Nummern, und deren die Meinung, die Deutsche stolze Details in jedem Stoff für alles sein kann um anzukündigen.
Dirk Bagdon von Nahrung: »Ich Erscheinungen an mir so kosmopolitisch, die Bevölkerung spielen keinen aus Papier für mich. Warum, wenn einem Deutschen anvertrauen, Geschöpf sein sollte?«
Und der große Stolz debattiert direkt national. Das *BILD* fragt: Warum verkünden sie in Deutschland mit Stolz?

Soweit die Esperanto-Fassung, die wie der ihr zugrunde liegende Quelltext diskursanfächernd mit einem Fragezeichen endet, und diesen Aufforderungscharakter verstanden die Volkstreter brav und konterten mit weiteren, stolzerregten Ausrufezeichen. Darum also, unter anderem, verkünden sie in Deutschland mit Stolz:

Eine Dame aus Dresden: Weil wir bedeutende wissenschaftliche Erfolge vorweisen.
Ein Chemnitzer Stolz-Innehaber: Wir haben den Skat erfunden.
Nochmal Dresden: Weil hier alles so sauber, grün und vertraut ist.
In Hannover weiß man: Bei unseren Weinen zählt Qualität, nicht Quantität.

Wie ja sonst allgemein üblich, jaja. Weiter im Stolz:
Weil wir uns mindestens einen Urlaub im Jahr leisten können.

Weil wir aufgeschlossen und fleißig sind.
Weil es bei uns dunkles Brot gibt.
Weil bei uns alte Häuser wunderschön saniert werden.
Weil wir es geschafft haben, eine Diktatur mit Kerzen zu stürzen.

Da will man natürlich mitstolzieren. Gemeinsam mit Johanna Adorján erarbeitet, die nachfolgende Stolzaufdeutsch-Liste:

Weil unsere Landschaften typisch sind.
Weil wir in Euro zahlen.
Weil unser größter weiblicher Star Franka Potente ist.
Weil wir viele Fußgängerzonen haben.
Weil wir Derrick im Original sehen können.
Weil wir Humor haben, in Klammern: Comedy.
Weil wir einen Kaiser haben.
Weil wir Ausländer sind, fast überall.
Weil wir Österreich zurückgegeben haben.
Weil Nicole 1982 den Grand Prix de la Chanson d'Eurovision gewonnen hat.
Weil wir rechts vor links haben.
Weil wir sehr tolerant sind, zum Beispiel, indem wir internationale Kreditkarten akzeptieren.
Weil wir pünktlich und gehorsam sind.
Weil Til Schweiger auch in Hollywood beinahe Erfolg hatte.
Weil: Schwarzwald, Ostsee, Erzgebirge.
Weil wir den deutschen HipHop erfunden haben.
Weil unsere Fahne drei verschiedene Farben hat.
Weil das Abitur hierzulande noch was zählt.
Weil wir den Motor erfunden haben.
Weil Mecklenburg sehr schön sein soll.
Weil wir Kabelfernsehen über Satellit empfangen können.
Weil Boris Becker oft hier ist.
Weil es immer noch besser ist, als Holländer zu sein.

Weil James Bond BMW fährt.
Weil Frauen es bei uns bis zur Kanzlergattin bringen können.
Weil wir Müll trennen.
Weil wir bei Dealern nicht auf die Nationalität achten.
Weil wir im Internet sind.
Weil die ganze Welt die Deutsche Welle hört und schaut.
Weil es bei uns die meisten Germanistik-Studenten gibt.

Aaaaaaaaaaaa.

Ministerin a. D.

Ihr Mobiltelefon ist im Bereitschaftsmodus »Sitzung«, es piept jeweils nur einmal, dann ist Ruhe. Andrea Fischer selbst ist gerade auf Pause eingestellt, auf Mittagspause, um nicht zu sagen: Sie ist zu Tisch. Mahlzeit.
Am Abstimmungstag, dem Donnerstag, ist die Sitzverteilung im Abgeordnetenrestaurant des deutschen Bundestags immer besonders illuster. Zwei Tische weiter sitzt Helmut Kohl und verdaut. Käme doch nur jemand herbei, der ihm das Dessert bzw. die Desserts vom Tisch fegte und des ehemaligen Ehrenalles Verdienste an der deutschen Einheit in Frage stellte. Aber die Anwesenden attackieren Kohl ungleich härter – sie ignorieren ihn. Nur eine guckt und lacht, versucht mittelbemüht, das Lachgeräusch durch Krümmen des Oberkörpers und Beißen in die vorgehaltene Faust zu mindern; sie ist die einzig freundlich Dreinblickende im ganzen Raum: Andrea Fischer, Ministerin a. D. Sie tut Kohl recht, sie lacht über ihn. Und berichtet über ihre »Langzeitstudie in teilnehmender Beobachtung«. Wie innerhalb von zwei Jahren nach und nach die Luft rausging und er jetzt nurmehr ein alter Mann ist, der da sitzt wie zwei Öltanks, in geleast wirkender Gesellschaft eines nicht gerade rebellisch anmutenden Hinterbänklers, und guckt, als habe man von einem seiner Tellerchen gegessen.
Einer der vielen Vorteile der Demokratie ist das niedrige Blutaufkommen bei Änderungen der Machtverhältnisse. Es ist Brauch, die Vorgänger am Leben zu lassen, meist findet sich sogar irgendein Amt, eine Art Restposten. »Einfacher Abgeordneter« bleibt man dann mindestens, und anfänglich haftet dieser Bezeichnung in der Berichterstattung ein »nur noch« an. Später haftet gar nichts mehr, außer Pensionsanspruch.

Doch Jürgen Trittin darf oder muss im Amt bleiben; Westerwelle und Merz haben vergeblich gekläfft, und die hochinteressante Frage nach der Definition deutschen Patriotismus wird sie keine Sekunde mehr umtreiben, nachdem die Debatte nun personalisiert hat zugespitzt und sogar für *BILD*-Leser auf Verständlichkeit gekürzt werden können, deren Identitätsfundament sich – endlich wurde nun aus dieser Annahme Gewissheit – aus Schwarzbrot, Schumi und Goethe zusammensetzt. Schade eigentlich um die Möglichkeit einer Debatte. Wie auch der Umgang mit 68 erst wieder ein so genanntes Thema sein wird, zu dem man seinen ehrgeizigen Finger in die Luft pieken kann, wenn neue alte Bilder auftauchen. So lange wird anderes bekläfft.
Die Windmacherspucke aus den Mundwinkeln der Machtheinis klebt an den Wassergläsern, die der Saaldiener auf einem Tablett aus dem Saal, durchs Restaurant zur Spülmaschine trägt.
Andrea Fischer guckt listig und bemerkt, sie sei wohl im Moment nicht die richtige Ratgeberin für grüne Minister. Die sehen das ähnlich: Trittin hastet durch den Flur, er muss nach Schweden und dort Schnaps trinken und mit einem Roller Slalom auf Schneeboden fahren (erfährt man später aus der »Tagesschau«). Und Joschka Fischer, der mit den Grünen ja auch mal irgendwas zu tun hatte, erblickt zwar im Vorbeigehen die angenehm unprätentiös albernde Mittagstischgemeinschaft Matthias Berninger/Andrea Fischer, grüßt aber nicht. Zu viel Macht, zu viel Amt, zu wenig Zeit, ist ja schon gut.
In dieser Woche muss das demokratische Spektrum die Vereinigung ausbaden, in der Raummitte sind »Thüringer Spezialitäten – immer ein Genuss« aufgebaut. Auch Kohl verlässt nun das Restaurant, da tönen Klopfer und verhaltene Rufe: Hinter Glas auf einer Ballustrade haben ein paar Schüler auf dem Weg zur Besuchertribüne Kohl erkannt, schwenken Parlamentsleinenbeutel und freuen sich. Kerstin Müller, beken-

nendes Mitglied des Vereins »Slow Food«, erscheint und setzt sich auf den frei gewordenen, altkanzlergewärmten Fensterplatz. Schneller und schlechter als im Restaurant isst man in der Kantine, die mit neonbestrahltem Plastikeimersalatbüfett und Resopaltabletts für Selbstabholer volksnah einer unterdurchschnittlichen Universitätsmensa gleicht. Für Kerstin Müller wäre das nichts. Eigentlich ist das für niemanden was. Einsam sitzt ein halbes Tandem dort und nimmt Unterstreichungen in einer Akte vor – Wolfgang Gerhardt, ja nun. Die Kantine wurde gerade von einem Testesser der *Financial Times Deutschland* für so außerordentlich schlecht befunden, dass der Berliner Käfer-Chef in der Lokalpresse beruhigen musste: »Wir geben uns viel Mühe und sind sehr stolz im ersten Haus der Bundesrepublik.« Laurenz Meyer und die Folgen. Stolz, Sodbrennen zu haben, kriecht man zurück ins etwas bessere Restaurant.

Dort heben Berninger und Fischer gerade ein neues Humorgenre aus der Taufe: Funke-Witze. Der erste ist schon gleich sehr böse und gut. Auf dem Politikteil der oben liegenden Zeitung ihres mitgeführten Tagesstapels kleben die Preisschilder zweier Jazz-CDs, die Fischer während des Funke-Witzes durch Etikettabknibbeln verschenkbar gemacht hat. Berninger versucht vergeblich, für sein zweieinhalb Jahre altes Kind Nudeln mit Butter zu bekommen, und muss jetzt los, irgendein Ausschuss; Fischer war vor der Trittin-Abstimmung in der Arbeitsgruppensitzung Biopatentrichtlinien und gleich trifft sie Rezzo Schlauch – herrlich langweilig ist so ein Politikertag, genauso länglich, wie der Aufklärsender Phönix es zu vermitteln versteht. Dass dessen Mikrophone so oft aussetzen, ist kein Fehler, sondern Gnade.

Horst Seehofer, mit dem Andrea Fischer vormittags noch über die Gründung eines Ehemaligenclubs gescherzt hatte, sitzt neben einem Thüringen-Werbeschild und gähnt.

Nach der Macht wird man natürlich weiterhin erkannt. Am

Vortag hat jemand auf der Straße Andrea Fischer zugewunken und sie dachte automatisch an das gewöhnliche einseitige Erkennen – und merkte erst zeitversetzt, dass der Präsident der Berliner Ärztekammer dort winkte, auf dem Weg zum Streik. Das war kurz peinlich, schnell aber lustig, sie haben gemeinsam einen Kaffee getrunken und dann ging sie zurück, einfach abgeordnet sein, und der Präsident ging Streik gucken.

Am Morgen ist die nur noch einfache Abgeordnete Fischer 45 Minuten lang mit 6,6 Stundenkilometern auf der Stelle getreten. Laufband, Meditation. Fischer, Joschka, läuft hingegen draußen durch die Gegend, muss auf den Weg vor sich achten, gleichzeitig zurückschauen kann er nicht, sonst fällt er hin. Und so rennt er und rennt, lang und immer weiter, angeblich zu sich selbst. Wer stehen bleibt, ob freiwillig oder gezwungenermaßen, wie Andrea Fischer, spielt nicht mehr mit. Hat aber was zu lachen. Die Rechnung, bitte.

Bonn

Dass der Sommer Bonn leichenstarr macht, ist nicht neu. Diesmal aber werden auch danach lediglich sterbliche Überreste bleiben. Das Bonn dieser Tage erinnert an eine ausgemusterte Bohrinsel, der zwar zugesagt wurde, mit Schleppern einen rettenden Hafen zu erreichen, doch wird sie auf lange Sicht entweder in ihre Einzelteile zerlegt werden oder als ein von Spätergeborenen begehbares Gestern museal vor Anker gehen müssen.
Nachwachsenden Generationen, die sich beim Tagesschauen nicht mehr wundern werden über die Abwesenheit der einsilbigen Verortungsouvertüre »Bonn«, wird die ehemalige Bedeutung der Stadt nur schwer zu vermitteln sein. Dagmar Berghoff, Jo Brauner, Ellen Arnold und Kollegen nennen ja schon jetzt mitleidslos den Namen jener anderen Stadt, ebenfalls mit B beginnend, doch wenigstens für eine Phase des Übergangs wird der Zuschauer dabei noch reflexartig »Kanzler, Bundestag – Berlin?« denken. Zum einen Ohr Rhein, zum anderen raus. Beinahe trotzig behauptet der akustische Haltestellenansageautomat der Bonner Verkehrsbetriebe weiterhin, nächste Haltestelle seien Innenministerium, Finanzministerium oder Auswärtiges Amt. Letzteres wird »umzugsnah«, wie es förmlich heißt, umbenannt werden und dem Bundesrechnungshof als neues Zuhause dienen. Über Beibehaltung oder Umbenennung der anderen historisch überholten Stationsnamen werde noch debattiert, erklärt der zuständige Sachbearbeiter. Missverständnisse befürchtet er nicht – wer wirklich das Innenministerium suche, wisse ja wohl, dass er zu diesem Zweck nicht die Straßenbahn, sondern das Flugzeug besteigen müsse. Eine Änderung vor dem nächsten Fahrplanwechsel kom-

me keinesfalls in Frage, sonst müsse die Zugzielanzeige neu besiebdruckt werden. Und das koste.

Still protestend dekoriert die Universitätsbuchhandlung Bouvier ihr Schaufenster mit Titeln wie »Berlin ist das Allerletzte«, neben »Bonn – viel größer als ich dachte«, setzt jedoch bedeutend mehr Berliner Stadtplan-CD-Roms um als den mit einem leuchtend orangenen »Superpreis 19,90« beklebten Bildband »Schönes Bonn«. Die SPD plakatierte zum Abschied ein Lebkuchenherz mit der lokalkolorierten Schmeichelinschrift »Tschö, Bonn« und hielt regionsspezifische Kleinstbiergläser in die Kameras. Gerhard Schröders Fototerminkalender ist bei seinen letzten Stunden am Rhein verlässlich überbucht, der Kanzler prostet hier, schulterklopft dort, kurvt mit dem Fahrrad herum, nennt die Fotografen wie stets »Kinder« und steuert alsdann souverän einen historischen Schienenbus, wird zum »Ehrentriebfahrzeugführer« ernannt und kann durch die Summe dieser Bemühungen seine ungeschickte Aussage, er werde Bonn nicht vermissen, mit der er etwas zu früh am Brandenburger Tor rüttelte (»Ich will hier rein«), gerade noch wieder ausgleichen.

Die Baracke ist vorerst bloß noch ein leeres Bürohaus. Das namensgebende Fertigteilprovisorium von 1951 wurde schon 1974 demontiert und dient heute in Travemünde als »Erholungseinrichtung für Erwachsene«. Damit Bonn nicht denselben Weg geht, trommelt das lokale Amt für Wirtschaftsförderung lautstark. Es richtete eine Fahrradfahrt von Berlin nach Bonn aus, gerade jetzt, da es sich in der entgegengesetzten Richtung staut. An Zwischenstopps wurden Sonnenschirme aufgestellt, Aufkleber verschenkt, und Bundesbürger allerorten durften mitpreisrätseln: Wie heißt der durch Bonn strömende Fluss? Und wann wurde Beethoven geboren? Resonanz und Interesse seien überwältigend gewesen, überhaupt sei die Lage ausgesprochen gut. Wer jetzt noch nicht umgezogen ist, bietet Durchhalteparoli.

Gesetzlich ist alles geregelt, doch fünf Jahre nach dem Bonn/Berlin-Gesetz wird jetzt die Stadt Bonn selbst verabschiedet, und als »politisches Kompetenzzentrum« beziehungsweise »attraktive Dienstleistungsstadt« (so der *Bonner Generalanzeiger*) wird sie sich erst noch erweisen müssen. In all dem Tschö-Taumel habe man versäumt, moniert die *Bonner Illustrierte* mittelbesorgt, »neue Investoren wie die Bank 24 gebührend zu begrüßen«. Tragikomisch, dass die Räumlichkeiten des Kanzleramts ausgerechnet vom Entwicklungshilfeministerium übernommen werden. Ob der Solidaritätszuschlag dereinst zum Rhein umgeleitet werden muss?
Immer noch schleichen zur Dämmerung unverdrossene Ex-Hauptstädter mit gelben Eimern voller Molto-Wandbelag-Kleber durch die Straßen und plakatieren, Umzug bliebe Unfug. Bonns Studenten sitzen derweil vor überbordenden Tellern welkender Großmarktsalate und überlegen, ob sie nun zum dritten Mal die Spätvorstellung von »Buena Vista Social Club« oder doch zum vierten Mal »Das Leben ist schön« anschauen sollen. Auf dem Heimweg treten sie in Kleisterpfützen und denken weizenbierträge, dass es gut ist, in Bonn zu leben, denn Berlin finden sie »doch irgendwie beängstigend«. Dann geht in Bonn das Licht aus.
Noch dauert die Stadtrundfahrt drei Stunden, doch mehr und mehr werden die Führer zu Märchenerzählern: Es war einmal. Die *Express*-Redakteurin Elisabeth E. Edinger wird ihre Klatschkolumne »Bonn Apart« künftig mit weniger prominenten Namen schmücken müssen. Da kommt der Sommer als Umgewöhnungsphase ganz recht, um mit Großereignissen wie der »Bonner Bier-Börse« oder der »Tennis-WM der Journalisten« für die Zeit danach zu üben. Und während ihr die Kollegin vom *General-Anzeiger* mitteilt, dass sie die Rubrik »Notizen aus dem Regierungsviertel« künftig gerne »Notizen aus der Provinz« übertiteln würde, kommt eine weitere brandheiße Meldung herein: Vor dem Bonner Maritim-Hotel

mixt Barkeeper Kai Versteegen den dort wartenden Taxifahrern einen Tag lang gratis eine alkoholfreie Version des Cocktails »Sweet Denise«, mit dem er gerade zum zweiten Mal die »Deutsche Meisterschaft im Showmixen von Bacardi« gewonnen hat.

Von etwa vergleichbarem Gewicht werden die Meldungen sein, vor denen künftig das Wort Bonn steht – auch die Terminübersichten der Nachrichtendienste zeigen das an. Noch wird Bonn parallel mit aufgeführt, während jedoch in Berlin die große Politik zumindest nominell stattfindet, meldet Bonn im Wesentlichen Gedenktage, Feierstunden, Jahresberichtsherausgaben, Stiftungsempfänge und Abschiedsvollzüge. Wenn die wenigen Japaner, die sich noch zur dreistündigen Bonn-Tour hinreißen lassen, ein paar Megabyte Digitalbilder später fragen, was denn jetzt der Unterschied zu Heidelberg sei, wird man nach einer guten Antwort grübeln müssen.

Das Godesberger Programm ist Geschichte – wie Bonn. Das Godesberger Programm des heutigen Tages, entnehmen wir der Lokalpresse, setzt sich zusammen aus einer »Wanderung durch den Kottenforst mit dem Eifelverein um 9:45 Uhr« und einem geselligen »Grillen mit dem SPD-Ortsverein ab 18 Uhr«. Was die Godesberger zwischen diesen beiden Terminen machen sollen, steht dort nicht.

Cherno Jobatey: Wir sind da (dada)

Am Brandenburger Tor
Alle sind hier
Alle arbeiten hier
Herta Däubler-Gmelin kam
Mit Sonnenbrille
Hier wird gebaut, gebaut, gebaut
Gehämmert, gehämmert, gehämmert
Berlin ist noch nicht ganz fertig
Neues Zeitalter beginnt
Sie sehen es
Wir sind da

Am Bundeskanzleramt
Gerhard Schröder wird
Da drüben arbeiten
Richtig an 'ner lauten Verkehrsstraße
Einfach ein beeindruckendes Gebäude
Schon ein Hundehaufen
So sind wir Berliner
Braucht der Kanzler sechs Meter Beton zwischen uns und sich?
Wir glauben: nein

Am Reichstag
Hallo, Hallo, Hallo hier aus Berlin
Wir sind da, wo die action ist
Die Politik ist in Berlin
Und wir sind in Berlin
Diese Kuppel, ein Prachtbau

Norman Foster hat sich wirklich Mühe gegeben
Wir wollen richtig berichten hier
Richtige Interviews machen
Politik hier machen
Der neuste Trend
Man geht nach Berlin

Am Alexanderplatz
Der gute alte Fernsehturm
Der lange Kerl
Ein orangener Fernsehturm
Wäre auch nicht schlecht gewesen
In der historischen Mitte Berlins
Auf dem Alexanderplätzchen
Hier herrscht reger Betrieb
Man läuft und läuft und läuft
Auch Straßenbahnen haben wir hier

Am Potsdamer Platz
So viele neue Straßen
So viele neue Bauten
Wo das neue Berlin ist
Und es ist klasse hier
Gleich gegenüber von Daimler-City
Steht der Sony-Center
Ob der Platz so knullig sein wird
Wie er einmal war?
Jetzt ist alles fertig
Und wir sind hier

Sämtliche Zitate aus: ZDF-Morgenmagazin, Kalenderwoche 34 (1999), aufgezeichnet von BvS-B

Minister a. D.

Der Staatsminister a. D. Heinz Eggert aus Sachsen nimmt im Café Einstein (Ost, selbstverständlich) einen guten Schluck Mineralwasser und streichelt sich den Bauch. Sein leicht sonnenverbranntes Gesicht beheimatet ein ausgesprochenes Wohlfühlgrinsen. Vorbeihastende Menschen, deren Windjacken noch immer die heimliche Assoziation »Zoni« auslösen, bestätigen dies, indem sie Eggert erkennen und überschwänglich grüßen.

Eggert nimmt diese kleine Bürgerparade genüsslich winkend, nickend und zurückgrüßend ab und erzählt seinem Sitznachbarn einen Witz: »Ich war ja damals Pfarrer in Oybin. Kennen Sie Oybin? Dreiländereck, egal. Schön da. Nun, in meiner Eigenschaft als Pfarrer habe ich regelmäßig das örtliche Altersheim besucht. Natürlich habe ich vorher immer Kuchen eingekauft, was an sich schon eine Verrenkung war, damals, kann man sich heute ja gar nicht mehr vorstellen. Auch Kaffee habe ich jedes Mal mitgebracht, den bekam ich von unserer Patengemeinde geschickt, Königswinter. Bei Bonn. Die beiden Patenpfarrer waren Herr Jacobi und Peter Hintze. Genau der. Na, und irgendwann sagten die Leute, das könnten sie doch nicht fortwährend annehmen, ohne zu bezahlen, also all den Kuchen, den Kaffee. Aber ich habe abgewunken und gesagt, lassen Sie man gut sein, das geht schon, ich werfe ja sonntags immer die Kollekte in die Luft, sage, Herr, nimm, was du brauchst, und was dann wieder unten ankommt, sammel ich ein und steck es mir in die Tasche, hehe. Ganz alter Theologenwitz. Aber meine Frau sagte schon damals immer, Mensch, sei vorsichtig, was du sagst. So. Und unter den fast 70 auf mich angesetzten Spitzeln befand sich auch eine ältere

Dame, die in jenem Altersheim wohnte und die man vergessen hatte zu entschärfen, gewissermaßen, also meldete die fleißig weiter, in meinem Fall dann brandheiß: Der Eggert steckt sich die Kollekte ein. Tjaha. Und in meiner Stasi-Akte steht in grüner Auswertungstinte neben diesem Vermerk die Notiz ›Vermögensverhältnisse von Pfarrer überprüfen‹. Ist doch 'ne dolle Geschichte, oder?« Eggerts Tischnachbar lacht schallend. Da kommt Andrea Nahles, die frühere Juso-Vorsitzende, des Weges. Unterm Arm trägt sie einen Stapel Unterlagen, in den Augen ein hektisches Flackern, denn auch sie hat natürlich im *Spiegel* gelesen, dass in Berlin-Mitte gerade alles sehr, sehr aufregend ist, und so ist es wirklich. »Guck an, da sitzen sie«, sagt sie, nickt freundlich, aber kurz und betritt das Café, an dessen Eingangstür Eggert wie eine Klofrau sitzt. Mit der leichtfüßigen Gelassenheit, die Menschen »a. D.« allein vorbehalten ist, lästert Eggert mit Blick auf seine Armbanduhr gut gelaunt: »Die schwänzt. Die Feierstunde ›50 Jahre Bundestag‹ ist noch in vollem Gange. Ist auf vier Stunden angesetzt. Thierse redet, hehe. Zahlen, bitte.«

Erinnerungen

Beim Verlag: Geheimhaltungsstufe 1
Rekordauflage
Kommandosache
Sein langer Lauf
Sein dickes Buch
Generation Adolf

Mit Spannung erwartet
Abrechnung, Kamerateams
1. Auflage bereits vergriffen
Kohls Tagebücher entdeckt
Schtonk – mit Juliane Weber als Veronica Ferres
Große Teile der deutschen Geschichte
müssen umgeschrieben werden

Und dann erst Lafontaine!
Sagt jetzt alles
Vorabdruck, Vorschuss, Überraschungscoup
Marketingstrategie/Publikumsinteresse
Taschenbuchrechte, Übersetzungen, Filmrechte
Bis zu 18 %
Staffelung, Schnellschuss, Stapel
Der Ex-Finanzminister als Auflagenkönig
Scharenweise Anhänger
Auch kritische Stimmen
Verwunderlich in Zeiten, in denen
das Buch als Kulturträger
oftmals totgesagt wird
Sonderschichten eingelegt

Nachfrage ungebrochen
Exemplare über den Verkaufstresen

Viele Buchhandlungen veranstalteten
Vor dem ersten Verkaufstag
Große Helmut-Kohl-Lesenächte
Das begehrte Stück streng unter Verschluss
Den Ladenpreis genau abgezählt
In der flehentlich ausgestreckten Hand
Ein lohnendes Spektakel
Siebenstellig
Rätselraten über den Inhalt
Menschentraube, lange vor Ladenöffnung
Fans, Fernsehen, Fotografen
Szenen wie bei einer Boygroup
Kinder im Lesefieber
Um Mitternacht dann endlich
Nicht länger
Auf die Folter spannen
Blitzlichtgewitter Countdown

Demnächst:
Kohl und die Frauen

Oskar Lafontaine bei Kiepert

*Mein Hertz fuhr schnell – wie wir Lafontaine in Berlin umsorgten.
Von Regine Kiepert, Buchhändlerin in Berlin. Protokoll: BvS-B*

Ich hatte mich ganz schwarz gekleidet, damit kann man nichts falsch machen. Meine Kollegin Frau Kraschinski, mit der ich unseren Gast in Tempelhof abholte, trug Grau, und Lafontaines Verleger, Herr Strasser von Econ, kam in Anthrazit. Eigentlich müsste man ja vor so einem Ereignis das Buch gelesen haben. Aber wir hatten abends noch eine Lesung mit Birgit Vanderbeke, und beides hätte ich nicht geschafft, also habe ich Vanderbeke gelesen, weil mich das, ehrlich gesagt, mehr interessiert.
Eigentlich chauffiere ich Autoren immer mit meinem Privatwagen, einem waldgrünen Golf Kombi; neulich zum Beispiel Toni Morrison oder T. C. Boyle, Don DeLillo – alle eigentlich. Harry Rowohlt hat sich sogar in meinen Kofferraum gequetscht, weil vorne kein Platz war. Aber nun bei Lafontaine war der ausdrückliche Wunsch des Verlages eine Limousine. Bei der Autovermietung Hertz hatte ich dann einfach das größtmögliche Auto bestellt, nur war der vorbestellte Jaguar leider nicht rechtzeitig zurückgekommen, also mussten wir uns mit einem 180er Mercedes begnügen. Und damit sind wir dann zum Flughafen gefahren, das war wie im Film: Die Sicherheitsbeamten sahen aus wie vom FBI, und wir mit dieser Limousine durften hinter einem Follow-Me-Auto her direkt aufs Rollfeld fahren. Leider entstieg Lafontaine dann bloß einer stinknormalen Linienmaschine und keinem Privatjet, und er war auch sehr umgänglich, wir hatten gute Stimmung in der Limousine. Frau Kraschinski zeigte ihm einen Zeitungsar-

tikel über die Veranstaltung mit Sloterdijk im Wiener Burgtheater, mit der Überschrift »Der König und sein Narr«. Und dann haben wir gewitzelt, wer denn jetzt wohl gemeint ist mit König und wer mit Narr, na ja, ich konnte das Bild nicht genau sehen, ich musste mich ja auf die Straße konzentrieren. Angekommen in der Hardenbergstraße, mussten wir den Hintereingang nehmen, so ein Andrang war da. Hinter einem Kassentresen verbarrikadiert, hat Lafontaine dann eineinhalb Stunden geduldig signiert, 400 Unterschriften waren das mindestens.

Natürlich hätte ich ihn gerne bewirtet, habe sogar angeboten, Sushi zu besorgen, denn dafür schwärmt er neuerdings angeblich so. Doch er hat nicht mal ein Gummibärchen gewollt. Zum Abschied haben wir ihm zwei Kochbücher, speziell über Sushi, geschenkt und aus der Belletristik Isabel Allende. Hinterm Haus wartete schon ein Fahrer, der ihn zur nächsten Veranstaltung, von irgendeiner Sparkasse wohl, bringen sollte – allerdings bloß mit einem Passat. Ich hätte gar nicht fragen, sondern einfach mit meinem Golf nach Tempelhof kommen sollen. Na ja, nächstes Mal. Frau Vanderbeke musste übrigens gar nicht abgeholt werden, nicht mal mit dem Golf. Die kam so.

Britische Botschaft

Aus den Sprechfunkgeräten des wachhabenden Polizisten murmelt es wie aus einer nicht ganz geschlossenen Thermoskanne. Die Sonne scheint, das Maschinengewehr glänzt, zwei Kollegen im Auto haben die Fenster heruntergekurbelt, tragen Sonnenbrillen und fächeln sich mit den Dienstmützen Frischluft zu. Keine Gefahr im Verzug. Vor dem Eingang der Britischen Botschaft haben Menschen anlässlich des Todestags der Prinzessin von Wales Blumen niedergelegt. Lilien, Rosen, Nelken – einige Gebinde wurden von den Trauernden im Zellophan belassen und lieblos auf dem Bürgersteig »abgeworfen« (M. Walser), andere dürfen sich betrinken aus Behelfsvasen (vormals ausweislich Etikettierung Heimat von Schattenmorellen, löslichem Kaffee, roter Bete, mittelscharfem Senf). Auf Wiedersehen, Englands Rose. Keine Kerze im Wind, aber immerhin eine rote Grableuchte, die der Sonne zum Trotz friedlich der Ewigkeit entgegenrußt. Auf einer mit blau-gold meliertem Seideneinwickelpapier grundierten Pappgedenktafel hat jemand mit Tesafilm die Titelseite der *Hörzu* vom 14.8.1998 befestigt: »Dianas Hoffotograf erinnert sich.« Die Passanten hingegen erinnern sich nur spärlich, wie so oft sind Gedenktage eher Wegmarken zum Verschnaufen, unter Ausstoß zeitloser Überlegungen darüber, »wie die Zeit vergeht«. Denn vergänglich ist alles, die Blumen lassen die Köpfe hängen, wie es heißt, und das erscheint ja auch schlüssig, dem Anlass gemäß. Tendenziell reagieren flanierende Frauen auf das Memorabilia-Stillleben sensibler (»Ich mochte se nicht wirklich, aber dit hatte se nich verdient, nee, hatte se nich«) als Männer (»Stand heute in der Zeitung, dass das auch abebbt, die Trauer«).

Des Weiteren verhält sich der Grad der Anteilnahme am Heimgang der Prinzessin proportional zum Lebensalter der Trauernden, wie die gähnende Politesse amtsdeutsch berichtet: »Vorwiegend ältere Damen verweilen.« Trauerzubehör wird von ihr penibel untersucht, ein Kassettenrekorder mit Elton-John-Dauergewinsel durfte »aus Gründen der Gefahrenabwehr« nicht vor dem Botschaftsgebäude abgestellt werden. Bombengefahr. Eine akustische Belästigung wäre der Rekorder bloß theoretisch gewesen, allzu sehr lärmt der Straßenverkehr Unter den Linden. Vom dachlosen Doppeldecker »Zille-Express« gucken interessiert ein paar Dutzend touristische Augenpaare auf die trauerrandigen Fleuropgrüße. Der Berlinerklärer mit dem Mikrophon zeigt auf die Botschaft und die Exkursionsteilnehmer nicken ehrfürchtig. Nur wenige Menschen bleiben stehen, doch jeder der Vorübergehenden reduziert in Höhe des temporären *Hörzu*-Denkmals zumindest das Schritttempo, was – hier zumal – ein wenig an den obligatorischen Wimbledonknicks von Sieger und Besiegtem vor der königlichen Loge erinnert. Der Passant spiegelt sich dabei in der goldgläsernen Botschaftstür und kann so im Innehalten auch gleich die Frisur richten. Das Funkgerät schweigt teilnahmslos. Oder ergriffen?

Herbst in Berlin

Mensch sein – auch nicht immer schön. Draußen vor der Tür zu sein heißt nunmehr, an der frischen Luft zu sein, was nicht schlecht ist, generell, aber kalt, zu kalt eigentlich; der Atem wird sichtbar, man sieht sich verbrauchen und arbeiten, als Unterschied zur Umwelt, gegen die man sich schützen muss, mit mehr Kleidung und Vitamin C. Bewegung fühlt sich falsch an, stehen bleiben aber ist auch fatal, da friert man beinahe fest, gar nicht so sehr wegen der Temperaturen, das wird noch schlimmer werden, und genau diese Gewissheit werdende Ahnung, die ist so kalt, mehr frieren als die gefühlte lässt einen die vorausgeahnte Temperatur. Also spannt man die Muskeln an und geht leicht gebückt, will dem Wind nicht zu viel bieten, der Gang wird hastiger, als habe man plötzlich weniger Zeit. Vom Urlaub, vom Sommer zumindest, kann man gerade noch Bilder abholen und sie einkleben, einrahmen oder anderweitig archivieren – das war das. Wer jetzt noch in der Natur unterwegs ist, im Berliner Tiergarten etwa, der wird einen Grund haben, Arbeit, sportliche Ertüchtigung, zumindest vorsätzliche Entspannung, spazieren gehend erlangt. Freiwillig also nicht. Schluss mit bloßem Grüngenießen, dafür ist der Sommer da. Auch wenn es natürlich, das ist schlimm, kein Jahrhundert-, höchstens ein Arianesommer war. Auf keinem Auto wurden Spiegeleier gebraten.
Die Sportler wieder allein. Im Sommer oft in Gruppen, im Gespräch, nun einsam, das angestrengt verzerrte Gesicht noch einen Deut joschkafischeriger und in ehrgeizig ruhigem Rhythmus atmend, kalte Luft hinein, warme hinaus, und eins und zwei.
Alles wird dunkler, an mancher Stelle hier im Park aber wird

es heller, lichter zumindest, ist das der Reißzahn im Regierungsviertel, hat Peymann hier Straßentheater gemacht? Nein, es ist nur Herbst, das Grau kann hindurch, denn das Laub gibt auf, verlässt den Wirt und legt sich hin zum Sterben: wird braun, wird dünn, wird trocken, dann modrig, dann Erde. Ein Kreislauf, beruhigend.
Die gusseisernen Laternen mit den verschieden gestalteten Aufsätzen brennen früher. Manche gar nicht, da müssen sich die Stadtwerke mal drum kümmern.
Im Sommer ist es schwierig, eine freie Laterne zu finden, um mittels einer Bügelschlossumarmung das Fahrrad daran zu sichern. Einige Dienstfahrräder sind noch zu sehen, hellgrüne Damenräder vom Grünflächenamt, immer sind es Männer, die darauf sitzen, nie fahren sie schnell, nie rauchen sie nicht, immer gucken sie böse. Im Sommer macht ihnen die Arbeit hier sicher mehr Spaß, man kann während der Arbeit gut begründet Frauen beim Sonnen beobachten. Jetzt nur Läufern zusehen, die vorbereitend ihre Gliedmaßen dehnen und strecken. Das guckt sich keiner gerne an, da macht ja Olympiagucken mehr Spaß. Außerdem wird nun der Müll in den Büschen sichtbar, der war im Sommer gut versteckt, jetzt guckt er vorwurfsvoll bunt aus dem braunen Unterholz hervor und will weggeräumt werden. Rasensprengen und Frauengucken ist natürlich angenehmer.
Die Pfützen brauchen länger jetzt mit dem Austrocknen, der Weg wird mehr und mehr zum Slalom, dabei versucht man je nach Charakter, so viele oder so wenig Bucheckern oder Eicheln wie möglich zu zertreten. Am schönsten knacken die Fruchtbecher der Eicheln, Kastanien kickt man lieber vor sich her, besonders schöne Exemplare heben die Spaziergänger auf, umfausten sie und finden sie dann im Winter in der Jackentasche wieder. Gut erzogene Kinder sammeln sie und bringen sie einem Förster zum Verfüttern. Aber wo ist denn hier bitte ein Förster, wenn da vorne, da hinten, überall Autos

lärmen? Haben es alle eilig, wollen alle Berlin machen, wollen gestalten und dabei sein, auch mal irgendwo ankommen, geisteskrank viele Ampeln hindern sie daran, anstrengend ist das, und die senffarbenen Doppeldeckerbusse mit Waschmittelwerbung sehen aus wie Zwischenschnittbilder für einen Fernsehfilm über die besten Jahre von Pfitzmann oder so jemandem. Überhaupt, die Straßen. Die Chance, überfahren zu werden beim mutigen Realityrun von einer Garteninsel zur nächsten (da fehlen dann die Ampeln plötzlich), ist nicht gering. Ein lederverpackter Polizist schreit friedliche Fußgänger an, Kolonne! schreit er und wedelt grob mit seinem Lederhandschuh, mit dem man sicherlich auch kleinere Waldbrände selbständig eindämmen kann. Kolonne! Dann Motorräder, Streifenwagen, wichtige Limousinen mit Immunität verheißenden Nummernschildern, noch mehr Motorräder und Lederkluften, wären die vielen Polizeifahrzeuge nicht, ein Terrorist wüsste gar nicht, wohin mit seiner Bombe. Die Ampeln sind sicherheitshalber ausgeschaltet, pro Tag fahren circa 400 Kolonnen vorbei, det is Ballin, dahinten dit Adlon, da drüben der Reichstag, und hier hat sich Grönemeyer den Fuß verknackst, wa?, schnell weg von den Autos, tiefer in den Garten, aber jetzt, da man durch die Büsche sehen kann, da hört man die Autos plötzlich auch im gesamten Tiergarten, der einem sogleich viel kleiner erscheint.

Im Café am Neuen See leiht niemand mehr Boote, spielt niemand mehr München.

Natürlich, wenn es morgens nicht regnet, vielleicht sogar ein wolkenloser Himmel trügerisch so tut, als sei nichts, als wolle er uns den Weg ins Freibad leuchten, werden draußen sehr wohl noch Tischtücher ausgebreitet, Zuckerstreuer und Speisekarten verteilt, Gäste erwartet. Touristen mit Umhängetaschen, Berliner mit Telefonen. Und sitzen sie da erst mal, essen alle irgendwann eine Steinofenpizza, denn in die Öfen des Cafés wird offenbar ein Botenstoff eingeleitet, und in allen

Nasen reflext es – Hunger, jetzt sofort eine Pizza, das wär's. Liegt der Klotz dann im Magen, das geht meist sehr schnell, redet man sich ein, dass der Boden natürlich sehr dünn war, also außergewöhnlich dünn. Man selbst dann nicht mehr so.
Die Holzmann-Baustelle neben dem Neuensee-Café geht gut voran, die Lang-Gras-Wiesen können sich erholen von all den Paraden, und die Sportler können stolz sein auf sich. Sind sie, keine Sorge.
Hunde. Ein Sommer der Hunde war es! Esther Schweins: Bolle. Leander Haußmann: Kalle. Johannes Rau: Scooter. Und zum Schluss kam Rudolf Mooshammer mit Daisy, um mit Frank Zander etwas zu feiern, ein Lied für Hunde, das klang nicht vergnügt. Weil es das sollte, und dann wollte es nicht, das Lied. Wie eine Katze im Grunde. Katzen sind so. Doch zurück zu den Hunden. Nein, die kommen von selbst, man wirft etwas, um sie zu trainieren und los zu sein, sie rennen es holen, kommen zurück und wollen gelobt werden. Gucken dabei wie Scharping. Hat eigentlich Udo Walz keinen Hund? Zeit, Handcreme zu kaufen.
Das Schild am Durchgang zum Flussrandweg direkt neben dem Gatter zum Getier, das über die Gartenschlusszeiten informiert, hat im Sommer wieder einige unnütze Bemalungen abgekriegt. Die Männer mit den grünen Dienstfahrrädern werden es vielleicht wegwischen, vielleicht stehen lassen. Mit dem antisemitischen Eddingdreck sollten sie sich beeilen, der Rest kann noch warten. An diesem Schild irritiert immer das fehlende Satzzeichen: »Dieser Eingang wird bei Sonnenuntergang spätestens um 21 Uhr geschlossen«. Geschlossen bei Sonnenuntergang. Spätestens aber um 21 Uhr. Nicht nur im Falle eines Sonnenuntergangs. Eigentlich. Entlang am Zaun, welche Tiere überwintern hier? Die Vögel sind still. Frieren und langweilen sich. Das Weißschwanzgnu ist nicht zu sehen. Auf der anderen Seite ein Ausflugsdampfer ohne Ausflügler, konsequent erscheint das, aber lange wird auch der nicht

mehr fahren. Zu Hause braten wir uns ein Spiegelei, in der Pfanne. Derweil geht es Schlag auf Schlag: Erntedank, Deutsche Einheit, Winterzeit, Weltspartag, 1. Weihnachtstag. Dazwischen wird es noch kälter und dunkler. Man ist nie heiter genug/Um die herbstlichen Tage zu ertragen, dichtet Michel Houellebecq. Insgeheim weiß das sogar Frank Zander.

Karneval im Exil

Hossa. Mayonnaise-Matsch löffeln, Alkohol dazugießen und weitermachen. Das schönste Mädchen vom Westerwald ist 72 Jahre alt. Sich küssen, Lippen bewegen, manchmal mitsingen, aber Lippen bewegen pausenlos, nicht immer nur die eigenen, ineinander knäuelnde Polonaisen – wohin, wer will es wissen, Bar, Klo, Koma, mirnichtsdirnichts zu wem denn, irgendwo dazwischen. Morgen ist sie vielleicht vorbei. Griechischer Wein/Kölle am Rhein. Bedruckte T-Shirts, bemalte Gesichter, pappnasenbespannte Schreihälse, bekleckerte Kostüme, bemitleidenswerte Thekenkräfte, begossenes Leid, begeisterte Beamte. Who the fuck is Alice/Ober, zack, ein Helles. Mambo und Kölsch Nr. 5, aber mindestens, aber ein bisschen plötzlich, aber ein bisschen lauter, wenn es geht. Ja, die Oma will nach Palma. Mir klääve am Lääve.
Bei der ersten Exilantenkarnevalsfeier im Februar 1998 durfte in der Schankstube »Ständige Vertretung« am Schiffbauerdamm in Berlin nur mit Kopfhörern geschunkelt werden. Klingelingeling, hier kommt der Eiermann. Die Karawane zieht weiter. Aber einmal kommt der helle Schein. 9.11. ist klar, aber am 11.11. gab es auch für die Lautstärke keine Grenze mehr. Ein echtes Pferd auf dem Flur. Die Musikauswahl nimmt Charly aus Bonn vor. Moskau, Moskau – hahahahaha. Charly sagt, 48 Stunden am Stück Platten aufzulegen sei im Karneval üblich. A-ni-ta. Wie Charly das durchhält, ist nicht zu verstehen, zu laut ist der die Richtigkeit seiner Auswahl bestätigende Chor: Du bist so heiß wie ein Vulkan. Sie will ja, sie will ja. Es war in Königswinter, nicht davor und nicht dahinter. Och wat wor dat früher schön doch en Colonia. Schnaps, das war sein letztes Wort. Schnaps.

Boulevard: Setlur & B. Becker!

Für die einen war es die Love-Story des Dezembers. Für die anderen nur ein Gerücht. Noch vor einigen Wochen, bei der Bambi-Verleihung, rätselte ganz Berlin: Becker und Setlur, was ist dran? Sind sie drin – im Hyatt, auf Etage 7? Einige Tage zuvor waren sie im Schlosshotel Bühlerhöhe an der Hochschwarzwaldstraße gesehen worden.
Becker und Setlur – zwei wie Feuer und Wasser. Er: der bullige, zupackende Dröhnmacho mit der Whiskeystimme und dem Killerblick. Sohn der Berliner Sehenswürdigkeit Otto Sander. Rauhe Schale – und doch so verletzlich, ein barocker, kompromissloser, rothaariger Vollblutkünstler. Und ein cleverer Geschäftsmann: Allein der Zugewinn durch sein Internetportal »Trompete« am Lützower Platz ist enorm. Sie hingegen: die kühle Sprechgesangsqueen in Designerklamotten, Tochter eines Computer-Inders, lächelt selten auf Fotos, wirkt im Gegensatz zum Bauchtyp Becker berechnend. Freunde bestätigen das. 1998 wurde sie von Lesern der *BILD*-Zeitung zur erotischsten Frau Deutschlands gewählt. Freunde bestätigen auch das. Noch im Dezember antwortet Becker auf Recherchefragen der Lifestyle-Zeitschrift *Literaturen*: »Setlur ist nicht meine Freundin.« Doch nun kommt heraus: Der rothaarige Hüne mit der Reibeisenstimme – er liebt sie. Denn die coole Rapperin (»Du liebst mich nicht«) hat ihn verstoßen. Da ist nichts mehr. Also muss da mal was gewesen sein.
Wir sehen Becker einsam, hadernd, fröstelnd. Florida ist weit. Vor geraumer Zeit haben Setlur und Becker in dem Film »Frau2 sucht HappyEnd« feststellen müssen, dass die Prioritäten ihrer Beziehung zu unterschiedlich sind. Trennung. Ein Wiedersehen gibt es zwar, sie sagt »Jaja, die guten alten Zei-

ten« oder so ähnlich und verschwindet wieder in ihrer falschen Glitzerwelt.

Diese Becker-Niederlage geht nur über einen Gewinnsatz. Es bleibt Setlurs einziger. Der Film mäandert in romantischer Verklärung durch eine Art Berlin, der liebeskranke Nachtradiomoderator Becker plaudert für die Übriggebliebenen, es gibt falsches Glück in teuren Restaurants, traurige Abschiede am Bahngleis, Dramen am Flussufer, eine alte Schallplatte dudelt, und Liebesbriefe kommen durchs Glasfaserkabel auf den Bildschirm, weil es die Gegenwart ist und die Filmförderung so was trés chic findet. Da ist dann auch das Drehbuch eher wurscht. Angeblich hat es eins gegeben. Eine Tüte weht durchs Bild. Und nochmal. Als die Tüte das fünfzehnte Mal durchs Bild weht, haben einige Kinozuschauer die Referenz schließlich verstanden. Jaja, Liebe ist etwas Schwieriges. Alle sind immer so allein. Gut angezogen, aber heimatlos. Dann ist die Nacht zu Ende, und es war zu viel Alkohol und zu wenig Liebe, und Gott ist tot, aber der Fernsehturm blinkt noch, und die Großstadtlichter flirren, auf Rolltreppen geht es hinauf, hinab und große Sätze werden noch größer, wenn man schreit oder flüstert, sind dann größer als der Fernsehturm. Von links kommt die Tüte, und ein Schauspieler ist plötzlich in Rostock, wird aber selbst dort nicht geliebt, genauso wenig wie ein alter Mann, der auf einer Bank sitzend wartet, überhaupt alle warten ja immer, ob im Loft oder in der Sozialwohnung, alle verpassen sich, stehen fassungslos in Telefonzellen, weil das schöner zu filmen ist als Handys, und dann aber plötzlich Scheiße!, Sozialdrama, Realismus, verdammt nochmal!, die Spiegeleier brennen an, ein Kind stirbt fast, der Vater ist sowieso schon tot, die Sonnenbrille zeigt dem Tag, dass Nacht war (und sowieso immer ist), der nächste große Satz kommt herangepoltert und eine neue Mail auf den Bildschirm, gesponsert von Freenet, dadurch sieht der ganze Film aus wie Hypovereinsbank-Werbung und Berlin wie ein Legoland aus

den gleichberechtigt bastelnden Händen von Wim Wenders, Marc Wohlrabe und Hans W. Geißendörfer.
Deshalb ist auch in der Straßenbahn ordentlich was los, Brennpunkt, Soziotop, und jetzt bloß nicht einnicken, liebe Kinobesucher!! Manchmal, wenn die Tüte gerade Drehpause hat, sieht man im Hintergrund auf Fassaden Setlurs Gesicht. Es wirbt, Becker leidet. Oder doch nicht? Alles nur gespielt? Nachts, nach der Premiere wurde das Verwirrspiel fortgesetzt: Setlur und Becker betreten das Kino »Kosmos« im Schatten des Alex, wie schon bei der Bambi-Verleihung, getrennt voneinander. Becker (beim Bambi an der Seite von Citroën-Crashtest-Dummy Claudia Schiffer) und Freundin Anne Seidel (29) demonstrieren eitel Sonnenschein, fast trotzig vermelden sie Familienglück: »Unsere Tochter hat noch immer keine Zähne, spricht noch kein einziges Wort.« Was würde sie wohl sagen? Wie immer leiden am meisten die Kinder. Denn der Film hat keine Altersbeschränkung. Um null Uhr dann jedoch vertraute Küsse auf der Bühne! Keine Heimlichkeiten mehr! Angeblicher Anlass: Setlurs 27. Geburtstag. Die Tarnung ist perfekt, Becker überreicht ihr 27 apricotfarbene Rosen. Eine Schwarzwälder Kirschtorte wird serviert – als augenzwinkernde Erinnerung an die Nacht im Schlosshotel Bühlerhöhe? Die Tüten, die am Ausgang im Wind herumwirbeln, sind im Nichtfilm, also in echt, wie alles andere auch viel kleiner, darin sind Pfefferminzbrocken von der Firma Smint eingeschweißt. Ohne die gibt es keinen Kuss. Und Sprechgesang lieber auch nicht. Draußen hat die Nacht Einzug gehalten, alle suchen wieder was, irgendwie, über Internet oder Radio oder mit den leer geweinten Augen. Frauke Ludowig macht ein Interview, vom Alexanderplatz her blitzt es wissend – und obwohl die Hauptdarsteller Ben Becker und Isabella Parkinson (und der Fernsehturm) ziemlich gut sind, ist auch dieser Berlinfilmversuch ordentlich danebengegangen.

Hohe Schuhe

Gerade habe ich mir einen Witz ausgedacht, einen Witz über Damenschuhe, und das ist mir noch nie zuvor passiert, es ist der erste Witz über Damenschuhe, den ich mir in meinem ganzen Leben ausgedacht habe. Zum Warmwerden mal gleich noch eine Gag-Rampe: Dieser Witz über Damenschuhe also geht folgendermaßen – Halt! Stop! Na? Kapiert? Der GEHT! Der Witz auch! Na also, es, hoho, es GEHT doch. Ist das eine Stimmung jetzt, hier auf meiner Tastatur. Jetzt beruhigen Sie sich mal. Nein, Schluss jetzt, was ist denn noch? Na gut, hier, meinetwegen, einen noch: Was haben ein Stöckelschuh und die just in diesem Moment von Ihnen gelesene Passage dieses Textes (über kurioserweise tatsächlich: Stöckelschuhe) gemeinsam? Beide haben einen WAS? Genau. Hier ist einer von beiden:

So geht das nicht. Was da oben steht, hat mein Besuch geschrieben, ich lass es erst mal stehen, aber der Besuch selbst, der ist jetzt gerade gegangen, dort drüben stand er, auf dem Teppich sieht man es noch: ein Schuhabdruck. Signatur von Existenz – da steht, dass da jemand stand. Turnschuhsohlenriffel, in Profilwölbungen eingelagerte, getrocknete, in Form gebrachte und hier also abgeladene Trockenmatschwürste, großer Fuß. Ein Mann. Dort aber, da, am Fenster, lag da ein kleines Bügeleisen auf dem Teppich, und hat daneben jemand sich auf seinen Regenschirm gestützt oder welcher Verursacher ist dem kleinen Kreis kurz hinter der Breitseite des (mutmaßlichen) kleinen Bügeleisens zuzuordnen?
Wie, was? Da stand eine hübsche Frau rum, bis eben. Elegante Schuhe, tolle Stöckeldinger.

Ich finde es tendenziell angenehmer, Straßendreck aufzufegen oder wegzusaugen, hinterher, als bei jedem Besuch zuallererst dessen persönliche Sockensituation vorgeführt zu bekommen; oft bin ich selbst zu Besuch bei Menschen, deren Meinung in diesem Punkt gegenteilig ist und die noch vor ritualisierten Ouvertürelügen wie »Schön, dass du da bist« oder »Nein, du störst überhaupt nicht« am liebsten schon per Gegensprechanlage auf den Gehsteig hinausbellen: »Bitte die Schuhe ausziehen!«
Der beste Zeitpunkt, solch ein ungastliches Haus zu verlassen, ist zum Zeitpunkt des Klingeldrückens schon vorbei. Worauf macht man besser direkt kehrt? Ja. Auf dem:

Fußabtreter war jetzt die falsche Lösung.
Mit (Nr. 1)
(Nr. 2, also jetzt: Plural)
an den Schuhen (nun kommen Sie mal langsam in die, juchhuu, Puschen! –
natürlich mit ABSÄTZEN!) wirkt man größer. Und man macht mehr Lärm beim Gehen über Angstgebäudeflure. Beim Orthopäden hat man einen Erziehungsberechtigtendialog der Sorte
»Müssen letztlich Sie wissen, aber ...«
»Ich weiß, aber ...«
Sie wissen schon, solange du die von deinem Bruder geerbten, noch tadellos-in-Schussen Kickers-Entenschuhe unter unseren Tisch stellst. Ja, werde ich machen, Herr Doktor. Klar. Und draußen zündet man sich erst mal eine an, weil: Ist jetzt eh wurscht.
Nicht schlecht, so Schuhe mit hohen Absätzen, werden Sie jetzt denken, hat deren Gebrauch denn nicht auch irgendwelche Nachteile? Doch, schon: Männer finden so hohe Schuhe geil, heißt es. Stimmt, glaube ich. Also, bestimmt ist das so. Die Männer, na klar. Ich Einzelmann finde allerdings das Misslin-

gen, das Verhuschte, die verlaufene Schminke, den unangebrachten Furz, das durch Sektverschlussrumgefummle verpasste Nulluhr an Silvester, die mit Hansaplast geklebten FlipFlops, all diese Knappdanebens immer am nettesten. Koketterie bzw. Realismus eines Versehrten, sagen Sie? Ja, genau. Die offenkundig vergeigte Auftrittsoptimierungs-Maßnahme zeigt nämlich: gute Absicht, wie nett. Und zugleich: ah, auch ein Trottel, gleich noch hundertmal netter.

Ja, doch! Gerade auch beim allerersten, spätestens aber beim zweiten Großgeküsse: Kaugummi rausnehmen, statt es die ganze Zeit unbemerkt im Backenzahnbereich zwischenparken zu wollen. Dann hat man die Zunge frei für andere Sachen, und sogar auch den Rest vom Kopf.

Absätze lügen. Deshalb sind sie so beliebt. Als Upgrade gedacht, weisen sie eigentlich auf ein Defiziteingeständnis hin, eventuell voreilig. Dann: Pech. Bisschen unbequem? So geht es doch allen. Ob mit Designerbrille, Neongips, strassperlenbesetzter Zahnklammer, Michael-Schumacher-Mütze oder am Grenzbeamtenhals baumelndem Maschinengewehr. Alles Vorwärtsvermeidung: Hallo, hier, guck mal, ich weiß, musst du mir nicht sagen, hier, das mindert mein Selbstwertgefühl, darüber, hier, hallo, darüber lachen immer fast alle, kannst gerne mitmachen, darüber hinaus aber bin ich ganz ok, gesellig, harmoniebedürftig, romantisch, ordentlich und auch mal verrückt, dann und wann. Doch zurück zu meinem alles überschattenden Defekt. Ich steh dazu, wie – wozu? Guck doch mal, komm mal mit ans Licht.

Hohe Absätze sagen:

Hallo.

Noch genauer: Hallo, ich bin's nicht. Macht ja nichts. Wonderbra, Telefonstimme, Genitalpaketvolumen suggerierendes Wollknäuel in der Männerunterhose, gewieftes Lesezeichenhineinstecken in vorletzte Kapitel zu diesem Zwecke erstmalig aufgeschlagener, hernach dicht am Bett platzierter Suhr-

kamp-Bücher – nützt nie was, ist aber in Ordnung. Es borgen solche Vorbereitungen eine mit Saugnäpfen vergleichbare Trittsicherheit auf der wackligen Hängebrücke, auf der man herumzögert, wenn man jemanden verliebt in sich machen will: Schminke für Biographie, Lebensumstände, Charakter.
Absätze.
Männer wollen dasselbe bewirken, ihre Stöckelschuhe heißen Auto, Lautstärke, Geld oder frisierte Karriereschilderung.
Liegt man dann erst mal zusammen rum und redet über Verhütung oder Musik oder so, dann ist niemand überrascht, wenn ein Faszinosum und dann gleich das nächste »nach unten korrigiert« werden muss. Wenn man einen Witz angekündigt hat, jetzt die Gelegenheit: zugeben, dass er SO gut gar nicht ist. War. Nee, nicht mehr den Witz jetzt. Im Liegen ist man ja auch gleich groß, zumindest in Augenhöhe. Gut, wo des einen Knie sind, hat der andere dann halt die Knöchel, aber wen kümmert's. Geil sind im Bett dann eher Stiefel. Dazu passt die Auflösung der blöden Witzfragen von da oben: worauf man steht. Wegen Absatz. Falscher Ansatz. Nun ja. Schuhe mit hohen Absätzen: sehr gerne. Am tollsten aber finde ich eine Frau, die von einem Platzregen überrascht losrennt, im Nu sind die Haare fransig, und man kann so bisschen was von den Brüsten erkennen, Jeansjacke als Behelfsdach über dem Kopf, und so rennt sie über, natürlich, Pflastersteine – und dann bricht ein Absatz, und sie bleibt stehen und leert Wasser aus dem Schuh, fummelt dran rum und hinkt weiter. Da steh dann ich mit Handtüchern und Tee und allem. In derselben Nacht zeugen wir ein Kind, ein Mädchen mit tollem Namen. Ja, so in etwa. Hui. Noch ein
Und-
Geschafft. Erster. Denn meine Begleitung hat so Schuhe mit Absätzen an. Da warte ich natürlich hier auf sie.
Warte.

Und:
Warte.
Dieser Text wird pro
Zeile
Bezahlt. Er wirkt länger.
Mehr Geld für mich.
Noch mehr.
Danke.
Wie das? Simpler
(sehr, sehr, simp–
ler)
Trick. Wie mit vernünftigem Schuhwerk: Geht schneller. So:

Jetzt haben Sie's.

PS: Es gibt Schuhe, die ich immer haben wollte, die klingen so nach gelungenem Leben (und haben gar keine Absätze), glaube ich. Udo Lindenberg besingt sie im Lied »Leider nur ein Vakuum«:
Freitagabend steckt er sich/Hundert Mark und ne Zahnbürste ein/Er zieht sich die schnellen Stiefel an/Es ist ein gutes Gefühl, frei zu sein.
Bei der Himmelspfortentestfrage »Barfuß oder Lackschuh?« nähme ich die Antwort C: Nix davon. Bitte nur diese einen, die schnellen Stiefel. Dann schnell Zahnbürste und Hunderter zusammensuchen – und dann kommt der Platzregen.

06.12.: Hertha BSC stellt die Schuhe raus

Stollen vor der Tür. Eine Standortbestimmung zum Nikolaustag, von Hertha-Zeugwart Tom Riedel. Protokoll: BvS-B

Unsere Spieler stellen ja fast jeden Tag ihren Schuh raus – aber ich werde auch am 6. Dezember dort nichts hineinstecken, nicht mal einen Schuhspanner. Denn bei uns ist jeder für seine Schuhe, auch für die Pflege, selbst verantwortlich, das gehört nicht zum Aufgabenbereich eines Zeugwarts. Vor dem Training kommen die Spieler mit Badelatschen in den Schuhraum, wo sie sich ihre Fußballschuhe anziehen. Nach dem Training dann: raus aus den Fußballschuhen, rein in die Badelatschen. Vor dem Schuhraum haben sie die Möglichkeit, die Schuhe mit Bürsten, Wasser und so weiter grob zu reinigen. Mit Fußballschuhen kommt bei uns keiner in die Trainingskabine, das würde ja nur Dreck verursachen. Vor den Spielen, egal ob zu Haus oder auswärts, stelle ich zwei Alukisten bereit, in die jeder Spieler seine Schuhe reinpacken kann. Einen Tag vor dem Spiel geht es ins Trainingslager, und ich bringe dann die Kisten zum jeweiligen Spielort, bereite die Kabine vor, verteile unter anderem auch die Schuhe. Nach dem Spiel kommen sie wieder in die Kiste, und ich sortiere sie dann in unserem Schuhraum zurück in die durchnummerierten Fächer. So kommt nichts weg. Es gibt Spieler, die mit einem Paar Nocken- und einem Paar Stollenschuhen über die Saison kommen, vielleicht für den Winter, wenn der Boden gefroren ist, noch ein Paar Turf-Schuhe, man nennt sie auch Tausendfüßler, diese Multinockenschuhe. Bei Hertha sind meiner Einschätzung nach Andreas Schmidt und Michael Hartmann die Spieler mit dem geringsten Schuhverbrauch.

Hartmann pflegt seine wirklich ausgesprochen gut, aber der Michalke zum Beispiel auch – andere kümmern sich weit weniger um die Pflege. Nein, unsere Stärken liegen weiß Gott woanders, in der Schuhpflege ist Hertha kein Spitzenreiter. Naja, jeder, wie er denkt. Vor dem Spiel allerdings geht in der Kabine eigentlich jeder Spieler noch mal mit einem feuchten Tuch drüber, sodass er mit sauberen Schuhen auf den Platz geht – will ja keiner mit schmutzigen Schuhen im Fernsehen unangenehm auffallen. Wir bei Hertha verwenden handelsübliche schwarze Schuhcreme, um kleinere Schrammen farblich auszugleichen, dazu neutrales Lederfett, damit das Leder wieder geschmeidig wird. Gewaschen werden die Schuhe nicht. Trotzdem stinkt es im Schuhraum nicht, obwohl da ja ein paar hundert Sportschuhe lagern. Aber die stehen ja immer frei, das lüftet. Packte man die Schuhe nach dem Spiel in eine Tüte und holte sie erst zum nächsten Spiel wieder raus, dann würden sie natürlich stinken, ist klar.
Von unserer Ausrüsterfirma Nike gibt es acht oder neun verschiedene Fußballschuhmodelle. Deshalb sind auch die Schuhfächer so voll, weil viele Spieler immer weiter rumprobieren, welches nun der für sie optimale Schuh ist. Der eine schwört auf pures Känguruleder, der andere auf Haftbeschichtung, die eine bessere Schusskontrolle ermöglichen soll, gerade auf nassem Boden – da hat jeder seine eigene Philosophie. Der Adidas Copper Mondial ist der Schuh-Klassiker, eigentlich der Fußballschuh schlechthin, den kennt fast jeder Mensch in Europa, wenn nicht auf der ganzen Welt. Auf den greifen viele Spieler immer wieder gerne zurück. Das Nike-Modell Tempo Premier in der 5. oder 6. Generation reicht da schon ziemlich nah heran, der ist bei unseren Spielern sehr beliebt. Bei unserem nächsten Spiel, in Mailand wird das sein, rechne ich mit feuchtem, tiefem Boden. Den haben sie dort im San-Siro-Stadion gerade wieder neu verlegt, der war vor drei Wochen, als Leute von uns da Spiele beobachtet haben,

wohl noch sehr schlecht. Mailand hat ja mit AC und Inter zwei Top-Teams, und somit findet in diesem Stadion wöchentlich ein Spiel statt, da kommt der Boden nicht zur Regeneration. Aber in meinen Alukisten haben wir ja Schuhe für alle Eventualitäten, so gesehen zumindest kann uns nichts passieren. Und wenn tatsächlich ein Schuh fehlen sollte, gucke ich mal vor der Kabinentür nach.

31.12.: Abfall von allen

Der Lärm ist vorüber. Vorsicht, Neujahr: Der Kampf geht dann mal bitte weiter. 12. Januar 2000, 15 Uhr 28, Heidenheimer Straße, Ecke Heinsestraße im schönen Hermsdorf: Die Gruppe 21 der Berliner Stadtreinigung hat Berlin endlich in den Zustand des letzten Jahrhunderts zurückversetzt, nämlich die am Neujahrsmorgen um 8 Uhr begonnenen, täglich 10 Stunden währenden Säuberungsarbeiten abgeschlossen. René Baumann, Michael Graßhoff, Mike Woite, Michael Schroeter und Richard Erhard trugen bei der Arbeit T-Shirts mit dem Aufdruck »Müllennium – Wir bringen das in Ordnung«. Von Mitte aus arbeiteten sie sich in die Außenbezirke vor. Das Volumen aus Raketenresten, Wunderkerzentütchen, Zigarettenschachteln, Luftschlangen, Schaumweinflaschenfragmenten und anderen Reliquien der »großen« (Sat.1) Nacht übertraf das des Vorjahresgeknalles um 100 Prozent. An den Aufräumarbeiten nach der Loveparade war die Gruppe 21 nicht beteiligt und mag sich deshalb diesbezüglich keinen Vergleich anmaßen. Gruppensprecher Graßhoff möchte jedoch die Bürger Berlins an dieser Stelle darauf hinweisen, dass Laubabfälle nicht einfach über den Zaun auf den Gehweg geworfen gehören. Eigentlich eine Selbstverständlichkeit.

Tagebuch-Auszug:
Eine Woche im September 1999

Montag
Ich sitze im Frühstücksraum eines Kurhotels und lese den Sportteil. Weil ja Montag ist. Ich wohne für einige Tage neben einer Talsperre und schreibe einen Text, morgen fahre ich wieder nach Hause. Der Text ist noch überhaupt nicht schön, vielleicht muss ich meinen Aufenthalt um einen Tag verlängern. Ich gucke auf den Raiffeisenbank-Wandkalender und rechne rückwärts. Tatsächlich, genau drei Monate sind seit meinem Bänderriss vergangen, genau ab heute darf ich also wieder belasten, und das heißt laufen und das heißt joggen und das heißt Anstrengung, Überwindung, aber eindeutig bessere Laune hinterher. Habe ich so in Erinnerung. Drei Monate! In der Zwischenzeit bin ich von Köln nach Berlin gezogen, vieles ist ganz neu, im Grunde hat sich seither alles verändert. Und wenn ich jetzt wieder jogge, kommt das ganze andere dann auch zurück? Da kommt neuer Kaffee. Sehr gerne, danke.
Im örtlichen Drogeriemarkt werden halbmetergroße Playmobilmännchen mit Duschgel im Kopf für 19 Mark 95 verkauft; zwei Modelle stehen zur Auswahl: ein Pirat und ein Indianer. Ich kann mich nicht entscheiden – mit Sicherheit handelt es sich beim eingeschädelten Duschgel um einen Dermatologenschocker mit allem drin, was man auf dem Weg zur Pfirsichhülle meiden sollte, übelst beleumundete Konservierungs-, Farb- und Aromastoffe.
Ja, es ist Liebe!
Sagt die Zeitung. Ach was, sage ich da. Und mache mich an die Arbeit. Dann klopft es an der Tür. Nein, Liebe ist es nicht, es ist bloß eine Hotelangestellte, die die drei von mir bislang

nicht berührten Regionspropagandabroschüren einkassiert und durch neue ersetzt, die ganz anders aussehen und sicherlich mit ganz neuen Seitenaspekten und Standortvorteilen voll geschrieben sind. Ich werde das prüfen, später.
Von einem Nachbarbalkon weht ein T-Shirt auf meinen – Aufschrift:
My Love Is Your Love – Whitney Houston.
Ist das ein Zeichen? Oder nur ein mir zu großes T-Shirt? Mit dem Wind kommen die Wolken und mit denen der Regen und die Müdigkeit, ich schlafe ein und gehe danach spazieren. Ich belaste die Bänder ein bisschen und es tut nicht weh, es ist nur ungewohnt. Die Bänder und ich sind noch misstrauisch. Nichts überstürzen. Neben der Talsperre gibt es eine Tennishalle. Eltern holen ihre Kinder vom Unterricht, werfen die Taschen in den Kombikofferraum zum Hund. Steffi Graf musste praktisch kurz nach der Geburt schon trainieren, und zwar mit einem von Gebrauchtwagenhändler & Vater Peter abgesägten Schläger. Der hatte dann Ärger hintereinander mit Ebby Thust, dem Alkohol und der Steuerfahndung, ist inzwischen aus dem Gefängnis entlassen und von seiner Frau getrennt, hat aber auch schon eine so genannte Neue und ist sehr glücklich, war zu lesen. Eigentlich ist mir in den letzten drei Monaten doch nicht so viel passiert, jetzt mal im direkten Vergleich. Zwei Zimmer neben mir wohnt eine Frau, mit der ich heute Abend sehr gerne zum Kirmesabschlussabend im Nachbarort gehen würde, dort gibt es ein Final-Feuerwerk, und ich könnte ihr eine Rose schießen oder so. Ja, das wäre Liebe. Der Text, der Text! Schon ist es dunkel. Noch vor Beckmann schlafe ich ein (nicht wie sonst häufig montags: währenddessen).

Dienstag
Mitten in der Nacht polterten Menschen über den Flur und sagten einander tatsächlich, leicht lallend: Bis später! Ob die beim Feuerwerk waren?
IN: CD Night-Life (24-h-gute-Laune mit den »Pet Shop Boys«)
Sagt die Zeitung heute. Wie anstrengend, eine 24-h-Gute-Laune. Aber wie schön, dass die Platte da ist, diese Botschaft genügt, danke, Zeitung, das mit der Laune entscheiden wir dann selbst. »Nightlife« ist also da, weg mit dem Plastikarmbändchen, endlich kann ich es abschneiden, darunter ist die Haut eh schon ziemlich rot, auch ein wenig weiß, so ein richtig konsequentes Kontaktexzem hat sich da gebildet, aber Sentimentalität sollte gegenüber gesundheitspolitischen Erwägungen stets vorrangig behandelt werden, also ließ ich es bislang am Arm, jenes einst gold glitzernde, jetzt weißliche Einlassarmbändchen von der »Nightlife«-Party am 19. August in Köln. Wie schön doch dieses Fest war! Die PSB selbst legten Platten auf, ich habe Rocco Clein kennen und lieben gelernt, es gab zu trinken und zu lachen und alle hatten sich auf ihre Art an den per Einladung dekretierten »Dresscode: sexy« gehalten. 2 Meter 50 große Dragqueens staksten umher, und als hintereinander »Sing it back«, »New York City Boy« und dann »Blue Monday« liefen, wurde ich beinahe ohnmächtig und wachte in den Armen von Georg Uecker auf. Und war sofort wieder bei Sinnen, verständlicherweise, kurz darauf im Taxi. Morgen beginne ich mit dem Joggen. Und heute fahre ich nach Hause, im Zugrestaurant bin ich ganz alleine und überlege deshalb, dass es, guckt ja keiner, vertretbar wäre, Salatdressing auf das Exzem zu schmieren, Kräuter beruhigen schließlich die Haut, aber es sind wahrscheinlich gar keine echten Kräuter in diesem Dressing enthalten.
Am nächtlichen Berliner Bahnhof Zoo halten Männer in weißen Jacken schon die Zeitungen des nächsten Tages in die

Luft, ich nehme einmal bitte den ganzen Stapel, gehe noch einige Schnäpse trinken und die Zeitungen lesen. Der nächste Tag ist somit schon erledigt. Ich bekomme mit der Schnaps-Rechnung einen Glückskeks, und irgendjemand sollte dem Glückskeksmonopolisten von der B. E. International Foods GmbH mal mitteilen, dass die englischsprachige in den meisten Fällen der deutschsprachigen anderen Seite ihrer eingebackenen Botschaften widerspricht. Wofür soll man sich denn da entscheiden, wer ist da objektiv? Da wird man doch gezielt hinters Licht geführt! Wer mich unterstützen möchte im Protest gegen die Glückskeksmafia, richte bitte Zeilen oder Aufschrei der Entrüstung an
B. E. International Foods GmbH, Gewerbestraße 25, 55546 Pfaffen-Schwabenheim, Tel.: 06701/93880, Fax: 06701/938850.
Der Firmenname ist ja schon mal äußerst briefkastenfirmig. Und, also, Entschuldigung – Gewerbestraße! Klingt doch vollkommen ausgedacht! Wahrscheinlich sitzt da Monika Mustermann am Empfang und nebenan gelegen: die Praxis von Dr. Best. Das wird geprüft. Morgen, vielleicht.

Mittwoch
Laufen durch den Tiergarten. Es geht. Er läuft. Tut nicht weh, sondern gut. Ich klemme mich unter einen Metallzaun und kümmere mich um meine Rückenmuskulatur, da kommt ein Mädchen wild gestikulierend herangejoggt und bittet mich, sofort damit aufzuhören.
Ganz falsch! Du ruinierst dir den Rücken!
Ach?
Glaub mir, ich bin Sportstudentin.
Ach!
Rennt dann aber ohne weitergehende Erklärungen oder Alternativvorschläge davon, die Sportstudentin, immer lassen

einen die Frauen ratlos zurück, so ist es doch, verdammt, wiederalleinallein gehe ich duschen und mit dem Tag weitermachen. Die Frau im Obstladen, die immer so ausgezeichnet gelaunt ist, sagt heute kaum guten Tag, heftet Kontoauszüge ab, vielleicht liegt es daran. Sie wiegt die Weintrauben, gibt aber den Kilopreis für Äpfel ein. Ich sage nichts, schiele lieber auf die Zahlenkolonne. Soweit ich es überblicken kann, liegt das Geschäftskonto bei Dreitausendsechshundertirgendwas plus. Ist doch nicht schlecht. Aber die Frau schaut besorgt. Vielleicht will ihr Teilhaber, der immer so übel gelaunt Kekspackungen stapelt, ausbezahlt werden. Oder das Kapital genügt nicht, um ganz groß einzusteigen in die Pflaumensaison. Mein Weintraubenstützkauf nützt herzlich wenig, ganz schlechte Stimmung im netten Obstladen. Wenn wir uns etwas besser kennen würden, würde ich ihr die neue Supergrass-Platte empfehlen oder meinetwegen sogar schenken. Dann sieht die Welt doch gleich ganz anders aus. Meine zumindest. Am Büroeingang versperren Menschen den Weg, die Säulen mit der Aufschrift »Fazit: Deutschland« auf den Schultern tragen. Kack Ballin-Terror immer. Morgen muss ich zur Talkhow »Berliner Begegnungen«. Als Vorbereitung hole ich frische Hemden aus der Reinigung, um die freie Wahl zu haben, lasse mir die Haare genau richtig kurz machen, da habe ich mit der Friseurmeisterin, unten bei mir im Haus, so ein Abo ausgehandelt, günstig für beide, und schaue abends eine Aufzeichnung der Berlin-Begegnung mit Hans-Dietrich Genscher an. Hinterher keinerlei Einschlafprobleme.

Donnerstag
Leichter, ganz leichter Muskelkater. Und wieder laufen. Im Kreis laufen ist natürlich eigentlich blöd, aber besser als dauernd die Straße überqueren zu müssen. Wo ist denn eigentlich die Sportstudentin? Stattdessen VW-Bus-Streifenpolizisten,

die brötchenessend durch den Park cruisen und Obdachlose wachrütteln, die auf Bänken schlafen. Was das wieder soll. Abwechselnd steigen sie aus, jetzt bist du dran, so, 2:2, da vorne ist der Nächste, du bist. Vor der Dresdner-Bank-Zentrale stehen sehr viele Herren im Anzug, so früh am Morgen, Aktionäre im Ausnahmezustand, und ich muss mitten durch, Luft anhalten, so viel Rasierwasser, was da wieder los ist; am Brandenburger Tor bauen sie schon wieder eine Bühne auf, was da wieder los ist; meine Gangschaltung rattert so komisch, was da wieder los ist; auf der Steintreppe vorm ARD-Hauptstadtstudio kniet ein – da ist aber jetzt echt mal was los! Ein Junkie? Das gibt es hier jetzt auch? Weltstadt! Brennpunkt! Nein, ein Bauarbeiter, der die *BZ* liest und ein großes Frikadellenbrötchen bezwingt.

Dann holt mich der 3Sat-Chauffeur ab. Alle Autos hätte man denen zugetraut, aber doch wohl keinen weißen BMW. Im Nachbarstudio wird »Das große Los« mit Herrn Heck aufgezeichnet, auf dem Parkplatz stehen lauter Wohnwagen, auf einem steht »Pit Fischer«. Ich klopfe, aber Pit Fischer öffnet nicht. Auf dem Weg zur Maske hängen Bilderrahmen mit Glücksmomentsaufnahmen deutscher Fernsehunterhaltung. Dürfte ich mir einen davon aussuchen, meine Wahl fiele ohne Zögern auf den mit Uwe Hübner drin, vor einer brennenden 100 kniend. Die Moderatorin Frau Hürzeler hat, wie ich auch, einen einzigen Fingernagel lackiert und somit haben wir ein Knallerthema fürs Vorgespräch. Später, während der Aufzeichnung, wird sie das verleugnen und auch nicht mitrauchen. Also rauche ich ganz alleine, aber ansonsten ist es in Ordnung, bloß sieht es auf dem Monitor aus, als hätte ich gar keine Haare, also nicht mal die drei Milimeter, nein, der Scheinwerfer ist anderer Meinung, Glatze, behauptet der, und man könnte beim Durchzappen glatt denken, da sitzt jemand, dessen Eltern dringend mal nachschauen sollten, ob der Junge das Geld für die Staatsbürgerkundebücher nicht heimlich für Dosenbier und Böhse-Onkelz-Platten ausgegeben hat. Nach der Sendung schenkt mir Frau Hürzeler eine 3Sat-Taschenuhr. Da wurde im deutschen Talkgewerbe schon sinnloser geschenkt.

Freitag
Wie schön es ist, Besuch empfangen und diesem ein Gästezimmer bieten zu können, da kommt man sich kurz so richtig gut ausgerüstet vor, als habe man im Moment des Schuhbandzerreißens gleich ein neues Paar griffbereit; ein richtiges Bett, frisch bezogen, es müssen nicht nachts irgendwelche Schaumstoffbehelfsmatten aus Kellerlöchern gezerrt und mit vollgelulltem Tuch bedeckt werden (»Hat nur mein Bruder eine Nacht drin geschlafen, macht dir nichts aus, oder?«). So ist es für alle angenehmer, Gast und Gastgeber schlafen mehr und besser, und der nächste Tag wird umso erfreulicher, man ist nicht schon morgens genervt voneinander. Als Nächstes wird über Betthupferl nachgedacht. Auch ein Wort. Betthupferl. Boxenluder, Betthupferl.
Beim SFB fährt der Redakteur mit mir Paternoster, nur zum Spaß, ein paar Runden, dann spreche ich 20 Minuten mit einer netten Dame im »Kulturjournal« und soll danach wieder ein Gästebuch voll malen. Darin besonders anrührend Herr Diedrich Diederichsen: »Das längste Gespräch, das ich seit zehn Jahren in einem Radiosender geführt habe, sehr angenehm.« Unter dem Codewort JAPAN-PÄSSE werden im SFB-Flur einige Mitglieder des Deutschen Symphonieorchesters dringend ersucht, ihre gültigen Pässe im, was immer das nun wieder ist, KBB abzugeben: Alaoin Jones, Anne Well, Hans Maile, Igor Budinstein, Joachim Welz, Jorg Fadle.
Jetzt aber schnell.
Essen: indisch. Gespräch: erfreulich. Familie: wichtig. Kino: Nachtgestalten. Danach: auch.

Samstag
Den vierten Morgen hintereinander schmerzlos durch den Park gelaufen. Auf dem Markt fehlt heute der Stand der beiden gut gelaunten Spanier, die einem nach einem halbwegs umfangreichen Einkauf immer Feigen und Papaya schenken, die sich schon im Moment der Übergabe im Kompottstadium befinden, aber es ist natürlich eine schöne Geste. Ob ich den Matsch wegwerfe oder sie, ist ja einerlei. Dafür gibt es wieder Erdbeeren. Rätselhaft. Ich hole Ingmar vom Bahnhof ab und wir kaufen uns Wintermäntel. Eine schönere Mantelinnentaschenbeschriftung hat mich noch nie gewärmt: »Per favore non telefonate dentro le chiese, i teatri et il parlamento.«
Auf einem gut behüteten Westberliner Grundschulflohmarkt kaufen wir für 5 Mark den Soundtrack von »Pretty Woman«, einen kaputten He-Man für 1 Mark und für insgesamt 4 Mark ein unvollständiges Steckspiel, eine Kinderpost und einen schmuddeligen Kermit. Das geschäftsführende Mädchen nimmt die beiden Zweimarkstücke, wirft sie in eine ganz leere Kamille-Handcremedose, ballt die Faust und schreit YES. Dazu springt sie zweimal in die Luft. Es war ihr erster Deal heute, und dabei beginnen einige Eltern schon mit dem Zusammenräumen, und zwar so, wie Eltern das immer machen bei solchen Gelegenheiten: mit einer Hand, denn in der anderen haben sie ein Stück Einemarkfüreinengutenzwecktopfkuchen, und davon geben sie den Kindern nichts ab, die hatten schließlich vorher schon eine Einemarkfünfzigwaffel. Endlich in der Post: »Nightlife«. Wir legen uns aufs Federkernehebett, das Vermieter Kracht mir großzügigerweise überlassen hat, rauchen, trinken und hören, was die Götter heuer mitzuteilen haben. Hymnen über Hymnen.
Life isn't easy, so why don't you stay. For your own good!
Herrlich. Es ist wieder gelungen, alles ganz einfach, bestmöglich, wegweisend, Klassiker schon jetzt. Nach drei Jahren ein-

fach wieder da sein und ganz lässig ein Meisterwerk, ein weiteres, hinlegen, dann wieder verschwinden. Und viele Lieder kommen einem nach einmaligem Hören sofort so vor, als habe man ewig genau auf die Melodie und diese Schlagerzeile gewartet. Und dass man sie nie wieder wird vergessen können und wollen, da ist man auch ganz, ganz sicher. Lieblingsbands sind etwas so Schönes, man braucht sie ganz dringend. Die helfen immer. Ingmar bringt einige Kritik vor, schweigt dann aber nachsichtig, sieht er ja doch, was es mir bedeutet. Beistand leisten gehört zu den Hauptaufgaben eines Freundes. Im Überschwang sowieso und im Strudel erst recht, wie der zweite Teil des Tages zeigen wird. Mit Claudia und einigen Passanten spielen wir – da ist alles noch in Ordnung – das Kulturdiktaturspiel, jeder muss von einer Plakatwand das seiner Meinung nach ekelhafteste Plakat runterzerren, herbeibringen, der Gruppe kurz die Gründe für die Wahl darlegen, und schon holt jemand ein Feuerzeug hervor, der Haufen lodert, wir klatschen in die Hände und gehen essen. Um fünf Uhr nachts oder morgens, je nach Sichtweise, hat mir jemand eine einstündige Geschichte erzählt. Vorher waren erst alle ganz lustig und dann sehr böse, und dann ist dem Taxifahrer der rechte Vorderreifen platt gegangen, und wir mussten aussteigen, und vor den Klos waren die Schlangen sehr lang. Zunächst nur alle halbe Stunde, dann fast minütlich hörte ich mich oder andere sagen: Ist jetzt auch egal. Das ist wirklich ein so falscher Satz! Nichts ist ja doch egal. Elend, meine Fresse. Um 8 saßen Ingmar und ich auf dem Bett und waren komplett – Comeback für ein Großmutterwort! – BEDRÖPPELT. Oh ja, das waren wir. Ingmar selbst gar nicht mal so. Aber eben dann doch, nämlich fürsorglich gleich mit, wie soll es meinem Superfreund gut gehen, wenn ich so schlecht behandelt werde von einer durchgeknallten Fernsehblödianin; unsere Freundschaft macht ihn mitleiden, das hatte ich ja gemeint, da oben irgendwo.

Happiness is an option – ein schöner Gedanke, ein Knallermotto, aber leider ein eher schlechtes Lied auf »Nightlife«. Oder? Nein, Blödsinn. Grandios ist es. Und der ganze Rest kackt dagegen ab, wie wir jetzt. So was.

Sonntag
Den Vormittag regelt Florian. Ingmar schläft. Neben Happiness meine Lieblingsoption: schlafen. Heute brauchen wir aber eine dritte. Badewanne. Spazieren gehen. Es ist später Nachmittag, und weil mir gar nichts mehr einfällt, esse ich eine Bratwurst. Ingmar staunt, bezahlt, schweigt, legt Ketchup nach. Ein bisschen kälter, dann wäre es perfekt, sagt er. Grau ist es ja schon, auch ein bisschen neblig – noch minus 10 Grad und wir wären sofort froh. Wir kommen beide aus Norddeutschland, muss man dazu sagen. Das Kino ist ausverkauft. Die anderen Filme noch schlimmer. Der Karamellkaffee allerdings eine Sensation. Aber leider noch nicht mal 8 Uhr. Unterm Brandenburger Tor wird Asien gefeiert. Das Fazit: Deutschland-Säulen sind abmontiert, im Büro fragt Ingmar, ob ich nicht mal das von Herlinde Koelbl so furchterregend demaskierend fotografierte Regal aufräumen will, und ich sage nein, und dann fangen wir an aufzuräumen.
Später mit Claudia, Anja und Ulmen im Kurvenstar, wir gucken die Bühne an und planen die Lesung am Wahlabend. Denn weitermachen ist die andere Option. Happiness, da kann man sich einfach nicht drauf verlassen. Sollte man aber trotzdem dran glauben, sonst wird man ein blöder Idiot, dem niemand den Kopf streicheln mag.

Wohnen, Möbel, Leben

Leer ist eigentlich jede Wohnung schön. Dann kommt der Mensch und möbelt sie voll. Bloß nicht voll möbeln, den Fehler mache ich nicht wieder, denkt der Mensch, wenn er den Grundriss seiner neuen Wohnung zum ersten Mal vorgelegt bekommt. Was brauche ich schon, ehrlich gesagt, versucht er sich zu bescheiden, Bett, Tisch, Stuhl, Regal, fertig. Platz lassen, freie Flächen, kahle Wände. Wozu Bilder, Pflanzen, Beistelltischchen? Die strenge Geometrie der Skizze wirkt, als könnten auch andere Lebensbereiche des künftigen Bewohners davon profitieren. Übersicht, Ruhe, Purismus, Klarheit. Beim Besichtigungstermin beginnt man dann, während Makler oder Vermieter im Hintergrund Kabelanschluss, Separat-WC, Verkehrsanbindung, Einbauküche und Himmelsausrichtung des Balkons preisen, die Räume zu verplanen. Das ist die Vorstufe des Vollmöbelns.

Dort kommt man hinein, da drüben wird man sitzen, hier lesen, wo fernsehen, wo schlafen, hier drüben arbeiten, da Zeug abstellen, hm, ist ein Esstisch nötig, auch wenn man nie kocht? Jetzt soll ja alles anders werden. Künftig wird man ja Ordnung halten und sich über unangemeldeten Besuch freuen. Man wird Salat herrichten (neues Geschirr besorgen!), während der Gast sich kurz ausruht (Gästezimmer mit stets frisch bezogenem Bett einplanen!). Was soll der Gast sehen? Und was darf er nicht sehen? Der Mensch vergisst dann schnell, dass ja er in diese Wohnung einziehen wird und nicht seine Gäste.

Ein Möbelstück muss nicht bloß seinen Zweck erfüllen, sondern auch nach was aussehen, aber nach was bloß, nach mir etwa, bangt der Mensch und blättert suizidgefährdet in farbigen Möbelhausprospekten, und dann ist eh alles verloren. Die Fotos der perfekt eingerichteten Beispielwohnungen erinnern den Menschen an die auf Lebensmittelverpackungen abgebildeten so genannten »Serviervorschläge«. So wie per Vorbild gezeigt, kriegt man es nie hin, den Pudding nicht und die Wohnung schon gar nicht. Und statt die Verzweiflung umzuwandeln in Trotz und die Direktiven des Schweinesystems zu zerfleddern, kauft der Mensch Stehlampen und dies und das, möbelt also voll – und wenn wir schon eine Sitzecke haben, dann her mit dem Couchtisch.

Möbelhäuser halten es für nötig, ihre Kunden klein gedruckt darauf hinzuweisen, dass es sich bei einem Großteil des in ihren Broschüren abgebildeten Plunders um nicht mitgelieferte Dekoration handelt. Und das ist eine Binse, vergleichbar mit der des im Urlaubsland viel besser als, importiert, später daheim schmeckenden Weines, aber zu Hause dann sehen die Möbel gar nicht mehr wohnlich aus, denn der ganze Rest ist im Lager geblieben, auf der Strecke, im Katalog, in der Phantasie. Kapitalismus eben. Die auf den Mustersofas sitzenden, grienend glücklichen Polohemdmenschen waren ebenfalls nicht im Kaufpreis enthalten. Wer sich diese Beispielexistenzen wohl ausdenkt? Am Lebensplanungsideal welchen Jahrhunderts orientieren sie sich? Diese Frage stellt sich genauso im Fotogeschäft beim Betrachten ausgestellter Hochzeits- und Einschulungsgemälde oder, noch surrealer, bei den auf Pappe geklebten Familienbildern, die dem Kunden die verschiedenen Abzugsgrößen illustrieren sollen. Wozu noch fotografieren und überhaupt leben, fragt verzweifelt sich der Kundenmensch, wenn ich keine Frau habe, mit der ich Fahrrad fahre, keine Kinder, mit denen ich Gummibälle werfe, und keinen Hund, mit dem wir gemeinsam herumalbern?

Er geht nach Hause, Bilder aufhängen. Bis die Wand weg ist. Bei der ersten Begehung ist nicht nur sie, sondern auch die gesamte, noch leere Wohnung eine weiße Leinwand. Alles möglich. Nach einer Weile des Drinwohnens ist sie ein Führungszeugnis. Dann kommt Besuch. Angemeldet, hoffentlich. Man beginnt aufzuräumen, umzustapeln.

Er, der Besuch, soll die Bücher vom Sofa aus sehen? Sind die, die neben dem Bett oder der Couch liegen, interessant genug? Welche Platten liegen obenauf? Ist es jetzt nicht zu ordentlich? Also verstreut man ein wenig Kleidung, raucht kurz den Aschenbecher voll, spült nur die Hälfte des Geschirrs. Es soll nach Leben aussehen. Nach dem eigenen.

Im Solarium

Vor vielen Jahren wurde die eine Hälfte eines nicht mehr kommentierbedürftigen Pop-Duos von einer Musikzeitschrift als »sonnenbankgegerbte Sangesschwuchtel« bezeichnet. Der damals langhaarige, stets gebräunt UND geschminkt wirkende Falsett-Sänger zog vor Gericht, could win 'cause he wanted – und ließ uns doch im Unklaren darüber, was genau er nun als Schmähung empfand: die Unterstellung gleichgeschlechtlicher Orientierung oder künstlich erlangter Bräune. Inzwischen ist Thomas Anders, so läuft es ja immer, dick geworden, hat kürzere Haare, ist unverändert (naja, etwas gegerbter schon) braun gebrannt und wird bald eine Frau heiraten, die er – so war zu lesen – in Koblenz beim Champagnertrinken kennen gelernt hat. Nicht vielleicht doch im Solarium? Wir wissen es nicht. Wissen aber, dass Anders eine große Dachterrasse hat, dafür gibt es ja so genannte Homestorys. Doch auch in Koblenz regnet es oft. Wahrscheinlich also hatte die Musikzeitung halb Recht.

Warum eigentlich schämt sich ein Mensch zuzugeben, daß er in ein Solarium geht? Weil das peinlich ist? Warum aber schämt er sich dann nicht erst recht zu erzählen, wen er mittels Champagner überreden konnte, sich mal die Dachterrasse anzusehen? Warum verklagt er nicht Fotografen, die ihn gemeinsam mit Dieter Bohlen fotografieren – na also.

Auch ist ja die beabsichtigte Wirkung eines Solariums eben die einer allgemein sichtbaren Veränderung der äußeren Erscheinung. Sehr wohl möchte der Gebräunte hören, dass er frisch aussieht, gesund, gut, nicht aber gefragt werden, wie oft er dafür Geldmünzen in ultraviolett strahlende Röhrensärge geworfen hat. Wenn jemand gerade ein interessantes Buch gelesen hat oder verstanden, wo die eigene Mitte ist, wie man rückwärts einparkt oder was abseits ist, sieht man ihm das nicht unbedingt an; Erleuchtung ist ja etwas anderes als Bestrahlung. Everything changes but you, sang eine wunderbare Band mal, und so verhält es sich mit dem Solarium auch: Man bleibt derselbe, ändert bloß die Farbe.

In den paar angenehmen Jahren, in denen es Thomas Anders nicht (oder nur in Koblenz auf dem Dach) gab, vermittelte die United-Colors-Kampagne von Benetton-Werbetrommler Olli the Wespennest Toscani, bevor sie sich aufs effektheischende Provozieren beschränkte, mittels verschiedenfarbiger Kinder: Hautfarbe ist Zufall und egal. Ein schöner Gedanke, aber natürlich waren die Kinder bloß in der Werbung gleich, muss man leider sagen. Das Schönheitsideal in unseren Breitengraden diktiert weiterhin eine gewisse überdurchschnittliche Bräune, die ihrem Träger viel von dem unterstellt, woran es den meisten mangelt: Freizeit, Geld, Urlaub, Sonne, Cabrio, Gesundheit und ganz allgemein Erfolg. Und Neger werden immer noch so genannt, und das Wort meint weiterhin immer auch eine über die Hautfarbe hinausgehende Einordnung. Ganz früher, als die meisten Menschen nicht am Computer, sondern auf dem Feld arbeiteten, war der Durchschnittsbürger braun gebrannt und die wenigen Privilegierten erkannte man an so genannter vornehmer Blässe, die zeigte, dass derjenige in Sütterlinschrift Stadt Land Fluss spielen, seine Zofe ärgern oder anderen Snobismen nachgehen konnte, während die Untertanen auf dem Feld braun wurden und seine Ernte einfuhren. Das Prinzip der Ernte hat sich kaum geändert, doch braun werden jetzt die anderen. Zwar auch auf dem Feld, allerdings heißt das nun Golfplatz.

Den ehemaligen Feldarbeitern aber steht heute zumindest die Tür zur Sonnenbank offen, sie müssen nur ein paar Münzen einwerfen, dann geht die Tür auf und es wird UV-Licht. Eine tolle Sache. Trotzdem verrufen – allzu viel Bräune wird auch heutzutage Berufsgruppen mit schlechtem Image zugeordnet. Deshalb schämen sich die noblen Halbbräuner auch, den Solariumsgang einzugestehen; in diesem einen Punkt also ist Thomas Anders ausnahmsweise mal KEIN Einzelfall.

Man traut sich kaum rein und möchte bloß nicht von Bekannten gesehen werden, wenn man wieder herauskommt. Und nicht nur darin ähneln Solarien Orten der anonymen Heilszuteilung, Sexshops etwa, Beichtstühlen oder Fitnessstudios. Wie in Sexkinokabinen (oder bei Zigarettenautomaten) steckt man abgezähltes Geld in einen Apparat, muss also die gewählte Laster-Dauer nur vor sich selbst, nicht noch vor den wissenden Blicken eines Kassierers rechtfertigen, das nimmt so genannte Schwellenangst. Hautkrebs riskiert man trotzdem, denn natürlich legt man sich länger unter die kaltlichternen Röhren als erlaubt, weil man ja sofort braun werden möchte, und umso enttäuschter zurück in die Wäsche guckt, wenn die Uhr abgelaufen ist, man dem Schrein entsteigt und noch keine Besserung (meint: Bräunung) feststellen kann. Zunächst bezeugt nur ein merkwürdiger Hautgeruch die Bemühungen, die zur Färbung ausgestellte Hülle riecht nach altem Leukoplast.

Es gibt neue, moderne, bestens ausgerüstete High-Tech-Studios mit fit for funnem Personal und antiseptischen, TÜV-geprüften Gerätschaften, die einer Raumstation ähneln. Das Personal scheint auch TÜV-geprüft und vergibt bestens gelaunt Vitaminsäfte, frische Handtücher und so genannte Wellnesstipps. Nach zwei Minuten Gespräch mit diesem, ein Aufkleber bezeugt es tatsächlich, GESCHULTEN Personal glaubt man wirklich, es sei unbedingt sinnvoll, sich die Hälfte des Tages mit der Idealannäherung seines Körpers aufzuhalten. Nicht selten ändert man gleich auch noch seine Ernährung, hört auf zu rauchen und beginnt mit Ausdauersport. Oder man kommt nie wieder zu diesen Gesundheitsterroristen, deren Läden Healthcenter oder ähnlich euphemistisch heißen; halbinfiziert zumindest entlassen sie keinen.

Doch es gibt auch immer noch die anderen Sonnenstudios, die von außen einer Spielothek verdächtig ähneln (auch Automaten! Auch eine Sonne mit Sonnenbrille im Schaufenster!). Diese Studios heißen Sun & Fun, Summertime, City Sun, Sun World oder Uncle Sun, und ihr Personal schaut aus wie ein vergessenes Brathuhn, das sich einsam, von der Welt vergessen in einem Fußgängerzonenimbiss-Rundgrill dreht. Die Haut dieser Damen ist ziemlich geschult und ungefähr doppelt so alt wie sie selbst, sie rauchen, lesen Zeitschriften und geben einem gar keine Tipps. Wenn Modern Talking im Radio kommen, drehen sie nicht unbedingt leiser, Modern Talking ist ihnen, was es einem sein sollte, was ihnen das meiste ist, außer ihrer Bräune – ziemlich egal. Diese Damen sind souverän. Nicht gesund, das nicht. Aber sie nerven nicht. Augen zu und durch – dabei aber bitte die Schutzbrille nicht vergessen.

Im Copy-Shop

Der Mann hat es eilig, das sieht man sofort – wie hastig seine Bewegungen sind, wie rot sein Gesicht, wie wund gekaut seine Lippen. Viel Zeit scheint er nicht zu haben. Und doch, »Stunden schon« blockiert er den besten Farbkopierer am Platze, wie eine Wartende nicht müde wird, in ihr mobiles Telefon zu fluchen. Und noch Stunden wird er dort stehen, wie es scheint. Um ihn herum surren Vervielfältigungsapparate, das Radio an der Kasse plagt mit jämmerlichem Klamauk, doch lässt den Blockierer all dies unberührt, in seinem Kopf surrt anderes. Vollkommen abwesend stapelt er, heftet, klebt, vergrößert, verkleinert, schneidet aus, verzweifelt zwischenzeitlich an Eigenheiten des Geräts und bleibt doch unbeirrt. Mit ihm: der Zähler, der gnadenlos addiert. Teuer wird es. Und aus einer großen pappverstärkten Mappe holt der so seltsam Gehetzte ständig neue Vorlagen. Ein Künstler. Kostbar wird es. Was collagiert er? Indezenz ist nicht vonnöten, um diesem Rätsel auf die Spur zu kommen, denn der Herr breitet sich weit aus auf Nachbarkopierer, Beistelltischchen und Fußboden. In einem Kopiergeschäft am Kurfürstendamm wären schon die Empörungsfloskeln »Machen Sie das zu Hause auch so?« und »Sie sind nicht alleine auf der Welt« bemüht worden. Doch bis auf die Telefonierende mit Hang zur dramatischen Übertreibung (»Stun-den!«) nimmt niemand Anstoß; und dass jener im Kopierwahn glauben könnte, allein auf der Welt zu sein, wäre auch eine schlechte Diagnose, wo der Befund doch eindeutig ist: Dieser Mann ist verliebt. So fieberhaft kopiert man weder Bewerbungsunterlagen noch Noten und auch keine Rezepte für die Krankenkasse. Nein, die Vorlagenglasplatte wird zum Altar, darauf der so beneidenswert

Entflammte Fotos, Eintrittskarten, Postkarten, Handgeschriebenes, kurz: Schnipsel aller Art ausbreitet. Was wohl das rotweiße Paketband bedeutet, das er farbkopiert? Band der Liebe? Tanz auf dem Seil? Strick um den Hals? Der Beobachter kapituliert: Vorlagenstau.

Die Beziehung von Körper und Geist im Jahr 2004 (Dancing With The Rebels)

Diese Geschichte entstand während einer zweistündigen Radiosendung (»Nightline«) auf dem Sender YouFM. Hörer dieser Sendung, deren Namen dem von ihnen erdachten, formulierten und verantworteten Abschnitt jeweils voranstehen, diktierten mir als dem Moderator der Sendung das Folgende zwischen 23:00 und 1:00 Uhr per Telefon. Die Überschrift stammt von Hörerin Nummer zwei.

CHRISTIAN SCHRÖDER:
Es begab sich aber zu der Zeit, da Deutschland bevölkert war von sogenannten »Superstars« und »Popidolen«, dass er ihr schrieb, wie sehr er sie liebt.

SONJA LAMBIDI:
Ich bin gepeinigt, antwortete sie ihm heute am Abend per SMS, gepeinigt sei sie, sie hätte den ganzen Tag gearbeitet, egal was, Arbeit sei es gewesen, die sie so gepeinigt habe. Er antwortete ihr umgehend: »Mit sehr viel Freude und Begeisterung habe ich deine Zeilen zur Kenntnis genommen. Trotzdem ...;–)«

(Als sich nach einem sehr schönen und krachigen Lied niemand in der so genannten Leitung befand, nutzte der Moderator eine nach dem Zufallsprinzip dem Nachrichtendienst entnommene Meldung, um den Erzählfluss voranzutreiben)

Er schlug die Zeitung auf und las murmelnd:

»Brüssel/Tongeren (dpa) – Material für die Herstellung von bis zu 100 Millionen Ecstasy-Pillen hat die belgische Polizei am

Donnerstag sichergestellt. Eine solche Anzahl von Pillen hätte in Belgien einen Marktwert von etwa 400 Millionen Euro, hieß es. Im Zusammenhang mit dem Fund hat die Polizei vier mutmaßliche Drogenhersteller – drei Niederländer und einen Deutschen – in Maasmechelen nahe der niederländischen Grenze festgenommen.»

STEFFI MERTINEIT:
Zwei Tage und zwei Nächte war er nun schon auf Pille. Und jetzt das, verdammt, die Brüssel-Connection war geplatzt. Und mit seiner Beziehung sah es ähnlich aus, so schien es. Er griff zum Handy und wählte Gioias Nummer. Es klingelte fünfmal, doch Gioia hob nicht ab. Er beschloss, es später noch einmal mit unterdrückter Rufnummer zu probieren. Diese Gioia! Er machte sich auf die Suche nach Drogen. Brüssel konnte er vergessen, was jetzt? Er griff das Buch »Rave« von Rainald Goetz aus dem Regal und schlug Seite 100 auf, hundert Millionen Pillen, dachte er, also Seite 100. Soll doch die Literatur mir weiterhelfen. »Erst mal schön hinsetzen« las er dort, auf Seite 100. Gute Idee, dachte er und machte es sich auf der Couch gemütlich. Bier trinken. Also wieder aufstehen, zum Kühlschrank gehen. Ein Stress ist das. Vor zwei Monaten haben wir uns das Nein-Wort gegeben, dachte er. Noch wohnen wir theoretisch ja zusammen hier.

TOBIAS HEINISCH:
Genau wie bei Smudo im *jetzt*-Tagebuch, dachte er, und genau wie im Fanta 4-Lied »Raus«. Sie muss raus, sie muss raus, sie muss gehen, summte er und unterbrach sich schnell, stop, dachte er, in dem Lied killt der Held seine Frau, aber das werde ich nicht tun. Raus muss sie allerdings trotzdem. Schade eigentlich, denn sie ist eine super Frau, aber es geht nicht mehr. Mal schnell einen Plan zurechtlegen, zumindest für die nächsten paar Stunden. Er guckte zum Videorecorder: 14 Uhr 10

zeigte der an. Aber da musste er was dazurechnen, denn seit dem letzten Stromausfall ging das Ding fünf Stunden und 20 Minuten nach, außerdem blinkte das Gerät wie verrückt, das würde irgendwann komplett neu einzustellen sein, aber nicht jetzt. Halb acht also, das ist doch eine ganz coole Zeit, da ist doch der Abend noch offen, freute er sich, stand auf und ging hinaus.

GABRIEL QUAPP:
Sein Dopamin-Spiegel befand sich nahe null. In einem leichten Anflug von Sehnsuchts-Äh erinnerte er sich an sein Bett, an ihr ehemals gemeinsam genutztes vielmehr. Dieses hatte schon seit Wochen seine eigentliche Definition verloren. Was sollte man mit einem Doppelbett so ganz allein anfangen? »The bed's too big without you«, ja, dieses Police-Lied, das singe ich ihr jetzt am Telefon, mit unterdrückter Nummer, vor, dann wird sie vielleicht aufwachen in zwar nicht unserem, aber vielleicht ja in irgendeinem anderen Bett. Völlig okay.

HERSHE CONSIGNA:
Er griff zum Handy. Dreimal tutete es, tatsächlich, sie hob ab.
»Tommi-Schatz, na endlich!«
Er schob voll den Aggro: »Du Schlampe!«
»Ach du! Selber schuld, ruf halt nicht mit unterdrückter Nummer an.«
Er klappte das Telefon zu und machte sich auf den Weg zu ihr, die Lage checken. Er konnte sich schon denken, wo sie zu finden war. Immer wenn wir Streit haben, wohnt sie bei ihrer Freundin, wie heißt die nochmal, na, diese schwarzhaarige fette, asoziale, im Taunusweg wohnt die. Dort ist Gioia bestimmt. Da stolzier ich jetzt mal hin. Ich hab nie darüber nachgedacht, was wird sein, wenn's einmal kracht.

STEFFEN JOST:
Er war so wütend und auf E, dass er bislang gar nicht bemerkt hatte, dass es in Strömen regnete. Doch jetzt fanden die Regentropfen den Weg durch seinen schwarzen Kapuzenpulli mit dem Aufdruck »Boa, das ist jetzt aber schwer«. Er stellte sich an die Straße und streckte den Daumen raus. Ein schwarzer BMW fuhr an ihm vorbei, durch eine tiefe Pfütze, jetzt war der Arme komplett nass. Der Fahrer bremste abrupt und fuhr ein Stück zurück, er hatte Mitleid. Im Auto roch es nach Duftbäumen. Der Fahrer, ein älterer Herr mit grauen Haaren und Knollnase, fragte gleichgültig: »Na, wohin soll's denn gehen?«
»Taunusweg.«
»Da schmeiß ich Sie am Dingsplatz raus, ist das okay?«
»Hauptsache, ich muss nicht laufen.«

KARO WELK:
Schweigend saßen sie nebeneinander, Olpe dachte an Gioia, der Fahrer dachte an seine Frau, die ihn gerade verlassen hatte, wegen eines Mercedes-Fahrers.
Am Dingsplatz stieg Olpe aus, rief dem Fahrer »keep rocking!« zu und latschte zum Taunusweg. Auf dem Weg dorthin machte die Droge noch einmal angenehm auf sich aufmerksam. Das will ich jetzt gar nicht haben, dachte er sich, ich kann da jetzt nicht so glücklich auftauchen. Also steuerte er die nächste Tanke an und kaufte sich zum Runterkommen Jim-Beam-Cola in Dosen, zwei Stück, der Weg war ja nicht mehr so lang. Weil die Welt ja klein ist, traf er an der Kasse der Tanke seinen alten Schulfreund Tommi.

PATRICK REINHARDT:
Olpe erzählte Tommi die ganze Geschichte.
»Ist ein bisschen schwierig«, kommentierte Tommi.
»Scheißvegetarierin!«, schrie Olpe.

»Also dass das klar ist, ich bin's schon mal nicht, dieser neue Lover, Tommis gibt's ja viele.«
»Weißt du was, Tommi, ich hole mir jetzt einen Döner, um ihr eins auszuwischen.«
»Ich komme mit.«
Sie fuhren mit Tommis Auto in den Taunusweg, hielten vorher noch bei Alibaba, dem schlechtesten Dönerladen der Welt. Da bemerkte Olpe, dass er sein letztes Geld in Jim-Beam-Cola investiert hatte, er war blank.
»Ich leih dir was«, bot Tommi an.
»Kriegst du bald wieder«, log Olpe und dachte an sein überzogenes Konto.

KORBINIAN MÜLLER:
Im Taunusweg angekommen, öffnete die von Olpe so gehasste Freundin Gioia die Tür.
»Puh, bist du hübsch«, entfuhr es Tommi.
Olpe fragte: »Wo ist Gioia, furchtbarer Name übrigens!«
Die Schwarzhaarige sagte nichts, Gioia, die in diesem Moment die Treppe herunterkam, begrüßte Tommi überschwänglich, Olpe blieb von ihr zunächst unentdeckt, er stand hinter Tommi, war auch viel kleiner als der und hatte gerade gehörig zu kämpfen mit der Alibaba-Spezialsoße. Sie kam ihm hoch. Er schluckte sie wieder runter. Beim zweiten Mal schmeckte sie deutlich besser. Da entdeckte Gioia ihn, sagte aber nichts. Rike, die Schwarzhaarige, versuchte nun die Situation aufzulockern, schickt das junge Glück ins Haus und

CALLE KORDES:
nahm Olpe an die Hand und sagte zu ihm: »Du und ich, wir reden jetzt an der Häuserecke.« Olpe spuckte erst mal in die Rabatten und hustete zwei-, dreimal, fragt dann Rike: »Woher kennt Gioia diesen Tommi?«
»Das ist mein Exfreund, wieso?«, gab Rike sich erstaunt.

Olpe brach weinend zusammen, klammerte sich an Rike fest, die ihn tröstend in den Arm nahm, ihm die letzten Spezialsoßenkotzereste vom Mund wischte, einen zärtlichen Zungenkuss gab und ihm ins Ohr säuselte: »Ich habe die beiden zusammengebracht, um dich von ihr freizukriegen, weil ich dich schon seit Ewigkeiten liebe.«

Das Resultat ist nichts anderes als ein Wunder.

ICH WAR HIER*
Eine Spurensicherung

Dies Ich war früher angelangt als ich,
Und ich war hier, in diesem Fall mein Seel,
Noch eh ich angekommen war.

*Heinrich von Kleist, »Amphitryon«
II. Akt, 1. Szene, Gespräch Amphitryon – Sosias*

Hol den Vorschlaghammer
Sie haben uns ein Denkmal gebaut
und jeder Vollidiot weiß
dass das die Liebe versaut
Ich werd die schlechtesten Sprayer
dieser Stadt engagieren
Die sollen nachts noch die Trümmer
mit Parolen beschmieren

Wir sind Helden, »Denkmal«

Entstanden ist die Idee zu diesem Projekt im Marzipanmuseum, Lübeck, bei der Lektüre des Gästebuches. Schüler, Wochenendausflügler, Volkshochschulabordnungen, Touristen (dankbar: Entdecker aus den neuen Bundesländern; altklug: pensionierte Saarländer; unsachlich: Konditorinnen, offenbar trunken, beim Innungsausflug; übertrieben begeistert: Ame-

---

*Der Dokumentarfilm »Ich war hier« wurde produziert von Friedrich Küppersbusch/pro bono, Köln für den NDR. Redaktion & Regie: BvS-B. Kamera & Schnitt: Jens Lindemann. Mitarbeit: Anna Kemper.

rikaner; philosophisch abgekehrt: Japaner etc.), – alle Besucher verrieten durch ihren Eintrag über die Bande des Ortes MARZIPANMUSEUM viel über sich selbst:
Wie kamen sie aufs Marzipanmuseum? Wie war das Wetter, die Laune, der Proviant, wie hat der HSV gespielt? Wie war Lübeck insgesamt? Eine Schulklasse hinterlässt ein nur scheinbar diffus collagiertes Typographiemonster – in Wahrheit ist es ein hochgradig berechenbarer, gerade im Disparaten zusammengehaltener Charakterfächer: in Schönschrift (Lisa, Klassensprecherin, Pferdeschwanz, Vater: Arzt) zunächst die Sachinformation. Schule, Klasse, Datum, eventuell ein Dank, ein generelles Schönhier. Dann die Signaturen: quer, auf dem Kopf, krakelig, obszön, verweigernd, sloganierend, mit Zeichnungen versehen (Mädchen malen oft die Klasse im Halbrund vor dem Lehrer, der in Frontalansicht neben einem Gemälde, Gebäude o. Ä. steht. Jungs malen lieber Schwänze). Die Selbstdefinition in dieser Findungsphase gelingt Jugendlichen in der Regel nicht ohne Zuordnung und Abgrenzung – Logos geliebter Bands, Aufkleber mit Schauspielergesichtern werden den Namen beigestellt: Ich, Martin, höre das und hasse jenes. Am Rand lappt es aus, wird in Dialog getreten: auf andere Einträge reagiert. Diese menschliche Variante des Revierbepinkelns wird häufig auch über den dafür zur Verfügung gestellten Raum hinaus ausgeweitet, indem sich außerhalb des Gästebuchs (auf Wänden, Klotüren, Sitzbänken etc.) ja: verewigt wird oder auch in vorangegangene Eintragungen eingegriffen wird; Oberhand, Definitionsmacht und Besitzanspruch werden angezeigt per Übermalung, Ergänzung oder Kommentar. Als Schulklasse besichtigt man im Rahmen einer Exkursion so einiges, und so diversifiziert sich die Stimmungslage, ausweislich der Eintragungen. Selten sind sie in der Sache enttäuscht, eher generell destruktiv, erwartet wird ohnehin meist nichts, ist das Ziel ja in den seltensten Fällen selbst und freiwillig gewählt.

Im Gegensatz dazu gibt es auch Menschen, die den Weg nach Lübeck allein des Marzipanmuseums wegen auf sich genommen haben. Die folglich auch etwas erwartet haben. Und infolgedessen begeistert, aber auch enttäuscht, gelangweilt, Besseres gewohnt sein können. Sachliche Fehler, Ungenauigkeiten, Versäumnisse werden aufgelistet, die Sachkompetenz wird beiläufig untermauert durch einen Qualifikationsnachweis (Bin Konditor/Habe lange bei Niederegger gearbeitet/Wir sammeln seit langem Marzipanbrote aus aller Welt/Man muss kein Werwirdmillionärgewinner sein, um zu wissen, dass anders als in Ihrer Darstellung etc.). Auch konstruktive Kritik hat Platz: Wie wäre es noch mit/Kostproben würden das Erlebnis abrunden/Etwas ungenau schien mir etc.

Aufschlussreich ist darüber hinaus stets die Auflistung der zielführenden Verkehrsmittel: Nach einer schweißtreibenden Radfahrt/Das Gewitter bescherte uns Kanuten diesen ungeplanten Zwischenstop/Mit dem Wochenendticket aus Hamburg/Nach einer Busfahrt, bei der einigen ziemlich schlecht wurde, in Klammern Kerstin punktpunktpunkt, ich sag nur: usw. (Es folgt Anekdotisches.)

Unterschiedlich und als weiteres Kriterium der Zielbewertung (war es die Mühen wert?) fällt auch der Verweis auf die Entfernung zur eigenen Heimat aus: Haben wir den langen Weg auf uns genommen/Nach Jahren in Lübeck zum ersten Mal diesen Schatz vor unserer Haustür wahrgenommen/Zwar war Lübeck nur eine Zwischenstation auf unserem Weg nach etc.

Auch erfahren wir, warum die sich Eintragenden den Ort aufsuchten: Das Hobby meines Mannes führt uns oft/Das Wetter machte unserem ursprünglichen Plan einen Strich durch die Rechnung/Zum Jahrestag unseres Kennenlernens kehren wir alljährlich zurück nach Lübeck usw.

Der durch Schriftführung (fahrig – Hektik. Das Kind muss mal, der Bus fährt, der Gatte mahnt mit Zeitplan und nächstem Ziel. Penible Formulargestaltung – Rentner, Zwangscharakter? Große, bemühte, mehr gemalte, oftmalig neu angesetzte Lettern – ein Kind, das gerade schreiben lernt? Eine Musterschülerin, die ihren Lehrer im Rücken ahnt?), durch Wortschatz (gestelzt: bemühte Polen; Weltkrieg via des Fußball-Topos fäkalverbal fortführend: Holländer, Engländer; Dialektstolz: Bayern; nie unhöflich, dadurch immer leicht borniert: Schweizer), Ausführlichkeit, genutztes Schreibwerkzeug (Edding = Star oder Schmierfink; Bleistift = Klugscheißer), die in Klammern hinzugesetzte Position (des Hiergewesenen oder dessen, der im Namen aller schreibt = Hinweiser auf Hierarchie der Gruppe) usw. usf. aufschlussreichst betriebenen Selbstcharakterisierung über Bande folgt schließlich als deren Krönung die kurze Aufhebung des ortsgebundenen Verhaltens, Marzipanmuseum lässt man nun Marzipanmuseum sein und kommt zum Eigentlichen, einigen ganz und gar privaten Worten, deren Unterbringung im öffentlichen Raum die Intention offenbart, in bestehende Debatten (und überhaupt: in die Welt) einen wortwörtlichen Standpunkt nachhaltig einzubringen, im allerwahrsten Sinne da (gewesen) zu sein: Kerstin liebt Dagmar. Gott schütze Edmund Stoiber. Herr Müller stinkt – und so weiter.

Unsere gesamte Umwelt ist dergestalt lesbar: Wer war hier, wo, was und wie bin ich und kann ich sein. Meinungen, Auskünfte, Signaturen, Widmungen, Verwünschungen, Aufrufe, Hilfsgesuche etc. – der Ort selbst spricht plötzlich in Stimmen.

Stimmumschwirrt verließ ich das Marzipanmuseum und besuchte das unweit davon gelegene Buddenbrookhaus. Und tatsächlich fand ich im dort ausliegenden Gästebuch dasselbe, wie man so sagt, in Grün. Und in Blau und in Schwarz und in Rot – in Bunt. Ihr wart also hier. Ich auch. Von Helge Schneiders Angstfrage »Wer seid das Ihr?« begleitet, begann ich dann mit den Nachforschungen:

Wer war wo?
Warum hinterlassen wir welche Art Spuren?
Wer macht den Scheiß womit wieder weg?
Heben wir das Bein, wenn wir zum Kuli greifen?
Welche Buchstabenentneutralisierungen sind im Umlauf (das eingekreiste Anarchie-A, das Grönemeyer-Ö, die SS-Runen, das T-online-T usw. usf.)?
Von der Bilderschrift bis zur Kapitalis Quadrata, wie und warum?
Wie öde, unbeliebt und sinnlos sind offiziell als Graffiti-Besprühflächen freigegebene Areale, wie läppisch die als Toleranz und Jugendzugewandtheit verkleidete Ghettozuweisung, die in solchem Rahmen Graffiti als Kunst anerkennt, bezuschusst und scheinbar versteht – aber natürlich genau nicht versteht.
Ist die Höhlenmalerei des zivilisierten Menschen der Eintrag ins Gästebuch?

Ich war hier – was, wenn nicht dies, sagen uns (und: sagen damit wir) die Amerikafahne auf dem Mond, Knutschflecken, Würgemale, Fingerabdrücke, Grabsteine, das eingeblendete Spendernamen-Laufband in einer Charity-TV-Sendung, Tagezählstriche an Gefängniszellenwänden, Gipfelkreuze, Anstreichungen in Büchern, Kondolenzlisteneinträge, von Münzen über den Rücken werfenden Touristen verursachte praeEuro-Währungspluralität in städtischen Brunnen, Telefonbuchdeckelgekrickel, Kuckucksaufkleber des Gerichtsvollziehers, Muschelbeschriftungen auf Sandburgen, autogrammkartenbeklebte Spiegel in der Maske eines Fernsehshowstudios, so genannte Spuckies an Laternenpfählen, Kürzelsignaturen auf einzelnen Vertragsseiten, niedergelegte Kränze?
Es ist ein zeitversetzt stattfindender Dialog, wenn eine Nazischmiererei mit »Nazis raus!« überschrieben wird, dies wie-

derum mit »Judensau!«, dem ein mahnendes »Habt Ihr nichts gelernt?« oder ein drohendes »Wir kriegen Euch alle« folgt. So entsteht die Gewissheit: Wir sind, denn wir waren da.

»Das Leben hat, nach der Niederwerfung des Subjekts, damit begonnen, seinen Rest selber zu schreiben.«

Botho Strauss, »Die Widmung«

Turmtreppenhaus im Kölner Dom

Es ist noch weit

Rauchen verboten!

Es war schön

Hi Leute, hier angekommen?

Viel Spaß noch beim weiteren Aufstieg!

Hallo Jasmin, nur noch ein paar Stufen, Dein Papa

Wer hier hoch will, tut mir leid.

Ich grüße Euch alle, und habt Mut zum Runtergehen!

Nirvana forever

H-BlockX

Take That

Robbie Williams Forever

Ich war hier

Wir waren hier

I was here

Mark was here

I was here

I've been here

Moritz und Mario waren hier

Das Trio war hier

Wir waren hier

Locke und Nudel

Aquí Estuvo Pepe

Poodle Mc Clintock Derry Ireland

Johannes Paul II was here

Wolfgang 99

Sebastian dagewesen

Manta Manta Klaus

10er-Abschluss 2001

Karate Dojo Melle

Hans + Jette

S+J = Love forever

Kira + Angelo Kelly

Lucia P and Jeanette = Best Friends

GbE + GsM

Philipp B + Rebekka G waren hier – und wir sind super k. o. <u>VIEL</u> Spaß Euch allen hier

Punk rules

I am Batman

Ghetto Italiano Superstar

Keep on smilin'!

Make Love not war/Keep the freedom/Let the sunshine in your heart

Fuck God & Government

Christopher ist eine Kartoffel

Ich glaube eher an die Ungerechtigkeit einer Nutte als an die Gerechtigkeit der Deutschen.

Türkei ist cool

Holland 1995

Greece – the best

Viva Bolivia

Vive la France – kamikaze est d'accord

Man müsste Bürgermeister sein

Do not believe in god – believe in yourself

Gott ist tot

Supi.

Hubbel, wir vermissen Dich.

Ich grüße die Gesamtschule Eil.

Ich grüße alle

Schöne Grüße aus dem wunderschönen Altenessen

Ich liebe Dich von ganzem Herzen.

Greetings to all Starlight-Fans

Ich hab Dich gefragt – und Du hast JA gesagt.

Danke. Daniel Kürschgen – ruf mal an, Deine EX-F.

Marcus, ich liebe Dich – Susann aus Schwerin

Bernhard, ich hab dich lieb.

I love Fatma

Ich bin schwul

Ich grüße meine Klasse 7a

Ich liebe Dich immer noch. Warum hast du Schluss gemacht?

Viel Spaß in Köln

Lieber Thomas, wie geht's weiter? Liebe Grüße.

Fußball-Fan-Graffiti

Auszug aus: Thomas Northoff, »Fußballfans und ihre Graffiti«

Der Fan identifiziert sich mit zwei Gruppen, der Mannschaft und deren Anhängern. In den Fußballfan-Graffiti werden Spuren hinterlassen, die auch sagen: Ich war hier, als Vorkämpfer und Vertreter einer starken Partei. Die »Ich-war-hier«-Graffiti oder Erinnerungsgraffiti gehören anteilsmäßig zu den größten Graffiti-Gruppen.
Die Fußballfans unterschiedlicher Vereine signalisieren m. E. in ihrer Rivalität, das eigene Symbol möglichst oft aufscheinen zu lassen, ein gewünschtes oder tatsächliches Raumgreifen ...

Das Sich-stark-Gebärden gehört zu Graffiti männlicher Jugendlicher und ist m. E. sogar die hauptsächliche Motivation dafür. Das trifft auch auf männliche Graffiti insgesamt zu, wenngleich die Fußballfan-Graffiti durchschnittlich die aggressivsten sind ...
Weibliche Jugendliche, die Graffiti mit Fußballbezug schreiben, stellen maximal 1 % von den Fußball-Graffiti-Schreibern. Sie sind friedlich und freundlich ...

Es lassen sich zwei Hauptgruppen von Schreibenden erkennen: Die eine Gruppe der Fans ist den Schriftzügen und Beobachtungen nach bis 13 Jahre alt und schreibt in rührender Liebe und Einfalt wo immer möglich den Namen »ihres« Vereins. Die zweite Gruppe scheint aus tendenziell aggressiveren Menschen zu bestehen als die erste. Ihre Schriftzüge sind erwachsener. Sie fällt durch komplexere Botschaften, aber viele Rechtschreib- und Syntaxfehler auf.

Zaun am Borussia-Dortmund-Trainingsgelände

Moin

Niko Papenbrock. Ich war hier

Lilo was here

Wir waren hier

Saskia war hier

Bauer war hier

Ich war hier 20.9.02 Marvin S.

Matthias Willenbrink

Ich heiße Ben und bin 15 Jahre

Jan Kolber

Anja und Nina

Rosicky ist cool

Rosicky Rosicky Rosicky Rosicky

Rosi!! Timo Max

Sebastian Kehl

Lars Ricken forever BVB

Lars Ricken the best

Stefan Reuter ist der Beste

Amoroso

Amoroso for BVB

Reuter Skibbe Amoroso

Chapuisat

Amoroso Rosicky ole Dédé

Sunday Oliseh only

Amoroso Rosicky Koller Dédé Ricken Metzelder

Evanilsson Wörns Herrlich Lehmann

Thomas I love you T. R. Du bist voll geil. by Ina

I love Lars Ricken forever

I love Lars Ricken

I love Rosicky by Jasmin

T. K. du bist voll geil

L. R. – Julia und Stefanie lieben dich! gez. Wir. Forever in love.

Rosicky, Koller ihr <u>Götter</u>!

Julia und Alex ich hab euch lieb by Stefanie

I love Fernandez

Super. I love nichts

Scheiß Bayern

BVB are the best

wir ho-len den U-U-efa Cup und werden Deutscher Meister

BVB wird Meister

BVB 09 vs. FC Basel

Scheiß-Schalke

Scheiß BVB

I love BVB

Jonas – Julia und Stefan lieben dich

Kalle

Wir wollen dich nicht

Thomas ruf mich mal an 01627577xxx

Ich war hier am 22.7.

DO-TR-1080

Thorsten

Wir waren hier 23.9.02

Wir waren hier 24.9.02

Wir waren hier, und es war kein Training.

Graphologie I

SULAMITH SAMULEIT: Schrift ist aus Bildern entstanden, also, bevor Menschen geschrieben haben, haben sie erst einmal Bilder gemalt. Um Dinge mitzuteilen, hat man für verschiedene Sachverhalte symbolische Bilder geschaffen, die sind dann vereinfacht worden, und daraus hat sich durch weitere Verkürzung und Abstrahierung eine Silbenschrift entwickelt, und aus der Silbenschrift hervor ging die Zerlegung in einzelne Buchstaben.

Die ersten Schriftzeichen waren die Höhlenmalereien, irgendwelche Farbpigmente hat man da benutzt und von daher könnte man dies schon als eine Art Handschrift bezeichnen, solange es nicht eingeritzt, sondern eben mit Farbpigmenten aufgetragen wurde. Wenn hingegen etwas in Stein gekerbt wird, ist das zwar auch Schrift, aber es ist keine Handschrift, weil es da keine flüssige Bewegung von der Hand gibt. Und seit der Erfindung des Papiers, also dem Schreiben auf Papyrus erst mal, mit Pinseln und später mit anderen Stiften, seitdem kann man vom Vorhandensein wirklicher Handschrift sprechen. Es ist auch damals erst so etwas wie der Beruf des Schreibers entstanden.

Handschriften haben einen Aufforderungscharakter. Wenn man häufig Handschriftliches erhält, also Briefe bekommt, dann fällt einem das irgendwann einmal auf, dass die Handschriften alle unterschiedlich aussehen und dass man an der Handschrift schon erkennt, wer das geschrieben hat. Und von daher ist es eigentlich nahe liegend, sich Gedanken zu machen, was eigentlich diese ganz persönliche Spur über denjenigen aussagt, der es geschrieben hat.

Die ersten Ansätze von Schriftdeutung gab es in der Renaissance, aber das waren zunächst nur einzelne Beobachtungen, noch keine Wissenschaft. Goethe war Schriftensammler und hat sich auch Gedanken darüber gemacht, inwiefern aus der Art der Handschrift Individuelles herausgelesen werden kann, er hat das nicht weiterverfolgt, aber es ist sein Interesse daran überliefert. Im 19. Jahrhundert in Frankreich haben der Abt Michon und sein Nachfolger Germain angefangen, die Graphologie als Wissenschaft zu begründen. Das waren Empiriker, die haben sehr viel gesammelt und beobachtet und haben dann angefangen, einzelne Merkmale aufzulisten und diesen Merkmalen Bedeutungen zuzuschreiben.

Die Psychologie hat viele Persönlichkeitstypologien entwickelt, als Graphologe kennt man einige davon und wendet sie bei Bedarf auch an. Im Prinzip ist jede Schrift ein Einzelfall, und es kommt bei deren Deutung darauf an, das Individuelle herauszuarbeiten. Handschrift ist ja nicht etwas rein Natürliches wie der Fingerabdruck, sondern etwas kulturell Geprägtes und auch bewusst Gestaltetes. Wenn man einmal Schreiben gelernt hat, verlernt man es nicht mehr, es sei denn, man bekommt feinmotorische Schwierigkeiten.

Gästebuch Wehrmachtsausstellung (Institut für Sozialforschung)

Unsere Soldaten sind keine Verbrecher.

Mörder!

Nie wieder Faschismus, nie wieder Krieg! Organisiert den antifaschistischen Widerstand, um Wiederholung zu verhindern. Für eine bessere Welt. Zusammen gehört uns die Zukunft.

Warum hat Gott das zugelassen? Gab oder gibt es nicht genug Leid?

Russland 1940–1945, Jugoslawien 1994–2000. Wo ist der Unterschied? Ich habe Angst, wenn jetzt wieder deutsche Soldaten nach Serbien geschickt werden.

Echt toll und realistisch. So etwas darf nie wieder geschehen. Dafür werde ich einstehen.

Hallo

Ich wurde am 10.1.44 aus der 6. Klasse Untersekunda mit 15 Jahren als Luftwaffenhelfer zur Heimatflak eingezogen. Nach sechswöchiger Ausbildung waren wir Tag und Nacht im Einsatz und trugen wesentlich zum Schutz der Zivilbevölkerung gegen die mörderischen Tiefflieger bei.

Jeder Soldat ist ein potentieller Mörder.

Das sehe ich ganz anders.

Dummschwätzer.

Den Bomben der hochfliegenden Bomberverbände waren wir schutzlos ausgeliefert und hatten hohe Verluste wie die Zivilbevölkerung der deutschen Städte. Auch dies ist ein Verbrechen der damaligen Feindstaaten. Wo ist hierfür eine Verurteilung?

Ich verstehe die Aufregung über die Ausstellung nicht. Das Gezeigte ist seit vielen Jahren in anderen Veröffentlichungen zu sehen. Die Zusammenstellung mag ehemalige Soldaten betroffen machen, die Ausstellung kann doch einzig dem Zweck dienen, solche Dinge in der Wiederholung unmöglich zu machen.

Suche auf diesem Weg rothaarige Frauen aus Saarbrücken.

Unangebracht.

Bitte melden, ich bin 20 Jahre jung.

Fuck off, Fashist-Pig.

Geschmackvoller Kommentar.

Na klar, ich schau hin in die Vergangenheit. Hoffentlich nicht zu lang, ich möchte den Blick für die schlimme Gegenwart nicht verlieren. Meine Augen sind jetzt geschärft. Schade, dass die Kriegsschuld aller Beteiligten im 2. Weltkrieg offenbar nicht groß genug war, um heute anders zu denken.

Unser bester Freund im fernen Westen, zivilisiert und mächtig, richtet heute Abend einen Menschen hin.

Adolf Hitler war ein Arschloch.

Eigentlich kotzt es mich an, mit Leuten zusammenleben zu müssen, die aus unterschiedlichen Gründen leugnen, dass passiert ist, was hier gezeigt wird.

Ich bin trotz einigen Wissens schockiert, und meiner Frau ist kotzübel. Sehr gut gemacht.

Au Backe.

Aufkleber: Unsere Soldaten, die beste Truppe der Welt, sind keine Verbrecher. NE Freunde e. V. Coburg. Verantwortl.: Peter D. Houst.

Diese Ausstellung ist eine Schande für jeden Beteiligten. Knapp an der Leichenschändung vorbei.

Der Sieger schreibt die Geschichte. Man kann sich des Eindrucks nicht erwehren, dass hier von den Alliierten-Verbrechen abgelenkt werden soll.

Der amerikanische General Patten hat gesagt: »Die deutsche Wehrmacht war die beste der Welt!«

Übelste einseitige Propaganda.

Und was hat der Ami in Bad Kreuznach veranstaltet? Auch darüber sollte nachgedacht werden.

Beeindruckend, aber einseitig. Im August 1948 erfuhr ich 500 m von hier, dass mein Vater in russischer Kriegsgefangenschaft wie auch immer umkam. Es bleibt zu hoffen, dass öffentliche Ausstellungen über die rote Armee auch dort in Zukunft stattfinden.

Liebe Ausstellungsmacher, wie Ihr seht, war diese Ausstellung nie so wertvoll wie heute. Gerade die Hasseintragungen zeigen doch, dass Ihr unbedingt weitermachen müsst.

Aufarbeitung der Verbrechen ist nötig, aber nicht auf diese subjektive und einseitige Art.

Diese Ausstellung ist sehr einseitig dargestellt. Leider fehlen die Verbrechen, Folterungen und Grausamkeiten der Russen am deutschen Volk, der Amis am Volk in Vietnam, an der deutschen Bevölkerung (Luftkrieg), der Polen an der Zivilbevölkerung, der Tschechen ebenso an der Bevölkerung, der Jugoslawen an der deutschen Bevölkerung – sagen Sie endlich die <u>volle Wahrheit</u> über die Verbrechen der Völker in der Welt!

Es sollte vielleicht einiges etwas deutlicher herausgearbeitet werden, zum Beispiel, dass nicht der durchschnittliche Landser gemeint ist, sondern die Führung der Wehrmacht, und vielleicht sollte man auch die Kriegsführung im Westen und im Osten gegenüberstellen. Normale Landser brauchen sich durch diese Ausstellung nicht beleidigt fühlen.

Nach der Betrachtung dieser Ausstellung schäme ich mich, Deutscher zu sein.

Eine wichtige Dokumentation. Gut, dass sie in Dresden zu sehen ist.

Wenn es dem Bundesverteidigungsminister Rühe ehrlich darum geht, das Bild der Bundeswehr von faschistischer Tradition und Rechtslastigkeit zu befreien, hätte er dieser Ausstellung hier nicht die Räumlichkeiten des militärhistorischen Museums verweigert.

Mein Vater fiel in der Ukraine, dennoch tragen heute noch viele ihren kleinen Hitler in der Brust. Deswegen ist diese Ausstellung sehr wichtig für uns und die junge Generation. Müsste mehr Ausstellungsfläche zur Verfügung gestellt werden.

Jede im Krieg befindliche Armee hat bisher Verbrechen begangen. Was ist mit Dresden, mit der Gustlow, mit Khartoum? Warum müssen wir Deutsche uns immer selbst zerfleischen?

Was ist die Aufgabe des Historikers? Wem ist er verpflichtet?

Ich bin stolz auf meinen braunen Schopf und braune Augen. Hitler war auch nicht blond.

Mein Großvater diente an der Ostfront im 2. Weltkrieg. Trotzdem ist, trotzdem war er kein Verbrecher.

Der Schoß ist fruchtbar noch aus dem das kroch (Brecht). Nie wieder Faschismus! Die Deutschen sterben offenbar nicht aus.

Ich komme aus Spanien. Das ist eine gute Ausstellung für mich. Vielen Dank für Ihre Arbeit!

Ich bin Franzose. Die Franzosen sollten eine ähnliche Ausstellung machen. Die Behörden der Vichy-Regierung, der Gendarmerie waren auch an Verbrechen schuldig. Dies wurde nach 1945 ebenso verschwiegen.

Nazis raus! Wenn so etwas noch einmal passiert, können wir es vergessen.

Gebt doch endlich mal Ruhe! Oder erzählt doch mal wieder von Napoleon.

Es waren nicht alle, aber viel zu viele, einschließlich dir, die heute dagegen protestieren.

Für ältere Wartende wären Bänke oder Stühle im Gang dringend nötig!

In der langen Schlange vor der Ausstellung erhält man eine Vorstellung, wie mühsam sich die deutschen Frontsoldaten durch den russischen Matsch dem Endsieg entgegenrobbten.

Das lachhafte Bild vom stolzen deutschen Landser wird auch in den 90ern weitervermittelt. Bei mir um die Ecke im Supermarkt kann man das Groschenheft »Der Landser« erstehen und sich an den dort abgebildeten faschistischen EK1 und EK2 ergötzen. Und das ist ganz legal und normal! BRD 1997.

Mein Alter ist zwar erst 20 Jahre, doch ich finde diese Ausstellung für die nächsten Generationen sehr interessant, dass sie mal etwas Erfahrung machen bzw. etwas darüber lernen, um so etwas nie wieder geschehen zu lassen. Ich habe sehr viel über das Dritte Reich gelernt, und ich finde, es ist eine Schande für das damalige Volk, das mit Lust und Laune dabei war. Für mich sind alle Menschen gleich, ob es eine andere Religion oder eine andere Sitte ist. Wir leben doch alle auf einer Welt, die so groß ist, wo für alle Menschen aller Art Platz ist. Wolfgang.

Ich bin Austauschschüler aus Thailand. Ich komme hier mit meiner Klasse. Diese Ausstellung gab mir viele Informationen.

Nach sorgfältiger Betrachtung der Ausstellung muss ich leider feststellen, dass sie in vielen Abschnitten unwissenschaftlich gearbeitet wurde. Zum Beispiel beim Beitrag zu General Böhme. Hier wird klar gesagt, dass sich die Wehrmacht erst sehr spät an Verbrechen beteiligt hat. Frage: Warum wurde beim Titel der Ausstellung dann nicht sorgfältiger differenziert? Gerade jungen Leuten wird überhaupt nicht vermittelt, dass Widerstand in diesen Zeiten tödlich war! Eine Veranstaltung wie beim Castor-Transport wäre einfach nicht möglich gewesen. Die Wehrmacht war Bestandteil eines totalitären Systems. In dieser Ausstellung wird klar und deutlich der tapfere Frontkämpfer, der sich keiner Verbrechen schuldig gemacht hat, pauschal diffamiert.

Zu viele Informationen (Text), aber die Botschaft ist klar: Lasst nie wieder solche Verbrechen geschehen, und zeigt der Welt, dass Deutschland auch anders, nämlich friedlich leben kann! Never again!

Bitte gebt doch eine Auswahl dieses Gästebuchs als Quellensammlung heraus, wäre fein!

Dass es dieser Art von Ausstellung überhaupt noch als Beweisführung sozusagen bedarf, ist schon ein Skandal. Dass sie bekämpft und angegriffen wird, dafür finde ich keine Worte. Wann endlich können wir trauern angesichts all des Elends?

Viel zu einseitig, viel zu spät und auch notwendig.

Insgesamt eher enttäuschend. Didaktisch schlecht aufgebaut. Nichts wirklich Neues. Fachliche Fehler. Der Ausstellung gelingt es nicht, anhand der drei gewählten Beispiele einen repräsentativen Querschnitt durch die Verbrechen der Wehrmacht zu zeigen. Davon abgesehen, ist das Serbien-Beispiel in der momentanen Situation eventuell etwas unglücklich.

Während die Menschen hier in der Ausstellung betroffen aussehen, fiel draußen Folgendes vor: Jugendliche Punker werden von Polizisten kontrolliert. Als einer einen Polizisten als Gimpel bezeichnete, wurde er von Polizisten ergriffen, zu Boden gedrückt, sein Kopf mit Gewalt aufs Pflaster gedrückt. Die restlichen Polizisten schlossen einen Schulterkreis um die Szene, damit die Umstehenden sie nicht beobachten konnten. Sie hielten die Passanten, die lauthals protestierten, auf einen halben Meter Abstand. Der mit Handschellen gefesselte Jugendliche wurde an den Haaren gezogen, die umstehenden Passanten konnten mit ihrem Protest nichts bewirken, der Jugendliche wurde abgeführt. Da wurde mit Kanonen auf einen bunten Spatzen geschossen, das Verhalten der Polizisten war unverhältnismäßig, ein Lächeln wäre angemessen gewesen. Wie passt das Verhalten der Polizisten – haben sie nur ihre Pflicht getan? – mit der Ausstellung zusammen? Leider nur zu gut!

Leider ist mein Deutsch gebrochen, aber die Ausstellung organisieren auch sprechen hier mit sehr altbekannten sogar dürftige Akzente. Zwar stalinistische, dann habe ich eine mögliche schicken Ihnen für Stalins Todestag am 5. März einen sonder Grüß.

PS: Es ist ganz klar warum Verbrechen beginnt nur von 41. Vor dieser Zeit war doch Wehrmacht und rote Armee Freunde. Erinnern diese Zeit ist zu riskant.

Ich war jahrelang in Landsberg/Lech Soldat. Erst nach einem Vorfall, als Soldaten »Sieg Heil!« brüllten, zwang ich mich selbst, geschichtlich nachzudenken, was auch in Landsberg/Lech geschah. KZs, Massengräber. Ob ich heute noch einmal als Soldat auf Zeit unterschreiben würde? Eher nicht.

Das haben wir im Geschichtsunterricht nie gelernt.

Herr erbarme dich.

Ich bin erschüttert.

This exhibition is liking proove that this world could not have been created.

Eigentlich hatte ich vor, diese Ausstellung zusammen mit meinem Opa zu sehen, der am Krieg mit der Wehrmacht teilnehmen musste. Ihm wurde aber das Warten zu lange, so dass ich sie alleine, das heißt mit meinem Bruder, angeschaut habe. Leider habe ich den 2. Weltkrieg in der Schule noch nicht durchgenommen, sodass ich geschichtlich die Ausstellung nicht so gut beurteilen kann, doch ich fand sie sehr interessant und gut aufgebaut. Auch werde ich mich anhand der Zettel, die ich aus der Ausstellung mitgenommen habe, mit meinem Opa unterhalten.

Was habe ich gelernt? Bundeswehr in alle Welt zur Friedenssicherung. Warum das Wort Frieden nicht durch Bundeswehr ersetzen? Soldaten sind Mörder, ich scheiße auf das Vaterland.

Die Reaktionen zeigen, wie notwendig diese Ausstellung ist! Trotz der Masse an Besuchern, die die Konzentration natürlich beeinträchtigt, erscheint mir das, was ich gesehen habe, jedenfalls nicht als einseitig oder pauschal verurteilend. Leute, denkt nach!

Für Jugendliche wichtig und interessant zu sehen. Astrid

Wie kann man nur so blöd sein und wie können noch manche Deutsche »Scheißausländer« sagen? Ich würd' mal nachdenken! Scheißnazi! Sam aus der 5a

Die Ausstellung ist ein sehr wichtiger Beitrag für die Auseinandersetzung mit unserer Geschichte.

An Tagen wie heute schäme ich mich, ein Mensch zu sein.

Es ist alles bekannt, Nazis sind Schweine.

Ich bin kein Nazi und trotzdem schäme ich mich nicht, Deutscher zu sein.

Wo ist der Sinn dieser Ausstellung?

Ich habe noch keinen sauberen Krieg gesehen. Anstatt über Vergangenes zu weinen, sollten wir für die Zukunft arbeiten und moderne Genozide verhindern. Wo ist die Jugoslawien-, Ruanda- und Palästina-Ausstellung?

Man erkennt den Charakter eines Volkes daran, wie es nach einem verlorenen Krieg mit seinen Soldaten umgeht.

Beeindruckend.

Am Anfang habe ich mir nur die Bilder angeschaut. Dann habe ich sie gelesen. Ich habe morgen Geburtstag und ich wünsche nur

Auch unsere spießige, verklemmte Geschichtslehrerin Frau Bradl hat sich geweigert, mit uns diese Ausstellung zu besuchen, mit der Ausrede: »Wen die Ausstellung interessiert, kann ja selber reingehen! Außerdem passt das momentan nicht zu unserem Stoff.« Jetzt sind wir trotzdem da und finden sie sehr informativ. Obwohl wir nie bezweifelt haben, dass die Wehrmacht an den Verbrechen des 2. Weltkriegs beteiligt war – jetzt wissen wir's. Man kann nicht alle verurteilen, wir wissen nicht, wie wir gehandelt hätten, wären wir in dieser Situation gewesen.

Gauweiler, gib's zu: Du bist ne verkappte rechte Sau!

Ich möchte nur davor warnen, die Taten der Wehrmacht auf die heutige Bundeswehr zu übertragen!

Dankt Gott, dass Gauweiler nicht Bürgermeister wurde!

Sehr richtig!

Meiner Meinung nach sollte sich jeder selbst ein Bild von der Ausstellung machen. Der Gauweiler soll sich lieber um seine eigenen Sachen kümmern, ich jedenfalls finde die Ausstellung ganz und gar nicht einseitig.

In Anbetracht der Aufruhr eher eine enttäuschende Ausstellung. Für eine differenzierte Diskussion kann sie aber einer von vielen Beiträgen sein.

Peace

Ich war Soldat in diesem furchtbaren Krieg und kann nur dankbar sein für diese Ausstellung. Hoffentlich lernen die jungen Menschen, zu welchen Verbrechen Rassenwahn, Ideologie und Krieg führen kann! Willy, München.

Jeder wirft Deutschland seine Kriegsverbrechen vor. Jetzt tun wir es selbst. Sind wir bescheuert?

Ich bin Pole, von Opple, vor dem Krieg Oppeln. Für mich diese Ausstellung ist ein großer Horror. Deutsche Propaganda sehr oft zeigte Wehrmacht wie Ritter. Gute Soldaten, arme

Soldaten. Die Banditen waren nur in SS, Gestapo usw. Diese Ausstellung zeigt, wie war wirklich. Warum deutsche Leute waren während den Krieg wie wilde Tiere?

Wilde Tiere ist Kompliment.

Ich bedaure es in keinster Weise, dass ich in Kälte und Regen 2 Stunden angestanden habe.

Please, why not in english?

Danke für diese Ausstellung!

Meine Oma hat gesagt: »Wir haben das alle gewusst!« Oma starb 1995.

Es gibt keine Kollektivschuld, und es gibt keine Kollektivunschuld. Jeder einzelne Wehrmachtsangehörige muss sich fragen, wie er sich verhalten hat.

Ich bin betroffen.

Jetzt habe ich die Ausstellung auch gesehen.

Zoologie I

(Im Berliner Zoo, vor dem Flusspferd-Becken)

BvS-B: Was haben wir hier, Flusspferde?

CORD RIECHELMANN: Zwergflusspferde.

Also hier (deutet auf die Bassinfrontscheibe) haben wir einen Fingerabdruck von einem Besucher. Der war also hier, dieser Besucher. Und wie ist es bei Flusspferden – wie kann man nachweisen, wenn die ein Stückchen weitergetrottet sind, dass die hier waren?

Das ist in ihren natürlichen Lebensräumen ziemlich einfach, sie leben in ganz dicht bewachsenen Urwäldern in Westafrika. Und innerhalb ihres Reviers legen sie täglich bestimmte Strecken zurück, diese nennt man auch Straßen, und unter anderem sind diese Straßen natürlich ein Hinweis auf das Dasein oder Dagewesensein dieser Tiere. Außerdem haben sie bestimmte Ruheplätze, und da kann man zum Beispiel daran, ob diese Plätze noch warm sind oder nicht, feststellen, wann die Tiere ungefähr zuletzt dort waren. Nun handelt es sich bei Zwergflusspferden um strikte Einzelgänger. Sie streiten oder beißen einander zwar nicht, aber sie ertragen die Gesellschaft ihrer Artgenossen einfach nicht. Sie bleiben lieber alleine, und wenn sie Artgenossen sehen, dann machen sie einen Bogen umeinander. Auf den Wegen durch ihr Revier verteilen sie andauernd mit dem Schwanz, das spritzen sie so weg, eine Mischung aus Kot und Urin.

Wie so ein Düngewagen?

Ja, aber natürlich machen sie es nicht so flächendeckend.

Und daran, also an der Zusammensetzung dieses, nun ja, Gemisches kann man was genau ablesen? Also, für welchen Zweck genau hinterlassen sie diese Markierungen? Nur, um die anderen auf Abstand zu halten?

Mittels dieser Hinterlassenschaften können die anderen all das ablesen, was sie an Informationen vom Artgenossen brauchen – also in erster Linie deren hormonellen Zustand, denn auch wenn sie Einzelgänger sind, sind sie zweigeschlechtlich und müssen sich fortpflanzen, und in der ganz kurzen Zeit ihrer Empfängnisbereitschaft müssen sie natürlich irgendwie aufeinander treffen.

Also hinterlegen sie so eine Art Visitenkarte, einen Fingerabdruck.

Ja, kann man so sagen.

Und teilen darüber mit: Ich bin ein Männchen oder Weibchen, ich will mich gerade paaren – gibt es auch noch andere Informationen, etwa über Herkunft, gegenwärtige Laune oder so?

Herkunft ist irrelevant, da sie eben grundsätzlich Einzelgänger sind und bleiben. Es geht tatsächlich vorrangig um die Verabredung zur Paarung. Und Launen oder ob sie sich mögen, das testen sie dann aus, wenn sie sich wirklich treffen. Wenn sie sich dann nicht vertragen können, gehen sie halt wieder auseinander, ohne sich zu paaren.

Steine und Bänke im Botanischen Garten

I love you Daniel Meier gez: Jessica

Ich find dich extrem geil, Mädchen

Freitag 11.5.01 I love you Röttger gez: Romina

Trotzdem, du bleibst und bist sein. Sorry wegen – du wirst schon sehen, hier auf der Bank. gez: merl

Ich liebe meine Freunde

Fas 7 CVUW

Ich war hier am 13.2.02 und Warnecke ist ein richtiges Arsch

Dominik, ich liebe ich sehr dolle, du Süßer

Du kapische? Marcello will nichts von dir!

Ich liebe das Kinder

Anfang des Picknicks ist Samstag

Bopsch Sabrina Loli

Willst du mit mir gehen? 0172 649xxx

I love you immer und ewig

Hallo, du da. Na?

Kulturtheorie I

DR. ULF POSCHARDT: Obwohl beim Beschreiten eines Weges Lesen und Handeln fast zusammenfallen, bleibt das Spurenhafte des Weges ins Ungewisse oder noch zu Ergründende hinein erstes Vorgreifen auf das Offene des Lernprozesses. Die Bewältigung dieser Offenheit in die Kontinuität der Schrift hinein muss als Kulturtechnik erlernt werden. Leseschüler lassen beim ersten Einüben dieser Kulturtechnik ihren Finger auf der Linie der Schrift entlangwandern. Das teleologische Moment von Texten wie allen anderen durch Schrift symbolisierten Sinngehalte findet in diesem Gestus einen direkten Ausdruck. Die Schrift ist ein Weg zur Verständigung. Der Weg ist der erste Schritt der Verständigung.
Die frühen Ansätze der Schrift gaben zunächst keine bestimmten sprachlichen Elemente wieder, sondern kommunizierten abseits der so genannten Lautung in einfachen Bildern und Bildfolgen, deren reiner Charakter an einen Weg erinnerte. Erst durch die Phonetisierung der Schrift, von der Begriffsschrift zur Lautschrift, wird die Schrift von der selbständigen Kommunikationsform zum so genannten Gefäß der Sprache. Dies geschah in Ägypten und Mesopotamien, ca. 3000 bis 4000 Jahre vor unserer Zeitrechnung. Mit der Entwicklung von der Wortschrift über die Silbenschrift und deren Mischformen bis zur Lautschrift und dem Entstehen des ersten Alphabetes um 900 vor Christi Geburt fand die Abstraktion von der Form des Bildes bis zur linearen Strichform ihr vorläufiges Ende.
Die Sprache findet in der Schrift ihr wichtigstes Verbreitungsmedium, welches durch die Erfindung des Buchdruckes im 16. Jahrhundert technisch revolutioniert und in seinem Wir-

kungsgrad potenziert wird. Das Bild des Weges bleibt dabei ein Mal jener Urspur, mit welcher die Schrift ihren Anfang genommen haben könnte, kodependent zur Ausdifferenzierung des sozialen Lebens, welche die Sesshaftwerdung erforderte. Der Weg ist direkter Ausdruck des selektiven Prozesses, der bestimmt, welche Art von sozialen, kulturellen und wirtschaftlichen Interaktionen möglich werden.

Auch der Ursprungsmythos des Alphabets hat das Finden eines Ortes als Auslöser. Die Gründung Thebens durch den phönizischen Königssohn auf der Suche nach der verlorenen Schwester Europa erfolgt nach dessen Ermüdung. Auch eine schöne Ursprungsidee unserer Kultur: Man war müde, unterwegs zu sein, die Idee von Country und Western. Aus den Zähnen eines zur Sesshaftwerdung notwendigerweise erlegten Drachen wachsen die ersten griechischen Buchstaben.

Einmal zum Blühen gebracht, da ist die Ordnung des bodenkultivierenden Bauern wie die der ersten Schriftkundigen derselben Linie treu, werden diese Buchstaben linear angeordnet, d. h. in Wegform gebracht. In allen Schriftsystemen folgt die Ordnung der Buchstaben einer Reihenform, welche im griechischen und indischen Schriftenkreis von links nach rechts, im semitischen und ostasiatischen Schriftenkreis weitgehend von rechts nach links erfolgt. Außerdem gibt es in den asiatischen und mandschurischen Schriften jene, die von oben nach unten gelesen werden.

Allen gemeinsam ist, dass sie Schrift als Spur und Weg abgeben. Die Struktur der Weglinie ist allen Schriften gemeinsam. Sie ist das räumliche Analogon zum Sukzessiven des Kommunizierens, dem Nacheinander des zu Vermittelnden und genauer des Gesprochenen. Die historische Wahrheit der Genese der griechischen Buchstaben bleibt dunkel, sie war aber wahrscheinlich ein weniger heroischer Copyright-Diebstahl der Handelsreisenden, die die phönizische Konsonantenschrift importierten.

Die hoch stehenden Sozialformen und kulturellen Praktiken der griechischen Welt gaben ein Sinnzentrum ab, in dessen Mitte und entlang dessen Machtlinien sich Sprache und Schrift entwickeln konnten. Eine in der Entwicklung befindliche Sprache benötigt ein lokalisierbares Zentrum, um das herum sie entstehen und wachsen kann, blühen wie die Zähne eines Drachen.

Tiefgarage des TV-Senders Viva

Natural forever.

Natural-Josh ist süß.

Ich freue mich voll auf das Natural-Konzert.

Natural ist doof.

Du Fotze.

Wir waren hier am 2.9.02 bei Natural und haben Autogramme und du nicht.

Ich hab Fotos mit allen – Du nicht!

Ich hab viel mehr.

Bro Sis ist scheiße

Fick dich doch

Lernbehindert

Bro Sis ist scheiße

Bro Sis sind scheiße

Hast du recht

Fick dich

I love you

Bro Sis forever

Bro Sis sind die Besten auf der ganzen Welt.

Hi Jess and Sascha, alles Gute für euer Kind. ich hoffe, Ihr macht weiter! Jess, steig bittebitte nicht aus! gez: Eure Fans

Sabrina von Samajona ist ne dreckige Schlampe.

Marta I hate ya.

Ben is the best

Ben du bist ein Engel

Spasti

Wir grüßen Ben, unseren Engel. gez. Ramina

Herz aus Glas

Ben wir lieben dich. Deine Fans. Ben or nothing.

Ben hat mich geküsst und euch mal net!

Ben you are the sexiest boy of the world.

Hi Ben, bist ne geile Sau. By Denise, Sophie, Julias

Gib zu, dass du mit Ben gebumst hast, Aleks, du Nutte, lass Ben in Ruhe!

Aleks du dumme Benfickerin lass ihn sonst fick ich dich! Deine Bine

Aleks, du Schlampe, lass Ben in Ruhe!

Fuck you Aleks.

Alex du Lügnerin!

Schreib erst mal Aleks richtig, aber – du hast recht.

Bist eine Schlampe oder ein schwul, wenn du BSB hasst oder auch scheiße findest.

B. B. forever

Nick Carter

I hate Nick forever

Olli Pocher, du Flachwichser! Hör auf über Natural zu lästern!

Olli Pocher ist eine Schwuchtel.

Wo bleiben O-Town? They are so sweet.

Warum wart ihr nicht da, O-Town?

Wir waren hier am 17.10.02. Nur für O Town. Ich habe sie gesehen. Eric, Ashley, Dan haben mir gewunken.

O-Town waren hier, und ich war – dank Meike! – zu spät.

Hast nichts verpasst, gaben keine Autogramme.

Genau

Ich habe alle gesehen und Autogramme. Ihr nicht.

O-Town: goodlooking, sweetsmiling, unpredictable, world's best characters and so on. Love them!

Reinigung, Spurentilgung, Leinwandwiederherstellung I

(Auf einem Schulhof)

HORST DOMAGALLA, Hausmeister, mit Bürste und Eimer bewaffnet, vor einer beschrifteten (er sagt: beschmierten) Gebäudewand: Ich behandele die Wände mit einem Lösungs-Gel gegen Graffiti. Das muss man mit einer Bürste auftragen, schön einreiben, dann ein paar Minuten einwirken lassen – und dann kann man das Zeug mit einem Kärcher-Hochdruckreiniger hervorragend runterholen.
(Er demonstriert es.)
So. Man sieht, dass die obere Schicht nun abgetragen ist – sieht man hier bei dem eben noch Schwarzen sehr gut. Da ist nun noch aber noch eine Schicht drunter. In der Regel muss man also diesen Vorgang mehrfach wiederholen.

BvS-B: Hier sind ja jetzt einige Quadratmeter voll gesprüht worden. Wie lange braucht es, um Graffiti dieser Größe vollständig zu entfernen?

Bei dieser Größe – vier Stunden braucht man da schon. Wenn Sie es halbwegs sauber kriegen wollen, müssen Sie schon mit drei bis vier Stunden rechnen. Ganz sicher.

Sind verschiedene Farbsubstanzen unterschiedlich schwierig zu entfernen?

Oh ja. Es gibt da sehr unterschiedliche Farbtypen. Also die Leute benutzen wirklich alle möglichen Lackarten dafür, und Autolacke zum Beispiel kriegt man nur ganz mühsam runter.

Und die Farben untereinander, die ganze Palette, die gehen auch noch mal total unterschiedlich gut weg. Grau zum Beispiel lässt sich ganz schwer wegmachen. Schwarz lässt sich hingegen relativ sehr gut runterholen. Also, das ist sehr unterschiedlich.

Und Sie persönlich ärgern sich natürlich über jeden Schriftzug, klar. Bedeutet ja jedes Mal extra Drecksarbeit.

Das können Sie laut sagen. Ich ärgere mich wirklich darüber, dass Leute meinen, sie können einfach so Wände besprühen, die gar nicht ihre eigenen sind. Da frage ich mich wirklich, was für ein Rechtsverständnis die haben. Wenn die das in ihrer eigenen Wohnung machen wollen, schön und gut. Aber hier – das ist doch Eigentum des Landes Berlin, und da empfinde ich dies Geschmiere schon als eine Schweinerei.

Hat das Besprühen, über das Jahr gesehen, verschieden Saison?

Nun gut, es hängt schon ein bisschen mit der Jahreszeit zusammen, wie viel da zusammenkommt. Sicherlich ist es im Winter ein bisschen weniger. Im Durchschnitt bin ich jede Woche zwischen zehn und zwölf Stunden mit der Reinigung der Wände beschäftigt.

Rockclub, Decke der Cocktailbar & Backstagetoilettentür

Lemmy, you son of bitches.

Achim Reichel

Wer spielt den Gegner an die Wand?

Castor

Ebbe

Greetings from Fiddlers Green.

Fox Karoline Big Party

We wish you a happy year 2001. Discovery

Secret Discovery

Philipp fährt nach Witten

Mike Warjak

White Russian, Iceman, Gaugin, Sex on the Beach, Pina Colada, Tequila Sunrise – je 4 Euro – Happy Hour

Hexenbrut

Chanel Michel Daff

Tray on the burning hair.

Bille Pia F. Amir G. Toothpaste

Troy ain't the burning hair

Beate. Why not off.

Sheriff. Pissoir. Japan.

Bobo grüßt die Primezahl 4 and Crew, außer Neubier und Martin natürlich. 15.2.01

Ben Laden Crash Tour 2001

This place sucks

Dutch people in greek restaurants piss me off. Bobo 30.10.00

Jellyplanet

vollvosten 2002–11–17

Gary und Anneke in 2000 n. Christus

Scott Fellacious was here.

Tonight we gonna rock you

Bet you don't.

c'est bon

Hilmar ist doof.

ok

SF 96 sing it with a smile 2001

Alice Cooper 75

gaymetal 2k the convenant+zeromance

ich bin tour 98 b. k. bärli

cool runnings to all my friends. boris

tjenna jeppe in flames and dark tranquility

we got off to a great start ... I'll keep you informed on the next backstage walls. love, kimmy

Ich bin von den Bates (ich war auch hier) zimbl

Fucking hell

du bist hier nur die Wurst

Viva St. Pauli

A. Pie. + K. B. R.

Nightnation

Sinergy Beware The Tour 1999

Powerhouse OBHC

Pur – unendlich mehr

Hate breed

Hello Mark Cross Fuck you Shawn the niffle

Rob flyin Rib died 10.12.99

Todd Coff <u>rules</u>!!!

Welcome Soulfly. I know you'll be here soon. Disgrade 00

Whimps and posers leave the wall. Manowar.

Lickballs?

Was machen Frauen unter der Dusche-Tour 2001

Third moon kämpft gegen Eisregen

Axel Rudi Pell Ha$ch-Bar-Tour 2001

-Kartoffel

Warp Weasels 2002 www.warpweasels.de

the one they call grape 2k2x

It's been a bad bad morning and it's only 8.15 and I wish that I could die

Bad shower bad bad bad shower

Behind the doors JayJay Johansson gallery welcome

H. Richard Christie RR back forever Who cares

Telang Ophonden en dann gaan is klaarkomen? Pur

Tusadum 2001 Lego Remi

get a map, Maron.

Anneke und Remi

o king kaiser 2002

rainmen – the stuff that bleeds

Marks balls were here 9.5.01

Brings 97

It's a hot cat hot world

Fick mir bitte im Arsch mit ein Stück Scheiße

5-dimensional frog in reeman space practising german copyright J.J. 96

Mutant in sex copyright JJ.96 self aware toilet c. JJ 96

Here lives Clint Eastwood. So you have to ask yourself did I drop five stoles or six stoles? How lucky do you feel? Go on punk make my pot. There *is* hope. John. 16.3.

HMM rules

Ich macke scheißendreck

gallery johansson

Gary was at this dump 97

fuck da rulez

bad mart tour 2001

apullalullapullalullapullalu

infected sind gut

paul grape gregory overworked overstressed greeks en tour hero

bass solo bei randy

and again grape 2002 nets

grape gregory 2k2

man rule 96

If you can read this you probably drank too much

Graphologie II

SULAMITH SAMULEIT: Normal ist eigentlich, dass man mit 10 Jahren das Schreiben nach Schulvorlage beherrscht, mit der Pubertätskrise wird die Schrift dann schmierig, das ist normal. Und aus dieser Krise, aus der Übergangsphase des Ausprobierens mit neuen Formen, entwickelt sich dann der persönliche Ausdruck der Handschrift. Persönlicher Ausdruck kann sich frühestens im Alter von etwa 15 Jahren ausbilden. Und im Alter von etwa 21 Jahren ist die Entwicklung zur persönlichen Handschrift dann abgeschlossen. In Entwicklungskrisen kann die Schrift verengter, versteifter werden oder aufgelöst, so etwas wie die Pubertätsentwicklung kann sich wiederholen, die Schrift kann sich später noch einmal verändern. Ob jemand in euphorischer Stimmung ist oder depressiv, ob er sich überlegen, sicher, gehemmt, gehetzt oder ängstlich fühlt – all das kann man meistens aus der Handschrift ersehen. Was ich dann allein anhand einer Schriftprobe nicht entscheiden kann, ist, ob das eine momentane Situation war oder der Grundhabitus des Schreibenden. Natürlich sind auch Schriftfälschungen möglich. Das ist eine Frage der Begabung. Es gibt Handschriften, die sehr spontan geschrieben, und solche, die bewusst gemalt wirken. Viele Menschen haben es sich angewöhnt, ihre Handschrift ganz bewusst zu malen – aus einem ästhetischen Bedürfnis heraus oder weil sie denken, wenn sie natürlich schrieben, könne das niemand lesen. Das ist dann keine Fälschung, aber eine immer wieder, bei jedem Schreibakt neu inszenierte Handschrift.
Wenn jemand in euphorischer Stimmung ist, wird die Handschrift gelöster, mit steigender Zeile oder hoch gesetzten i-Punkten oder solchen Merkmalen. Wenn jemand depressiv

verstimmt ist, dann wirkt die Handschrift meist verengter und sie klebt sozusagen auf dem Papier, wird schwerer und langsamer.

Es gibt Leute, die schreiben nur in Majuskeln, also in Großbuchstaben, das ist eine Sonderform der so genannten Skriptschrift, also des so genannten Normalen. Was wir in der Schule mal gelernt haben, ist ja die Laufschrift, die Kursivschrift mit gebundenen Buchstaben. Wenn dann der Lehrer x-mal kritisiert hat, das ist ne Schmiererei, das kann ich nicht lesen, dann sind viele so verunsichert, dass sie eben ihr Glück in der Druckbuchstabenschrift suchen, das machen viele.

Die Entwicklung der Skriptschrift aus dieser emotionalen Verunsicherung heraus entsteht meistens in der Pubertätszeit, ich denke, darin drückt sich ein Größen- und Bedeutungsbedürfnis aus. Man fühlt sich eigentlich klein und schwach, und indem man in Großbuchstaben schreibt, kann man sich als groß und wichtig darstellen. Wenn jemand nur in Kleinbuchstaben schreibt, ist das wohl eher so 'ne moderne Sachlichkeit. Also eine betonte Bescheidenheit, allerdings nur dann, wenn die Handschrift sonst auch eher klein und sachlich ist.

Es sind hauptsächlich Jugendliche, die Graffiti an Hauswände oder andere Mauern sprühen, und das merkt man diesen Graffiti auch an, das sind also speziell pubertäre Handschriften. Sie suchen nach einer neuen Identität, und dazu werden in der Schrift dann modische Formen übernommen, Graffiti bilden eine Kollektion an Vorbildern. Das sind im Grunde genommen Klischees, in die dann ein solcher Jugendlicher einsteigt, mit denen er sich ausprobiert, und durch ein paar Abwandlungen wird versucht, da etwas Persönliches einzubringen, also ein Wiedererkennungszeichen zu erschaffen. Das typische Graffito ist nicht persönlich, sondern Ausdruck einer bestimmten pubertären Entwicklungsphase.

Universitäts-WC-Kabinentüren (Herren)

Sexisten: Schwanz ab!

Ich will Armageddon!

Ich bin nicht Spinner! Max Frisch

Bei Vollmond im Lottental

Jesus Christus lebt. Niemand kommt zu Gott außer Jesus Christus. Gott sei mir Sünder gnädig.

Mein Schwanz ist 21,5 cm

Wohl eher 0,215!

Dann sieh mal zu, dass du was draus machst.

Gebt den Nazis das Kommando. Herbert Grönemeyer.

Alpha boys school rule

Because the guys in Washington
they just take care of number one
and number one ain't you
you ain't even number two

Ist das noch aktuell?

Jo.

Wann?

Seit über 200 Jahren.

Wo?

In Washington D. C.

Nie wieder Faschos.

Jacques de Molay endlich gerächt.

situation normal – all fucked up

Bomben brauchen keinen Mut.

Hä? Ich, Skin, hab gar keine Haare, außer am Arsch.

Kapier das einer. Raff se doch.

Colt Sievers: And don't forget the …

CSU: »Es geht hier nicht um <u>Diskriminierung</u>, aber eine <u>Gleichstellung</u> homosexueller Lebensgemeinschaften wäre eine unvertretbare <u>Privilegierung</u>.«
Na endlich mal wer, dem ein Kopfschuss nicht schaden würde.

Solidarität mit Israel. Palästinenser töten lassen? Die töten sich doch selber!!

Nazis an die Ruhr Uni! Raus mit den Dreckstürken

Neosucker

Antisemiten aufs Maul hauen.

She love the party
Have a good time she look so hearty
Feeling fine she like to smoke
Same time sniffin' coke
She will be laughing
When there ain't no joke.
Who is she?
She is in pimpers paradise.
That's all she was.
She is getting scramble and she moves with passion
She is getting high try to fly to sky now she's *usw*.

People not profit

Stop the yanks crusade

CDU/CSU = Neonazis

Liebe ist das Gesetz. Liebe unter Willen.

Es ist schon erschreckend, wie viele neurotische Menschen frei herumlaufen.

Und ihre Sprüche an die Wand malen.

Grafik-Design I

BvS-B: Schrift erfährt ja im Grunde durch ihren Gebrauch eine Art kunstgeschichtlicher Fortentwicklung: Jemand verwendet die Schreibmaschine und also deren Schrifttypus, dann kommt jemand und modifiziert die Schrift, indem er den Computer erfindet, und das macht die Schrift immer sauberer, gerader, dann sagt jemand, jetzt wird Schreibmaschinenschrift wieder modern, und dann wird sie sogar so modern, dass sie noch unsauberer wird als mit der Schreibmaschine früher.

WALTER SCHÖNAUER: Ja, das heißt, sie stirbt nicht aus, letztendlich, sie bleibt da …

Also, die ständige Modifikation durch Verwendung unter verschiedenen Gesichtspunkten.

Wobei es schon ein Problem ist, wenn du einen Stil prägst und das übernehmen dann andere, die es natürlich nicht so gut machen, sondern schlecht kopieren. Dann wird irgendwann dein Geprägtes uninteressant.

Aber es ist doch so, dass jeder Künstler dann den Ehrgeiz hat, dadurch, dass er das verändert, sich sozusagen erinnerbar zu machen.

Ja, das ist richtig.

Haben wir dazu irgendein Beispiel?

Über Fotografie könnte man sagen, dass man Anton Corbijn direkt erkennt.

(BvS-B nimmt einen Alphabet-Stempel zur Hand): Das ist ja eigentlich das Gegenteil einer Handschrift.

Das Interessante daran ist, dass es eigentlich keine Handschrift ist, aber dann trotzdem im Gebrauch eine Handschrift wird, weil es jedes Mal anders aussieht, wenn man stempelt.

Warum?

Weil man verschieden drückt.

Komm, das machen wir jetzt mal. Wir setzen uns beide mit dem Rücken zueinander und schreiben beziehungsweise stempeln: Ich war hier. Und dann schauen wir, ob es anders aussieht.
(Während die beiden stempeln:) Sag mal, in deiner Ausbildung, hat es eine gegeben? Was lernt man denn als Grafiker? Schriftsetzer?

Es gab ein Alphabet, aber bestimmte Buchstaben fehlten da. Und die musste man mit Bleistift ergänzen. Wenn zum Beispiel die anderen Buchstaben ohne Serifen waren und das R fehlte, musste man also das R dementsprechend ergänzen.

Also in einer bestimmten Schrift.

Ja, in einer bestimmten Schrift. So fängst du dann letztendlich an mit diesem Studium.

Wie bewertet man Handschriften? Nimmst du die als Bild wahr oder als Schrift?

Fast als Illustration. Es kommt auf die Handschrift an. Gerade künstlerische Leute haben natürlich manchmal eine recht faszinierende Handschrift, die recht verschnörkelt ist, eher gemalt. Aber an sich: wenn, dann als Illustration. Aber auch

Komposition am Blatt. Es gibt ja so Leute, die ganz knapp am Rand und dann immer kleiner schreiben oder dann am Rand einen Satz runterbiegen.

So, jetzt vergleichen wir mal unsere Stempeleien.

BvS-Bs Stempeldruck: Ick war hier
Schönauers Stempeldruck: Ich war hier

Siehst du, da geht's schon los. Dialekt. Interessant.

Das Interessante ist vor allem, dass du viel zarter bist. Das ist ja auch eine Handschrift in diesem Fall.

Das stimmt!

Ich bin viel brutaler.

Ja, das ist Punk Rock, ein Sex-Pistols-Cover (zeigt auf Stempeldruck des Grafikers) und hier (zeigt auf seinen eigenen Stempeldruck) ist mehr so liedermacherartig.

Ja, poetischer ist's.

Und was auch interessant ist …

Du schwingst so.

Ich schwinge, ich habe keine Linie. Du hingegen hast so stark aufgedrückt, dass noch die Umrandung des Stempels zu sehen ist.

Ja, das wollte ich eben.

Du willst den Werkstoffcharakter offen legen.

Dadurch entstehen neue Felder. Durch Bilder können auch geheime Nachrichten versandt werden. Bild und der Code werden abgeändert. Terrorismus ...

Dann haben wir hier den Stempel, was ja auch eine Form von Signatur ist, eine zwar vorbereitete, aber trotzdem jedes Mal individuell ausfallende. Wenn jemand einen Stempel unter einen Brief knallt, »Firma Müller«, dann ist der ja jedes Mal ...

Klar, auch das ist eine grafische Lösung, wie der Stempel sitzt.

Man hat auf das Standardisierte doch Einfluss, von außen.

Früher hat man die Unterschrift gemacht (setzt auf Papier seine Unterschrift), und dann hat man den Stempel so schräg drübergesetzt (stempelt).

Ja, genehmigt.

Genehmigt, ganz genau. Da fällt mir noch was zum Stempeln ein. (Er holt ein Magazin hervor, blättert eine Seite auf, zu sehen ist ein Chicks-on-Speed-Poster.) Da geht's um die Farbe Rot, in dem Heft. Und dann hab ich diesem Chicks-on-Speed-Poster durch den Einsatz der Farbe Rot letztendlich meinen Stempel aufgedrückt.

Gästebuch Traktorenmuseum

War zum ersten Mal zu Besuch und total begeistert. Ulrich Bauer, 20.1.2001

Vielen Dank für die gute Führung. Sie war sehr informativ und gut. H. Hanses und Fritz Hanses

Die alten Traktoren sind voll cool. 28.12.01 Sven Kästner

Die ältesten Trecker sind immer noch am besten. 19.12 2001 Alexander Marzlion Lichtenau/Kreis Paderborn

Das schönste Traktorenmuseum, das ich bis jetzt gesehen habe. Danke.

Ein wunderschönes Museum, tolle Traktoren, klasse Modellautos und eine wunderschöne Shell-Tankstelle. Ein wunderbares Erlebnis. Viele Grüße von Feuchtemeiers historischer Shell-Tankstelle aus Kamenz. Familie Berger aus Kamenz.

TÜV Nord Straßenverkehr-Gesamtbetriebsrat. Danke für die Weiterbildung. 8. Februar 2002.

Macht so weiter! Nadine Gross

Für dieses Museum, das wir am 3.2.2002 besucht haben, vergeben wir folgende Pluspunkte: lehrreich, informativ, übersichtlich. Einen dicken <u>Minuspunkt</u> vergeben wir für eine nicht nur unzureichende, sondern nicht vorhandene Ausschilderung. Wenn nicht mal Angestellte der Touristik-Info den

Weg kennen, sollte man nicht nur Auswärtigen vorher empfehlen, sich einen Stadtplan zuzulegen. Es grüßen Walter, Sigrid, Kerstin aus Langelsheim.

Besuch aus Brilon. Tim und Paul. Ein großartiges Museum.

Feuerwehr Hörgertshausen, Nähe Freising.

Heute war ich da. W. Kemser

Wir waren hier. Es war geil.

Schönen Dank für die Führung. Selbst für absolute Laien interessant. C. Sonntag

Die Traktorfreunde aus Essen 9.3.02

Wir waren auch begeistert von den vielen alten Traktoren. Vor allem von den ganzen Miniaturfahrzeugen. Manuela, Lisa, Michael und Tim Besse aus Warstein.

Hallo! Wir waren auch da in den Osterferien und fanden es toll. Kalle, Tessa und Tim.

Auch wir waren begeistert vom Museum. Wir sind selbst Mitglieder eines Trecker-Veteranen-Klubs. Er nennt sich Trecker-Veteranen-Klub Limte e. V. vom 9.9.99. Elke, Werner und Maren aus Wildeshausen im Landkreis Oldenburg.

Nun ist es so weit: Wir waren da. Kettenfreunde Braunschweig.

Wir kamen extra aus der Schweiz ins Traktorenmuseum! Mit freundlichen Grüßen, Lotti und Georg Vogel.

Die Vorstandsschaft mit ihrem Anhang und Fanclub. Wir bedanken uns herzlich für die aufschlussreiche Führung. Buldozer- und Schlepperfreunde Württemberg e. V.

Heute haben wir das Museum unsicher gemacht mit 41 Personen inklusive Kinder und waren alle begeistert. Vielleicht sieht man sich mal wieder! Die Rehberger Oldtimer-Interessengemeinschaft.

Ein sehr schönes und interessantes Museum. Jetzt fehlt nur noch »Porsche«.

Oldtimerfreunde Hausen (Hessen). Der Besuch bei ihnen hat unseren Tagesausflug sehr bereichert. Wir werden sie weiterempfehlen. 11.5.02

Der Besuch im Treckermuseum – ein Geburtstagsgeschenk, durch das Jugenderinnerungen geweckt wurden.

Wir waren hier! Die Klosterbauerschaffer Alttraktorenfreunde.

Ein schöner Tag im Treckermuseum mit alten Erinnerungen.

Wir waren hier.

Wir haben Maxis Kindergeburtstag hier gefeiert. Es war echt toll. Wir haben so schrecklichschrecklich lang gesucht. Die Wegbeschreibung ist ganz furchtbar gewesen.

Es fehlt nur ein Porsche Diesel Standard. Aber der steht bei uns in der Garage!

Der Besuch bei Ihnen war mein Geburtstagsgeschenk. Und dieser Geburtstagsausflug hat sich gelohnt! Nur den Lanz Alldogg habe ich vermisst. Schöne Grüße von Familie Karl aus Ostfriesland.

Thomas war hier am 23.7.02

Timo Schmidt war hier am 23.2.02. War total voll.

Nach der WDR3-Sendung mussten wir unbedingt kommen. Bernhard Wiggers aus Rheine

Wir waren mit einer Gruppe von 7 geistig behinderten Menschen hier. Es war ein netter Besuch und vor allem war es sehr behindertenfreundlich. Wir kommen nächstes Jahr bestimmt wieder! 1.8.02

1.8.02 Omi Gudrun hat's im Fernsehen gesehen und uns dazu überredet. Es war ein toller Besuch! Vor allem für die Jungs. Gudrun von Jutrzenka aus Sachsen

Es war langweilig für mich und meine Schwester (12, 14) 3.8.02

Vier Arbeitskollegen von VW Baunatal waren da. Es war 1a.

28.8.02 Auch die Traktoren sind ein beredtes Zeugnis für die Mühen unserer Vorfahren, sowohl den technischen Fortschritt zu befördern als auch durch die Anwendungen im Alltag die Tageswerke und Lebensziele zu meistern. Eine beeindruckende Ausstellung. Hartwig Noack.

Unsere Gruppe war zufrieden, aber ein Teil fehlt: 20 GV Farmal.

Resi ich hol' dich mit meinem Traktor ab 21.2.2002

Nicht nur singen können wir,
war'n auch in diesem tollen Museum hier
und da wir auch alle kommen vom Land,
hörten wir der Führung zu ganz gespannt.
Der Männergesangsverein von 1860 aus Hemen bei Hahnenmünden

Ich bin Frederick Hark und es hat mir gut gefallen. Ich komme wieder im Mai. 21.9.02

Am 27.9.2002 besuchten wir, die Feuerwehrsenioren aus 38159 Wichelde Wedlenstedt, mit 20 Kameraden dieses Museum. Es hat uns sehr gut gefallen.

Auf dem Weg nach Kassel machten wir einen Umweg und besuchten das Museum. Meinem Papa und mir hat es gut gefallen. Manuel

Wir sind der Shanti-Chor aus Mengeringhausen/Bad Aholsen. Im Rahmen einer Fahrt besuchten wir auch dieses Treckermuseum. Es hat uns gut gefallen. Wir grüßen zum Abschied mit Seemannsliedern. 3.10.2002

Aus dem Ruhrgebiet gekommen haben wir das Traktorenmuseum unter die Lupe genommen. Empfehlenswert, erlebnisreich und für gut befunden. Hat uns sehr gut gefallen, kommen bald wieder.

Wir kommen aus Isterburg an den NL-Grenze. Ihre Schaukästen sind einfach toll!! Ihre Beschilderungen/Beschriftungen sind super, kurz und markant. Spitzenmuseum!

Familie Eggers ist schon das zweite Mal hier und wieder begeistert. 16.10.02

Auf unserm Hof steht ein Deutz – Oma und Opa freut's.
19.10.02 Familie Aufenanger waren sehr begeistert.

2.7.98. Es ist ein wunderbares Erlebnis für mich gewesen, habe mich an meine Kindheit erinnert, wo ich häufig auf alten Treckern gesessen habe und auch fahren durfte. Ich werde es sehr weiterempfehlen. Vielen Dank und weiterhin alles Gute! Spielzeugmuseum Siegfried Grauel aus Schmalhorst

Samuel, Oma Else und Pia aus Fröndenberg waren hier. 18.7.98. Am besten hat uns die Schmiede und der kleine Miniaturbauernhof gefallen.

My name is John Stehlik. I own a trucking company in the USA. I am visiting with Yourgin Metzen from Paderborn. We would like to visit your museum. Thank you.

Habe den Traktor aus meiner Kindheit wiedergesehen. Ein Hanomag AR 38. Super.

Es war toll hier. Sarah und die Klasse 4 der Schule für Körperbehinderte.

Ich war hier. Deine Yvonne

Ich bin begeistert. Treckerfreunde aus Essen Altendorf

Auch wir drei fuhren zum Museum raus und kamen aus dem Staunen nicht mehr raus. 8.9.98

Wir, die Oldtimergruppe des BDE (Bundesverband der deutschen Entsorgungswirtschaft), besuchten auf unserer LKW-Oldtimerfahrt am 12.9.98 Ihr Museum. Das Museum hat uns sehr gut gefallen und wir werden es weiterempfehlen. Weiterhin viel Erfolg!

Treckerexperte B. Bueker mit seiner Gruppe aus der WFB Lippstadt. Das war für Herrn Bueker wie für andere ein UEFA-Pokalspiel auf Schalke! 23.9.98

Traktorfan Walter Pach und Ehefrau aus Dortmund. 22.9.98

10.10.98. Es hat mich sehr gefreut. Ich muss sagen, es hat mich glücklich gemacht. Herzlichen Dank! Willi Lang aus Nümbrecht

12.11.98 Ein interessantes Museum. Es hat mich sehr beeindruckt. Vielleicht ein kleiner Hinweis zum Traktor Brummer: Der Hersteller war Raimund Hartwig in Rudolstadt und nicht Fritz Brummer. Brummer war sozusagen der Name des Traktors. Der Hatz-Motor ist nur ein Einzylinder und der Schlepper hat vier Vorwärtsgänge. Da ich selbst einen solchen besitze, können Sie mir glauben. Mit besten Grüßen, Manfred Peischer

Wir haben viel gelernt heute Morgen. Ich wusste gar nicht, welche Faszination Traktoren ausüben können. Kommen wieder! 8.11.98

18.11.98 Beeindruckt von der noblen Repräsentation werde ich im Bodenseehinterland davon berichten. H. Kübler, Restauratorin Wilhelmsdorf, Kreis Ravensburg

Es hat mir sehr gut gefallen. Für den Freak ein Paradies! 19.11.98, Günther

Sehr schönes und sauberes Schlepperaufgebot! Mario aus Österwiehe. Fazit: sehr schöne Schlepper!

Treckerveteranenclub Nordhorn, 4.12.98

Habe selten etwas gesehen, was mit so viel Liebe zum Detail geschaffen wurde. Schön für unsere Kinder. Danke für die polierten Schätze vergangener Zeiten. Wir sind angenehm überrascht.

Als ich hierher gekommen bin, war ich fasziniert von den alten Traktoren. Ich hätte gern gewusst, wie Sie das gemacht haben, die Maschinen so gut aufzupäppeln. Geschrieben hat Dominik Lehmann.

Da kann ich mich nur anschließen! Eine interessante und schöne Ausstellung. Karl Kissler

Der Schlepperverein Ilmenau/Roda e. V. möchte sich auf diesem Wege für die hervorragende Führung und Vorstellung der ausgestellten Exponate bedanken. Der Zustand der ausgestellten Maschinen ist sehr ansprechend. Wir wünschen den Ausstellern einen weiterhin anwachsenden Besucherstrom.
Schlepperfreunde Ilmenau/Roda e. V.

Ich war es leid, das große Gemecker
drum sind wir hier und schauen Trecker
die Kinder sind erfreut und lieb
weil's uns heut nach Paderborn hintrieb.
Familie W. aus Münster

Mir hat die Ausstellung gut gefallen, besonders der Holzvergaser, wo ich (Baujahr 1930) noch mit gefahren bin. Ich fahre noch einen 1956 Hanomag, privat, ohne Nummernschild. Weiterhin alles Gute!

Kulturtheorie II

DR. ULF POSCHARDT: Kopie als Idee des Nachgehens eines Weges bedeutet Nachfolge. In diesem Sinne folgen die Apostel Jesus nach, um dessen Wort zu verkünden. Erst als dessen ursprüngliche Spur verlöscht, verschriftlicht sich die Nachfolge, zuerst in Briefen, dann im Evangelium, der Heiligen Schrift. Kopie ist also vor der Schrift Nachfolge. Deshalb ist Jesus als der Hirte Urbild des richtigen Weges, des Pfades der Tugend. Diese Nachfolge verschriftlicht sich erst im Ereignen des Verschwindens dessen, der die Wege vorgegangen ist. Deshalb wurde Paulus als Ersatzhirte institutionalisiert, der dann eben auch oberster Hüter der Heiligen Schrift wurde.
Erst wer seinen Ort oder Platz gefunden hat, kann diesen verlassen, in dem Sinne, eine Reise anzutreten, die insofern zweckgerichtet ist, als sie mit einer Rückkehr zu ihrem Ursprungsort enden soll.
Das Reisen definiert sich über den Referenzort als Start und meist auch als Ziel. Da das Finden eines Ortes mit dem Finden der Sprache weitgehend zusammenfällt, wird die Sprache mit auf den Weg genommen. Sie führt als Ordnung der Welt zum Verstehen der Umwelt, dem der Fremde und Ferne. Trampelpfade sind Urformen der Schrift, die das Ferne und Fremde begreifbar machen. Der Weg, dann die Straße, sind reale Spuren der Welterfassung. Sie bereiten Verstehen vor, indem sie Landstriche definieren.
Der Weg ist die Urschrift hin zur Verständigung oder aber zum Bekriegen desjenigen, der auf dem Weg steht, der dem sich auf den Weg Machenden entgegensteht, oder desjenigen am Ende des Weges. Der Stärkere auf dem Kriegspfad entscheidet über die Sprache. Er setzt zumeist seine Kultur ein

oder absorbiert die höher stehende Kultur derjenigen, die kolonisiert werden.

Die nicht-kriegerische, friedliche Begegnung unterschiedlicher Sprachen fordert Übersetzung und damit Konsens heraus. So wie die Sprache zur Übersetzung erst in der Begegnung mit dem Fremden drängt, ist die Spur hin zur Begegnung der Weg. Sie ist damit die erste Andeutung der Schrift. Im Weg versammelt sich, ein wenig hegelianisch ausgedrückt, das Besondere zum Allgemeinen. Aus der Spur Einzelner wird der Pfad mehrerer. Dies geschieht in einer von der Gemeinschaft erstellten Praxis, wie sie aus dem Sprachgebrauch Einzelner etwas zur Sprache hin versammelt. Im Sinne des späten Wittgenstein wird auch beim Prozess des Entstehens Sinn durch Gebrauch erzeugt. Im Geist kommunikativer Vernunft verbindet sich mit dem Weg sehr stark die Vorstellung von den performativen Qualitäten einer konsensualen Kommunikation.

Mit dem Aufkommen des Transportverkehrs wurden die Spuren des zurückgelegten Weges tiefer. Die Lasten wurden auf Astgabeln als so genannte Schleifen gelegt und über den Boden gezogen, anfänglich noch von Menschen, dann von domestizierten Rindern, später von Eseln und Pferden. Daraus wurden vor über 6000 Jahren die ersten Schlitten. Die ersten Radkonstruktionen übernahmen das Rollprinzip und führten zum Streben- und Speichenrad, das ca. 3000 bis 4000 Jahre vor unserer Zeitrechnung entstand. Im Gegensatz zu der Schleife, dem Schlitten und der Walze, die vom Gelände relativ unabhängig waren, brauchten Radfahrzeuge möglichst ebenen und festen Untergrund. Die Vorteile der Rollenbewegung mussten mit aufwendigem Straßenbau erkauft werden. Dementsprechend folgten schnell befestigte Wege aus Stein, in die so genannte Gleisrillen geschlagen wurden. Die Technik entsprach derjenigen, die auch zur Gravur der Steinplatten mit Keilschrift benutzt wurde. Spätestens mit dem

Ausbau der Verkehrswege im 3. Jahrtausend vor unserer Zeit wurde auch die Kartografie zur Orientierung wichtig. Die angewachsene Reisegeschwindigkeit macht aus der Inschrift im Boden die Abschrift auf Tontafeln oder Pergamentrollen nötig. Aus der Spur wird die Schrift des Weges. Sie bleibt bestehen. Der Weg hat Bestand als gesammelte Erfahrung, die lesbar ist, auch als Speicher der Geschichte. Man stellt sich in die Tradition derjenigen, die hier schon gegangen sind.

Die Wege sind erste Struktur, die als Versammlung verschiedener Autoren, besser gesagt deren Füße, gelten darf. Der Weg ist in seiner Bedeutung konkret: Er verbindet Topografien. Der Übergang von der Spur durch den Fuß zur Schrift, die von Hand angefertigt wird, markiert den Übergang einer entscheidenden Abstraktionsphase zur Bewältigung von Umwelt. Durch das Hinterlassen von Spuren wird aus dem Weg ein Speichermedium des Vergangenen (im wörtlichsten Sinne »Vergangenen«).

Die Frage nach der Intentionalität des Weges, also auch für Nachfolgende lesbar zu sein, taucht auf und muss tendenziell unbeantwortet bleiben. Die Ausdifferenzierung der Oberflächengrammatik des Weges muss auch ohne retroaktive Konstruktion von Intentionalität entworfen werden können. Das Finden und Begehen von Wegen hatte eine Urintentionalität, ein Ziel zu erreichen, und wurde im erneuten Benutzen des einmal eingeschlagenen Weges zum Medium. Der Pragmatismus war möglicherweise der Intention des Zeichen-Setzens vorgängig, um jenes Zeichen-Setzen dadurch zu definieren.

Der Urmensch als »toolmaking animal« erkannte wahrscheinlich die Lesbarkeit des Weges als Methode, Orte und Plätze wiederzufinden. Das Straßennetz bildete eine Oberflächengrammatik, welche das Territorium der Umwelt überzog und die Lebenswelt strukturierte, während das Unterwegs-Sein, das Reisen, die Tiefengrammatik der Lebensformen abgaben, die dem Weg seinen Zweck zuschrieben. Die Wege konnten zum Jagen, zum Handeln, zum Erobern, zum friedlichen Besuch von Nachbarn oder zum Kultus dienen.

Die Funktion der Wiederholbarkeit des Weges im Sinne eines Erreichens wie eines Zurückkommens gewährleistet Reversibilität als Voraussetzung für ein Anwachsen der Komplexität des Wegnetzes. Die Landschaft wird fortschreitend lesbar und im selben Zuge begehbar gemacht. Die Vernetzung von Siedlungen und Dörfern mit der großen Stadt schließlich bedeutet die Möglichkeit, abseits von kleinen Gemeinschaften und Stadtstaaten auch größere Staatssysteme zu gründen. Dies geschieht zunächst in Mesopotamien und Ägypten, also im Vergleich zu Zentral- und Nordeuropa in dicht besiedelten Gebieten.

Die Entwicklung von ersten Sippen, die zusammenwohnen, bis zu städtischen Siedlungen dauerte Hunderttausende von Jahren. Die ersten größeren Ansiedlungen, die Urform der Stadt, sind Orte, wo die verschiedenen Kleinstsprachen, zum Teil Dialekte einer Sprache oder Hybridformen verschiedener Sprachen, zusammenkamen und eine Sprachfamilie formierten. Städte waren deswegen die ersten Schauplätze der Übersetzung. Schriftlose Gesellschaften sind bei der Reichsbildung instabiler als jene, die Schrift benutzen. Doch um eine Zentralmacht zu installieren, die ein Territorium verwaltet, gehören die Wege und Straßen zur ersten Bedingung.

Die Stadt als Handels- und Marktplatz war Ort der Begegnung und Übersetzung. Die Stadt bedeutete auch eine Verwirrung der alten Überschaubarkeit der kleinen Siedlungen und Wege. Das Labyrinth als Symbol für die Unüberschaubarkeit der neuen Massierung der Architektur markierte neue Herausforderungen für die Wahrnehmung wie für die instrumentelle Vernunft, mit Unübersichtlichkeit und Verwirrung umzugehen. Die Sprachverwirrung und die Unlesbarkeit der Wege und Pfade in der Stadt waren eins. Sie nährten die Angst vor einem Verlust des Selbst im Labyrinth. Der Faden

der Ariadne, als Knäuel dem Theseus übergeben, markierte das Mütterliche, Weibliche der Sprache, im Labyrinth wieder zum Ausgang, zum Ursprung der Verwirrung zurückgehen zu können. Der Faden ist Schrift im besten Sinne, eine Spur zur Lösung der Unübersichtlichkeit, ein Hauch der Ordnung und Zivilisation in der neuen Unübersichtlichkeit derselben Zivilisation, Merkmal von Orientierung, immergültige Karte und Weg. Da Theseus im gemauerten Labyrinth keine Spuren mehr hinterlässt, muss, ganz eine Kulturtechnik, der Faden diese Spur markieren. Der Faden markiert den Übergang vom Weg zur Schrift und Karte.
Die Wege zur Stadt waren Vorbereitungen auf die Verständigung hin. Dies machte Handel notwendig. Reisen hieß, der Verständigung und der Übersetzung näher kommen. Die Begegnung zweier verschiedener Sprachen musste Ergebnis des Reisens sein. Eines der ersten Keilschriftsymbole für die Straße war bei den Sumerern das schematische Abbild einer Straßenkreuzung, also der Begegnung.

www.paperball.de

»Hier können Sie live sehen, was gerade in PAPERBALL gesucht wird. Heute waren es bereits 2436 Suchanfragen. Refresh alle 30 Sekunden.«

Picasso

Password

Passwort

Klöckner

bulmahn

Porno

Leiche

Schily

Reimer

+volley+dogs

Karlsberg

Meys

Viren

RSAG

Däubler-Gmelin

Moskau

Zoologie II

BvS-B: Dort sehen wir einen großen, dicken Baum. Der ist schon sehr alt.

CORD RIECHELMANN: Eine Eiche, über 1400 Jahre alt und damit der älteste Baum hier im Zoo. Wenn der reden könnte, könnte er viel erzählen.

So ein Baum hat ja Jahresringe, die Auskunft darüber geben, wie lang er schon da, also hier ist.

Genau, wie alt er ist.

Auch Geschichten anderer hat er auf Lager. Gerne ritzen Leute etwas in Baumrinden, der Baum ist ja ein äußerst beliebtes Medium.

Besonders für Herzen und Liebeszeichen oder auch nur, um zu sagen: Ich war hier.

Das schadet dem Baum natürlich, aber in den meisten Fällen kann er das aushalten, oder? Diese Zeichen wachsen dann so mit.

Das kommt drauf an, wie viel und wie tief hineingeschnitten wird. Das schadet natürlich schon, aber die meisten Bäume überleben das.

Es gibt doch auch Kautschuk, wo das sogar gewünscht wird.

Oder bei Birken oder Ahorn. Da wird der Baum angezapft und dann der Saft abgelassen.

Und schließlich lässt der bloße Standpunkt der Eiche Rückschlüsse darauf zu, dass jemand hier war, nämlich derjenige, der sie eingepflanzt, gesetzt hat. Wie verbreitet sie sich, die Eiche?

Die Verbreitung kann natürlich auf die verschiedensten Arten erfolgen. Manchmal sind dabei auch Menschen beteiligt, einfach nur weil sich die Frucht gut anfühlt. Zum Beispiel bei Kastanien: Man geht davon aus, dass die Verbreitung der Kastanie aus dem Mittleren Orient, über Jugoslawien bis nach München, ursprünglich anhand von Kompostkutschfahrten erfolgt ist. Man hat sie einfach mitgenommen und dann irgendwo liegen gelassen. In Berlin gibt es sogar die These, dass Kastanienbäume dadurch in die Hinterhöfe gelangt sind, dass Kinder die Früchte aus dem Tiergarten mitgenommen und im Hinterhof fallen gelassen oder eingegraben haben.

Wer hinterlässt noch Spuren an oder mit dem Baum? Ein Specht zum Beispiel?

Der Specht gräbt erst mal Höhlen hinein, und über das Klopfen am Baum und den Gesang setzt er ein Signal, das zeigt, wer er ist und dass er da ist.

Kann man im Nachhinein erkennen, was für eine Art von Specht das war?

Nein, das kann man nur aktuell am Klopfen erkennen. Es gibt zwar einige, die unterschiedliche Arten von Nestern bauen, aber eigentlich ist das nur am Klopfen feststellbar.

Und andere Vogelarten, charakterisieren die sich durch unterschiedliche Arten des Nestbaus?

Es gibt Vogelarten, die können überhaupt keine Nester bauen und sind darauf angewiesen, andere Nester zu erobern, andere Vögel zu vertreiben und in deren Nestern zu brüten. Das Nest selber kann ein so genanntes Zeremoniell der Verführung sein. Zaunkönige bauen immer gleich mehrere Nester, bis zu zwölf Stück. Und in dem Fall hat die Art, wie sie das Nest bauen, schon etwas mit Werbung und Verführung zu tun. Das kann man auch gut bei Webervögeln erkennen: Wenn die Weibchen wieder weggehen und den Webervögeln ihr Nest nicht mehr gefällt, kann es passieren, dass sie es völlig frustriert zerfetzen.

Schulbushaltestelle

Annika!

Christian Werner!

Günther

Haschky

Huschel

Julia E. 7b!

Lars!

Black Devil

Dennis Devil's Night

shit of dane

Peace

Jana love Picker

sex is a game love is a name – forget the name and play the game!

Fickt euch

Fuck you

Fuck off Mantel

Hip Hop

Forever WuTang

Kitscher is over

Fuck off, all busdrivers

Dikene ist eine Dreckkanne

In der 7c sind nur Schwule und Huren

Vanessa liebt ?

Jasmin (6c) will mit Pascal (7a) ficken

Jasmin + Dennis (7c)!!!!!!!!!

Andre liebt Jana und will von ihr ein Kind

Faunth + Mark = love = sex = dicke fette Kinder

Lisa M. + Johann Vogl

Lina T. + Dennis D.

Frau Dickerer + Julia Gomber = best friends

Olli + Juliane = Sex

I love Ronja F. R.!! gez: ich

Hey Malte R. Ich liebe dich

I love Gerrit

Ich grüße meine beste Freundin Lisa

Ich grüße alle, die mich kennen

Ich grüße ganz doll die 7b der Hauptschule. gez: Nina

Ich grüße Saskia H., Katharina R.

Ich grüße die geile Jana aus der 8c und alle geilen girls. by: ? 9b

Ey Leute! ich grüße unter anderm Alex, Anna, Nicole, Daniel, Danino und alle aus meiner Klasse.

Ich grüße Lisa und Sabrina von mir.

Hallo, du Scheißer!

Hi, du Arschloch

Realschüler sind Hurensöhne

Mädchen sind Nutten

Malte!

Mariana!

Vanessa!

Vitscha!

Schneider stinkt

Ingo, du Sau

Mädchen sind Drecke

Nur für Schwule

Nazis raus

Jerome, du Hurensohn

Alexander Riesen, du bist so was von ein kleiner abgewichster Penner! gez: Nadine.

Valerio und Ice Cube und Vivaplus und 7c – ihr seid alle asis

Ruf an, wenn du geil bist: 567xxx

Hier, ich such Freund fürs Leben, ruf mich an! (01778956xxx?)

Wer will Hasch? 057132xxx

Wer will Koks? 057133xxx

Ruf mich an! 057147xxx

Quickie – wer will?

Sex

ein Mann ist so alt wie die Frau, die er fühlt

50 Centimeter

Ficken

Fuck off!

Du auch

Ich will's

Fuck you

Ficken? Dein Vater.

Ich hasse dich

Ich lüge

Deutschland und Rumänien sind raus!

I love Klaas aus der 6b

I love Eve

I love Christian

I love Patrick

Sarah, weißt du, du bist echt hübsch. Natürlich ironisch gemeint. gez: W. G.

Wer das liest, ist schwul!

Wer das ließt, ist asozial!

Gästebuch Zinnfigurenmuseum

Eine sehr schöne Ausstellung von Zinnfiguren und der Weltgeschichte (Römer usw.). Es ist sehr lehrreich, auch für ältere Besucher.

Grüße aus Greifswald! Wir waren hier, vielen Dank! Klasse 7LB/RL

Familie Typpi aus Helsinki/Finnland. Vielen Dank für die interessante Ausstellung mit hohem wissenschaftlichen Anspruch.

Vielen Dank! Ich war schon öfter hier mit Gruppen und wir kommen immer wieder. Belgische Reiseleiterin

Wir sind nun schon zum zweiten Mal hier, und es hat uns wieder ganz <u>doll</u> gefallen! Familie Schermann aus Berlin.

Wir waren hier

Aus dem hohen Norden. Edeltraud Thaden und Patrizia Thaden aus der Hansestadt Hamburg.

Name: Daniela Matthiesen. Ort: Mitteldeich 23, Glamsbüll. Alter: 10 Jahre. Am 19.1.1987

Es ist schön hier. Wahrscheinlich das Schönste, was Max (5 Jahre) in dieser Stadt gesehen hat.

Es war sehr toll, Rapunzel aus Meien.

It is so beautiful place! Some of the windows reminded me Jerusalem in Israel. I loved this place I hope to be here again. Tami aus Israel.

Dito, Andrea und Sohn Marko aus Schwerin.

Eine sehr gelungene Ausstellung mit vielen interessanten Einzelkonzepten. Didaktisch wertvoll.

Hier war am 30.7.1997: Miriam. Hallo, wie geht's?

Antje, Insa, Rainer, Henning. Wir haben alles angeguckt.

Christian Elder, amerikanischer Kulturattaché Deutschland.

Die Ausstellung ist sehr lehrreich und interessant. Wie beruhigend, dass heute keine Frauen mehr ertränkt werden. Es war sehr beeindruckend, wie Sie alles nachgebaut haben, das war bestimmt viel Arbeit, ein großes Lob.

Es hat uns sehr gut gefallen und Anregung gegeben, wieder in die Geschichtsbücher zu schauen.

Lieber Herr Frank! Schade, wir hätten Sie gern einmal wiedergesehen. Aber Sie wurden ganz toll vertreten von der jungen Dame. Es grüßen herzlich Gerlinde und Karl-Heinz aus Ibbenbüren.

Wir sind von Datteln und Freundinnen der Tochter des Goslaer Malers Ernst Ludwig von Aster. Schön, die Figuren zu sehen, aber leider zu blutrünstig. Würden lieber was Erfreuliches sehen.

Es gibt keine heile Welt, aber viel Heiles in ihr. Beeindruckend!

Die Zinsis waren echt top, nur mit unserem Lehrer war's ein Flop!

Wer hat nur so viel Geduld, die ganzen Figuren zu bemalen?

Von Hotte, an alle da draußen!

geschlechtskrank

Markus nactus est

Die Ausstellung ist gut. Es wäre jedoch noch schöner, wenn bei den einzelnen Dioramen die Autoren mit Namen und mehr benannt wären.

Ich bin schwul. Tobias.

Genau.

So eine kleine Zinnfigur kann so viel Geschichte vermitteln! Sarah aus Ff/O.

Zinnfigurensammler aus Zürich und Ulm besuchten dieses wunderbare Museum und lassen sich von den tollen Dioramen inspirieren auf dem Weg nach Kulmbach, dem Mekka der Zinnfiguren.

Renate Geburtstag! Wir haben hier tolle Tierfiguren gegossen. Vielen Dank! Das Museum ist sehr schön für Kinder!

All die Dioramen sind sehr gut durchdacht, und man sieht, wie viel Arbeit die Hersteller sich gemacht haben. Die Ausstellung spiegelt sehr gut die Geschichte wider. Besonders gut haben mir die Dioramen des 30-jährigen Krieges und des Lebens aus dem Mittelalter gefallen. Machen Sie weiter so!

Am besten hat uns das riesige Schlachtenbild gefallen, auch die anderen Sachen haben uns sehr gut gefallen.

Ich fand die Schlacht gut, ich habe drei Lichter richtig geraten.

Besonders hat uns die Schlacht bei Luther am Bahrenberg beeindruckt, da wir von diesem Ort stammen. Auch alles andere war sehr sehenswert!

In Erwartung hunderter Zinnsoldaten betrat man dieses Haus. Mit dem Bildnis der Geschichte, in faszinierender Handarbeit hergestellt, verlässt man es. Überraschend!

Die ägyptischen Dinge waren das Beste. Ein dankbarer Gast.

Es war sehr interessant! Vor allem Luther am Bahrenberg. Ein Hochmaß an Detailtreue. Originell!

Mir gefielen ganz besonders die einzelnen Schlachten Roms!

Eine Erinnerung an meine Kindheit wurde hier wieder wach. Unser Vater hatte jedes Jahr Weihnachten ein paar Zinnfiguren für uns drei Kinder – immer eine Freude, auch heute, sie hier wiederzufinden.

Es war hier gut, obwohl ich mit anderen Figuren spiele.

Die Freunde der kulturhistorischen Zinnfigur besuchten am 18.10. diese Ausstellung. Wir bedanken uns für die Gastfreundschaft und die außerordentlich gelungene Präsentation.

Durchsetzungsvermögen und großen Erfolg für die Expo 2000 sowie weitere anspruchsvolle Ausstellungen.

Der Braunschweiger Januarkreis hat im Januar 1998 in diesem schönen Museum gute Informationen und bleibende Eindrücke gewonnen.

Die Rundzinnfiguren sind schön!

Die Figuren sind gut, schenken Sie mir eine oder Sie sind tot! Schreiben Sie mir!

Wir waren hier

Wir waren schon wieder da.

Ich war hier. Silke aus Rostock. Ich fand es sehr toll.

FC Hansa

BVB

Das ist das Wahre.

Es war affengeil hier!

Ich fand alles schön. Lukas aus Finsterwalde

Wir waren hier
und tranken kein Bier
aber schön war es doch
und jetzt müssen wir fort.
Skatclub Hamburg »Voll daneben«

Es hat mir gefallen. Es macht bestimmt viel Arbeit. Aber doch am Schluss lohnt es sich – und dieses schrieb Johanna aus KW.

Ja, ganz lustig. Aber ein bisschen wenig für 12,50 DM.

Das Museum ist auf jeden Fall besser als das Wetter!

Graphologie III

SULAMITH SAMULEIT: Der Eintrag in ein Gästebuch ist vergleichbar mit dem Schreiben eines Briefes, es hat ja einen Adressanten. Wer sich ins Gästebuch einträgt, gibt sich Mühe, lesbar zu schreiben. Es ist interessant, bei so einem Eintrag nicht nur die Unterschrift auszuwerten, sondern zusätzlich auch ein Textstück. Daraus, ob die Unterschrift sehr stark von der Textschrift abweicht oder nicht, kann man Schlussfolgerungen ziehen, ob jemand im Auftreten eine Show abzieht, ob er sich so etwas wie eine öffentliche Maske zugelegt hat oder ob die eigentliche Person und die Person in der Öffentlichkeit identisch sind.
Wenn jemand Person des öffentlichen Lebens geworden ist, dann hat er ganz bestimmt die Motivation Spuren zu hinterlassen, sonst wäre er das nicht geworden, und er muss dann also repräsentieren und eben auch häufig in Gästebücher schreiben. Hoffentlich hat er dann auch eine repräsentable Schrift.

(Sie holt ein Buch hervor)

Hier haben wir ein Poesiealbum der Prominenz, 1992 veröffentlicht, und das ist natürlich eine Fundgrube für Graphologen.

(Blättert es auf)

Bei Jürgen Möllemann zum Beispiel ist interessant die auffällige Diskrepanz zwischen Textschrift und Unterschrift. Also, hier im Text hat er sich ganz offensichtlich bemüht, lesbar zu schreiben, ich nehme an, wenn er sich Notizen nur für sich gemacht hat, war seine Handschrift verwaschener als die Textschrift hier, die ist sehr gewandt, aber sie hat auch dieses Verschliffene, ein bisschen schlängelnd, also man muss da schon ein bisschen genauer hinschauen, was es eigentlich heißen soll. Er zeigt sich in seiner Handschrift hier als jemand, der sich wendig anpasst und außerdem auch ehrgeizig ist, die Längen sind hier recht betont, vor allem die Oberlängen, das ist ein Hinweis darauf, dass jemand hoch hinaus will. Ansonsten ist die Handschrift sachlich, was auf eine gewisse Intellektualität hinweist, darauf, dass er das Leben hauptsächlich übers Rationale steuert. Auch klar erkennbar ist ein gewisser Darstellungsdrang in der Textschrift. Beispielsweise dieses Anfangs-E hier, das ist durch Größe betont und auch schwungvoll. Man merkt, dass ein Geltungstrieb da ist, dadurch, dass eben Großbuchstaben vereinzelt durch Größe herausfallen, also hier das E, das Ü oder auch das M im Wort »Menschenherz«. Ansonsten wirkt die Schrift aber sachlich, könnte auf einen Büromenschen hindeuten. Allerdings schon einer, der Karriere machen will. Man sieht in dieser wendigen, flexiblen Handschrift, dass es dem Schreiber nicht so sehr um Grundsatztreue geht, mehr um Anpassung an die jeweilige Situation. Und auffallend anders als seine Textschrift ist, wie schon gesagt, seine Unterschrift – die wirkt auf mich wie ein Graffito. Würzig ist diese Signatur, stilisiert, ja, auch so, dass man nichts mehr lesen kann, es ist eigentlich nur eine Bewegungsabfolge. Und er hat ja dafür bewusst einen ganz dicken Stift verwendet. Wenn er so normal, wie in der Textschrift geschrieben hätte, das hätte nicht viel hergemacht. Er wollte sich abheben, etwas Besonderes darstellen, so wie Jugendliche, die Graffiti hinterlassen.

(Sie blättert weiter)

Ja, also Günter Grass ist ja Künstler und er bezieht seine Handschrift in seine Kunst ein, es gibt ja viele Grafiken von ihm, wo er eben Zeichnungen verbindet mit Handschrift. Das bildet bei ihm eine Einheit. Und auch hier, im Gästebuch schreibt er mit einer Darstellungsschrift, wobei seine Schrift etwas sehr Eigenwilliges hat, die kommt schon aus der Bewegung heraus. Wir sehen Übertreibungen, also diese Anstriche hier zum Beispiel oder auch die betonten Unterlängen, also die Tendenz hat er schon. Es gibt ja auch veröffentlichte handschriftliche Tagebücher von seiner Indien-Reise, und da sieht die Handschrift anders aus, hat weniger Übertreibungen in der Vertikalen, also so Anstriche wie hier findet man dort nicht, seine Handschrift ist in diesen Tagebüchern überhaupt etwas enger, sachlicher, die Vertikalachse ist dann nicht mehr so betont; wenn er für sich schreibt, geht das von links nach rechts, also vom Ich zum Du, er ist in seinen Tagebüchern mehr welt- und aufnahmebezogen als hier im Gästebuch. Er hat eine andere Haltung, wenn er repräsentiert, sich als Künstler darstellt. Da merkt man dann schon die Ich-Bezogenheit. Wenn man spötteln will, kann man sagen, dass er triebhaft ist, das weiß man ja, und die betonten Unterlängen, die in der Textschrift häufig vorkommen, die sprechen in dieser Hinsicht eine deutliche Sprache. Grass ist aggressiv und provokant, sowohl in seinen Werken als auch in der Handschrift.

(Blättert um)

Nach Grass kommt Michael Groß, der Schwimmweltmeister. Es gibt viele Männer, vor allem junge Männer, die so oder so ähnlich schreiben wie Michael Groß. Typisch hier die Skriptschrift, unverbunden, jeder Buchstabe steht einzeln da. Solche Skriptschriften entstehen meistens in der Pubertätskrise. Auch dass die Handschrift sich nach links neigt, ist ein Hinweis darauf, dass er irgendwann in der Pubertät angefangen hat, so zu schreiben: In einer Zeit emotionaler Verunsicherung, eines unsicheren, labilen Selbstgefühls, findet man dann eben

Sicherheit darin, dass die Handschrift so ein bisschen schräg nach links abgesperrt wird. Die Botschaft ist, ich stelle mich jetzt auf mich selbst. Und dass ganz bewusst und überlegt jeder Buchstabe einzeln geschrieben wird, deutet eine starke Verstandeskontrolle an, eben vor allem immer dann, wenn man sich emotional verunsichert fühlt. Und die ganz flüssige, leichte, sehr große Unterschrift zeigt dann: So möchte er gerne sein. Das ist dann natürlich auch autogrammkartengerecht, und diese energischen Schnörkel und stark betonten Oberlängen hier, die sind sogar noch ausgeprägter als bei Möllemann. Der sich darin offenbarende Ehrgeiz nach oben hin, der ist bei Günter Grass nicht so ausgeprägt. Bei dem kommt mehr aus dem Unbewussten, aus dem Triebhaften, was auch sein schöpferisches Potenzial anzeigt, was bei Groß hingegen kaum auftaucht.

(Blättert um)

Herr Gysi. Auch das hier ist eine verstandesbetonte, rationale Handschrift, ebenfalls recht bewegungsbetont, allerdings nicht so beweglich schwingend wie bei Möllemann zuvor. Es sind ganz deutlich auch Durchsetzungs- und Disziplinierungsmittel darin zu erkennen, also da schreibt schon jemand, der auch öfter mal eine Pause macht und nachfragt, kritisch hinterfragt, und die häufigen spitzen Unterlängen sind im übertragenen Sinne Ellenbogen. Der Unterschied zwischen Unterschrift und Textschrift ist bei Gysi nicht besonders groß. Er macht, ähnlich wie Günter Grass, in der Unterschrift besonders betonte und tiefe Unterlängen, allerdings sind die bei Gysi nicht so voll. Also, in dem Fall würde ich nicht unbedingt auf Triebhaftigkeit schließen, ich weiß nicht so recht, weshalb er so tief stochert in den Unterlängen. Eventuell deutet das auf eine verkappte depressive Tendenz hin, aber das kann ich nicht mit Bestimmtheit sagen. Ansonsten auffällig sind einige Lücken

zwischen den Wörtern – das kann bedeuten, er ist im Grunde genommen innerlich einsam. Er setzt auch noch zwischen Wörtern und Kommata extrem weite Abstände, das verweist auf eine starke Distanznahme zu seiner Umgebung. Diese Tendenzen innerer Einsamkeit und starker Distanz kommen bei Politikern, überhaupt bei Führungspersönlichkeiten, sehr viel häufiger vor als bei anderen Leuten.
Tja, und wie das M hier abfällt, im Wort »Menschen«, das bestätigt doch meine Vermutung, dass er eine Depressionsneigung besitzt, diese Tendenz zur Bewegung nach unten gilt allgemein als Hinweis darauf, dass jemand zu depressiven Verstimmungen neigt. Und wenn man hier bei Gysi genauer hinschaut, dann zieht die Schrift immer wieder nach unten ab. Auch dieses S da, das gerät zu einer Art absinkendem Haken, wo er sich vielleicht mal festhält.

(Blättert weiter)

»Hallo Freunde, viel Glück, Erfolg und Spaß bei dieser wirklich tollen Aktion wünscht Euch, Euer Sascha Hehn«
Was Gysi geschrieben hat, ist sehr viel persönlicher *(sie blättert noch einmal zurück)*: »Ich frage mich immer häufiger, wie es kommt, dass Menschen in der Niederlage menschlicher sind als im Erfolg und ich ihnen dennoch Letzteren wünsche.« Das sagt über ihn selbst etwas aus. Er fühlt sich selbst immer wieder von der Niederlage bedroht und wünscht sich doch den Erfolg. Tja, und solche Selbstzweifel, solche Probleme, die sind im Schriftbild und auch im Text von Sascha Hehn *(blättert zurück zu Hehns Eintrag)* nicht zu erkennen. Das ist frisch, frei, locker, vorneweg, und er hat auch mit einem dickeren Stift geschrieben, also, es soll etwas hermachen, was auf Kosten der Differenzierung geht, er hat eigentlich eine etwas verwaschene Handschrift. Ich würde ihm raten, einen weniger dicken Stift zu benutzen, das würde seinem Schriftbild besser be-

kommen. Sonst ergibt das, wie hier, so zugeflossene Buchstaben, hier, dieses a im Wort »Spaß« zum Beispiel, das sieht einfach nicht sehr schön aus, und ich denke, das kommt daher, dass er einen Stift nimmt, der nicht angemessen ist. Anders als bei Gysi sind die Kommata bei Hehn direkt an die Wörter gesetzt, die Wortabstände sind auch angemessen, was gegen innere Einsamkeit spricht, der scheint eher ein Kumpeltyp zu sein, der Sascha Hehn. Und seine Unterschrift ist aus meiner Sicht ein misslungener Krakel. Wahrscheinlich auch deswegen ein Krakel, weil er merkt, dass seine Handschrift zwar durchaus persönlich ist, aber nicht besonders was hermacht. Um sich hervorzuheben, macht er wahrscheinlich auch diese vertikal betonten Schnörkel in der Unterschrift. Darin zeigt sich sein Ehrgeiz, aber es erscheint nicht angemessen, da ist zu wenig Substanz in der Unterschrift. Mit dem dicken Stift kompensiert er etwas. Aber er hätte es eigentlich nicht nötig, er hat es nur deswegen nötig, weil er meint, er müsse besser und toller sein als andere.

(Blättert weiter)

Oh ja, Wolfgang Joop. Das ist eindeutig eine grafische Darstellungshandschrift, es ist davon auszugehen, dass Herr Joop noch eine andere, verschlissenere Handschrift hat als hier zu sehen, wo er besonders gut lesbar und schön schreiben möchte. Das ist wahrscheinlich seine Vorstellung von schöner Schrift, was er hier produziert hat. Es fällt auf, dass die Unterschrift fast genauso aussieht, die ist auch innig verschliffen. Also von daher könnte es sein, dass er auch sonst so schreibt, wer weiß. Es ist erstaunlich, wie er trotz des Schwungs die Buchstaben doch einzeln ausschreibt, und es sind auch viele Winkel drin, also, es ist viel Disziplin in dieser Handschrift, aber auch ein deutlicher Darstellungswille.

Hotels, Hotels I

Ich war gern hier und komme gern wieder. Walter Sedlmayr

Es waren traumhafte Tage in diesem märchenhaften historischen Hotel. Herzlichen Dank für die nette Gastfreundschaft! Viele Grüße aus Burgau/ Schwaben

Im Dezember 1937 war ich hier schon mit meinen Eltern. Es war sehr kalt, aber ich erinnere mich noch an vieles. Meine Eltern schliefen in die großen Zimmer mit die Erker, ich daneben. Es war eine Freude, diesmal wieder am selben Platz unsere Zimmer zu finden. Danach gab es ein schonen Weihnachtsbaum auf dem Platz nun waren auch viel schönen Lichten am Abend zu sehen. Familie Jan W. aus Skandinavien

Auf Wiedersehen, bis zum nächsten Mal. Ihr Günther Strack

Christopher Brauer, 11 Jahre alt, aus Bremerförde

Danke und Anerkennung für ein gut geführtes Familienhotel! Von Henning Venske

Wenn man so oft unterkäme, wie man gern hier ist, es wäre ideal. Aber hier ist die Bude ja fast immer voll. Bis bald.

Alles Liebe wünscht: Ihr Peter Kraus.

Thank you for such a very warm welcome back to the hotel from where we were married in the Jacobikirche on the 15th of may 1948. With our best wishes: Betty and Brian Redley, East Yorkshire, England. 15.5.88.

Vielen Dank für Ihre Gastfreundlichkeit. Nächstes Mal werde ich nicht 51 Jahre warten, meinen nächsten Besuch zu machen! Auf Wiedersehen. Alma aus New Jersey

Danke für die Gastlichkeit. Gerhard Richter

Thank you! We really enjoyed our stay. This city is wonderful and your hotel is very pleasant. Claudia Neumann, Kolumbien; Horst, Kanada

Herzlichen Dank für eine ruhige Stunde in Ihrem Hotel. Roman Herzog.

Ich kam zurück nach 54 Jahren zu einer sehr guten Mahlzeit.

Ich hab mich hier sehr wohl gefühlt. Björn Hergen Schimpf (Karlchen, RTL plus)

Heute sind wir noch einmal hier, um Walpurgis zu feiern, und wie gewöhnlich haben wir eine tolle Zeit gehabt. Maja aus Schweden

Schön war's, bis bald. Küsschen, Eure Ingrid Steeger

Hat mir sehr gut hier gefallen. Dietmar aus Lübeck

Danke. Ihre Brigitte Mira

Dieter Schmer! War wunderschön hier! Super! Grüße aus Hessen und ein Dankeschön!

Schöne Grüße aus dem Ammerland! Familie W. Hinrichs

Zwei von tausend Pellwormern waren hier! Anton und Erika Lucht

Danke schön! Frank aus Kotteburg

Die Nacht hier war zauberhaft, danke! Danke für die schöne Zeit bei Ihnen! Amazing Gospel Christmas. The Jackson Singers

Ein ideales Hotel für eine Familienfeier! Wir haben uns (sieben) hier sehr wohl gefühlt und wurden sehr gut versorgt. De Glock aus Hamburg

Annemarie Primsen aus Altona

Gute Wünsche für Sie – Gerd Balthus

Es war schön, vielen Dank für alles. Viele liebe Grüße aus Diepholz.

Die Supernasen. Herzlichst, Mike Krüger

Wir waren da, Sarah und Anja aus Göttingen und Elliehausen

Noch in keinem Hotel haben wir so viel Freundlichkeit und Aufmerksamkeit erfahren. Dafür möchten wir uns bedanken. Gabriele und Armin Mueller-Stahl

Swantje Brauer, 10 Jahre alt, komme aus Bremerförde. Hier ist es schön.

Vielen Dank für die nette Betreuung und das tolle Frühstück! Kommen ganz aus Büsum und fühlten uns hier eigentlich sehr wohl. Bis bald! Anja und Sven

Herzlichen Dank! Hans Jochen Vogel

Thank you for the great stay! There's so much charm to your hotel and city. Charles and Beverly Kronenburg, USA.

Herzlichen Dank für den lieben Empfang. Man fühlt sich sofort wie zu Hause. Auch die nette Barfrau darf man nicht vergessen, die so lange aushielt, dabei noch so liebenswert war. Ebenso der Nachtportier. Herzlichst, Ihr Friedrich Jahn.

Grüße aus Brasilien! Wir werden euch in Berlin und Brasilien weiterempfehlen. Wir bedanken uns für die guten Tage, die wir hier spendiert haben. Wir kommen noch mal wieder, aber dann nicht mit Weihnachten oder Winter, sondern mit Sommer, wenn alles hier blüht. Mal ausfinden, ob es hier dann auch so gut ist! Mit freundlichen Grüße Hans und Ingajn aus Holland

Auf Wiedersehen. Eure Helga Feddersen

Danke sehr! War wir ein gutes Zeit haben hier. Charleston Jim, Denver/Colorado

Vielen Dank. Weiterhin alles Gute und viel Erfolg. Fräulein Menke

We had a wonderful time with your great hospitality. We hope to return soon. Very warmest regards. Thank you from the Lenkitz! Greetings from Denmark.

War dufte. Bis zum nächsten Mal. Peter Herbolzheimer

Very nice hotel in a beautiful place and a fantastic city. Amazing history! Familie Hansen

Karin und Bill Reptide, Aspen

Ein glänzendes Hotel, ein glänzender Service, vom Frühstück ganz zu schweigen. Erstklassig! Danke, Inge Meysel

Ich habe mich in Ihrem Hause sehr wohl gefühlt, was die Voraussetzung zu meinem sehr erfolgreichen Debüt bei Chris Howlands Show war. Durch Rückwärts-Vorwärts mit Katja Nick, der einzigen Rückwärtssprecherin und -sängerin der Welt.

Wir bedanken uns ganz herzlich bei der Leitung und den Mitarbeitern des Hotels für die Gastfreundlichkeit und gute Betreuung unserer 26-köpfigen Gruppe aus Russland.

Liebe Grüße aus Bayern und der Toscana und vielen Dank für Eure Herzlichkeit! Bis bald, Konstantin Wecker

Einen ganz besonderen Dank möchten wir Frau Marschall und Herrn Schmalle aussprechen, die mit viel Zuvorkommenheit und Verständnis unsere Mahlzeiten begleitet haben. Die Atmosphäre in Ihrem wunderbaren Hotel hat in großem Maße zum Seminarerfolg und zur guten Stimmung beigetragen. Vielen Dank! Und dann noch – ein russischer Gruß!

Ich war wieder da. Und habe eine richtig gute Nacht verbracht. Danke, Kostolany.

We had a wonderful time and your hotel had a lot to do with making our holiday so nice. Thank you! Richard Kremer, Kanada

Hubert Ka, mit Kapelle

This is a wonderful hotel in the center of a <u>great</u> town!

Ich bin 1 m 89. Aber dies Hotel ist riesig! Gerd Dudenhöfer

Hello! It's a very great hotel. Love, from the Family Olsen from DK

Great Hotel! Historic! Enjoyed!

Viele Grüße und danke! Lisa Fitz

Zwischen Rebenhügeln liegt die kleine Stadt Braubach am Rhein. Es bedanken sich für den Aufenthalt und die Gastfreundschaft die Sänger vom MGV Braubach 1843.

Dank und viele herzliche Grüße, Ihr Wilhelm Wieben

Es war hervorragend, super! Es grüßen die Wanderer aus Hannover.

Es bedankt sich der Kinderchor St Ludger aus Ludingshausen

Mit den allerbesten Wünschen, Paul Kuhn

Es grüßen die 20 Powerfrauen aus dem Siegerland! Glückauf.

Mit freundlichen Grüßen, Ihr Sepp Maier

Auch wir waren hier, und es hat uns sehr gut in Goslar gefallen. SKV Burgau

The first for this hotel. Auch die Rezeption hat ein Recht auf Leben! She is the very good woman! I think the best of receptionation! All the best! Peter for you

In diesem Haus kann sich auch ein Single wohl fühlen! Danke, Anneliese Wittmann.

Das Zimmer ist schön.

Es gibt hier im Hause einen supersupersupersuper Oberkellner! Personal ist top. Rubin Ritter

Herzlichen Dank für Ihre Gastfreundschaft. Auf Wiedersehen. Ihr Roy Black

Vielen Dank für die sehr freundliche Bedienung in diesem schönen Hotel in dieser großen geschichtsträchtigen Stadt. Alles Gute! Henning Schmidt

Danke für die wiederholte Gastfreundschaft, Peter Härtling.

Sind gerade dabei, unsere Hochzeitsfeier zu feiern, sind superbegeistert über den Service und das ganze Drumherum.

Herzlichen Dank für die Aufnahme während der Sendung »Ich stelle mich«. Ihr Willy Bogner.

Thank you for a very good service in the three days we have having here!

Wir hatten Sonne auf dem Brocken und Sonne im Herzen. Familie Mayer

Es waren interessante Regentage. Simone Linder

Meine Gedankengänge in Briefform niederzulegen war mir ein besonderes Vergnügen. Fabian, 21 bis 23 Uhr.

Mit Dank und allen guten Wünschen, Uwe Friedrichsen

Wir sind hellauf begeistert vom Hotel, dem Ambiente, Service etc.! Ingmar und Horst aus Münster

Danke für Ihre Gastfreundschaft! Senta Berger, 30.1.2002

Gut angekommen. Mal sehen, wie der Abend so verläuft.

Sehr leckere Speisen, sehr nette Bedienung, guter Service. Vielen Dank! Rainer Baumann aus Hamburg

Ein bisschen Arbeit beim WDR, ansonsten: zwei gemütliche Tage in Ihrem Hotel, Dagmar Berghoff.

Danke für die freundliche Beherbergung. Christa Wolf

Uns hat auch gut gefallen: nette Bedienung im Restaurant. War sehr schön.

Wonderful hotel and breakfast!

Es war wunderschön hier, wir haben es sehr genossen.

Nach 40 Jahren im besten Hotel am Platz – danke!

This hotel is just beautiful

Noch sehr viele sonnige Tage wünschen Ihnen allen die German Tenors. Braunschweig, 6.12.01

Thank you for the best services in friendship and fun. New Zealand Basketball Team.

Ein herrliches Stückchen Erde hier.

I had a great time and wonderful stay.

War mit meinem liebsten Schatz hier, es war toll!

Das war wieder schön ruhig und freundlich bei Ihnen! Ich danke herzlich und auf ein gesundes Wiedersehen. Vielen Dank. Ihr GG Anderson. 28.10.02

Kinder (-freundlichkeit) bis in den letzten Winkel. Wir haben uns sehr sehr wohl gefühlt. Danke!

Wir haben uns hier sehr wohl gefühlt. Barbara und Jens Hase

Herzlich: Klaus und Klaus

Sie haben dazu beigetragen, dass unsere romantische und harmonische Vorstellung des schönsten Tages in unserem Leben zu einem berauschenden Fest wurde!

Ihr seid doch das beste Hotel. Euer Frank Zander

Einen sehr angenehmen Kurzaufenthalt in diesem Hause hatten M. und G. Weber

Herzlichen Dank für die Gastfreundschaft. Gottfried John

Vive la vie! Ewig herzlich, Euer Claus Littmann 23.8.96

Es war schön! Edeltraut und Willy Ridder

Wir waren hier auch und waren sehr begeistert.

Bin heute Morgen aufgewacht und habe gedacht, ich träume noch. Ein wirklich schönes und sehr angenehmes Haus! Vielen Dank. Sandra Maischberger

Nach einem langen Tag Reise in der Nacht auf 2002, Ihre Esther Vilar

Thanks for looking after us so well, even the weather was great.

Peace. Rhyme Syndicate Body Count.

Zu kurz, aber war schön. Rainer Langhans

Es war schön und Kompliment an die Kellner. Es war 1 Punkt 0.

Hallo Olli! Alles Gute wünschen Dir: Simone usw.

Sehr schönes Hotel! Gute Übernachtung und ein sehr gutes Essen! Ich habe das Hotel nur eine Nacht nutzen können, aber das war sehr beeindruckend! Alex Schmidt

It's fun to sit here at the bar. Davidoff macht's möglich. Danke, Brigitte. Ron Williams

Für die nette Betreuung zu unserer Hochzeit möchten wir uns beim ganzen Team recht herzlich bedanken. Es hat uns so supergut gefallen, herzlichen Dank.

Es war sehr schön, vielen Dank. Anja Markus Daisy

Annette und Heiner sagen Dank an das Team! Tolles Personal! Chef, hast du ein Glück. Frühstück bekommt 6 Sterne! Danke.

Liebe Doris! Nach einer durchzechten Nacht sind wir überglücklich dich, gerade dich hier zu sehen! Wir danken dir für deine tolle Bewirtung und hoffen, dass du uns noch lange erhalten bleibst. Deine Fans aus dem »Goldberg«

Erinnerungsversammlung am 1.9.2001: 1:5 gegen England

Besser als die bezaubernde Doris hätte uns niemand bedienen können!

9.2.96 Es hat in deinem Hause mir gefallen und meine treffliche Zufriedenheit soll dir ein Zeichen werden, was Du in mir dir selbst getan, wird dir bei mir, denn was ich glaub ich bin, nicht schaden. Willst du in meiner Schuld den Lohn dir finden wollen, so grüß ich freundlich dich und scheide. Es wird dein Ruhm fortan nicht auf der Welt in den Gestirnen seine Grenzen haben. Herr Król alias Heinrich Verreist.

Mein Gruß für heute ist was schlichter
ich bin in Wirklichkeit kein Dichter
das 96 das war Kleist
es dankt euch herzlich H. Verreist
alias Joachim Król

Vor das Gästebuch gezwängt
empfindet man Verdruss
man fühlt sich aufs Klosett gesperrt
obwohl man gar nicht muss!

Bevor ick mir noch schnell verloof
doch lieber gleich in'n Königshof!
Ihr Ilja Richter

Mit Sonne im Herzen kamen wir aus dem Norden an.
Die Sonne verfolgte uns die ganze Zeit durchs Land.
Sie schien auf die schönen Bauten,
die wir voll Bewunderung anschauten.
Der Aufenthalt war sehr angenehm,
ich denke, wir werden das alles noch einmal wiedersehen!
Die flotten Motten aus Lagerdorf (Schleswig-Holstein)

Es war ein Traum
Bei euch zu sein
Und wir kehren wieder
mal bei euch ein!
Die SKV Reisegruppe Keif aus Bingau/Dammark

Willst du eine gute Sportschau moderieren,
musst du vorher im Königshof logieren.
In der Hoffnung auf viele Wiederholungen,
Ihr Gerd Rubenbauer.

Aus dem Münsterland kommen wir angereist
Haben hier ein nettes Quartier und vorzügliche Speis
Für die Zukunft dem Haus alles Gute
Weiter so, Ihr Lieben, mit frohem Mute
Die Seminargemeinschaft

Wir fanden bei Ihnen unser Wochenendquartier
Und fühlten uns ausgesprochen wohl hier.
Bei Tag und auch bei Nacht
Waren Ihre Mitarbeiter
Stets um unser Wohl bedacht

Doch schnell ist ein Wochenende vorbei und wir müssen
Nach Hause
Sause
-n.

Nicht ganz weit war unsere Weihnachtsfahrt
Mit den Mitgliedern aus Garbsen von der Arbeiterwohlfahrt.
29 Urlauber packten ihre Koffer und Taschen,
Um den Winter hier zu erhaschen.
Nicht ein einziger Wunsch wurde uns verwehrt
Das kennen wir andernorts umgekehrt!
Drum sagen wir Dank all den fleißigen Seelen
Sie ließen durch ihren Einsatz es an nichts fehlen!
Ob von Küche bis Service, Herrn Kaiser bis Frau Saubermann
Hier hat jeder gezeigt, was er wirklich kann!
Es war eine Freude mitanzusehen
Wie wir durchgehend verwöhnt wurden, nochmals danke schön!
Dem Hause und der guten Geister Schar
Wünschen wir alles Gute zum neuen Jahr!
Viel Gesundheit und Glück für die kommende Zeit
Wir kommen gern wieder, bei Gelegenheit!

Es war ein toller Tach.
Hoffentlich werde ich morgen wach.
Von Hape.

Wir haben hier im Hotel unser Klassentreffen durchgeführt und dabei eine lebendige Integration von mittelalterlicher Tradition in moderner Gastfreundschaft erleben dürfen. Wir bedanken uns beim gesamten Team. Besonders erwähnen möchten wir Familie Beutner wegen ihrer guten Beratung und Herrn Tolk wegen seines perfekten Services. Alles Gute und auf Wiedersehen! Herrmann aus Emsdetten

Vielen Dank für alles. The Hornets

Mittwoch, 21:04 Uhr. Herzlichen Dank für die Einladung zur Eröffnungsparty. Wir wünschen dir viel Erfolg und natürlich auch sehr viel Spaß! Danke auch für das wunderbare Essen. Ich habe mich wie zu Hause gefühlt. Claudia besteht darauf, dass wir dir sagen sollen, dass du jederzeit auf unsere Hilfe setzen kannst. Ilona ist die ganze Zeit am Schauen, was ich schreibe. Die Seite ist jetzt zu Ende, daher muss ich Schluss machen.

Grafik-Design II

BvS-B: Um auf die Signatur zurückzukommen. Das ist ein Selbstbildnis von Anton Corbijn. (Er zeigt auf ein Bild von Anton Corbijn.) So, hier unten steht jetzt: 5/10. Ein Hinweis darauf, dass es nur zehn Abzüge von diesem Bild gibt. Das ist die Nummer fünf. Und der den Abzug gemacht hat – ich nehme an, es war Corbijn selbst –, hinterlässt also seine Markierung, indem er auf die Limitierung hinweist.

WALTER SCHÖNAUER: Genau. Das bedeutet ganz sicher, dass es nur zehn von diesen Bildern gibt.

Und was heißt das hier? (Zeigt auf eine handschriftliche Anmerkung am Bildrand.)

»Anton C. 1«. So hat er die Bilder betitelt.

Das ist die Unterschrift, oder? Das ist doch mal eine Unterschrift, die wirklich interessant ist.

Sehr hübsch. Sieht aus wie ein japanisches Schriftzeichen, so ein bisschen.

Oder wie wenn ein Kind einen Notenschlüssel malen will, aber dann abrutscht. (Er dreht das Bild um.) Dann haben wir hier zusätzlich noch die Signatur des Rahmenladens.

Je wichtiger die Dinge sind, desto mehr Unterschriften stehen auch drauf.

Auf diesem Selbstbildnis von Corbijn steht eine Widmung. »Für Walter« – das ist für dich wie für ihn eine Art Selbstvergewisserung.

Es ist sozusagen ein Beweis.

Wie der Zufall es will, haben wir hier noch einen Bildband von Anton Corbijn. (Legt Bildband auf den Tisch und blättert darin herum) Da kommen wir zurück zum Thema der individuellen Bildsprache, einer, die jemand charakteristisch einsetzt oder die mit ihm assoziiert wird.

Wobei dieses Bild wiederum sehr untypisch für ihn ist. Es gibt typischere Bilder von ihm. (Er blättert einige Seiten weiter.) Hier. Da sieht man es ganz deutlich. Also, er hat über Jahre immer den gleichen Fotostil beibehalten, das gleiche Licht und das gleiche Papier und den gleichen Entwickler, die gleichen Farben, den gleichen Printer, der den immer wieder gleichen Effekt herstellt.

Wenn man Corbijns Aufnahmen all dieser sehr unterschiedlichen Künstler nebeneinander hängt, völlig egal, ob Bono, Pavarotti oder Robbie Williams, dann erkennt man von weitem interessanterweise ...

Es ist einfach Anton Corbijn.

Es ist immer klar erkennbar als von Corbijn gemacht. Sofort.

Homepage-Gästebuch von Jürgen Fliege

Leider kann ich Ihre Sendung nicht immer sehen, aber ich mag, wie Sie Menschen behandeln, ich mag die Würde und Zuneigung, die Sie vermitteln.
Ich bin 44 Jahre jung, eine zerstörte Seele (Missbrauch mit 2 J.), ich bin so müde geworden, und ich liebe es, Ihnen zuzuschauen und zu hören und zu sehen, dass es das Gute noch geben muss und vor allem die Liebe. Danke.
Silvia Stoll
2003–09–23 23:56:24

Möchte Sie ganz herzlich grüßen und ein ganz großes Lob an Sie aussprechen. Sie sind ein Mensch voller Güte und Geben. Bleiben Sie bitte noch lange, lange bei uns allen im TV. Vielen Dank!!! Darf ich Sie auch mal zu mir auf meine Gedichte-Homepage einladen?
Sabine von Gora
2003–09–22 14:59:20

Sehr geehrter Herr Fliege, Ihre Sendung bekomme ich in der Regel nur durch Zufall mit. Heute meinte es unser aller Vater besonders gut und ließ mich Ihre Sendung zum Thema Mobbing sehen. Ich war/bin einer jener Idealisten, einer, der bisher schwieg. Noch heute befällt mich nervöses Zucken, wenn ich an die Situationen denke, während ich gerade diesen Text schreibe. Es schien mir, als hätten Sie Probleme mit Ihrer Wirbelsäule.
Bevor ich morgens etwas anderes tue, nehme ich mir 20 Minuten Zeit für Gymnastik: Wirbelsäulentraining: drehen, Biegen in jede mögliche Richtung, dann Liegestütz mit kerzen-

gerade gerichtetem Körper (bis die Arme schmerzen), anschließend Hanteltraining 2x7,5 kg (Nackenmuskulatur u.a., Bizeps, Rumpfbeugen), bis ich 2 Tonnen erreicht habe. Danach noch einmal Liegestütz in indizierter Weise. Das habe ich natürlich »langsam« bis zum Maximum aufgebaut! Nach diesem Morgensport empfinden Sie sicherlich Schmerzen, aber nicht mehr in der Wirbelsäule! Fazit: ein Arzt weniger, der durch Scharlatanerie Geld verdient.

Normalerweise schaue ich mir überhaupt keine Talkshows an, weil sie mir zuwider sind. Ihre Arbeit ist eine echte Ausnahme, und ich wünsche Ihnen jeden nur erdenklichen guten Erfolg in der weiteren Zukunft!
Karl Friedrich Eickhoff
2003–09–23 17:44:21

Hallo, Herr Fliege! Vielen Dank für Ihre guten Sendungen. Sie sind sehr unterhaltsam und – was noch viel wichtiger ist – Sie helfen! Zurzeit bin ich arbeitslos und kann so Ihre Sendungen sehen – ein sinnvoller Beitrag, den Tag positiv und mit guten Gedanken zu verbringen. DANKE! Machen Sie weiter so! Alles wird gut! Viele Grüße.
Sandra
2003–09–23 15:44:08

Sehr geehrter Herr J. Fliege, ich bin ein Fan Ihrer täglichen Talkshow. Da ich in Spanien lebe, schaue ich sie mir über Sat-TV an. Es gibt sehr häufig Themen, die sich stark auf mich beziehen. Ich bin ziemlich krank und wünschte mir häufig, mit so einer Person so wie Sie zu reden. Hier im Gästebuch möchte ich nicht über Krankheiten sprechen, ich möchte nicht, dass es auch andere Gästebuch-Besucher lesen. Es wäre toll, von Ihnen Post zu erhalten, dann erzähle ich Ihnen so einiges, wo Sie bestimmt mit den Ohren anfangen zu schlackern! Ich hoffe, man hört voneinander.

Sylvia Thiele
2003–09–20 14:34:55

Hallo! Und ein liebes Gott zum Gruß! Ich habe viele Ihrer Sendungen gesehen, mich oft aufgeregt, oft getrauert und oft mitgeweint. Ich empfinde vieles, was Sie sagen, als ganz ok und aufbauend. Ich beschäftige mich seit 40 Jahren medial mit allerlei Übersinnlichem und kenne viele Höhen und vor allem Tiefen des Lebens; Ihnen wünsche ich die ganze Kraft des Segens unseres himmlischen Vaters, und ich würde mich über einen Kontakt recht von Herzen freuen. Vielleicht besuchen Sie einmal meine Welt der Fantasy im Internet. Alles wird gut.
Maria
2003–09–18 11:26:59

Hallo, Herr Fliege, ich finde es immer wieder beeindruckend, wie Sie anderen Menschen zu ihrem Glück verhelfen! Manchmal tut es ja schon gut, sich über gewisse Probleme auszutauschen. So wie mit dem kath. Priester aus Bayern, mir kamen nahezu die Tränen, wie sich die Amtskirche verhält! Priester sind doch auch irgendwo Menschen und keine Roboter! Die Amtskirche sollte sich an die Ausführungen von Drewermann halten, dann gäbe es unter dem »Bodenpersonal« viel weniger Leid und Schmerz!
Möge der liebe Gott Sie beschützen, dass Sie noch vielen Menschen in Not helfen können! Wenn ich Ihre Sendung am Nachmittag versäumt habe, schaue ich sie mir in der Nacht an, denn es ist eine Freude, wie Sie sich für die Menschheit einsetzen! Dazu fällt mir ein Spruch ein: »Solange wie es Sterne gibt, glaub' daran, du wirst geliebt.« Ich danke Gott, dass es einen Herrn Fliege gibt!
Gabriele Langner
2003–09–18 20:24:42

Zellenwände Steinwache Dortmund

30. Januar 1945
Hier saß Walentina
Wolowodowa aus Rostow
Ich sitze hier fünf Wochen
gerate nicht in Panik
alles kann man überleben
und die Schuldigen lieben.
Mit Grüßen Walja

(Anm.: Walentina Wolowodowa, geb. am 15. Mai 1926 in Rostow, war zur Zwangsarbeit nach Dortmund verschleppt worden und lebte in einem Lager in Dortmund-Bodelschwingh. Am 9. Januar 45 wurde sie in das Gefängnis Steinwache eingeliefert. Gründe für die Inhaftierung waren der dringende Verdacht des Diebstahls sowie die Deliktbezeichnung »politisch«. Nach sechs Wochen Haftbefehl wurde sie am 31. Februar 1945 entlassen. Ihr weiteres Schicksal ist unbekannt.)

Dass im Verlauf von 6 Monaten auf dieser Welt ...

200g und ein halber Liter Suppe
dieses Dasein (Existenz) eines Menschen in die Augen

Hier geben sie von Montag bis Freitag Suppe, abends bis 150 g Brot oder ein Liter Suppe am Tag

Im Schnitt gibt es (geben sie heraus) 175 g Brot, 0,75 Liter Suppe
auf diesem schon drei Wochen

vor den Augen ist es dunkel
????????
????????

als
      ich ohne (ich habe kein ...)
hier

Leonhard
Jef
Andrej
Theo

... weil entkräftet

Siegfried Hans Marscht Herrn Antwerpen Reinhold Antwerpen Frans Berlin Karl Solingen Hannover

saß ein Mädchen
rosenrote Blumen, Blumen und Rosen sammelte sie
... und wand die Kränze es kam herbei
liebe ach liebe ... mit mir
Weichsel, weint, liebe ach liebe
und aus Verzweiflung in das wellenschlagende Wasser
und ging (warf sich) aus Verzweiflung ins Wasser

Montag
Dienstag
Mittwoch
Donnerstag
Freitag
Samstag
Sonntag

Mai
Juni
Juli
August
September
Oktober
November
Dezember

Raus aus dem verfluchten Bau

musste ich
man wird doch
du sich
hier drin

	Montag	Dienstag	Mittwoch	Donnerstag	Freitag	Samstag	Sonntag
I	15	16	17	18	19	20	21
II	22	23	24	25			

auf einem alten Schloss, und auf ihm ein Türmchen, wo eine weiße Taube saß
dort stand ein junger Soldat Wache ...
das weiße Täubchen (begann zu sprechen?)
es gibt doch von hier aus dem Land keine Neuigkeit,
ach du trauriger Soldat
    zwei Herzen so schlägt drei Jahre
    zwei Liebchen / Liebste? Jüngling (instrumental)

Es war einmal
alle Freunde
sie haben mich eingesperrt 9.9.43

7.9.–9.9.43

21/VIII   A. F.
vor fünf Monaten wurde ich eingesperrt. Es ist jetzt fünf Monate her ...

23.VIII in diesem Gefängnis eingesperrt

21/VII 44 god.
ausgeschlossener Tag,
ausgeschlossenes Tageslicht

Ich habe in dieser Zelle gesessen/geschlafen vom 5.10.– 7.10 1943

do ... Pani Rawiczek Maria

SA
    13 oct
    morgen

☦
Valerij Rostov
(rechts)   (links)
  19   6   17

tau ... stein ... Brief

Mantel abholen

Brief ... p ...

27.XI.44

sagte

das soll ...

Čičurina, tasja

Tagesration	Jahresration
Suppe ein L. 500g	540 L.
Zucker	
Polinski Iwan	

Hier saß Boris
wegen eines großen Diebstahls

Hier saß
wofür und welcher

Saporoschje
Nadeschda Nikischina
Rostow 18.8.–19.8.

Ich bin am 27.9.42 nach Deutschland gekommen. Ich habe im Lager als Ärztin gearbeitet. In das Gefängnis bin ich durch eine Denunziation geraten.

Schenka Ruck 19/II/43

Mittwoch sawgskoj
arkadij
drei Fluchtversuche
Rostow
es ist traurig für mich, der ich noch nicht gelebt habe mich vom Leben zu verabschieden ...

ewiges Gedenken

für alles durchlebte bitte ich …

… ich habe 26 Jahre und 3 Monate gelebt … Walerij

Wenn man sitzt und nicht arbeitet, dann gehst du im Laufe von nur 3 Monaten zugrunde, weil du die Kräfte verlierst. So kann der Mensch acht Wochen existieren bis du vor Hunger aufgedunsen bist. Nun gut, Montag, Mittwoch und Freitag gibt es hier auch abends Suppe. Im Durchschnitt gibt es …

… der Magen schrumpft zusammen.

Ich habe in dieser Zelle vom 5.10. bis 7.10.43 gesessen.
Zelle 23 drei Monate
Zelle 32 100 Tage
Zelle 37 dreieinhalb Monate
Zelle 38 ?

11.8.43 drei Wochen Gefängnis, Dortmund

21/VII ein besonderer Tag. Man hat mich das erste Mal seit vier Wochen einen Hofrundgang machen lassen.

Hier saß W. Dowa Walentina Wolowodowa

Walentina aus Rostow.
Ich sitze schon die vierte Woche und langweile mich. Ertrage, man kann alles überleben

Olja Woskanjan 16.11.44
Ord
Zenikidze
Liebknechtstr.
Pawlowa

Walerij+Anna

Hier saß Aleksej aus der Stadt ...

Hier saß Sintschenko Marija sieben Wochen
aber ich weiß selbst nicht ...

Ich war hier 15.2.1996

Fritz 12.1.96 T. T.

Gästebuch Steinwache Dortmund

Ich hätte nach dem 10. Wiederkäuen des Stoffes in Schule und Familie nicht gedacht, dass ich von dieser Materie noch einmal fasziniert und erschüttert werden könnte. Die Steinwache und die plastisch erläuternde Führung haben es geschafft. Christoph Nolte

Danke für die informative Führung! LK Ge 13, Ernst Barlach-Gymnasium Castrop-Rauxel

Faschismus ist <u>keine</u> Option.

Besuch der Mahn- und Gedenkstätte Steinwache am Mittwoch, dem 20. März 2002, durch seine Exzellenz Botschafter Shimon Stein, Botschafter des Staates Israel in der Bundesrepublik

Hoffentlich bleibt das Gedenken an diese schlimmen Täter am Leben, zur Abschreckung!

Nieder mit dem Kapitalismus! Lieber solidarisch als solide und arisch.

Diese Führung war interessant, »hautnah«, informativ und außerordentlich gut gestaltet und vorbereitet. Wir bedanken uns herzlich bei Frau Junge. GK 12 Sozialwissenschaften Märkische Schule Wattenscheid

Gymi Holthausen: coole Ausstellung.

Eine interessante Ausstellung. Vielen Dank für diese wunderbare Führung. Klasse 10.3, Recklinghausen

Team Unicef

Wir waren hier! Sarah, Sina, Ricarda, Horst, Bernd, Manfred.

Slim S. war hier 23.11.2000

Eine Erinnerung, dass Erschrecken immer eine Steigerung kennt. Dennis Klocke

Sehr gute informative Führung. Tobias Fuß

Es war superschön. Selamla

Geschichts GK der Stufe 13 des Max Planck Gymnasiums bedankt sich für einen sehr interessanten, lebendigen und aufschlussreichen Vortrag. Ein gelungenes Ausstellungswerk. Weiter so!

Danke für eine informative Führung. Eine eindrucksvolle Ausstellung.

Gertrud Bäumer-Berufsfachschule

Die Brandstifter sitzen in den Parlamenten (heute noch). Sprengt alle Abschiebeknäste. Organisiert euch gegen rechts. www.antifa.de

Auf jeden Fall supergute Führung vom korrekten jungen Mann mit der Brille. Sehr interessant.

Super Sven J., der Bär

Gym 13 bedankt sich für den informativen Vortrag. Es war sehr interessant.

Ich bin mit meiner Klasse hier, aus Essen. 1999/2000 war ich in Auschwitz Birkenau. Ich war ziemlich entsetzt über das, was ich dort sah und las. 1998 war ich Kriegsgräberfürsorgerin, (das) war auch eine Angelegenheit, die mich zum Nachdenken bewegte. 2000 schrieb ich meine Abschlussarbeit über Judenverfolgung und das Leben Hitlers. Dies hier ist auch sehr interessant und ich finde es gut, dass man solche Stätten erhält. Vanessa

Der Besuch der Steinwache ersetzt ein Jahr Geschichtsunterricht. Danke!
Hauptschule Bövinghausen

Eine sehr informative Ausstellung, die gut durchdacht und präsentiert wurde. Danke! Mechthild aus Berlin.

Max Born Realschule 16.11.00 Klasse 10 c

Danke! Es ist so wichtig, nicht zu vergessen. Christine Nieland aus Hamburg

Einfach nur die Wahrheit erfahren. A. Simon

Sebastian Muhr grüßt alle Zivis der Welt

Zivildienstschule Herdecke.

Zivildienstsucker

Das meiste, was bei der Führung erzählt wurde, kannte ich zwar schon. War aber trotzdem noch mal interessant. Sebastian Wein.

Eine sehenswerte Führung zum Weiterempfehlen. Auf Wiedersehen! Klasse 7c der Realschule Hüsten

Nur eine Frage: wieso? Beeindruckend und beängstigend. Ralf

Die Museumsführung fand ich sehr gut und spannend. Ich werde auf jeden Fall etwas mit nach Hause davon nehmen. Gloria aus Dortmund.

Please forgive me for the mistake. Thank you. Martin Kirchner was here on 9.3.2001

Manfred, Düsseldorf, geb. 8.10.28: nie vergessen!

Was hier passiert ist, bewegt mich und meine Freundin Jacqueline, 1986 geboren, sehr. Wir trauern darum sehr. Jessica und Jacqueline aus Bochum

Klasse 8b der Realschule Hüsten fand die Dokumentation ebenfalls beeindruckend.

Die Führung war echt supergenial und hochinteressant. Früher war es echt krass zu leben! Bye, Jule.

Eine sehr anschauliche Ausstellung, um Geschichte zu erfahren. Dank an Heinz und Lore Jung für die lebendigen Erzählungen aus einer Zeit, über die unsere Großeltern und Eltern zu viel geschwiegen haben.

Eine lohnenswerte und erschreckende Ausstellung

Nie wieder Krieg, nie wieder Faschismus! Manfred Krone

Junge Humanisten des humanistischen Verbandes bedanken sich für die informative Führung durch die Ausstellung.

12 Mitglieder der KHB St. Nikolaus sind beeindruckt von der Ausstellung. Sie lädt ein, den Eindruck zu vertiefen.

Nie nie wieder! Sophia.

Als Türkin hat mir das gut gefallen. Emine Erteken

Titus Bremser, Zivi aus Überzeugung

St. Barbara Kaserne in Dülmen. 1. Panzerartilleriebataillon 205.

Fritz Henßler-Haus Internationaler Bund

Nach einer solchen Führung spätestens wird wieder deutlich, wie unglaublich es ist, dass es immer noch Menschen gibt, die den Nationalsozialismus gutheißen. Mindestens ebenso unglaublich und furchtbar ist es, dass so viele führende Personen jener Zeit ohne Verfolgung und Bestrafung blieben und sogar noch Karriere machten und leitende Positionen in Wirtschaft und Politik einnahmen und noch nehmen. Jannek Spranger, ZDL

Danke, wir haben viel gelernt. Wir waren hier.

Teilnahme des Geschichtsseminars der ÖTV Jugend NRW

Besuch von Dietmar Krüger von der DKP Märkischer Kreis. Nie wieder Faschismus, nie wieder Krieg!

Hoffentlich werden wir so eine schlimme Zeit nie wieder erleben müssen.

Acht Jugendliche und drei Erwachsene von der antifaschistischen Veranstaltungsreihe des Arbeiterbildungszentrums in Gelsenkirchen.

Diese Geschehnisse, über die ich heute noch besser informiert worden bin, erwecken in mir Erschütterung und Mitleid über die Grausamkeiten, zu denen Menschen fähig sind. Wozu die Menschen in dieser Zeit fähig waren, kann ich nur sehr schwer begreifen. Hoffentlich werden die Lebenden die Toten nicht einmal beneiden.

Sehr beeindruckend, viel zu unbekannt.

Ich schätze die Arbeit der Leute hier in der Steinwache sehr, fand den heutigen Tag sehr interessant und wichtig und denke, einige neue Eindrücke bekommen zu haben. War echt toll hier.

Gärtnerklasse des Paul Ehrlich-Berufkolleg

People should think first before they talk or act in a bad way to other people. They are two ways: enemy or friend, but let's pray to lord that old bad times shall never come again. Worldwide Nations together respect eachother here in Germany. I hope you all understand what I mean. We all make some mistakes but learn from them. Bernhard B.: There is not enough place to write down all countries, lands etc.
Philippines, Turkey, Africa, Italy, Mexico, Spain, Thailand, Japan, Usa, Brazil, China, Australia, Croatia, Germany.

Eine äußerst gelungene Ausstellung über die Naziverbrechen 1933–45. Großen Respekt denjenigen, die alles aufgebaut haben und sich ehrenamtlich in der Steinwache engagieren.

Guten Tag! Ganz schön schwer, hier alles zu verstehen, da man sich das alles gar nicht vorstellen kann. Muss jetzt noch ne Führung machen. Hoffe, dass die gut wird. Werde aber erst mal ein Brot essen. Schöne Grüße. J. K. vom Gymnasium Waldstraße, Klasse 10a, Hattingen.

Es war super, Lehrerin. Note 1+

Ihr Ziel wurde erreicht. Nicht einer von 100, sondern 25 von 25 dachten darüber nach.

Ich war hier, am schlechtesten Ort der Welt. gez. L. aus Dortmund.

Wir finden es gut, dass es die Steinwache gibt, denn dann kann man sehen, was passiert ist. Wir wollen, dass die Nazis und ihre Organisationen verboten werden.

Danke, Anke, für die interessante Führung. Die Zeit verging wie im Fluge. Ein Riesenlob!

Martin Luther-King-Schule Marl

Hoffentlich leidet diese Einrichtung hier nicht unter dem Neubau des Bahnhofs.

Keine Zeit für lange Worte. Fachschule der Sozialpädagogik, Hamm

Zoologie III

BvS-B: Bei Bienen ist es doch so, dass sie sich gegenseitig erzählen, wo eine schöne Blume steht, damit sie gemeinsam Honig produzieren können.

CORD RIECHELMANN: Ja, genau. Bei Bienen gibt es das, was man auch die »Sprache der Bienen« nennt, obwohl es fraglich ist, ob es eine Sprache ist. Aber es gibt so etwas wie Transformation, Tänze, mit denen sie ziemlich genau angeben können, wo sie etwas gefunden haben, was sich für die anderen auch lohnt. Oft bringen sie auch eine kleine Probe mit. So etwas Ähnliches gibt es auch bei Ameisen. Zwar nicht den Tanz, aber diese Art der Informationsverbreitung, dass sie, wenn sie irgendwo eine Nahrungsquelle gefunden haben, eine Spur dorthin legen und zugleich aber auch allen anderen, denen sie auf dem Weg zurück zum Bau begegnen, durch bestimmte Bewegungen oder Übergabe von Proben – in Kombination mit der Duftspur – mitteilen, wo die Nahrung zu finden ist. Das heißt natürlich dann, ich war da, hab da etwas gefunden. Sie können relativ genau angeben, wo sie waren, und wahrscheinlich auch, was und wie viel sie da gefunden haben. Wir vermitteln das über bestimmte Bewegungen.

Das heißt ja nicht, ich war hier, sondern ich habe den Ort mitgebracht, ich war dort. Es ist eine Nutzinformation für die anderen. Das hat ja keine touristischen Angeber-Gründe, sondern es heißt »Freunde – dahinten hin!« Was ja im Übrigen dem Nachahmungsprinzip beim Lesenlernen entspricht. Die anderen Bienen tanzen das ihnen Vorgemachte nach, verstehen es dadurch und merken es sich so.

Es gibt auch so etwas wie eine Ko-Evolution zwischen Blüten und Insekten: Teilweise bauen sich die Blüten so, dass die Insekten sie praktisch bestäuben müssen. Das Bestäuben nutzt somit beiden, der Pflanze und der Biene.

Die Kommunikation untereinander, das Sich-Mitteilen hat doch auch einen warnenden Aspekt, zum Beispiel bei Fischen.

Richtig, bei Fischen. Es gibt verschiedene Formen von Warnrufen.

Es geht doch bei den Tieren entweder darum, dass sie sagen, hier wohne ich, oder, ich will, dass wir jetzt ficken, oder dahinten gibt es was zu essen.

Das grundlegende Problem dabei ist: Ein Einzelgänger, der in seinem Territorium lebt, will es natürlich entweder für sich behalten oder für seinen Nachwuchs oder für Partner/Partnerin. Es ist für soziale Tiere, in dem Moment, wo die Nahrung nicht gleich verteilt und vor allem nicht immer gleichzeitig an bestimmten Stellen vorhanden ist, natürlich sinnvoll, Mechanismen zu entwickeln, um den anderen, nachdem sie sich zerstreut haben, mitteilen zu können: Ich habe einen Baum gefunden, an dem so und so viele Früchte hängen. Also bei Schimpansen gibt es den Mechanismus, dass sie bestimmte Rufe ausstoßen und diese Rufe sich in Abhängigkeit von der Anzahl der Früchte, die derjenige gefunden hat, unterscheiden. Sie können nicht nur mitteilen »Ich habe einen Baum gefunden«, sondern auch die Menge des dort vorgefundenen Futters.

Macht der Schimpanse das automatisch nach dem Motto: Leute, beeilt euch, es ist noch Suppe da?

Das ist ein Problem. Es gibt die Anekdote, dass ein Schimpanse, der einen Baum gefunden hat, mit nicht viel mehr als der Menge an Nahrung, die für ihn selbst gerade reichte, drei Bäume weiter gelaufen ist, dort geschrien hat, dann wieder zum eigentlichen Fundort zurückgelaufen ist und die Früchte allein gefressen hat. Damit hat er die anderen natürlich in die Irre geführt.

Externsteine, Aussichtsplattform und Aufgang

Daniel

Dirk Levent

Anne

Helga

Türken

Lutz 90

DDR 24.4.83

Leo+Ute

1987 Rita Zeki

Edwin ♥ Anne 28.3.87

Helmut aus Wuppertal

28.8.87 Corinna

Kasia 94

Oliver

Daniel

Helene

Lilly

4.6.88

Olli S. 89 Moers

Lupo was here

Tanja + Dirk W. 11.4.93

toll

Siegfried

Frankreich

Hi Leute! Fickt euch in

Bodo

Kai Schadler 1999

Hatishe 23.7.87

Kanada 1987

Alice + Uli W. Oktober 86

stolz

Ich bin stolz, ein Skinhead zu sein

hell

Hans + Doris 1988

Sina + Thomas

Renate Dave Sandra 7.7.85

15.8.85 Matthias

Wir waren hier. 26.6.02 gez: das wilde Rucksackmädchen und das coole Bergsteigergirl.

I love Boris. gez: Anja. and I love her. gez. Boris.

Erwin 96

Ich grüße Alina, Robert, Chrissy, Franzi, Tina, Thorsti, Maren, Jenny, Papst, Eddy, Toby, Kathy, Erika, Katti, Vicky, Jana, Anne, Ann Christin, Linda, Jessy, Jule Steffi, Nina, Petra,

Fank, Waldi und alle, die ich vergessen hab: lieb euch ganz doll!

Was 88

Wir 99

I ♥ Lucia

Satans Kinder 10.9.2002

Nils

Poland

Szary loves Sabrina D.

L+R

Erika 3.12.00

A+M 28.3.98

Arsch

Fuppmaster

Ihr braunen Windelficker, kapiert ihr's immer noch nicht?

Wir waren hier

Jones

Ich war hier – Beweismittelbeschaffung: Die Souvenir-Prägemaschine

So prägen Sie Ihr Souvenir:
1. 2 Cent einwerfen
2. 1 Euro einwerfen
3. Ihr Souvenir wird geprägt

Kasse wird täglich geleert.

Gästebuch Homepage Helge Schneider

also helge, früher, da wollt ich mal'n kind von dir! jetzt, da will ich eine ganze Familie!
Freak, 19. Februar 2004, 14:11:12

ich habe gestern das lustigste helgelied entdeckt. es ist auf der cd von den popshoppers und heißt »kaufempfehlung für chromdioxyd II«.
moni, 19. Februar 2004, 14:29:08

Tach! Ich will ma sagen, dat Sie, Herr Schneider, ja wirklich ein sehr fleißiger Mann sind. Tja, und ich freu' mich immer wieder, neue Projekte von Ihnen kennen zu lernen. Mach'n Se ma weiter so! Gruß aus den Alpen.
Karin, 20. Februar 2004, 13:46:19

Ich finde dich richtig gut! Vor allem dein Lied \»Schatz\«.
Hannah, 20. Februar 2004, 17:06:41

Wann kommt der neue Film! Ich kann nicht mehr warten!
DJ Huhn, 22. Februar 2004, 12:25:57

HELGE!!!! Bitte schenk mir ne karte für die philharmonie hück aven! das wäre doch mal ein echter liebesbeweis an deine treuen fäns ... denk ma dröver nach ...
Domme, 22. Februar 2004, 13:31:16

Sehr geehrter Herr Schneider, ich finde, Sie machen sehr viel lustigen Kram.
Oliver Petsch, 23. Februar 2004, 12:09:04

Wir hätten gern mal eine Frage an Dr. Hasenbein. Und zwar sind wir gegen Praxisgebühr! Jetzt wollten wir nur fragen: Macht Dr. Hasenbein jetzt auch nur noch mit Praxisgebühr, oder ist er weiter ohne?
Das Bockwurst-Team, 23. Februar 2004, 19:20:50

Hallo! Ich begrüße Sie alle, bitte! Wegen Erregung unseres Darmkomplexes möchten wir kundtun, dass das Peterchen und Henk eine Person sind. Viele Grüße, euer inkonventioneller Fanclub, liebe Grüße an Schneider Popeider!
Peterchen Fanclub, 23. Februar 2004, 22:28:04

Helge ist das letzte noch lebende Genie der BRD. Aber bitte, Helge, sende mir doch nicht immer diese Signale in mein Gehirn. Ich weiß ja, dass du es kannst.
Kartoffel, 25. Februar 2004, 00:45:28

Hallo Helge!!! Du bist echt super klasse toll und auch Deine Auftritte sind immer wieder geil. Mach weiter so und bitte bringe mehr CDs von Dir raus! Ein Wunsch noch zuletzt: Bitte, bitte komme öfters in den Osten, um Deine Auftritte zu präsentieren.
Madi, 25. Februar 2004, 08:02:01

Helge ... jetzt muss es raus: In aufgerichteter Liebe zu dir schwelge ich tagtäglich dahin. Oh ja, auch eine Magd mit 16 Jahren kann schon solch intensivierten Gefühle empfinden. In meinen Träumen halt ich dein samtenes Haar in meinen Karosseriepranken und frage mich jeweils ... ist es Liebe?
Anonyme Schönheit, 25. Februar 2004, 10:16:16

mahlzeit, helge! hab dich und deine Musiker (Opfer) gestern in Stuttgart dat erste mal gesehn, fand dein auftritt genial. weil da is viel Jazz und so. weissdu? ja interessiern tät mich, wat du

so vor dem Konzert machs. mit dem drummer zusammen ne nase voll ziehn? ne also ja mach weider so. ciao
kleines Arschloch, 25. Februar 2004, 14:08:32

na helge ... also ich muss ja mal sagen.... du bist echt kräss!! oooh ja ... aber du ließt das hier ja bestimmt eh nicht du arsch!! Macht's gut, freunde
Nilipupsi, 25. Februar 2004, 18:22:23

Tipp:Kartoffeln schälenBlumen gießenOma besuchenKuchen essenHaare schneidenTür zumachenam Band ziehenTaschengeld kaufen gelassen werden
Enkel von Oma Elfride, 25. Februar 2004, 20:30:41

Mensch Helge, du alte Pflaume! Komm doch mal wieder nach Saarbrücken! Ist gutta hier! Tschüss.
Texas, 26. Februar 2004, 00:09:54

sali schneider ... gahts guet? Mir gfindet dis Lied voll hammer!! Da du das e nöd liessisch, ischs ja glich, wenn mir schwiizerdütsch schriibet ... gäll ... Sag uns Bescheid, wenn du unseren Eintrag gelesen und entziffert hast ...!! schneiende Grüsse aus der SCHWEIZ!!!!
zwe stolzi sCHwiizer, 26. Februar 2004, 11:16:07

also ich kenn da ein durchaus klasse buch für gäste, wo aber erst wenig leute reinschrieben. nich wie hier, weil hier, ihr wisst, diese ganzen cranken personen und so ... also wenn ihr noch mehr spass ham wollt als hier, dann geht auf meine homepage! is übrigens die gleiche wie die von yurek. (und wendet die topp-tips an, das is unser anteil zur verbesserung der welt) also: www.beepworld.de/members62/yurekbyrnensohn!
Byrnensohn, 26. Februar 2004, 16:57:59

Lieber Helge, ich war am Dienstag in Stuttgart dabei, und es hat mir viel Spaß gemacht. Danke schön! Der Ton war aber ziemlich scheiße. Ich hab oft nur Schlagzeug gehört. Und das, obwohl ich großer Fan von Jimmy bin. Schade. Aber war trotzdem gut. Grüße, Melchior, 26. Februar 2004, 18:39:25

Hi Helge! War auf deinem Konzert in Stuttgart. Muss schon sagen, erste Sahne, musikalisch verdammt gut! Sag aber mal, kann das sein, dass du bei dem Möhrchen-Lied ein bisschen was von dem Standardsong St. Thomas geklaut hast? Hat sich verdammt danach angehört.
Mäc Mäc, 26. Februar 2004, 20:51:36

Ey Texas. Ich geb dir mal nen Tipp: NEIN! Saarbrücken ist kein Ort, an den man den guten alten Helge locken sollte. Es ist sehr hinterhältig von dir! Man sollte nur an all das Elend rund um den Rathausplatz denken ... Pfui, schäm dich was! Saarbrücken in der Hose!
Kitty, 26. Februar 2004, 21:00:55

Man kann es nicht anders sagen. Vive le centre juridique franco-allemand!
der helge sollte ans centre kommen ... auch wenn saarbrücken sonst nicht so verlockend ist, so gibt es doch einige einmalige locations, so wie das zimmer 0.10!
löwenzahn, 26. Februar 2004, 21:52:36

Ja, Helge. Komm nach Saarbrücken, Uni, Gebäude 16, Saal 120. Die Leute da müssen dringend mal lachen. Vor allem Lea Löwenzahn und Schmidti. Sei ein guter Mensch ...
Centristin, 26. Februar 2004, 21:55:43

Liebe Kitty, es tut mir leid. Saarbrooklyn ist wirklich läpsch.
Du hattest wohl recht. Wie immer ...
Texas, 26. Februar 2004, 21:57:56

Ich bin bester Dinge, denn ich habe alle Klausuren bestanden!
Ich hatte aber auch sehr viel gelernt.
Liebe Lea, auf diesem Wege: Willst du meine Frau werden?
Ich liebe dich!
Willi, 26. Februar 2004, 22:01:34

NEIN!!!! Bitte nicht! Nicht Philipp! Es ist so unfair! Er ist
sooo hässlich, der Eierkopf. Ich hingegen stehe in der Blüte
meiner Bibliothekserscheinung!
Zur Rache werde ich auf Mme N'Diayes Angebot, mit ihr sexuellen Kontakt zu tätigen, eingehen. Doch in meinem Herzen ist nur Platz für dich und für Bibi vom Martinshof. Ich
empfehle mich.
der verletzte Willi, 26. Februar 2004, 22:09:43

Hallo Helge!!! Ich finde deine Musik und besonders dein
Lied Fitze Fitze Fatze super!!! Mach ja weiter so, ok?? Bitte!!!
Krabbe, 27. Februar 2004, 16:39:14

Hi Helge, ich war in stuttgart. trotz extrem großer sympathie
dir gegenüber fand ich das konzert nicht so super. das publikum
war scheiße, du hast öfter ma den einsatz verpennt, wat ja nit so
schlimm is, wenn stimmung im saal is ... nix gegen die herren,
aber jimmy woode und pete york können ihre leistungen der
vergangenheit nicht mehr erbringen. naja, wat solls, ich werde
dennoch wieder auf deine konzerte kommen, da du mit einer
der genialsten musiker überhaupt bist! grüße aus heidelberg ...
achja, meine tante wohnt auch in mühlheim, allerdings wusste
sie nur, dass du anscheinend in der altstadt wohnst ;o) cYa
Tim, 28. Februar 2004, 19:11:39

Ich finde es nicht gut, dass Helge Katzen als Fußabtreter benutzt. Oder einen Hai. Aber besser, als wenn er eine Bockwurst genommen hätte.
Präsident Wurst, 28. Februar 2004, 23:39:43

suche verzweifelt selbsthilfegruppe für mokkageschädigte frauen mitte 30, die sich vor liebe nach helge verzehren und sich dabei selbst entbeinen.
*voller liebe und bewunderung, hochachtung etc. etc., ein schüchterner fan ... und auch pferde kann man nicht zu ihrem glück zwingen
(putzlappensammelnd)
kerstin, 01. März 2004, 18:11:51

nehmt mehr drogen, mmmm'kay?!
Der Lehrer, 10. März 2004, 19:49:41

Ich find Helge Schneider echt klasse. Obwohl er seinen etwas eigenen Humor hat, finde ich, dass er ein großer Meister – vor allem musikalisch gesehen – ist (Bsp.: Mondschein-Sonaten-Medley).
Der Schad, 11. März 2004, 17:20:49

Hallo Helge, wir brauchen dringend deine Hilfe. Ein sehr guter Freund von uns (quasi dein größter Fan) hat am 26. März seinen 30sten Geburtstag. Das wird hier im Norden sehr groß gefeiert. Unser Anliegen: Einen Live-Auftritt ... gibt auch ordentlich Kohle. Ne telefonische Liveschaltung würde auch in Betracht kommen. Auf einen anderen Weg konnten wir dich leider nicht erreichen. Kennt hier sonst vielleicht jemand 'nen Doppelgänger?
Christine, 11. März 2004, 21:58:28

Kulturtheorie III

DR. ULF POSCHARDT: Die unaufgeklärten, primitiven Menschen, von Blitz und Donner gerührt, blickten aus Unsicherheit so sehr und so oft in den Himmel, dass sie möglicherweise gar nicht merkten, wie sie mit ihren Füßen Spuren hinterließen, die von anderen gelesen werden konnten. Die Nomaden nutzten den Himmel als Konstante ihrer Orientierung und wurden zu den ersten pragmatischen Lesern eines Sternenhimmels: Die drei Könige aus dem Morgenland sind deren berühmteste Vertreter. Deshalb entwickelte sich auch nahezu keine Schriftkultur bei den Nomaden. Mehr noch: Ein Münchener Augenheilkundler glaubt belegen zu können, dass aufgrund dieser Fixierung die arabischen Völker seither deutlich weitsichtiger leben als wir im kurzsichtigen Europa, dem Kulturraum der Schriftkundigen.
Durch die Spuren können die Menschen reisen, durch die Schrift texten. Kultur hat, und das ist fast moralisch zu verstehen, ihren Ursprung als Austausch und Kommunikation. Sie lebt vom Konsens eines gemeinsamen Weges, der Spuren hinterlässt, denen andere im Nachgang folgen können. Wege bleiben Spuren, auch wenn sie niemand mehr nutzt. Sie wachsen allerdings auch wieder zu. Kulturelle Innovation heißt neue Wege gehen. Bis in den Begriff der Avantgarde, der militärischen Vorhut, die durch das Unterholz pirscht, durch Wüsten robbt oder Spuren im Schnee hinterlässt, hat sich der Nukleus dieses Urbildes gerettet. Nahezu alle Figurationen kultureller Autorenschaft und Rezeption finden ihre Entsprechung in den Nutzungscharakteristiken von Wegen. Der Einzelgänger hat nur Chancen, Spuren zu hinterlassen, wenn er denselben Weg immer und immer wieder geht: Wenn er die

Spur nicht verwischt, öffnet er sie auf ein soziales Handeln hin, auch wenn es ein einsames Handeln ist. Bei Luhmann heißt es: »Die Erfindung der Schrift, das ist der Weg, und die Spur gibt mithin einsamem sozialen Handeln die Chance, gleichwohl gesellschaftliches Handeln, gleichwohl Kommunikation zu sein. Man kann dann, selbst wenn niemand anwesend ist, an der Reproduktion von Gesellschaft mitwirken.«
Der Herdenmensch folgt den Spuren der anderen und funktioniert dabei als Verstärker bestehender Wege wie Schriften. Sein Nachgang bedeutet die Befestigung des Bekannten. Das Verhältnis von Avantgarde und Herdenmensch bestimmt das Ausmaß an gesellschaftlicher Innovation und deren Durchsetzungsfähigkeit. Der Anführer macht seine Spur durch den Anhang unmittelbar zum Weg. Er ist Einzelgänger mit Nachfolge. Dieser Typus nutzt seine Macht, um kulturtechnisch diese Macht symbolisch real werden zu lassen. In der Militärgeschichte waren es die Römer wie die Nazis, welche im unmittelbaren Nachgang zu ihren Eroberungen ihr normiertes Straßennetz über die eroberten Territorien erstreckten. Ihre Schrift musste immer das ganze Land überziehen.
Das Wort wurde in Stein gemeißelt, Texte waren häufig Teil einer Architektur.
Um einen Sprung in die Gegenwart zu wagen: So wie Bilder und Töne, bald sogar Gerüche über Wellen weltweit, ohne Spuren zu hinterlassen, transportiert werden, verlieren sich auch die Spuren in der Luft, beim Reisen mit Flugzeug oder Raumschiff. Die Spurlosigkeit des Fliegens entspricht der Spurlosigkeit und Schriftlosigkeit elektronisch versendeter Bilder und Töne. Wie der Fußmarsch folgt die gesprochene Sprache im Alltag einem gemächlichen Tempo, das bei Aufregung auch beschleunigt werden kann.

Internet-Kondolenzbuch für Katharine Hepburn

Hm, ich kenn' die Frau net. Wo hat die denn mitgespielt??
Mrpiper, München

Ist vielleicht nicht Deine Zeit, mrpiper. Meine ist es auch nicht, obwohl es natürlich immer schade ist, wenn Menschen sterben, die den Film zu dem gemacht haben, was er heute ist. Robert Mitchum zum Beispiel hat auch sehr viele prägende Rollen gespielt und ist heute bei der Jugend beinahe gänzlich unbekannt. In Deutschland ist African Queen wohl ihr bekanntester Film. Läuft öfters mal bei Kabel1.
Dickk8044

Schade eigentlich, dass kaum noch jemand weiß, wer Katharine Hepburn war. Sie war zwölfmal für einen Oscar nominiert, viermal – ein Rekord, der bislang ungebrochen ist – gewann sie den Oscar für die beste Hauptdarstellerin.
Grintz, K-Team, Köln

Wenn man sich überlegt, in welchem Alter sie den letzten Oscar erhalten hat, und das in dieser vor allem an Jugend und »Schönheit« ausgerichteten Branche ... Es gibt zwar einige ältere »Charakter«-Darsteller, aber eigentlich keine ältere Darstellerin mehr in Hollywood, oder? *überleg*
DemoFreak, Dresden

Da hast Du vollkommen Recht. Und die »Stars« von heute werden in 30 bis 40 Jahren auch verblasst sein, weil das ganze Hollywood von heute nur eine auf Silikon und Botox basierte Scheinwelt ist. Echte Typen, so wie die Hepburn, wird es

leider nicht mehr geben. Darum macht mich ihr Tod auch so besonders traurig.
Grintz, K-Team, Köln

Da schließe ich mich gerne an! Diese tolle Frau, die stets in ihren Filmen aggressive Weiblichkeit mit geistreichem Witz versprühte, wird ein Vorbild für Generationen von Menschen bleiben ...
speedb@ll, Bonn

Hallo. Traurig, aber sie hat ihr Leben gelebt. Ich finde, sie war eine sehr gute Schauspielerin. Wenn die Ente nicht schwimmen kann, dann liegt es nicht immer am Wasser!
gismo4711

Zoologie IV

BvS-B: Zoos zeigten ja nicht zuvörderst die Tiere der Umgebung, sondern: Wir haben Flugzeuge und waren da und da und haben Löwen mitgebracht. Oder?

CORD RIECHELMANN: Historisch ist es eine Entwicklung, die aus den Kolonialreichen hervorgegangen ist und zeigt, wir waren da, uns gehörte das und wir konnten da Tiere einfangen oder uns diese leisten, sie einkaufen. Der Beginn der Geschichte moderner Zoos in Paris, kurz vor der Französischen Revolution oder mit der Französischen Revolution, ist natürlich ein Auswuchs der Kolonialgeschichte.

Hotels, Hotels II

Klassentreffen der Dannemünder/Vorpommern – Abiturklasse aus dem Jahr 1949. Mit Dank und guten Wünschen! Mitschüler und Mitschülerinnen

Wir haben Gold, deshalb schlafen wir im Königshof. Es grüßen die Fechtmäuse.
Mannschaftsweltmeister 85, Florett. Susanne Lang, Zita Funkenhauser, Anja Fichtel

Herzlichen Dank für ein schönes Muttertagswochenende 2001. Gruppe Rempe aus Witten

Es war ein sehr schöner und romantischer Weihnachtsurlaub in diesem historischen Haus. Der Weihnachtsmarkt vor der Tür trug auch dazu bei.

Vielen Dank für Ihre gastfreundliche Aufnahme. Günter Grass

Nur den Kaminabend haben wir vermisst. Macht aber nichts, es war trotzdem wunderbar.

DRKOV Schloss Riechling war hier zum Weihnachtsmarkt. Haben ganz toll Kaffee getrunken.

Ausgecheckt und eingetragen. Harry Rowohlt, 27.4.01

Frühstück bis 18 Uhr. Danke. Max Raabe 24.5.01

Wir waren hier zum Geburtstagsessen – 75. von Omi Klecksi, mit der ganzen Familie. Zu diesem Weihnachtsfest gab es ganz viel Schnee! Johann Otte und Annika Otte

Many thanks, Gary Newman

Hans und Sigrid Ludwig: ein großes Kompliment diesem Hause! Die goldene Hochzeitsfeier war perfekt organisiert. Ihre Mitarbeiter sind spitze, das Essen war ausgezeichnet.

Es war rundum schön bei Ihnen! 50. Hochzeitstag. Ein sehr schöner Schluss unserer goldenen Hochzeit. Vielen Dank! Erika und Willy Stutt

Viele Grüße von Jantje Smidt aus Holland. 14.11.01

Lustige Musikanten 2001. Es war sehr nett in Ihrem Haus. Hoffentlich auf ein Neues! Bis dahin herzlichst Marianne und Michael. 14.11.01 auf 15.11.01

Wir werden wiederkommen, per Motorrad! Danke für alles.

Dies war unser zweiter Herbsturlaub hier, wunderbar! Wir sind zurück – nächstes Jahr.

Glory Gospel Singers from NY City. Wir bedanken uns für den wundervollen Aufenthalt in Ihrem Hotel und wünschen alles Gute!

Wir, das Frisörteam aus Hannover, waren in Ihrem Haus zu Gast. Die Freundlichkeit Ihres Hauses hat uns gut gefallen.

Unsere drei Tage in diesem Haus waren sehr angenehm. Gutes und sehr freundliches Personal. Gute Küche und alles bestens. Irmgard aus Hamburg (auf Wiedersehen)

Wir hatten ein wunderschönes Wochenende in Ihrem Hotel. Einen besonderen Dank für den nett gedeckten Frühstückstisch. Wir waren sehr zufrieden und freuen uns auf ein Wiedersehen.

Danke für das schöne Aufenthalt! All the best. André Rieu

Und die Sonne scheint eben doch. Wunderbar! Birgit aus Lüneburg

Wir hatten eine schöne Zeit in Ihrem Haus, haben uns sehr wohl gefühlt. Der Service und vor allem das Essen waren super. Wir waren bestimmt nicht das letzte Mal hier. Ein tolles Hotel!

Für schöne Nächte herzlichen Dank. David Bennent

Bochum ist Bochum ist Bochum bleibt Bochum. Herzlichen Dank, Martin Wuttke. 16.7.97

Jazzkantine 3.8.97 Cappuccino, Jan, Helge. Im Angedenken an dieses schöne Konzert. Kommen gerne wieder.

Es gibt immer wieder Überraschungen, positive. Mein Kompliment an den »Geist« des Hauses. Hab mich gefreut. Jochen. 22.9.98

Eva-Maria Hagen war hier mit ihrem Buch »Eva und der Wolf«. Es hat mir gefallen. 28.10.98

Marion – Herzliche Grüße

Ich kann's nicht glauben, dass ich hier bin!

Ganz herzlichen Dank: Klaus Maria Brandauer.

We truly enjoyed our stay here. Food excellent, my compliment to the chief! Kathleen and Ian Slotern/Ireland

Es ist mir eine Ehre, in diesem Gästebuch zu sein; vielen Dank, Rudi Carrell.

Verschollen im Bermuda-Dreieck. Bei Euch verschell ich am liebsten. Bis die Tage, Dietmar Bär. 9.11.01.

Hörmal <u>gestern</u> noch inne Arena auf Schalke (5:1 die Bayern weggeputzt) <u>heute</u> hier im Bett drinne ... datt gibt's doch gar nicht, aber eins is klar: So jung kommen wir nich mehr zusammen. Also glück auf und bis die Tage, Peter Lohmeyer 27./28.1.2001

Spätfrühstück, das A und O einer guten Beziehung, nur die Bierladung hätte etwas später kommen können. Bis zum nächsten Mal, Stoppok, 19.3.02.

Erstklassige Organisation und ein wirklich angenehmer Tagesablauf! Besser kann's kaum sein. Jörg von der Deutschen Gesellschaft für Flaggenkunde.

Pastor Bob + Annemarie Linder aus Aagstaff, Arizona

Endlich nach langer Zeit wieder in Bochum. Tankred Dorst. Oktober 2000.

Es kommt nicht darauf an, wie der Wind weht, sondern wie die Segel gesetzt sind.

Alles Liebe, Ihre Joy Fleming.

Herzlichst, Martin Semmelrogge.

Die Touristinformation wünscht Ihnen von ganzem Herzen viel Glück – das gehört auch zum Geschäft. Und Erfolg mit diesem »neuen« Projekt. Wir hoffen, wir können Ihnen dabei tatkräftig unter die Arme greifen. Ihre Energie ist bewundernswert. Danke für diesen wunderbaren Abend.

Volle Zimmer und zahlende Gäste, das wünschen wir dir auf diesem Feste! Ist das Büffet gar reich garniert, ist der Erfolg dir garantiert. Alles Gute.

Mit Dank und besten Wünschen, Ulf Merbold. 11.11.2000

Danke für die Einladung. Das Essen war köstlich. Gerne hätten wir dieses auf einem Foto. Alles Liebe und Gute und jede Menge Gäste!

Nein, du bist keine Schönheit. Aber es gab Rollläden mit drei l und ohne Lichteinfall. Vor Arbeit ganz grau. Benjamin v. Stuckrad-Barre

Der Mensch braucht seine Träume, manche davon gehen in Erfüllung. Viel Glück und Erfolg mit deinem tollen Hotel wünschen dir Sabine und Stefan.

Keep Rockin'! Thomas Gottschalk.

Vielen, vielen Dank für die schöne und recht spontane Ausrichtung unserer Verlobung speziell an Herrn Tolje. Wir werden das nie vergessen! Danke!

Nach kurzem, aber sehr angenehmem Aufenthalt, ein frohes Fest und ein gutes neues Jahr 1983, Joachim Fuchsberger.

Am Tage von Philipp Jenningers Rücktritt. Klaus Staeck.

Vielen Dank für die Gastfreundschaft, alles Gute wünscht Ihnen Kati Witt.

Alles Gute und dass sich diese wunderschöne Dauerbaustelle in ein noch erfolgreicheres Hotel verwandelt! Bis morgen und morgen und morgen!

Nach vielen vielen kleinen mittleren großen und supergroßen Sorgen Freuden ist … – das Werk vollbracht! Beinahe komplett und toll gelungen mit voller Besucherzahl! Ich wünsche Dir unendlich viel Spaß und Freude mit Deinen Gästen und Azubinen. Deine Architektobine.

Schön, dass ich in der Adventszeit bei Ihnen die Nähe zum Dom und zum Weihnachtsmarkt genießen durfte. Bis zum nächsten Mal! Lieben Dank, Tanja Schumann.

In der Hoffnung auf ein Wiedersehen. Grüße, Roger Willemsen.

Nach all denen nun auch noch der! Herzlichst, Ihr Dieter Krebs.

Your warm beauty and generosity made my stay a pleasant and wonderful surprise. Thank you so much for everything. I look forward to seeing you again here in Germany and in New York. Love Michael.

Hut ab, Respekt etc. Ich finde es einfach nur genial, dass du deiner Intuition gefolgt bist, aber sie entstand ja auch über den Wolken, da wo die Engel wohnen. Auch deshalb wird dein Hotel-Hostel grenzenlos gut laufen. Ich finde es schön, dass ich von Anfang an dabei war und alles mitverfolgen darf. Küsschen, Astrid.

Frank und Anke Walter: Vielen lieben Dank für das tolle Hochzeitsessen anlässlich unserer Hochzeit.

Nach einer freundlichen, traumreichen Nacht, vielen Dank, Ihr Harry Valerien.

Froh, stolz und glücklich, seit so langer Zeit mit dir befreundet sein zu dürfen. Hoffe, hier das sei dein Weg. Augen offen und Fäuste geballt! Yours, Ellen.

Träume nicht dein Leben, sondern lebe deinen Traum. Silke.

Liebe Hoteldirektorin. Dein Hotel verdient vier Sterne. 1. Stern: Das Essen ist fantastisch. 2. Stern: Die Bar: einmalig. 3. Stern: Die Zimmer: unerreicht. 4. Stern: Die Hotelleitung supernett! Also: ein Hotel wie aus tausend und einer Nacht. Und einmal werd ich hier auch noch übernachten. Dein Ralph

Heinz Rudolf Kunze und Verstärkung. Mit freundlichen Grüßen an diese angenehme Herberge.

Wir haben uns sehr wohl gefühlt, so eine tolle Matratze auch! Mike und Birgit aus Norfing bei Brighton, UK

Es war prima, wenn's jetzt noch dunkler wird, bleib ich für immer.

Herzliche Grüße: Heino und Hannelore

3 Tage Kongress im freundlichen Haus mit toller Bedienung. Danke!

Herzlichen Dank für das kurze Gastspiel in Ihrer Dusche. Ihr Rüdiger Hoffmann.

Vielen Dank für die herzliche Bewirtung. Bed and Breakfast

Für die lieben Menschen dieses gemütlichen fürsorglichen Hauses all meine guten Gedanken. Wie bei Muttern fühlt man sich hier. Dazu sagt der Berliner »det is mehr als urjemütlich«! Ihre Katja Ebstein.

Vielen Dank! Es ist wirklich nett bei Ihnen. Und das Kölsch war schön kühl und erfrischend. Bis zum nächsten Mal. Viele Grüße und alles Gute, Ulrike Folkerts.

Auf Wiedersehen! Hanna Schygulla.

Liebe Grüße vom Zelt-Ensemble Theater.

Ich schlief unter meinem Lieblingbild, den Seerosen von Monet. Glückliche Tage in diesem liebevoll gepflegten Haus. Hoffentlich bald wieder! Hilde Domin.

Hier kehr ich immer ein, wenn es musikalisch wird oder wenn der im Dom zu lange predigt. Herzlich, Hera Lind.

Immer gut genächtigt und sauwohl gefühlt. Der kleine Peter.

Best wishes. Thank you for a relaxed atmosphere and company and cigarettes and beautiful places and lots of space to write these things. John Lee

Thank you so much for being so special to us. See ya next year, lots of love. Aldalona

Hope to see you again when I can see you. Dee.

Wishing you the best and thank you for all the hospitality. It's been a pleasure. Leonora.

Thank you for a great hotel and friendly café. This was one of our best stops in Germany. Daryl.

Ein rauschendes Hochzeitsfest! Regen erst danach. Vollendete Gastlichkeit in diesem wunderbaren Haus.

Thanks for the good good drink. Carol.

Verdient euch auch weiterhin diesen guten Namen. Herzlich: Werner.

Endlich ist die Welt uns entglitten und wir fahren in unserem Schlitten durch ein Tal im Schnee in die Tannenbäume, ja, die lachen uns zu, der Bach singt unter dem Eise. Ich habe mich hier sehr wohl gefühlt. 28.10.95 Bin Bernhard Klever

Ich fühle mich wie zu Hause bei euch. Eure Angelika Milster.

Draußen Regen und Dunkel – drin trocken, warm und gemütlich. Danke und alles Liebe! Ulrich Pleitgen.

My little home in Scotland. We had a lovely stay in Bochum

and the arts hotel was the best of this European Tour see you next year. Julian Lever

Herzlichen Dank, und es geht weiter – bis zum nächsten Mal. Glückauf: Matthias Beltz

Nach einer traumhaften Hochzeit durften wir hier unsere Hochzeitsnacht genießen.

Am Bahnhof / im Warten / halten sie Ausschau / nach anderen Aufenthalten / und ihre Gesichter / werden groß.
Gerhard Meir

Was machst du heute Nacht?
Ich hol dich ab um zwölf.
Ich weiß eine geile Wurschtfabrik.
Da ist heut Würschtlrave.
Der DJ der ist super,
nicht irgendsoein Narr
Normal heißt er
Ringsgwandl,
doch beim Rave
Flashmaster R.
We all shall return to this place of taste and style.
G. Ringsgwandl und Truppe. 1.2.96

Einen denkwürdigen Tag erlebt hier in Bochum, die großen Eindrücke am Theater und die Liebenswürdigkeit, mit der ich aufgenommen wurde.
Herzlichen Dank, Gusti Wolf.

Der denkwürdige Abend im Bahnhof Langendreer wirkt in seiner Eindrucksmäßigkeit noch tief nach. Wir durften vieles erleben. Danke! L. S.

Frühstück und Beleuchtung waren ausgezeichnet! Nur als zwei Männer um elf in mein Zimmer eindrangen, war ich doch etwas verstört. Britta.

Kunst und Hotel – eine schwierige, eine gewagte Kombination grenzüberschreitend progressiv. Allein – wo bleibt der Mensch?

Mir hat es Spaß gemacht, total ausgestresst unter einem Kunstwerk ins Bett zu krachen. Das war um 3.50 morgens, an so was bin ich nicht gewöhnt. Gretchen Dutschke.

Fürwahr, das richtige Zimmer für eine Zimmerschlacht! Martina Zöllner

Schön, endlich in Bochum zu sein! Die nächsten Jahre beginnen also im Tucholsky. Herzlichen Dank! Matthias und Corinna Hartmann 27.3.1999 auf dem Weg ins Schauspielhaus.

Im Hotel »Tel« zu Davos war bis 3 Uhr morgens die Hölle los. Die Matratze im Hotel »Alter Fritz« in Bad Sodbrennen/Allendorf war ein Witz. In die Pension Mariandl in St. Kathrein drang nachts eine Staublawine ein. Das restlos perfekte Hotel Tucholsky indes stellte uns rundumst zufrieden. Darum wollen wir es nicht in verhaltenen leisen, sondern in deutlichst vernehmbaren, ja in fast jauchzenden Tönen preisen. Bochum, den 23.4.1999 Horst »Hotte« Tomayer, Herrmann L. Gremlitzer

Noch sind die Augen müd verklebt noch ist das Hirn mehr Matsch als lebt noch reise ich rum in meinen Träumen und schon soll ich kreativ sein? Ja, ich bin's. Dany Levy. Leider völlig daneben, aber doch da. Ich kann ja die Seite nicht rausreißen.

Blixa Bargeld. 13.25 Uhr Berlin Zoologischer Garten – Bochum Hauptbahnhof.
?? Bochum Hauptbahnhof – Berlin Zoologischer Garten?

Zweimal Deutsch-Leistungskurs. Ilona und Mehmet

Sehr angenehm hier. Vergiss nicht zu tanzen. Wolf Maahn

Ich freue mich schon auf meinen nächsten Besuch bei Euch, meine lieben. Euer Peter Turrini, 16.11 2000

Überall ist Wunderland, überall ist Leben. Bei meiner Tant' im Strumpfenband wie irgendwo daneben. Joachim Ringelnatz.
Ich hoffe auf eine gute Zusammenarbeit. Otto Sander.

Bochum war sehr freundlich zu mir. Nette Leute, nettes Hotel. Ich hab grad' gute Laune. Sybille Berg, irgendwann im Winter.

Hab kein Foto dabei, aber die Nase kommt so hin. Rufus Beck

Nicht nur zur Spargelzeit lohnt es, Goslar zu besuchen! Herzlichst: Frank Baden

Ein wunderschönes Hotel hier. Hat exzellentes Essen, die Tage waren toll hier! Kim.

Man möchte immer einen großen langen und dann bekommt man einen kleinen dicken. C'est la vie. Rhythmische Grüße, Ulrich Tukur und die Rhythmus Boys. 12.4.2002

Auch wir waren hier. Es hat uns gefallen. Manfred, Gertrud, Ralf und Ingrid

Hat mir gefallen. Uns! – Barno und Fritzi

Unser Zimmer ist gut und Ihr Personal ist ebenfalls sehr nett. Thomas und Simone aus Bad Gandersheim.

From the far side of the moon. 10.5.2002 dear Sylvia. On this very special day it is time to say farewell and thank you from all the crew we had a wonderful stay at your splendid hotel. With your touching attention on my birthday.

Merci beaucoup, Elsa

Ich will auch eine, bitte. Nur für Singles, Sofortkontakte zu Männer und Frauen. Singlepartei. Petersilienstraße 31.

Ihnen und Ihren Mitarbeitern viel Erfolg und persönlich von ganzem Herzen alles, alles Gute. Natürlich noch viele gute Geschäfte! Ihre Monika Förstel aus der T2 Essen. Das Datum hätten wir fast vergessen: 29.8.2001.

Es war eine sehr gute Idee von der Produktion »Geschichten aus der Heimat«, mich bei Ihnen einzuquartieren. Vielen herzlichen Dank! Herzlichst, Ihre Julia Biedermann. Es war die letzte Seite, aber hoffentlich nicht das letzte Mal, hier gewesen zu sein.

Nachtclubklotüren

Susanne K. aus Argentinien. Alaaf, Britta

Die Oderfanten waren hier. Helga hat ihren Peter.

Martin aus Hannover mit 5 Gästen

Toni was here

Hallo Mädels, ich hab mich ausnahmsweise mal verirrt, denn ich suche dich, das dom. weibl. Wesen für Sado-Maso …

Parties sind zur Zeit in, aber ich stehe schon lang drauf und bin total perplus! Wenn du deinen »Frust« aber vergessen möchtest, melde dich doch vielleicht unter der Rubrik vermisst. Brian Love GmbH unter dem Motto: Ich mach es hart. P. S. Bin oft hier. Seid mutig für sonstige Erkundungen!

kleiner Exkurs zu jung dynamisch blutarm Dortmund jung geboren, bi jetzt, dasselbe beide

27.12. Molotow Soda im FKK

I. war auch hier dabei und so

Just for fun! Ina, Antje, Holger

Hugo from Kassel

I don't know wherever Kassel is

Sebastian Herrmann second main act der Young Musical Company Hamburg war anwesend und freut sich auf ein volles Gästenbuch am 9.1.98 wenn die YMC Hamburg mit »Anything goes« Premiere hat.

Schwarzwald international reunion 97

Jacqueline

Hallo aus Gelsenkirchen

Petra was here

My birthday is great Monique mein Geburtstagsgeschenk von CM super!

Zocke war auch hier

Hallo Steinbock! von Steinbock. Alles Glück auf Erden! Gabi.

Frisch geformt und fern der Heimat.

Awesome Club from Australia. Natalie und Warren the cousin

Viele Grüße aus Passau, Bayern

Annie Anita Monique Carmen waren och hier

we were here

I was here too

Having a good time with my very much loved man and gold friends xxx especially for René

Wir waren hier! Iris usw.

Hallo Papa, hallo Mama, viele Grüße! Euer Carlos.

Carsten Borchert Moorbeckstr. 92, Norderstedt: 39. Geburtstag, 12.10.97, Zeugen waren: Sascha Fiedler Rainer Bierhoff und Dirk Eichenberg

Meinen 36. Geburtstag musste ich natürlich hier feiern. War schön.

Tom und ich sind gespannt, wie es hier ist! –

They finally discovered a place this reminded me of my time in austria. Taks Walter.

a couple of columbians were here trying to know the famous harbour nights! What we found: that the night was too young and we have plenty of places to go! it is a good promising starting what we should expect! we so not know but meanwhile we are enjoying our success with excellent drinks!

Magische Atmosphäre! Viele Grüße aus dem tiefen Norden wünscht euch Birgit.

Über die Atmosphäre ist bereits alles gesagt. Bleibt also nur noch der Mann an der Garderobe zu loben. Darüber hinaus imponiert die Aufmerksamkeit der Barkeeper! Bis zum nächsten Mal!

Wir wussten's nicht: Montag, absolut theaterlos. Doch zum Glück entdeckten wir Montezumas. Es war genial, wir kommen wieder.

Kleine Schwester! Ich bin wieder hier! Wie vor vier Jahren mit dir doch diesmal allein. Nächstes Mal wieder zu zweit in diesem tollen Nightclub.

Hey Babe! I wish you were here

Es war eine Empfehlung von einem Freund: Ein echter Freund, das war super hier! Claudia und Michael

Samstag: schwer versnobt, aber nett zum Gucken

Wir hatten die geilste Nacht in Hamburg! Petra und Oliver

Die Enttäuschung blieb aus.

Diese Unterschrift ist in zehn Jahren 1000 DM wert. Nike Kauloder

lots of biography, caipirinha as usual a long woman as a buff check it out thanks for all of it – Roy Scheicher

Nach vielen Irrwegen endlich angekommen.

Ich bin klein allein mein Popo ist schmutzig ist das nicht putzig?

The higher they fly the deeper they fall

Hoch Jens

Eine Erinnerung an einen sehr lustigen Abend. Tausend Dank.

By by/hy hy/Denise Presting/Silke Ruth und good job/hallo, hier gehts weiterhin/Viele Grüße an Caro T. Danke für den schönen Abend von Teddy und Sandra

This is for all the people, friends Jonathan Barfuss with love and peace and happiness.

Time goes by and keep on smiling! Some words from C.C

Hab die Kraft, einen Freund zu erkennen, und nutze die Nacht, ihn zu behalten! Christine.

The importance of being earnest. We love you all.

Die einzige Möglichkeit im Leben ist, alles zu geben und alles zu verlieren und nebenbei ein paar gut gezapfte Bier zu trinken! Uli

Nach langem Hin und Her sind unsere Köpfe leer! Drum, hamma uns entschlossen, hier ein Bier zu zoschen! Hier waren die PMS Abgeordneten.

That's life

Rio de Janeiro

Happy Birthday!

Wie Heiner Müller schon sagte: Der Mutterschoß ist keine Einbahnstraße.

remember: wherever you go there you are

Die stehen, fehlen, die nicht richtig stehlen, überleben vielleicht

Three is company and two is more.

Die Vergangenheit ist schrecklich, die Zukunft ein Geheimnis, die Gegenwart ein Geschenk. Ein schöner Abend. 24:00h Claudia.

Es war geil

Lang lebe Kamerun

If we were heartless we wouldn't go back and prefer to the negative we would strive for the best and the positive in life because it brings the best out a man

alles was wir sind
ist ein Furz im Wind

More friendship/less war.

Hallöle! Iris aus Stuttgart war (ist) hier! Worte sagen mehr als Gefühle, Gefühle sagen mehr als Worte (lass' mich nackt sein!)

Buddy Holly lebt

Guten Tag

With all my fucking love

Ein Elefant von hinten. Das war's. Ciao.

Hallo

Ich muss nur hier auf die Toilette, hab dich aber natürlich trotzdem auch lieb, ich sage ja zu d-

I feel like doing it here!

Joana ich liebe euch alle! Katta

I love it, Götz.

Der Orgasmus war echt geil! Lisa und Monika

Viktoria B. war hier, mit Bernd. Sch., und hat von ihm Küsse und Rosen bekommen! Ist er nicht ein toller Mann?

The message for today: ride harder

Ich liebe Andrea wie am ersten Tag! Heiner.

In deinem Herzen möchte ich leben in deinem Schoß möchte ich schlafen in deinen Augen möchte ich sterben. Alaba.

Ich liebe dich Micha!

Du, ich hab dich auch ganzganz doll lieb! Schön, dass es dich gibt. Dein Micha

Wir wollen einfach nur ficken mit Rex und anderen. Die Geilen!!!

Vielen Dank! Schade, sie nicht haben Becks.

Also: die Musik ist wirklich fantastisch! Auch der Mann an der Garderobe (!). Stimmung sowieso. Und wie gut, dass Hannover so nah an Hamburg ist! Wir werden uns (bald) wiedersehen. Manuela und Daniela.

Solch schweinegeile Mucke seit ca. 86/87 nicht mehr gehört,

weil: seit Rotation und Ballroom Blitz in Hannover Vergangenheit sind, gibt es so was in Niedersachsens Hauptstadt nicht mehr! I'll be back soon. Thanks a lot. Kontakt: Martin_gade @hotmail.com

Das ist keine Barmusik, sondern Bummbumm. Thomas

Also: erst einmal Hallo Leute! Echt nicht schlecht, aber: Tabea, was ist der Hit?

Amadeus Amadeus

Grafik-Design III

(BvS-B greift die LP »Mensch« von Herbert Grönemeyer aus dem Regal.) Das Cover von »Mensch« hast du gemacht. Das steht, ähm – kann man das beweisen, dass du das gemacht hast? Ich glaub's dir natürlich auch so.

WALTER SCHÖNAUER: Das steht dahinten irgendwo drauf.

(Er überfliegt den Text auf der Innenhülle der Platte) Hier.

Was steht da? Das Auge der Nacht oder so.

»Design: Walter Schönauer« steht da und dann auch noch mal ein Dank an dich, warte, wo ist es, hier, Grönemeyer dankt Walter Schönauer »für sein präzises nächtliches Auge«. Es hat dem Grönemeyer also auch gefallen. Und hier auf der Innenhülle abgebildet sind lauter Fotos –

Ja, die Idee war halt, ein schönes fröhliches Gemisch an Menschen darzustellen

Mensch-en. Genau. Und da hast du dann –

Da hab ich mich dann auch verewigt. Weil es sich halt so angeboten hat.

Sind aber alle drauf, ne?

Ja. (Er zeigt auf verschiedene Fotos.) Das ist mein Großvater. Das ist meine Mutter. Und das bin ich mit meiner Schwester.

Wirklich?

Ja. Ganz süß.

Das ist deine Schwester, und du bist das da links?

Ja, der mit dem Hut.

Schön. Und, was anderes, also, diese Wand hier, ja? (Er klopft gegen die Atelier-Mauern.)

Ja.

Wenn man die auch nimmt als, ähm –

Persönliche Signatur von Räumen. Sehr unsauber gemacht. Aber es lebt. Ich find das ja gut.

Genau, so roh belassen, Schrankschatten zeichnen sich ab, und man sieht, hier wurde was übermalt.

Also man könnte sagen, hier hing mal ein Regal.

Man kann also praktisch auch diese Wand lesen.

Richtig, was die vorher hier so getrieben haben.

Gedenkstätte KZ Bergen-Belsen, Gästebuch

How could anyone do this?

Menschenrechte wurden mit Füßen getreten

Ich bedaure sehr, was hier passiert ist

In meinen Ohren höre ich die endlosen Schreie der Opfer, in meinem Herzen fühle ich unendliche Trauer. Wann endlich werden wir wach für die Wahrheit? Gewalt ist niemals eine Lösung.

Gott segne die Toten. In Trauer.

Alles hat seinen Grund. Und wenn es nur dazu da ist, damit wir heute sehen, was wir nicht tun dürfen.

We will never forget.

Grausam. Wir müssen dafür sorgen, dass so etwas nie wieder passieren darf.

Die Firmengruppe Alt-Warm-Büchen war am 27.10.02 anwesend

Hallo Andre, Ella und Juri! Ich grüße euch. Ich war da am 27.10.02

Gott segne die Toten.

This memorial will teach and remind all the coming generations how not to treat humanity. Let us pray to god that there will not be any repetition of such things anywhere in the world.

Ich glaube an die deutsche Rasse, die mit einer Überfremdung untergehen wird. Die alten Zeiten kommen wieder.

So ein Idiot.

Wir konnten Trauer, Schmerz und Leid in den Bildern sehen. Wir gedenken der Toten von Bergen-Belsen. Nadine Franz

Nadine liebt euch.

Auch die Schweiz ist schuldig.

H. R. S. Edewecht trauert um die Toten.

Ich war hier mit Tara am 29.10.02.

Karl-Sevening-Schule Bielefeld

Bin schon zum zweiten Mal da. Monika.

Haus der Stille,
Gedenkstätte KZ Bergen-Belsen

(Zettelchen und beschriftete Steine)

Frieden, Frieden – ruhet in Frieden

Nie vergessen

Ich bewundere euch

In Gedenken. Janine

In Gedenken an die Opfer. Sandra Lux

Daniela. Marcel. Christina.

Ich wusste, dass die Juden vergast wurden und die Leichen verbrannt wurden, auch dass alle in Massengräber kamen, wusste ich. Ich wusste auch, dass sie mit Zügen hierher kamen, aber dass sie die ganze Zeit kaum Wasser und Essen bekamen, wusste ich nicht. Auch dass sie ihre Notdurft nicht draußen verrichten durften, wusste ich nicht. Ich wusste, dass hier Juden getötet wurden, allerdings wusste ich nicht, dass sie die Fäkalien beim Plumpsklo mit Händen oder mit ihrer Essschale rauskratzen mussten und dass die SS-Truppen Neugeborene aus Wut töteten. Außerdem wusste ich nicht, dass die SS-Truppen den Juden zum Beispiel die Mützen wegnahmen und wegwarfen und dann sagten, dass sie sie wiederholen sollten. Taten sie es, wurden sie dabei erschossen. Taten sie es nicht, wurden sie wegen Widerstands erschossen.

The Gaubert Family. 24.10.02 We must never forget.

Rest in peace.

Warum nur?

24.10.02 Shalom.

Nie wieder soll so was passieren. Dana

Ich denke an die Toten und die Gefallenen im Krieg und auch an die Juden, die nur, weil sie Juden waren, getötet wurden.

You'll never be forgotten.

Es war schrecklich, wie die Menschen behandelt wurden.

Ein Schrei. Nie mehr Gewalt, nie mehr.

Frieden. Gez: Carolin.

Ganz schön viele Gräber und ganz schön viele Foltereien, die die Juden, egal aus welchem Land, durchstehen mussten.

Ohne Grund mussten so viele Menschen sterben. Ich finde es schrecklich, was hier passiert ist, und ich bin traurig darüber, dass keiner was dagegen unternommen hat.
Mögen die Seelen von meinem Schwiegervater und dem innig geliebten Onkel meines Vaters, die alle ermordet wurden, in Frieden ruhen, genau wie ihre jungverheirateten Brüder und Schwestern und deren 65 anderen jüdischen Verwandten. Es gab viele Kinder, die gleich nach der Geburt getötet wurden.

Trauer.

Unrecht.

Frieden auf allen Erden. Kein Krieg mehr.

Es ist grauenvoll zu sehen, was sich Menschen gegenseitig angetan haben.

Bisher habe ich nur das Frauen-KZ in Ravensbrück und das KZ in Sachsenhausen gesehen. Im Frauen-KZ gab es einen engen Gang, wo Frauen und Kinder sinnlos erschossen wurden. Die Öfen, wo die Menschen lebendig hineingeschoben wurden, qualvoll verbrannt sind, und ein See, der einst mal sauber und klar war. Nun ist der Boden von diesem See mit der Asche der Juden getränkt. Ich weiß nicht, was sich Hitler damals gedacht hat, sein eigenes Volk umzubringen, aber für mich ist es einfach unbegreiflich.

Frieden. 13.8.02

Gott schütze die Toten.

Es tut mir furchtbar Leid für die Juden, die 1945 der Hitlerpartei zum Opfer fielen. Ich wünsche mir, dass diese schreckliche Zeit nie wiederkommt und dass wir in ferner Zukunft in Frieden leben können. Ich hoffe, die Juden von heute können uns das irgendwann verzeihen. P. S. Es tut mir von ganzem Herzen Leid.

Grausamkeit, verwunderlich und schrecklich, dass Menschen Mitmenschen aus Langeweile töten oder quälen. Es ist schlimm, diese ganzen Massengräber zu sehen. Schon allein wenn man sich vorstellt, dass unschuldige Menschen wie Vieh behandelt wurden und durch die Straßen getrieben wurden, wird einem ganz mulmig. Es war ganz bestimmt eine grausame und schlimme Zeit damals.

Kevin. Erik. Achmed. Jeanette. Ali.

Ruhet in Frieden. In Trauer an die Opfer. Anna Lisa.

Manchmal schweige ich, weil ich Angst habe, aufzustehen und meine Meinung zu sagen. Trotzdem möchte ich meine Augen nicht verschließen vor dem Unrecht, das geschieht. Denn wenn ich auch noch wegschaue, dann habe ich keine Möglichkeit mehr, Mut zum Reden zu bekommen. Und wenn ich alleine davor Angst habe, kann ich mir andere suchen, die mich stützen.

Die armen Kinder.

Es ist grauenvoll, wie viele Totengräber es hier gibt, wie viele Menschen auf grauenvolle Weise ihren Tod fanden, wie man mit ihnen umgegangen ist, obwohl sie wie wir ganz normale Menschen sind.

Ich mag keine Menschen, die andere Menschen töten oder verletzen. Ich bin traurig darüber, dass so viele Menschen sterben müssen, nur weil sie anders sind oder sie einen anderen Glauben haben. Ich bin traurig, dass Menschen andere Menschen töten, nur weil sie anders sind.

Wir haben es sehr gut, auch wenn wir was anderes denken. Die Leute konnten ja eigentlich nichts dafür. Wie fühlten sich die Soldaten, manche hatten doch bestimmt auch Mitleid. Wie hat man sich gefühlt, wenn um einen rum sooo viele Menschen sterben oder krank sind?

Reinigung, Spurentilgung, Leinwandwiederherstellung II

BvS-B: Bei all der Extraarbeit, die es für Sie bedeutet, wenn die Wände hier beschriftet werden, ist es Ihnen wahrscheinlich ziemlich egal, was im Einzelnen die Leute an die Wände schreiben, oder?

HORST DOMAGALLA: Anfangs hab ich schon hin und wieder versucht, da Botschaften drin zu erkennen. Irgendwann habe ich es aufgegeben. Also, teilweise kann ich sicherlich immer mal wieder was entziffern, irgendwelche Wörter, wie hier, »School«, also Schule steht da, naja, aber das ist im Grunde ja nebensächlich, und bei den allermeisten Auftragungen, also eine Botschaft als solche kann ich darin nicht erkennen – beim besten Willen nicht.

Woran liegt das?

Ich denke mal, das hat einfach zu tun mit der Sprache, die die benutzen. Das ist ja weder richtiges Englisch noch ist das anständiges Deutsch.

Die meisten der entzifferbaren Wörter entstammen aber dem Englischen, oder?

Ja, hauptsächlich Englisch, das ist richtig.

Aber das ist doch ein gutes Zeichen!

Da haben die Schüler was gelernt. Gut, so kann man das natürlich auch sehen.

Das grenzt ja auch den Täterkreis ein.

Ja sicherlich, aber wir sind ja am Gymnasium hier, und da setze ich das schon voraus, dass die Englisch beherrschen.

Und hat Ihnen vielleicht trotzdem schon mal irgendein Graffito persönlich gut gefallen, mal abgesehen vom Ärger über den neuerlichen Putzaufwand?

Ja, ich hab mitunter schon Sachen von Sprayern hier gesehen, wo ich gesagt habe, ok, das sieht wirklich gut aus, das könnte man wirklich fast mal stehen lassen. Aber dann ist es das Drumherum, was nicht in das Erscheinungsbild passt. Generell denke ich, all die schönen weißen Wände – warum soll man die nicht mal gestalten? Also dann Graffiti richtig als Gestaltungselemente, ja, von mir aus, wenn's denn gut gemacht ist, da hätte ich persönlich nicht im Geringsten was dagegen. Aber, wie gesagt, für so was hier, also was Sie hier im Allgemeinen so zu sehen kriegen – nee, da habe ich kein Verständnis für. Und das dauert ja mindestens drei Stunden, diese Sachen wieder abzutragen. Es ist zwar abweisender Lack drauf auf der Wand, dadurch lässt sich das Geschmiere ein wenig leichter entfernen. Aber auch dieser Lack muss natürlich regelmäßig erneuert werden.

Haben Sie schon mal jemanden auf frischer Schmiertat erwischt?

Nee, erwischt habe ich bis jetzt leider noch keinen. Aber wenn das mal der Fall sein sollte, da können Sie davon ausgehen, der kann die Wand dann selber sauber machen. Dann weiß er ein für alle Mal, was da an Arbeit und Zeit draufgeht. Das würde ich von A bis Z beaufsichtigen, bis alles weg ist, also, die Zeit würde ich mir nehmen für die Jungs, das brächte mehr als eine Anzeige wegen Vandalismus oder so. Ich könnte, wenn ich jemanden erwische, natürlich die Polizei rufen, aber das bringt mir im Endeffekt nicht allzu viel – da erfolgt dann eine Anzeige, aber die Graffiti-Sachen blieben trotzdem an der Wand stehen.

Sind Wiederholungstäter feststellbar an dem, was Sie hier vorfinden?

Ja, hin und wieder sind da eindeutig Wiederholungstäter zugange, da erkennt man bestimmte Schriftarten oder Bilder wieder.

Beliebte Wändebeschreiborte sind ja Toiletten – welchen Inhalts sind die Notate, die Sie dort vorfinden?

Ach, auch da findet sich kaum Vernünftiges. Auf dem Klo wird meist mit Edding geschrieben. Aber fragen Sie mich nicht was! Ohne Sinn und Verstand, keine ganzen Sätze oder so. Geschmier, einfach Geschmier ist das.

Geschlechtsteile werden da häufig gemalt, oder?

Nicht mal das. Nee, das war vielleicht in meiner Kindheit noch der Fall – aber das finden Sie heute eher weniger.

Dahinten steht »Abi 2002« auf dem Asphalt, das ist wahrscheinlich so halblegal, einfach, weil es Sitte ist, oder?

Ja, das mach ich gar nicht mehr weg, das hat halt Tradition. Aber ansonsten, schauen Sie sich um: Zigarettenkippen, Kaugummireste, Butterbrotpapier, Aufkleber. Alles voll. Sie müssen also immer hinter den Schülern herräumen, das hilft nichts.

Eine eigene Geschichte

BvS-B: Ich habe mal ein Gästebuch im Berliner Ensemble geklaut, das war so lustig: Intrigen, Gelall, Abrechnungen aller Art, Karikaturen, Politik, Liebe – alles drin. Klar zu erkennen, wenn jemand richtig besoffen war zum Zeitpunkt der Niederschrift, und die Leute sind oft besoffen in Theaterkantinen. Sie zeichnen dann Heiner-Müller-Penisse oder so. Andere Einträge sind streng sachlich: »Die Frikadellen sind so teuer!« Andere bedanken sich oder beschimpfen irgendwen. Eine solche Vielstimmigkeit fand ich da vor und merkte, der Ort selbst ist ursprünglich neutral, nichts weiter als ein Treffpunkt. Kein Mythos. Der Mythos ist das – oder entsteht dadurch –, was die Leute mitbringen, erleben, hinterlassen und darin sehen wollen, in diesem Ort.

HELLMUTH KARASEK: Und was für Intrigen?

Ach, das ist ja zunächst mal egal. Interessanter ist ja die Frage: Warum hinterlassen Menschen welche Art Spuren? Was heißt das eigentlich, dieses variantenreiche »Ich war hier«? Warum können die Menschen offenbar nicht anders, als sich, wo immer sie gehen und stehen, schriftlich bemerkbar – oder genauer: erinnerbar – zu machen? So ist ja die Sprache entstanden – im Sinne des Sich-Einschreibens.

Also Fußabdruck hinterlassen.

Ja, es wird ein Zeichen, und dessen Betrachter wird zum Detektiv, und durch genaues Studium des Zeichens, also auch der Art und Weise, in der geschrieben wird, kann er nicht nur erfahren, wer da war, sondern auch warum derjenige dort war, mit wem, in welchem

Zustand, auch woher er kam – und eventuell wohin er anschließend ging, dieser Jemand.

Sie haben aber nichts in die Gästebücher geschrieben?

Doch, ich habe dann einen Stempel anfertigen lassen, um damit zu hinterlassen: Ich war hier, im Namen der TV-Produktionsfirma pro bono. »Ich war hier – BvS-B/pro bono« hab ich überall hingestempelt, wo ich meine Nachforschungen anstellte.

Nun gibt es auch Gästebücher, in die man gar nicht reinschreiben will. Wo man genötigt wird reinzuschreiben.

In der Tat bin ich auch auf Sie gestoßen bei den Recherchen, in Hotel-Gästebüchern tauchen Sie immer mal wieder auf, Herr Karasek. Auch in Buchhandlungsgästebüchern, nach Lesungen werden die einem ja hingelegt, und dann schreibt man irgendwas wie »Vielen Dank für einen schönen Abend, leider war die Tonanlage schlecht, aber sonst – volle Hütte, super Sache« oder so. Das ist ja immer etwas unangenehm, wenn einem dabei die Buchhändlerin über die Schulter guckt, die es einem ja hingelegt hat, das Buch, aber dann ganz überrascht tut, dass man was ins Gästebuch schreibt, was schreiben Sie denn da alles, Herr Karasek, das wird ja ein ganzer Roman, das wäre doch nicht nötig gewesen.

Also, Sie waren im Traktoren-Museum, Brecht-Theater, Thomas-Mann-Haus, Marzipanmuseum …

Schulen, Toiletten, Gedenkstätten, Bushaltestellen, Bowlingbahnen, Stromkästen …

Wieso Bushaltestellen?

Naja, an der Bushaltestelle warten, was macht der Mensch da? Er schreibt sich ein in die Welt, er verewigt sich. Und da finden, zeitversetzt, dann Dialoge statt, es schreibt jemand »Soundso ist schwul« und das streicht jemand anders durch, vielleicht jener Soundso selbst, oder die Debatte wird ausgeweitet, indem festgehalten wird, wer noch viel schwuler ist. Auch politische Diskussionen: »Juden raus« wurde im Klo einer Universität gekontert mit natürlich »Nazis raus«, was auch wiederum nicht unkommentiert blieb, und die Fortschreibung ist also unendlich, es geht immer weiter; gut gefallen hat mir die Veränderung des J in ein D – da stand dann also »Duden raus«. Und immer so weiter.

Ich habe einmal über ein Graffito geschrieben, das ich im Café »Einstein« gefunden hatte, da stand »Tamara, ich liebe dich« an der Wand, auf dem Herrenklo. Und da hatte einer drunter geschrieben: »Ob sie es wohl je lesen wird?« Und noch ein weiterer hat druntergeschrieben: »Nie«. Und dann habe ich geschrieben, ich müßte eigentlich die Tür aushängen und sie dieser Tamara bringen. Aber welcher Tamara denn, nicht wahr?

Ja, jeder ist auch Tamara.

Genau!

Sehen Sie diesen Fußabdruck dort an der Wand?

Ja, kleine Füße!

Das sind Füße einer Dame, mit der ich hier gemeinsam Kopfstand an der Wand geübt habe. Und davon zeugt also dieser Abdruck. Wir waren hier, es hat uns gegeben, wir haben eine Spur hinterlassen. Für was oder wen auch immer – all diese Spuren beinhalten jeweils Geschichten. Beziehungsweise Geschichte.

Ja, auch dieser Fußabdruck ist ein Graffito.

Exakt. Und der entsteht ja nicht unbedingt, damit andere Leute das sehen, sondern man macht sich damit zunächst für sich selbst erst mal sichtbar. Man weiß dann, dass es einen gegeben hat.

Es gibt so ein kleines Gedicht von Hölderlin, »Der Winkel von Hahrdt«:

*Hinunter sinket der Wald
Und Knospen ähnlich, hängen
Einwärts die Blätter, denen
Blüht unten auf ein Grund
Nicht gar unmündig.
Da nämlich ist Ulrich
Gegangen; oft sinnt, über den Fußtritt
Ein groß Schicksal
Bereit, an übrigem Orte*

Und noch heute zittert der Boden nach, ja. So, also Geschichtslandschaft.

(Es klingelt an Stuckrad-Barres Wohnungstür, es ist die Kopfstand-anderwand-Dame.) Wortlos reicht sie den beiden ein aufgeschlagenes Botho-Strauß-Buch)

BvS-B überfliegt die aufgeschlagene Seite, nickt, grinst – und reicht es Karasek: Lösen Sie es auf, Herr Karasek!

KARASEK: Darf ich? (Er liest vor:) »Er fragte: Also, dürfen wir eine Kopie ziehen? Ja, sagte ich, eine Kopie ziehen, das wäre das Beste. Davon war zwischen uns die Rede. Ich hatte das Gefühl, es macht Ihnen vielleicht zu viel Mühe. Er fragte: Wahrscheinlich willst du wirklich, dass ich dir davon eine Kopie ziehe«. Und so weiter. Also, die Rede ist davon, dass man etwas festhält, um sich daran zu erinnern, dass man sich damit auch Mühe macht, und dass der andere Angst hat, das könnte zu viel verlangt sein.

BVS-B: Das ist gemeint?

DAME: Mmh. Es ist immer gut, wenn man Experten dahat, nicht wahr?

KARASEK: Was machen Sie, wenn Sie keine Kopie ziehen?

FRAU: Ich ziehe nur Kopien. Seit – seit was weiß ich wann.

KARASEK: Was haben Sie vorher gezogen?

BVS-B: Nieten.

KARASEK: Na, ich will fragen, haben Sie was mit Literatur zu tun?

DAME: Nein.

KARASEK: Mit Theater?

DAME: Nein.

KARASEK: Gut, ist schon okay. Denke ich mal, oder? Ja.

(Die Dame verlässt die beiden wieder, schlägt laut die Tür zu.)

BVS-B: Aha. Nun gut. Kennen Sie am Hamburger Hauptbahnhof diesen Schriftzug »eine eigene Geschichte«?

KARASEK: Nein.

BVS-B: Nie gesehen?

KARASEK: Nein.

BVS-B: Ach. In gelben Leuchtbuchstaben steht das da, unterhalb der Kunsthalle. Dreimal ist es zu finden in ganz Hamburg. Ich habe in einer Kultursendung des NDR-Fernsehens die Zuschauer dazu aufgerufen, diesen Schriftzug zu fotografieren oder zu malen und mir zu schicken. Hypothese war: Das Motiv ist strikt vorgegeben, und doch wird es genauso viele unterschiedliche Bilder wie Einsendungen geben. Kommt ja ganz auf den Standpunkt an, im wörtlichen wie im übertragenen Sinne. Und die Bilder erzählen dann in der Tat eine ganze Menge über den, der es jeweils angefertigt hatte. In dem Lied »Eine eigene Geschichte« von Blumfeld taucht diese Schrift auch auf, das war ein geradezu erweckendes Erlebnis, als ich dies Lied mal in der Anfahrt auf Hamburg im Zug hörte und just an dieser Schrift vorbeifuhr, so, wie der Ich-Erzähler es offenbar zuvor auch getan hatte:

Gedanken aus Stein
Aus Licht eine Mauer
Eine eigene Geschichte
Aus reiner Gegenwart
Sammelt und stapelt sich
Von selbst herum um mich
Während ich durch die Gegend fahr

Das Remix 2-Hörbuch:
eine Doppel-CD mit ausgewählten
Texten aus diesem Buch und
interessantem Kram von sonstwo.

Gastleser:
Nina Tenge und Wiglaf Droste
plus einige andere Freistilsprecher,
die dem Diktiergerät des
Herausgebers zu nahe kamen.

Mundraub

Doppel-CD Spieldauer ca. 150 Minuten
MR 6014-2 / ISBN 3-8218-5510-X
Im Vertrieb: Rough Trade & Eichborn

Benjamin v. Stuckrad-Barre
Transkript

Kartoniert

»Die Collage aus Songs, eingespielten Zitatpassagen und eigenen Texten ergibt durchaus etwas Neues, nämlich so etwas wie Popfeuilleton, eine Art Melange, in der das ganze Kulturgerede so enthemmt zitiert und umgerührt wird, dass es schon wieder gut ist.« *Die Welt*

»Mit dieser Begleitung kann man auf jeden Fall kein Geisterfahrer im allgemeinen Medienverbund sein.« *FAZ*

www.kiwi-koeln.de

Benjamin v. Stuckrad-Barre
Deutsches Theater

»Der Fotoroman einer Gesellschaft, die nur in der Öffentlichkeit und im Rollenspiel noch zu sich selbst zu kommen vermag.«   *FAZ*

»Sein bislang wohl bestes Buch.«   *Der Spiegel*

»Klug, witzig, lakonisch. Geht doch!«   *Gala*

»In«   *Bild*

»Wirklich großartig!«   *Harald Schmidt*

»Kein Wort ist überflüssig. An einigen Stellen dachte ich: Donnerwetter! Das wäre eigentlich dein Thema gewesen.«   *Walter Kempowski*

www.kiwi-koeln.de

Benjamin v. Stuckrad-Barre
Blackbox – Unerwartete Systemfehler

»Das wilde Wortzerfetzertier«   *Die Welt*

»Der Superstar der jungen deutschen Literatur«
Harald Schmidt

»Begnadeter Berichterstatter aus dem Inneren unseres Landes ... Kein Absturz, sondern ein Happy-End.«   *Süddeutsche Zeitung*

»Wer so schreibt, hat nicht nur ein Problem mit der Haut.«   *Der Spiegel*

www.kiwi-koeln.de

Paperbacks bei Kiepenheuer & Witsch

Benjamin v. Stuckrad-Barre
Remix

Texte 1996 bis 1999

KiWi 836

»Der begnadete Zeitungsschreiber hat es auf dem Feld des meinungsbetonten 100-Zeilers zu Ruhm gebracht (...). Für Journalistenschüler und ihre Lehrer lässt sich jedenfalls kein schöneres Geschenk denken als Remix, eine Sammlung der glanzvollsten Artikel Stuckrad-Barres.« taz

www.kiwi-koeln.de

Paperbacks bei Kiepenheuer & Witsch

Benjamin v. Stuckrad-Barre
Livealbum
Erzählung

»Ein gutes, lustiges, unterhaltsames Buch.«
Süddeutsche Zeitung

www.kiwi-koeln.de

Paperbacks bei Kiepenheuer & Witsch

Benjamin v. Stuckrad-Barre
Soloalbum

»Mit großen Augen betrachtet Stuckrad-Barre die Welt in genau der Oberflächlichkeit, in der sie sich präsentiert – und malt auf diese Weise ein umso schärferes Bild von Mode und Verzweiflung in den späten 90ern.«   *Stern*

www.kiwi-koeln.de